Melissa Keil

Hinter dem Ende der Welt gleich links

Foto: © privat

DIE AUTORIN

Melissa Keil lebt in Melbourne, Australien, und ist ein totaler Buch-Nerd. Nach ihrem Studium der Filmwissenschaften und Volkskunde arbeitet Melissa heute als Lektorin von Kinderbüchern. Ihre freie Zeit verbringt sie mit Lesen, Schreiben und YouTube-Videos. Nach ihrem großartigen Debüt *Der Beweis, dass es ein Leben außerhalb meines Zimmers gibt* erscheint jetzt mit *Hinter dem Ende der Welt gleich links* ihr zweites Jugendbuch.

Von der Autorin ist ebenfalls bei cbt erschienen:

Der Beweis, dass es ein Leben außerhalb meines Zimmers gibt (**30932**)

MELISSA KEIL

Hinter dem Ende der Welt gleich links

Aus dem Englischen
von Edigna Hackelsberger
und Larissa Rabe

cbt

Kinder- und Jugendbuchverlag
in der Verlagsgruppe Random House

MIX
Papier aus verantwortungsvollen Quellen
FSC® C014496
www.fsc.org

Verlagsgruppe Random House FSC® N001967
Das für dieses Buch verwendete
FSC®-zertifizierte Papier *Pamo House*
liefert Arctic Paper Mochenwangen GmbH.

1. Auflage
Erstmals als cbt Taschenbuch Oktober 2015

Die Originalausgabe erschien unter dem Titel
»The Incredible Adventures of Cinnamon Girl«
bei Hardie Grant Egmont, Australia

Übersetzung: Larissa Rabe und
Edigna Hackelsberger
Umschlaggestaltung: semper smile, München
Umschlagmotiv: © Michael Betts/Getty Images,
Michele Paccione/Shutterstock
MG · Herstellung: KW
Satz: KompetenzCenter, Mönchengladbach
Druck: GGP Media GmbH, Pößneck
ISBN: 978-3-570-31044-1
Printed in Germany

www.cbt-buecher.de

Prolog

Würde ich mein Leben zeichnen, so wie es im Augenblick ist, dann müsste es ungefähr so aussehen wie das brillante Aufmacherbild des Comics *Wonder Woman: Spirit of Truth*. Wonder Woman kniet hoch oben auf den grünen Hügeln ihrer Heimatinsel, mit geschlossenen Augen, und ihre Haltung drückt Entschlossenheit aus. Die Zeichnung ist fantastisch koloriert und die Atmosphäre ganz dicht: purpurfarbene Wolkenstreifen vor einem weiten, blassblauen Himmel, durchbrochen vom warmen, gelben Licht der Sonne, die am Horizont untergeht. Die Strahlen spiegeln sich in ihrem Diadem und auf ihren glänzenden, lächelnden Lippen, und damit wirkt sie so lebendig, dass man glauben könnte, sie atme. Diese Zeichnung fängt einen perfekten Augenblick ein, der aus der Zeit gefallen ist – es könnte das Ende oder der Anfang von Wonder Womans Geschichte sein. Sie hat schon allen möglichen Leuten in den Hintern getreten und hat noch sehr viel vor sich. Aber in diesem Augenblick, den der Zeichner hier eingefangen hat, hat sie eine Atempause. In diesem einen Moment der Zufriedenheit ruht sie ganz in sich.

Man braucht enorme zeichnerische Fähigkeiten, um so viel in ein einziges Bild hineinzulegen. Es enthält eine Geschichte, die im Augenblick erstarrt ist und gleichzeitig jede Menge Potenzial hat. Nur wahrhaft geniale Comic-Zeichner können mit einer solchen Kunst aufwarten.

Ich selbst halte mich für eine ziemlich lausige Geschichtenerzählerin. Eigentlich seltsam, weil ich liebend gern erzähle – ich rede fast pausenlos –, aber wenn ich es mit Bleistift und Tusche tue, verliere ich leicht den roten Faden. Grady sagt, das wäre ganz klar, denn ich würde denken wie eine Illustratorin. Ich sehe meine Bildwelten in Farben, die einem fast die Augen sprengen, und denke nicht in »linearen Erzählsträngen«, wie er es mal genannt hat. Vielleicht stimmt das – aber vermutlich bin ich einfach nur schlecht darin, die richtigen Details zusammenzufügen.

Wenn ich diese Geschichte mit dem wichtigsten Detail beginnen sollte, dann wäre das wahrscheinlich irgendwas über das Ende der Welt. Aber ganz ehrlich, im Moment sind die Apokalypse und der ganze Quatsch nur eine nebensächliche Fußnote.

Meine Geschichte – das perfekte Aufmacherbild, das voller potenzieller Ereignisse steckt – beginnt nämlich schon viel früher.

Meine Geschichte beginnt mit einem Haus.

Und sie beginnt mit zwei Jungs.

1

Das Haus ist eingeschossig, es steht am Rande einer staubigen Straße, und von der weißen Holzverschalung blättert die Farbe ab. Es ist auf Pfählen errichtet, das ist ungewöhnlich für diese Gegend, und eine wacklige Treppe führt zur Haustür rauf. Glastüren gehen auf die Veranda hinaus, die fleckig vom Eukalyptus ist und voller Tische steht. Auf meinem Zeichenblock schaffe ich es immer, dass das Haus hinreißend aussieht, als wäre es dem Musical *Oklahoma!* entsprungen oder der fiktiven Kleinstadt Smallville in Kansas, aus der Superman kommt. Und in Wirklichkeit? Da sieht es eher so aus, als würden dort Überlebenskünstler wohnen, die Dosenfleisch und Klopapier horten.

Aber das Haus ist wunderschön, es ist mein liebster Platz im ganzen Universum.

Auf dem Neonschild über dem Spaliergitter steht *Albany's*. Damit ist meine Mutter Angela gemeint, aber ich bin auch eine Albany. Auf meinen vielen Urkunden von der Schule heiße ich offiziell Sarah Jane Albany, aber jeder in Eden Valley, fast alle der ungefähr dreihundert Leute hier, nennen mich Alba, seit ich krabbeln kann.

Und wenn ich, noch ehe ich laufen konnte, bereits Alba hieß, dann war Domenic Grady schon ganze Epochen lang mein bester Freund.

Diese Geschichte könnte ich ohne einen Jungen gar nicht erzählen – oder in meinem Fall: ohne zwei Jungs. Aber eins kann ich euch versprechen: Es kommt alles anders, als ihr denkt!

Grady ist sehr schön, so wie das nur ein ganz bestimmter Typ Junge sein kann. Er wäre sauer, wenn er das jetzt lesen würde, denn ich hab ihm versprochen, ich würde damit aufhören, aber er ist einfach unglaublich bezaubernd. Er hat pfirsichzarte Haut, große Rehaugen und die weichsten Locken, die ich je bei einem Jungen gesehen habe. Grady ist für diese Geschichte ziemlich wichtig. Über ihn erzähle ich euch gleich mehr.

Das *Albany's* ist die Bäckerei meiner Mutter. Wir backen Kuchen und Brot und den besten Apfelstrudel außerhalb von Melbourne. Eigentlich gehört unser Haus Gradys Mutter Cleo, aber Mr Grady ist abgehauen, als Grady und ich fünf waren, und da hat Cleo uns die Schlüssel überreicht und uns das Haus überlassen. Cleo ist die beste Freundin meiner Mutter. Damit war es auch geradezu vorherbestimmt, dass Grady und ich quasi schon als Embryos die besten Freunde wurden. Die Küche wurde umgebaut und ist jetzt Bäckerei und Café, und dahinter, auf der Seite, die zum Milchbauernhof der Palmers rausgeht, wohnen wir. Dieses Haus ist schon immer mein Zuhause gewesen.

Nicht, dass ihr jetzt meint, das hier wäre die Geschichte eines anmutigen, von der Sonne geküssten Mädchens vom Lande – Irrtum! Diese Art von Mädchen bin ich ganz und gar nicht. Ich habe dunkles Haar und noch dunklere Augen und, falls ihr es eben nicht mitgekriegt habt: Ich wohne in einer Bäckerei! Das meine ich wortwörtlich. Ich schlafe im Duft von Zimt und Vanille und stecke morgens meistens bis zu den Ellbogen in Teig und Gebäck.

Und – hüstel – ich neige dazu, eine ganze Menge davon zu essen. Damit kann ich gut leben. Ich habe nie mein Gesicht aus einem Foto ausgeschnitten, es auf das Bild eines Models geklebt und dabei in eine große Packung Eiscreme geweint. Ich habe Rundungen und einen Busen, und niemand, den ich kenne, hat ein Problem damit. In meinem Abschlussjahrgang in der Schule waren wir vierzehn Leute. Ihr könnt gemir glauben: Wenn ich mit dem Busen vor ihnen gewackelt hätte, wäre das ein Grund für großen Jubel gewesen. Zumindest für die Jungs. Vielleicht auch für eins der Mädchen. Egal. Mein Busen ist für diese Geschichte ziemlich irrelevant.

Jetzt schweife ich aber ab. Ich konzentriere mich besser mal auf ein wichtiges Detail.

Also: Bester Freund. Apokalypse.

Man kann eine Geschichte aus allen möglichen Gründen falsch anfangen. Bei einem Comic ist es so, dass die ersten Bilder einen an jeden Ort der Welt führen können, sie können jede Figur einführen, die in der folgenden Geschichte eine Rolle spielt. Aber ich schätze, die meisten Geschichten fangen erst richtig an, wenn man selbst in ihnen auftaucht, oder? Meine Geschichte beginnt jedenfalls damit, dass Domenic Grady an einem irre heißen Sonntag ins *Albany's* stürzt, sein iPad in der Hand.

»Alba! Hast du das schon gesehen?«

Er schlängelt sich zwischen unseren verschwitzten Gästen hindurch, klettert auf einen Hocker an der Theke, lässt seine Sporttasche fallen und greift sich ein paar Biscotti von einem Kuchenteller. Das ist ganz typisch für Grady, so war er immer schon: lange Arme, sehr lebhaft und vom Wunsch beseelt, ungefähr hundert Dinge gleichzeitig zu tun. Wenn er eine Figur in einem Comic wäre, dann hätte er ein eigenes Wort, das ihn bei jedem Auftauchen begleiten würde, so was in der Art wie *Bazoing!* oder *Bamf!*

Heute trägt er seine Standardkleidung: graue Jeans, Vans und ein dunkelblaues T-Shirt von Threadless, auf dem *Zombie Outbreak Response Team* steht. Sonntags spielt Grady Basketball, und dafür nimmt er den Bus nach Merindale Creek, die nächstgelegene Stadt, was hin und zurück fast zwei Stunden dauert. Training bedeutet, dass sein Haar frisch gewaschen ist, was wiederum heißt, dass seine dunklen Locken jetzt extraweich von seinem Kopf abstünden, wenn er sie nicht unter eine Baseballkappe gestopft hätte.

Ich mache gerade die Sonntags-Cappuccinos für Mr und Mrs Palmer fertig, und weil Grady mich durcheinanderbringt, hätte ich mir fast den Kaffee über mein neues Kleid gekippt. Ich reiche Paulette, unserer Kellnerin, die Tassen über die Theke, verschränke die Arme vor der Brust und gebe mir alle Mühe, die Stirn zu runzeln.

»Guten Morgen, Grady. Wolltest du mir irgendwas erzählen?«

»Ich dachte, das hätte ich dir schon durch meinen dramatischen Auftritt klargemacht«, sagt er, den Mund voller Biscotti. »Und schau mich nicht so an, Alba. Du kriegst sowieso kein verärgertes Gesicht hin.«

Ich strecke ihm die Zunge raus, er streckt mir die Zunge raus, und dann legt er sein iPad auf die Theke. »Guck dir das mal an!«

»Grady, ist das ein Porno? Ich hab dir gesagt, ich habe kein Interesse, so was zu zeichnen, egal, wie viel die Japaner dafür zahlen!«

Grady schnaubt. »Ich bitte dich, Frau! Wenn ich Pornos wollte, könnte es der Laptop meines Bruders mit allem aufnehmen, was im Internet zu finden ist. Und wie ich Anthony kenne, sind auf seinem Computer sicher auch noch ein paar selbst gemachte Aufnahmen drauf.«

Grady schüttelt sich. Meine Augen werden glasig bei dem Gedanken an Anthonys geschmeidigen Mechaniker-Körper, der sich in einer schlecht ausgeleuchteten Sex-Eskapade betätigt. Grady lehnt sich über die Theke und schlägt mir auf den Arm.

»Alba! Würdest du dich bitte konzentrieren! Das ist möglicherweise echt cool. Und schräg. Guck's dir mal an!« Er lässt seine langen Finger über das Display gleiten und der Bildschirmschoner mit New York verschwindet. Darunter wartet ein Filmclip bei YouTube, der auf Pause geschaltet ist.

Mum platzt herein, lässt ein Backblech auf die Theke gleiten und schüttelt sich Mehlstaub aus dem Pferdeschwanz.

»Angie!«, ruft Grady fröhlich und ist einen Augenblick von den köstlichen frischen Scones abgelenkt. »Hast du das Abendessen gestern überlebt? Ich hatte da so meine Zweifel.«

Mum verzieht das Gesicht. »Ich hab nur so gerade eben überlebt. Wenn deine Mutter wieder mal vorschlägt, asiatisch zu kochen, könntest du sie dann vielleicht sanft in eine weniger ... salmonellenträchtige Richtung lenken?«

Ich schiebe das Backblech unter die Theke und

ignoriere die Blicke der Kundschaft, die nach Scones schmachtet und vergeblich versucht, meine Aufmerksamkeit zu erringen. »Sei nicht so gemein zu der armen Cleo. *So* schlimm war es ja nun auch wieder nicht.«

Grady lacht. »Nein, nach einer Handvoll Rennie und Imodium war es gleich nicht mehr so schlimm.«

Die Weihnachtsdekoration über der Tür klingelt leise, als Tommy Ridley reinkommt und uns zuwinkt. Diesen Sonntag brummt die Bäckerei, wie immer am Wochenende, ehe die Kneipen aufmachen. Die Glöckchen an der Schnur bewegen sich im Luftzug, während Tommy unter der Tür mit Mr Wasileski plaudert, und mein Blick hängt wie gebannt an den wirbelnden Farben des Himmels draußen vor der Tür.

»Dann kümmerst du dich also um den Nachtisch?«, höre ich Mum sagen. »Lass ja nicht zu, dass Cleo irgendwelche Zutaten nimmt, die sie erst im Internet bestellen muss!«

Grady nickt und seine gierigen Hände greifen nach einem Zitronenröllchen. »Ich möchte an Weihnachten nicht den Magen ausgepumpt kriegen, wenn ich es irgendwie verhindern kann.« Er beißt einen gigantisch großen Bissen von dem saftigen Teilchen ab. »Ich hab alles im Griff, mach dir bloß keinen Stress, Angie.«

»Stress ist mein zweiter Vorname, Domenic«, sagt Mum lächelnd. Dann klingeln die Glöckchen erneut, und Mum saust los, um Mr Grey auf die Veranda zu bugsieren, ehe er Mr Bridgeman erblickt und die beiden ihren obligatorischen Schlagabtausch über Biersorten abhalten können. Unsere beiden reizbaren Barbesitzer kommen nicht so gut miteinander aus.

Durch die offenen Fenster sehe ich den Himmel, der sich über der Tankstelle der Wasileskis und über meinen endlosen Feldern erstreckt. Er hat die Farbe von Brotkrumen und Sonnenlicht. So ein Sommerhimmel hat Wahnsinns-Farbtöne, es ist beinahe unmöglich, ihn zu malen …

»Alba? Könnte ich dir jetzt *bitte* mal diese wichtige Sache zeigen, die ich hier auf meinem iPad habe?«

Mit Acrylfarben würde es vielleicht gehen, oder mit Gouache …

Grady lässt seine Hand auf meine fallen. »*Sarah!* Bitte, Frau, jetzt pass auf! Das hier ist möglicherweise was, das unsere Welt erschüttern könnte!« Er bewegt die Finger vor meinem Gesicht, dieses Hypnoseding, das er immer macht, wenn ich besonders weggetreten bin.

Und ich weiß, dass ich jetzt gleich Ärger bekomme. Er hat mich beim Vornamen genannt.

Ich schiebe mir das Wischtuch in die Schürze und zeige ihm mein strahlendstes Lächeln, das Wunder wirkt, denn Gradys Stirn glättet sich auf der Stelle. »Schon gut! Ich konzentrier mich ja. Es ist etwas sehr Wichtiges. Los!«

Grady zwinkert mir zu. Dann schiebt er einen Teller mit Croissants beiseite, befördert seinen Hintern auf die Theke und verdreht den Oberkörper, sodass wir in die gleiche Richtung sehen. Er wischt wieder über sein iPad.

Auf dem Display erscheint das Bild eines kahlköpfigen Kerls mit einem glänzenden Fu-Manchu-Schnurrbart. Er sitzt vor einer billigen Kulisse, neben ihm ein unscheinbarer Typ. Hinter den beiden hängt ein Schild, ich glaube, die Schriftart heißt Comic Sans, und darauf steht: *Der Echte Ned Zebidiah – Wahrsager, Seher, Hüter uralter Geheimnisse*.

Und darunter steht in klitzekleinen Buchstaben:

Und Frank.

»Kennst du den Typen?«, fragt Grady. »Er hat eine eigene Sendung auf Channel 31, die läuft so ungefähr um zwei Uhr morgens. Wenn ich nicht schlafen kann, guck ich das manchmal, man kann normalerweise wunderbar drüber lachen, aber das hier – das ist wirklich total cool.«

Ich sage lieber nichts zu Gradys Schlafproblemen. Das gehört nicht zu den Dingen, über die er gerne spricht, und außerdem sagt er, es wäre nichts, worüber man sich Sorgen machen müsste. Obwohl es für mich normal ist, mir über Grady Sorgen zu machen, seit wir fünf waren und er es geschafft hat, sich beim Minigolf den Arm zu brechen.

»Wie – der Echte? Gibt es denn mehr als einen?«

Grady schnaubt. »Ja, es ist ein echt häufiger Name. Aber jetzt mal ernsthaft, Alba, guck genau hin!«

Er stellt den Ton lauter, sodass die Lautstärke das Geplauder im Café und die Filmmusik von *Weiße Weihnachten* übertönt, die durch die Bäckerei säuselt. Es haben schon fünfundvierzig Leute den Clip angeklickt und einen Haufen Kommentare hinterlassen, die ich nicht lesen kann, weil Gradys große Hand das Gerät umklammert, als wäre er die verrückte Mrs Garabaldi von der Eisenwarenhandlung und sein iPad das letzte Stück Kirschkuchen am Ende der Kirschernte. Er tippt aufs Display und der Clip läuft an.

Der Echte Ned starrt in die Kamera, und sein Fu-Manchu-Schnurrbart wackelt, wenn er schluckt. Er fühlt sich offenbar nicht besonders wohl. »Willkommen, meine Freunde«, sagt er, und für einen Mann, der aussieht wie ein Bösewicht aus *X-Men*, hat er eine erstaunlich hohe Stimme. »Heute ist wieder mal Freitag und, ähm, das Universum spricht auch heute wieder zu denen, die die Fähigkeit besitzen, ihm, ähm, zu lauschen …«

Er wirft einen Blick auf den Mann neben sich, einen mageren Burschen mit großen Augen. Vermutlich ist er »und Frank«.

»Grady, gibt es ernsthaft Leute, die sich so was angucken?«

Grady zeigt auf das Display. »Mindestens fünfundvierzig Leute haben es auf YouTube angeklickt. Ich schätze, vierundvierzigmal hat Ned es sich selbst angesehen, und einmal war es Franks Mum. Warte mal … ich überspringe den langweiligen Teil …«

Grady zieht den Finger übers Display. Der Echte Ned wirkt jetzt sehr gestresst, die Schweißtropfen laufen ihm nur so über die Stirn.

»… manche nennen es den Weltuntergang«, murmelt er. »Aber ich habe es gesehen, meine Freunde! Ned Zebidiah kann die Stellung der Planeten deuten und die … uralten Verschlüsselungen der Offenbarung und der … ähm … Azteken …«

»Na, das klingt ja wahnsinnig glaubwürdig.«

Grady lacht. »Ich weiß. Mach dich auf was gefasst und guck weiter.«

Ned richtet sich auf. »Ich habe einen Blick hinter den Schleier getan und … so weiter. Aber jetzt hat das Universum entschieden, sich Ned Zebidiah zu offenbaren.« Und dann lehnt er sich weiter zur Kamera hin. »Das Ende aller Tage«, flüstert Ned. »Ich habe es gesehen! Und, meine Freunde – ich habe die Rettung gesehen.«

Ich kichere, als Ned die Augen verdreht und sein Körper zu zittern beginnt, als steckte er in einem riesigen Mixer. Der dürre Kerl neben ihm rückt erschreckt mit dem Stuhl zur Seite. Dann rasselt Ned einen Haufen Zahlen runter und Frank neben ihm kritzelt fieberhaft in seinem Notizbuch mit.

Ich sehe Rosie Addler von ihrem Tisch her winken, wo sie mit ihrem Pudel Mr Frankenstein sitzt, und ich greife nach dem Teller mit Donuts. »Na und? Sagt er die Lottozahlen voraus, oder was?«

Grady lehnt sich gefährlich nahe zu mir herüber, nur seine langen Beine halten ihn noch auf seinem Platz auf der Theke. »Nix da«, sagt er und schaut mich aufgeregt an. »In den Kommentaren zum Clip steht, dass es geografische Koordinaten sind.«

»Ich habe alle Illusionen durchschaut!«, brüllt Ned auf einmal los, sodass Frank vor Schreck fast vom Stuhl fällt. »Unsere Zeit wird mit dem neuen Jahr ablaufen!« Ned plumpst wieder zurück auf seinen Stuhl. »Und ich habe diejenigen gesehen, die errettet werden«, flüstert er unheilvoll. »Betet, meine Freunde, egal an welche Götter ihr glaubt. Das Ende ist nahe! Und nur die Auserwählten werden verschont!«

Grady hält den Film an. »Der Rest ist ziemlich öde. Leute rufen an und wollen einen Rat, wie sie mit ihrer toten Katze in Kontakt treten können. Und dann singt Frank irgendwas. Also, HBO-Qualität ist das nicht gerade.«

Er springt von der Theke und beugt sich wieder darüber.

Ich schiebe den Rand seiner Baseballkappe zurück, denn ich weiß, dass seine Augen schelmisch darunter hervorzwinkern.

»Wirklich faszinierend, Grady, aber jetzt muss ich wieder an die Arbeit ...«

»Halt dich fest«, sagt er. »Du hast doch die Zahlen gehört? Diese geografischen Koordinaten?« Er senkt die Stimme zu einem verschwörerischen Flüstern. »Das ist hier.«

Ich wische mir die Hände an der Schürze ab, denn sie fühlen sich auf einmal ganz merkwürdig an und prickeln. »Du meinst doch nicht etwa ...«

»Doch, genau das meine ich. Es ist ganz genau hier. Offenbar ist Eden Valley der einzige Ort auf dem Planeten, der die ganze Scheiße überleben wird, wenn es erst mal losgeht. Wir sind die Arche Noah, Alba. Die ... wie heißt noch die letzte Stadt der Welt in diesem gruseligen, schwachsinnigen Comic, den du so gern magst?«

Ich kichere. »Pythonopolis. Aber das meinst du ja wohl nicht ernst. Ist der Typ denn überhaupt echt?«

»Ich hab ihn gegoogelt. Er heißt in Wirklichkeit Alvin Smith und hat früher mal im Immobilienbereich gearbeitet.« Grady grinst mich frech an. »Ich würde sagen, seine Informationen sind ziemlich suspekt. Andererseits, Alba, wenn man schon einem Fernseh-Propheten nicht mehr vertrauen kann ...?«

Ich muss lachen. »Also ist das Ende der Welt nahe – in siebzehn Tagen ist es da, und unser gutes altes Eden Valley ist dann der letzte Außenposten? Ist ja cool.«

Grady verzieht das Gesicht. Er wirft einen Blick über die Schulter auf die staubige, leere Main Street. »Du liebe Zeit. Kannst du dir irgendwas vorstellen, was noch deprimierender ist als dieser Ort hier?«

Ich beschäftige mich damit, die Makronen, die ich erst heute Morgen sorgfältig mit weihnachtsfarbener Creme gefüllt habe, gefällig zu dekorieren. »Hier ist es nicht *deprimierend*«, sage ich schließlich. »Es könnte schlimmere Orte geben, wo man die Ewigkeit verbringen muss. Hier sind schließlich alle, die wir lieben ... aber das bedeutet wohl, dass wir den Planeten später wieder bevölkern müssen. Ich fürchte, das könnte ein bisschen unangenehm werden.«

Als ich aufblicke, scheint Grady gerade auf den verstreuten Zucker auf der Theke konzentriert. Er nimmt eine Speisekarte in die Hand, schnappt sich eine Serviette und wischt einen Marmeladenfleck weg. »Keinerlei Respekt haben die Leute«, murmelt er vor sich hin.

Ich versetze ihm mit meinem Lappen einen Schlag auf den Arm. »Die Speisekarten sind schließlich dazu da, um benutzt zu werden. Rein nach dem Nützlichkeitsprinzip – weißt du noch?«

»Wir sind ja hier nicht bei Pizza Hut«, sagt er und hält die Augen auf die Speisekarte gerichtet. »Das hier ist Kunst – nicht, dass irgendjemand in diesem Kaff den Unterschied erkennen würde.«

Meine neueste Speisekarte ist in dem Stil entworfen, mit dem ich gerade experimentiere, ein abgefahrenes, originelles Layout. Es sieht aus wie eine Mischung aus der Comic-Superheldin X23 und einer Linienführung im Stil der kanadischen Zeichnerin Faith Erin Hicks, aber das Ganze in den altmodischen Farben von Marvel Comics – Rot, Blau, helle Grüntöne. Ich probiere auch gleich eine neue Figur aus. Ihr Haar sieht ein bisschen aus wie meines, mit einem dichten Pony, der ihr über die Augen fällt, aber statt meiner langen, öden braunen Haare habe ich ihr eine rote Lockenmähne mit blauen Strähnchen verpasst. Ich habe verschiedene Outfits ausprobiert, ehe ich mich für etwas entschieden habe, was ich zurzeit sehr liebe: ein Kleid im Fünfzigerjahre-Stil aus scharlachrotem Vichy-Stoff, dazu eine dunkelblaue Strumpfhose und rote Schuhe mit hohen Absätzen. Sie soll durchaus nicht ich sein, obwohl sie sich kleidet wie ich, so groß ist wie ich, und, na gut, meine Körpermaße hat sie auch. Ich finde sie einfach umwerfend. Zu Ehren ihres Haares hat Grady sie *Cinnamon Girl* getauft, Zimtmädchen, und ich finde, das trifft es sehr gut. Unsere Speisekarte ist in die Bilder des Comics und in die Sprechblasen hineingeschrieben. Auf das Ganze bin ich irgendwie stolz.

Grady lässt die Speisekarte sinken. Er wirft mir unter dem Schirm seiner Baseballkappe einen Blick zu und trifft mich mit der vollen Wucht seiner störrischen Bambi-Augen. Instinktiv spüre ich, wie ich mich sträube.

»Alba … ich weiß nicht, warum du plötzlich Meisterin im Themenwechsel geworden bist – aber du hast mir noch gar nicht richtig von deinem Bewerbungsgespräch erzählt. Hat ihnen deine Mappe gefallen? Natürlich hat ihnen deine Mappe gefallen, deine Sachen sind wahnsinnig gut …«

Er zieht die Baseballkappe tiefer und lächelt mich strahlend an. »Nur noch ein paar kurze Wochen! Und dann werden wir diesem verdammten Kuhdorf endlich den Rücken kehren. Ich verlass mich darauf, dass der Rest der Welt bestehen bleibt, wenn …«

»*Du* wirst diesem verdammten Kuhdorf den Rücken kehren«, sage ich und schaue auf die Makronen. »Ich bin nicht sicher … ich meine, ich bin mir nicht mehr ganz so sicher …«

Grady nimmt sein Zitronenröllchen wieder auf und verschlingt mit einem großen, theatralischen Bissen den ganzen Rest auf einmal. »Ehrlich«, sagt er und tupft mit einem Finger voller Zuckerguss einen Smiley auf meinen Handrücken, »ich ertrage das Ergebnis der Inzucht hier in Eden Valley nicht, wenn ich nicht wenigstens einmal im Leben New York gesehen habe.«

Ich schlurfe um die Theke herum und schubse ihn mit der Hüfte an. Ich mag Meisterin im Themenwechsel sein, aber ich vermute, keiner von uns ist jetzt in der richtigen Stimmung für so eine Unterhaltung. »Grady, du bist wahrscheinlich auch außerhalb von Eden Valley sicher. Ist nicht das Ende der Welt schon ungefähr tausendmal vorausgesagt worden? Wie ist eigentlich der Plural von Apokalypse? Apokalypsi?«

»Apokalypsen?«, sagt er und stupst mich grinsend zurück. »Und stell dir mal vor – wenn wir wirklich die letzten Menschen auf diesem Planeten sind, dann wird irgendjemand, den wir kennen, tatsächlich mit der Aufgabe konfrontiert sein, sich mit Eddie fortzupflanzen.«

»Igitt – der arme Eddie«, sage ich lachend. »Ich bin mir nicht sicher, ob der Jüngste Tag katastrophal genug sein wird, dass er an eine Freundin kommt. Er wird möglicherweise das erste Opfer, wenn wir gezwungen sind, uns von Menschenfleisch zu ernähren.«

Aber Grady schaut schon wieder auf sein iPad und scheint nicht zuzuhören. »Nanu!«

»Was?«

Er schüttelt den Kopf und knetet sich mit der linken Hand den Nacken, wie er es immer tut, wenn er nachdenkt. »Nichts. Nur – guck dir das mal an.«

Er dreht das iPad zu mir herum und deutet auf die Anzahl der Klicks.

Jetzt steht dort schon: 89.

Ich schaue auf das Display. »Vielleicht hat Ned doch mehr Fans als nur ein paar Jungs vom Lande mit Schlafstörungen und Franks Mum?«

»Vielleicht.« Grady klappt das Smart Cover seines iPads zu. »Egal. Bist du bald fertig?«

»Bei dem Ansturm hier muss ich noch bleiben. Vielleicht in einer Stunde.«

»Cool. Ich habe Mr Grey versprochen, ihm zu helfen. Er will den kaputten Tisch im Pub reparieren, aber ich falle um, wenn ich nicht vorher was Gescheites zu essen kriege. Es sei denn, du willst noch eine Zeichnung fertig machen?«

»Nein, Essen ist prima«, sage ich, und mir läuft das Wasser im Mund zusammen, wenn ich an die Calamari denke, die es bei Nguyens sonntags immer als Angebot gibt.

Grady hebt seine Tasche auf, greift mit der anderen Hand nach der Blume, die ich mir ins Haarband gesteckt habe, und rückt sie gerade. »In Ordnung, ich warte auf dich.«

Er schlängelt sich an den Tischen vorbei, winkt verschiedenen Leuten zu und setzt sich mit einer Scheibe Bananenbrot an seinen üblichen Stammplatz. Er steckt die Nase in einen Roman von John Grisham, sein iPad ist vor ihm aufgebaut, vermutlich mit irgendeinem Video.

Dann lässt Paulette mit einem Riesenkrach ein Tablett voller Gabeln fallen, und ich bin abgelenkt, weil ich Rosie Addler ihren dritten Donut mit pinkfarbenem Zuckerguss bringe. Nur Sekunden später habe ich bereits alles vergessen, was mit YouTube und dem Echten Ned zu tun hat und mit den Zuschauerzahlen, die für einen windigen Niemand von einem Fernsehpropheten ein bisschen zu schnell angestiegen sind.

Gut, ich weiß, ich habe gesagt, dass ich ganz schlecht mit Details bin.

Und im Rückblick war das ein Detail, auf das ich wahrscheinlich besser hätte achten sollen.

2

Also, ihr erinnert euch doch sicher, dass ich gesagt habe, wenn ich meine Geschichte erzähle, dann handelt sie zwangsläufig auch von zwei Jungs? Ein bisschen Geduld noch, dazu komme ich gleich! Diese beiden Jungs sind aus meiner Lebensgeschichte nicht wegzudenken, aber ihr werdet nichts – weder das mit dem Weltuntergang noch sonst irgendwas – verstehen, wenn ich euch nicht vorher in ein paar einführenden Panels meine Freunde vorstelle, die Nebenfiguren aus Smallville sozusagen.

Jeden Montag kommt meine Clique erst mal ins *Albany's* zum Frühstück geschlurft, alle mit schief sitzenden Schuluniformen, bevor wir dann die Straße zum Schulbus runtergehen, den wir uns mit den Grundschülern teilen. Zwar hat uns die Schule vor ein paar Wochen zum letzten Mal ausgespien, trotzdem hab ich mich dafür stark gemacht, dass wir uns weiterhin – zumindest solange alle noch hier sind – ganz normal wie an jedem anderen Montagmorgen hier treffen.

Tia platzt durch das seitliche Gartentörchen rein und zieht eine gähnende Caroline hinter sich her, als ich gerade die Picknickdecke auf dem weichen Kunstrasen ausbreite.

»Einen wunderschönen schulfreien Montag, Alba«, zwitschert Tia. »Tolles Pink, dein Shirt! Ist das von ModCloth?«

Ich drehe mich in meiner besten Pin-up-Girl-Pose vor ihr. »Mhm. Gefällt's dir?«

»Ja, *total!«* Sie gibt Caroline einen Stups. »Siehst du? Es gibt noch was Modischeres auf der Welt als Jeans und dieses öde Zeugs von Jetty Surf.«

»Werd ich mir merken, falls ich mal 'ne Einladung zur Oscar-Verleihung krieg.« Caroline sinkt ermattet auf die Decke und faltet ihre langen Beine unter sich. »Mann, ist das eine Hitze heute! Es fühlt sich an, als würd ich sogar an den Augäpfeln schwitzen. Will uns da etwa jemand in der Hölle schmoren?«

Ich reiche ihr ein Croissant und mache mit dem Handy heimlich einen Schnappschuss von ihr, bevor sie mir den Stinkefinger zeigen kann. »Ach komm, sei nicht so eine Spaßbremse, Caroline! Kein Wölkchen am Himmel, die Vögel singen – ich finde das um einiges besser als Montagmorgen, erste Stunde, und dann gleich die fette Schweißwolke von Mr Baxter.«

Tia setzt sich auf die Picknickdecke und der fließende Stoff ihres Kleids legt sich um sie wie ein Teich.

»Außerdem, nur noch achtmal schlafen – dann ist Weihnachten. Und wir müssen nie mehr im Leben montagmorgens eine Schulversammlung über die Gefahren von Drogenkonsum, Traktor-Spritztouren oder sonst was über uns ergehen lassen …«

Tia zieht eine Grimasse und sieht mich an. Eine Sekunde lang wundere ich mich, dass sie heute nicht ihre gestreifte Schuluniform anhat. Klar, auch ich kann sehr gut ohne die Predigt zum Montag von Direktorin Bainsworth leben und auch ohne ihre One-Woman-Aufklärungs-Shows mit zwei Puppen. Und trotzdem überkommt mich bei der Vorstellung von unserem Schulhof, wie er in der Sommersonne wie ausgestorben daliegt, eine flüchtige Wehmut, und ich spüre einen Kloß im Hals.

Caroline blinzelt in die späte Vormittagssonne und grinst uns drohend an. »Wenn ihr beide jetzt anfangt, Jubelchöre anzustimmen, dann muss ich euch eine runterhauen.«

Tia sieht mit müdem Lächeln zu mir hin. Eigentlich heißt sie Tiahnah, denn ihre Mum ist ein großer Fan von … naja, drücken wir das mal höflich aus: Mrs Holbrook ließ sich bei der Namensfindung für ihre Töchter von Reality-TV-Shows inspirieren, und folglich heißen sie nun ganz überkandidelt, nämlich Tiahnah, Brihannah und Khahliah.

Ungelogen.

Brihannah hat sich schon vor Jahren in die Großstadt abgesetzt, und Khahliah hat die Schule geschmissen und ist nach Perth zu einem Typen gezogen, den sie im Internet kennengelernt hatte. Aber Tia ist schwer in Ordnung und erinnert mich an Josie aus den Archie-Comics von meinem Dad, nur hat sie kein orangerotes, sondern kastanienbraunes Haar und einen viel besseren Klamottengeschmack.

Grady kommt ein paar Minuten später angeschlappt, mit seinem keuchenden Labrador Clouseau im Schlepptau.

»Du bist spät dran«, sage ich und knuddle Clouseau. »Wir beide hatten doch noch Pläne, Grady! *Große Pläne!* Ich hab ganz krank vor Sorge neben dem Telefon gesessen, während du mit deinen nichtsnutzigen Kumpels und dieser Schlampe aus dem Frisörsalon um die Häuser gezogen bist …«

»Hey, Süße!«, entgegnet er und klingt dabei wie ein Gangster aus einem alten Film. »Du bist nicht mein Boss! Ich bin eben ein Typ, der mehrere Eisen im Feuer hat.« Caroline rümpft nur die Nase, als Grady sie und Tia mit lässigem Winken begrüßt. »Also, ich hatte doch Rosie versprochen, das Tor von ihrem Hühnerknast zu reparieren, aber dann musste ich erst mal den halben Vormittag ihren Drecksköter davon abhalten, aus Clouseau Hackfleisch zu machen. Das waren schwer verdiente zwanzig Kröten! Und jetzt bin ich total ausgehungert.«

Ich hab was zu futtern auf einen der kleinen Bistrotische gestellt. Grady greift nach einem Cupcake, aber ich gebe ihm einen Klaps auf die Hand. »Nicht! Da sind Erdbeeren drin.«

Er lässt den Cupcake fallen, als wäre es eine entsicherte Granate. »Wusst ich's doch! Du versuchst wirklich, mich umzubringen. Und das ohne jede Vorwarnung?«

Ich drehe den Teller ein Stück zu ihm herum und deute auf ein riesiges, pinkfarbenes Post-it. Darauf steht: *HÄNDE WEG, D. G.! ERDBEEREN! LEBENSGEFAHR!*

»Tut mir echt leid, aber Mr Everson hat uns eine Kiste Erdbeeren mitgebracht, und Mum wollte sie nicht wegwerfen. Aber schau mal da, ich hab dich sogar als Strichmännchen draufgezeichnet. Es hat genau deine Haare und deine Figur!«

Grady zieht die Nase kraus. »Hättest du die Dinger nicht auf den Kompost schmeißen können? Und warum hast du das Strichmännchen nicht gleich mit einem Krampfanfall vom anaphylaktischen Schock gezeichnet?«

Aber ich komme nicht dazu, ihm zu antworten, denn ein muskelbepackter Arm legt sich von hinten um Gradys Hals, während sein fleischklopferartiges Gegenstück ihm in die Rippen boxt.

»Hey, Arschnase. Wie geht's dir, G-Man?«

Grady zieht eine Grimasse. »Eddie, nimm deine Pranken von mir runter«, knurrt er.

»Ah, heute nicht zu Späßen aufgelegt, Domenic? Dabei hast du doch gestern Abend noch gesagt …«

Grady wirft Eddie einen Cupcake an den Kopf. »Ed, ich weiß ja, dass du die Hände nicht von mir lassen kannst, aber könntest du es in der Öffentlichkeit zumindest *versuchen*?«

»Werde mein Bestes tun. Aber ich kann ja nichts dafür, dass du so verdammt süß bist.« Eddie grinst mich an. »Aloha, meine Schöne«, sagt er in seinem dröhnenden Bariton. »Siehst heute besonders scharf aus. Warum sind wir eigentlich noch nie miteinander ausgegangen?«

Ich schiebe ihm ein Blätterteigteilchen und einen Kaffee mit vier Stück Zucker rüber: das übliche Getränk zu seinen üblichen Sprüchen. »Danke, Ed! Und ich bin nie mit dir ausgegangen, a) weil du mich nie gefragt hast, und b) weil ich dich liebe, aber du bist trotzdem irgendwie ein ziemlicher Drecksack.«

»Da kann ich dir nicht widersprechen«, sagt Eddie und verputzt mit einem einzigen Biss das halbe Teilchen.

In einem amerikanischen Film würde Eddie garantiert einen Muskelprotz-Footballer, einen Linebacker vielleicht, spielen und er würde Biff oder Chud heißen. Und als Figur in einem Comic wäre er vermutlich von lauter speichelleckenden Gehilfen umgeben – oder er würde, die eine sommersprossige Gesichtshälfte durch Brandnarben entstellt, ziellos herumstapfen und wahllos auf Rache sinnen. Aber da er in Eden Valley geboren und aufgewachsen ist, ist Francis Edwin Palmer weder ein Superbösewicht noch – obwohl er uns das ständig weismachen möchte – ein dumpfbackiges, hirnloses Muskelpaket. Wenn das Universum so funktionieren würde, wie es sollte, dann müsste Ed eigentlich mit den stiernackigen Kerlen aus dem Merindale Football Team oder mit den Arbeitern von der Farm seiner Eltern rumhängen. Aber Eddie ist ganz und gar harte Schale und weicher Kern und, seit wir denken können, unser Kumpel. Zugegeben, er verwendet das F-Wort ziemlich oft – aber da ich diese Geschichte erzähle und es wirklich nicht alle paar Sekunden in den Mund nehmen möchte, unterschlage ich beim Erzählen meiner Geschichte seine krassesten Flüche.

»Verdammte Scheiße, das ist wirklich eine Scheißhitze«, stöhnt er und lümmelt sich auf den Boden. Er reißt verblüfft die Augen auf, als er Caroline genauer betrachtet. »Verdammte Scheiße, was hast du mit deinen Haaren gemacht, Gresham?«

Caroline streicht sich über die echt scharfen violetten Strähnen in ihrem blonden Haar. »Halt bloß die Klappe, Ed. Ich hab mich endlich von zwölf Jahren Schuluniformhölle befreit – und ich hab mir nur deswegen kein Zungenpiercing machen lassen, weil mein Dad gedroht hat, er würde dann mit dem Geld, das ich von meiner Großmutter zum Abschluss bekommen hab, unser Garagentor reparieren lassen. Auf deine gütige Erlaubnis hab ich verzichtet. Und ich hab dich jetzt auch nicht nach deiner Meinung gefragt.«

»Vielleicht hättest du mal nach einem Spiegel fragen sollen«, kontert Eddie und weicht aus, bevor sie ihm eine verpassen kann.

»Also, mir gefällt's!«, erkläre ich und strecke mich auf der breiten Sonnenliege neben Grady aus, der gerade eine Zimtschnecke verdrückt.

Er rutscht ein Stück rüber, um mir Platz zu machen. »Wenn du jetzt noch so einen Spandex-Ganzkörperanzug trägst, siehst du aus wie eine Figur aus *X-Men*.«

»Wer trägt hier einen Spandex-Anzug?«

Pete schiebt sich durchs Gartentor, lässt sein Rennrad mit einem dumpfen Aufschlag fallen und steuert geradewegs auf die Fressalien zu.

Eddie begrüßt ihn mit einem Zwei-Finger-Winken. »Petey! Meine Mum hat gestern Abend im Fernsehen *Wasser für die Elefanten* gesehen. Das war zwar gequirlte Kacke, aber ich musste an dich denken: Zirkuszelte, Akrobaten – ist das für deinesgleichen nicht so was wie ein Porno?«

Pete wird knallrot. »Eddie, kannst du dieses Thema endlich mal abhaken?«, stöhnt er. »Und könnten wir darüber *bitte* nicht vor meiner Freundin sprechen?«

Eddie bricht in johlendes Gelächter aus. Selbst

Grady schafft es nicht, ein Glucksen zu unterdrücken.

»Sorry, Mann«, sagt Eddie mit lässiger Geste. »Ich versuch doch nur, dich bei deinem Lebensstil zu unterstützen.«

Grady und ich hatten immer so halb vermutet, Peter Nguyen sei schwul, bis Pete in den Sommerferien nach der neunten Klasse mit Ed und dessen Brüdern ein Wochenende campen war. Auf demselben Campingplatz fand zufällig ein Zirkus-Trainingswochenende statt. Und anscheinend ertappten die anderen Pete dabei, so berichtete mir Grady, wie er – hüstel – mit *seinen* Bällen spielte, nachdem er den Mädels beim Jonglieren zugesehen hatte. Ich muss wohl kaum betonen, dass ich mir seither den Cirque du Soleil nie mehr so unbefangen ansehen konnte wie früher.

»Hör einfach nicht auf ihn, Petey«, sage ich und schenke ihm mein liebenswürdigstes Lächeln. »Du kannst doch nichts für deine Veranlagung, das ist angeboren.«

»Alter, die Liebe zwischen Mann und Clown ist doch nichts, wofür man sich schämen müsste«, setzt Caroline mit unschuldiger Miene noch eins drauf.

»Ich hasse euch alle«, murmelt Pete, schnappt sich noch einen Muffin und lässt sich neben Tia auf den Boden plumpsen.

In unserer Gegend wächst nicht viel. Das einzige Grün sind die Eukalyptusbäume, und entlang des

Drahtzauns, der unseren Garten von Eds Farm trennt, hat Dad Pflaumenbäume gepflanzt. Das echte Gras ist goldfarben und stachlig wie Stroh und man kann darauf unmöglich mit nackten Beinen sitzen. Vor ein paar Jahren haben Mum und ich in einer Zeitschrift ein Foto gesehen, darauf war irgendeine Bar in der Stadt, die Kunstrasen ausgelegt und darauf Plastikpalmen gestellt hatte. Diese Idee haben wir kopiert und noch einige rosa Flamingos auf Stäben hinzugefügt und Girlanden mit kleinen Laternen durch die Gitterstäbe der Veranda gewunden. Viele Leute hier finden das geschmacklos, aber ich finde es klasse – eine Art kitschiger tropischer *Verborgener Garten*.

»Und jetzt haltet euch fest«, sagt Eddie und schlürft seinen Kaffee. »Ratet mal, wer gestern spätabends plötzlich bei uns vor der Tür stand?«

Pete stöhnt auf. »Eddie, verschon uns mit deinen erfundenen Sexgeschichten …«

»Nix dergleichen, deine Mum war ja leider beschäftigt«, sagt Eddie zwinkernd. »Nein – Baxter kam vorbei.«

Ich hebe meinen Skizzenblock vom Rasen auf. »Mr Baxter? Ed, vielleicht solltest du dem armen Kerl wirklich mal 'ne Pause gönnen. Lass ihn seine Sommerferien in Frieden genießen, bevor du ihn wieder zum Weinen bringst.«

Eddie lässt den Blick über die elterliche Farm schweifen. »Na ja, darüber wollte er mit mir reden.

Ich geh nächstes Jahr nicht in die zwölfte Klasse. Hab drüber nachgedacht und … na ja. Schon beim Gedanken daran, noch ein ganzes Jahr lang im Klassenzimmer rumzuhocken, krieg ich die Krätze. Also lass ich die Schule sausen.«

Grady fährt erschrocken hoch. »Eddie, das kann doch nicht dein Ernst sein!«

Eddie zuckt mit den Schultern. »Warum nicht? Schließlich zieht's mich nicht nach Mensa. Meine Fresse, ich hab immer gedacht, Baxter wär der Erste, der 'ne Party schmeißt, wenn er's erfährt.«

»Mensa ist kein Ortsname, Ed«, tastet sich Grady behutsam vor. »Jetzt komm schon – du hast nur noch ein Jahr vor dir – wir haben das doch auch alle geschafft. Wie kannst du nur dran denken, hinzuschmeißen?«

»Na ja, wir werden nicht alle Staranwalt. Außerdem gibt's 'ne Menge Arbeit auf der Farm und … eigentlich würde ich ja sowieso nie woanders hingehen. Zufrieden?«

Pete mustert Eddie neugierig, als wäre er ein seltsames Insekt. Tia wirft Pete einen unsicheren Blick zu. Grady und Caroline starren Ed mit fassungslosem Entsetzen an. Ich senke den Blick auf meinen Skizzenblock.

»Francis Edwin«, sagt Caroline gedehnt. Sie hebt einen herumliegenden Zweig auf und stupst ihn damit an. »Willst du allen Ernstes behaupten, du siehst deine Zukunft in Eden Valley? Du denkst *wirklich* darüber nach, hierzubleiben und einer von diesen Vollpfosten zu werden, über die wir uns seit Jahren lustig machen? Du hast also fest vor, in diesem Nest hier mal glatzköpfig und zahnlos zu werden und den Rest deines Lebens jeden Samstag im *Junction* rumzuhocken?«

Grady springt aus dem Liegestuhl auf. »Ja, danke, Caroline! Eddie, es tut mir leid, aber das ist so was von bescheuert! Sogar Caroline hat die Zwölfte geschafft und sie hat nur zwei Leuten während der Prüfungszeit einen Haken verpasst …«

»Wenn man den Jamie-Oliver-Pappaufsteller im Supermarkt mitzählt, waren es drei«, korrigiert ihn Caroline mit ausdrucksloser Miene. »Arroganter Schnösel. Was zum Teufel macht man bitte mit einer Zucchini …«

Grady bringt sie mit seinem Blick zum Schweigen. »Der Punkt ist, Eddie, du hast genug Hirn, um die Abschlussprüfung zu schaffen. Und dann steht dir alles offen, die Uni und Melbourne und …«

»Soll das heißen, wir ziehen alle in die Stadt ins gleiche Haus und schmeißen Partys wie in einer beschissenen Sitcom? Alter, du kennst mich doch!« Eddie richtet den Blick auf sein ausgedörrtes Farmland. »Aber egal. Der einzige Grund, warum ich es in der Schule überhaupt so lang ausgehalten hab, wart ihr Loser …« Er räuspert sich. Vermutlich ein Kloß im Hals. Und dann wirft er grinsend ein Stöckchen nach Grady. »Ist also jetzt alles ziemlich witzlos dort, oder?«

Grady setzt sich schwerfällig wieder auf den Rand des Liegestuhls. »Alba! Jetzt sag du doch auch mal was!«

Ich konzentriere mich weiter auf meinen Skizzenblock. Pete belagert mich schon seit Ewigkeiten, ihn zu zeichnen, aber ich bezweifle sehr, dass ich das so hinkriege, wie er es haben will. Ein bisschen lasse ich mich inspirieren von Sara Pichellis Spider-Man, aber jetzt mal ehrlich, man braucht noch ganz andere zeichnerische Fähigkeiten als meine, um aus diesem Spargeltarzan Pete wie verlangt einen »supergeilen Ninja-Krieger« zu machen.

Aus dem Augenwinkel sehe ich, dass Grady immer noch zu mir rüberguckt. Warum er wohl meint, dass ich was Nützliches dazu sagen könnte? Früher wollte Eddie Pilot werden und sonst gar nichts. Als wir noch klein waren, hing ein ganzes Geschwader von Modellflugzeugen an seiner Zimmerdecke, aber die sind schon lang nicht mehr dort. Tia wollte früher auch unbedingt Astronautin werden und Caroline träumte von einer eigenen Show auf dem Disney Channel. Und ich glaube, Pete träumt immer noch davon, mal ein berühmter DJ oder ein Ninja zu sein. Aber seit seinen nicht ganz so dollen Prüfungsergebnissen nuschelt er nur »Wirtschaft oder so«, wenn ihn jemand nach seinen Zukunftsplänen fragt, und wechselt dann rasch das Thema.

Und ich? Abgesehen davon, dass ich meinen pubertären Ehrgeiz, so wie Wonder Woman zu werden, aufgegeben hab, waren meine Träume stets klar und unerschütterlich. Bis vor Kurzem jedenfalls.

»Eddie kann doch tun, was er will. Müssen ja nicht alle auf Teufel komm raus an die Uni«, sage ich und fahre mit dem Bleistift übers Papier. Meine Finger fühlen sich plötzlich steif an. Eine fertige Action-Figur ist nur so gut wie die zugrunde liegende Skizze, und mein Skelett von Action-Pete sieht ungefähr so aus, als erleide er gerade einen schweren Schlaganfall. Ich reiße das Blatt vom Block und zerknülle es.

»Mr Baxter wird gar nicht wissen, was er ohne dich tun soll, Ed. Du bist der einzige Mensch auf diesem Planeten, der es schafft, dass sein Gesicht dieses spezielle Dunkelrot annimmt.« Grady starrt mich jetzt wütend an. »Aber Eddie, wenn du das wirklich willst, dann solltest du auch genau das tun«, füge ich mit fester Stimme hinzu.

Tia zupft an den künstlichen Grashalmen herum. »Es stimmt, was Alba sagt. Man hat das Recht, seine Lebenspläne zu ändern …«

Grady knurrt: »Du musst es wissen, schließlich willst du ja ausgerechnet hier in Eden Valley eine berühmte Designerin werden, oder? Hey, wenn du

Glück hast, dann lassen dich die Typen aus Anthonys Autowerkstatt vielleicht die Entwürfe für ihre neuen Overalls machen …«

»Jetzt mach mal halblang, Grady«, sagt Tia beschwichtigend, und Pete nimmt ihre Hand. »Lass deine eigenen Probleme gefälligst nicht an mir aus.«

Gradys Blick wandert verzweifelt von ihr zu Pete. »Sorry, Tia – aber Petey, was meinst du denn dazu, Alter? Sag Eddie, er kann nicht einfach die Schule schmeißen, nur um auf der Farm seiner Eltern zu arbeiten. Und wenn es nur ist, um nicht wie der typische Versager dazustehen!«

Pete schnaubt empört. »Du Snob, du redest hier mit dem asiatischen Einwandererjungen, dessen Eltern einen Fish-and-Chips-Laden haben. Kein Kommentar.«

Ich lege meinen Skizzenblock beiseite. »Grady, lass gut sein.« Ich gebe ihm die Hälfte meiner Zimtschnecke. »Es ist ein schöner Tag, und ich möchte heute ungern erleben, wie du und Ed euch an die Gurgel geht. Du weißt doch, dass Eddie Hackfleisch aus dir machen kann.«

Eddie grinst. »Du kennst mich gut, Süße.«

Grady setzt sich auf den Rasen und klopft seinem dösenden Hund kräftig auf den Rücken. »Schön, wie ihr meint. Mach einfach, was du willst!«

Caroline murmelt: »Auch wenn das, was du willst,

total bescheuert ist, Eddie.« Sie und Grady schauen sich an, aber Gott sei Dank halten jetzt beide die Klappe.

Niemand auf der ganzen Welt kennt Gradys Sturheit so gut wie ich; und das ist jetzt echt das Letzte, was ich brauchen kann, dass er sich den ganzen Sommer auf dieses Thema einschießt. Vielleicht ist das feige von mir, aber diese Gespräche gehen mir auf den Wecker – wer hierbleibt, wer wo hingeht und wer was wann macht. Vor allem, weil sich dabei meine Hände immer ganz verkrampft und eiskalt anfühlen.

Die einzigen Geräusche in unserem Garten sind der vertraute Gesang eines Flötenvogels und das Mampfen meiner Freunde, die auf einmal alle die fernen Berge und den wolkenlosen Himmel absolut faszinierend finden. Von irgendwoher dringt das Muhen einer einsamen Kuh zu uns.

Nur um das Schweigen zu brechen, will ich gerade die Geschichte zum Besten geben, als Tia und ich *The Sound of Music* gesehen hatten und anschließend versuchten, Carolines Garderobe unter Verwendung der Vorhänge ihrer Mum entsprechend umzugestalten – aber da werde ich abrupt von der Fehlzündung eines Motors unterbrochen. Nebelhorngehupe von einem Auto, das ich nicht erkenne, hallt durch die Luft.

»Was ist denn das für ein Scheiß?«, knurrt Eddie und hievt sich schwerfällig hoch.

Ich rapple mich auf und gehe, mit meinen Freunden und Clouseau im Schlepptau, nachsehen.

Ein paar Leute sitzen mit Tee und Gebäck auf der Veranda vom *Albany's*. Mrs Garabaldi kauert mit hochgezogenen Schultern an ihrem Stammtisch in der Ecke und ist mit der Toastscheibe auf halbem Weg zum Mund erstarrt. Alle schauen misstrauisch zur Main Street.

Ein orange und blau lackierter VW-Bus hält vor dem gepflasterten Weg zum Café. Die hinteren Fenster sind mit ausgefransten lila Gardinen verhängt und ein paar Surfbretter sind aufs Dach geschnallt.

Der Fahrer streckt den Kopf aus dem Fenster. Er trägt ein Pfeil-Piercing durch die Nasenscheidewand und auch die Tattoos an seinem Hals sehen ziemlich cool aus. Obwohl ich die Motive nicht genau erkennen kann, denn ein Bart verdeckt sein halbes Gesicht.

»Hallo«, ruft er zu uns herüber. »Könnt ihr uns sagen, wie wir nach Eden Valley kommen?«

»Mann, du bist doch längst da«, antwortet Pete hinter mir.

Der Typ beugt sich aus dem Fenster und mustert mit zusammengekniffenen Augen die leere Straße. »Wirklich? Das ist es?«

Grady geht, die Hände in den Jeanstaschen, zum Wagen hinüber. »Ja, wirklich, das ist Eden Valley. Und genau die gleiche Frage stell ich mir auch jeden

Morgen. Sucht ihr was Besonderes?«, fragt er schüchtern.

»Denen ist wohl das Navi ausgefallen«, murmelt Eddie mit einem Blick auf die Surfbretter. »Zum Strand geht's da lang, nur ungefähr tausend Kilometer …«

Die Gardinen hinten im Van bewegen sich und ein weiteres verschwitztes Gesicht taucht auf. Eine junge Frau mit aufgesteckten aschblonden Dreadlocks späht verschlafen zu uns heraus. Sie hat eine lange Reihe Piercings in einem Ohr und trägt den knappsten gelben Bikini, den ich je im Leben gesehen habe.

Eddie wird so rot wie Himbeermarmelade. Er senkt den Blick und scharrt nervös mit den Füßen, sodass er Staubwolken aufwirbelt. Er bringt etwas hervor, das in etwa wie *Garmurwedschi* klingt, und ich weiß, dass das auf absehbare Zeit das Letzte ist, was wir von Eddie Palmer hören werden.

»Hallo«, sage ich und winke ihr zu. »Können wir euch helfen?«

Die junge Frau winkt zurück. »Hey. Wisst ihr, ob es hier in der Gegend einen Campingplatz oder so was gibt?«

Pete drängt sich an mir vorbei und zeigt mit seinen dürren Armen auf die eingezäunten Weiden hinter der Bäckerei. »Das ist die Farm der Palmers. Hier kommen nicht viele Touristen her, ich meine, von außerhalb, gut, manchmal noch ein paar Arschnasen aus Merindale – aber die Palmers haben schon mal ein paar Backpackern ein Stück Weide vermietet. Einfach geradeaus, dann links ab, an der Post vorbei – das ist das Gebäude mit dem roten Blechdach. Ihr könnt es nicht verfehlen. Die Palmer Farm sieht aus, als hätte ein Tornado sie hier fallen lassen.«

Tia nimmt Petes Hand betont lässig in ihre. »Also … ihr seid doch hier sicher nur auf der Durchreise, nicht? Bis nach Merindale ist es noch etwa eine Stunde und dort gibt's einen richtigen Campingplatz …«

Der Fahrer lacht auf: »Wollt ihr uns auf den Arm nehmen? Nein, wir sind genau da, wo wir hinwollten.« Und dann startet er mit ohrenbetäubendem Krachen wieder den Motor. »Danke – bis später!«

Caroline sieht der Staubwolke stirnrunzelnd hinterher. »Die war'n ja schräg!«

»Ach was«, meint Grady wehmütig. »Hippies auf Entdeckungstour ins ›echte Australien‹. Dieser Van ist sicher voll mit Unmengen Patschuli und Gras.«

Wir sechs starren dem Wagen hinterher, wie er hinter dem Laden der Garabaldis im Hitzeflirren über dem Asphalt verschwindet. Caroline räuspert sich. »Schon möglich. Aber trotzdem schräge Vögel.«

So ein Rückblick ist eine tolle Sache. Das ist etwas, das ich an Comics so liebe; wenn man etwas übersehen hat, kann man immer zurückblättern und sich die Details noch mal ansehen.

Wir gehen wieder in den Garten, und ich erzähle den anderen die Story, als Mum und Cleo uns mal aus einer Laune heraus in Mums Wagen verfrachteten und zwei Tage durch die Pampa fuhren, nur um sich die Big Banana, *die* Attraktion nördlich von Sydney, anzusehen. Und bald ist der seltsame VW-Bus fast vergessen.

3

Ach ja, richtig, der andere Junge. Zu dem komme ich bald, ich schwör's. Es ist so: Seit Anbeginn der Zeiten sind Grady und ich ein Team. Aber das Team bestand nicht immer nur aus Grady und mir. Und jetzt mal im Ernst – es ist wirklich nicht so, wie ihr denkt.

Wenn die Hitzewelle anhält, wird diesen Sommer nicht mehr viel passieren, außer dass wir bei irgendjemandem zu Hause herumhängen und einen Stapel DVDs gucken. Aber jetzt schlendern wir alle zusammen die Main Street runter und drücken uns an den Straßenrand, als Lucy Albington vom Postamt an uns vorbeifährt und freundlich winkt. Am Nachmittag hilft Grady Mr Garabaldi dabei, einen Weihnachtsmann aus Plastik auf dem Dach der Eisenwarenhandlung zu befestigen, während ich mich nervös in der Nähe der Leiter herumdrücke. Dann spazieren wir gemütlich den Hügel rauf und hängen in der Autowerkstatt von Gradys Bruder herum. Anthony und Eddie arbeiten daran, Carolines Rostlaube von einem Auto – das Wertvollste, was sie auf Erden besitzt – in Schuss zu bringen, aber sie haben es immer noch nicht geschafft, den Motor zum Laufen zu kriegen. Von meinem Platz auf der Werkbank aus sehe ich, wie Caroline mit der Hand sehnsüchtig über das abblätternde Lenkrad streicht. Ich fürchte, ich bin die schlechteste Freundin der Welt, aber wie immer, wenn der Motor erst spuckt und dann wieder absäuft, kann ich nicht anders: Es mag schändlich sein, aber ich bin erleichtert. Wir bleiben so lange, bis Grady die Sticheleien seines Bruders nicht mehr erträgt, dann schlurfen wir wieder in die Sonne. Ed bleibt dort, die breiten, sommersprossigen Schultern unter das Auto geschoben, und auch Clouseau bleibt zurück, er schnarcht unter der Werkbank.

Dann macht sich Caroline auf, weil ihre Schicht im Lebensmittelladen beginnt, und Petey und Tia verschwinden, wahrscheinlich um ein bisschen herumzumachen, und Grady und ich gehen zurück zu mir nach Hause.

»Hol dir was zu essen, wenn du Hunger hast«, sage ich, als wir durch die Verandatür in mein Zimmer kommen, das durch die Klimaanlage wunderbar kühl ist. Ich lasse mich auf meinen Schreibtischstuhl plumpsen. »Du willst doch jetzt nicht nach Hause, oder?«

Grady bricht auf dem Bett zusammen und fischt einen neuen Roman aus seiner Umhängetasche. Es ist einer von diesen klassischen Detektivromanen, die er so liebt, in denen die Frauen eiskalt und böse sind und die Männer Filzhüte tragen und zum Schluss erschossen werden. »Nee, ich bleib hier.«

Ich schlinge mir ein Tuch ums Haar. »Prima. Ich mach hier nur noch eine Kleinigkeit fertig, dauert nicht lang.«

»Hmm«, sagt er, macht es sich auf meinem Bett bequem und schlägt sein Buch auf.

Mit einem leisen Ton erwacht mein Mac zum Leben. Davor steht mein Wacom, ein Grafiktablett mit einem Stift zur Eingabe. Mum hat es mir letztes Jahr zum Geburtstag geschenkt und es ist absolut perfekt.

Ich zeichne nach wie vor lieber mit Bleistift, dann scanne ich die Zeichnung ein und füge die Farben digital hinzu. Aber das Wacom hat mir eine Riesenfreiheit verschafft, ich kann mit meinen Comics herumspielen, und es hat meine Kunst irgendwie revolutioniert.

Ich öffne die Datei, an der ich gerade arbeite, es sind drei senkrechte Panels mit einem Hintergrund, der die einzelnen Teile der Szene miteinander verbindet. Ich nenne es *Die neuen Abenteuer von Cinnamon Girl*, obwohl ich noch nicht genau weiß, wie es weitergeht. Eine Wohnung für mein Cinnamon Girl hab ich schon gezeichnet, ein wirklich cooles Lagerhaus mit Möbeln im Vintage-Stil und riesigen Bogenfenstern. Ihre Klamotten kann ich inzwischen im Schlaf zeichnen, aber ich kämpfe noch ein bisschen mit ihren Bewegungen. Dabei hilft es auch nicht gerade, dass ich mir noch nicht ganz sicher bin, was für eine Art von Geschichte ich denn nun eigentlich erzählen will. Ich hatte immer schon vor, meine eigene Superheldin zu erschaffen, eine Überfliegerinnen-Heldin in einer mehrdimensionalen Welt und was weiß ich nicht alles – aber in der letzten Zeit begeistern mich immer mehr diese Indie-Comics, bei denen ein und dieselbe Person vorzeichnet und reinzeichnet. Außerdem finde ich die Online-Comics irre, die einfach nur aus einfarbigen Panels bestehen und – na, wie auch immer. Im Moment hängt Cinnamon Girl jedenfalls nur in ihrer Wohnung herum, bis mir ein Abenteuer einfällt, das ihrer würdig ist.

Ich zoome mir das mittlere Bild ran und konzentriere mich auf die perspektivische Darstellung ihrer Beine …

✿ ✿ ✿

Erschrocken fahre ich hoch. Das Licht hat sich verändert, es ist jetzt wässrig-orange, und mein Rücken ist total verspannt. Ich gähne, recke mich und schiebe den Stuhl vom Schreibtisch weg.

Grady liegt bäuchlings auf der alten Couch vor meinem Fenster und blättert träge in einem meiner neuen Comics von *Captain Marvel*. Sein Roman liegt neben ihm auf dem Boden. »Herzlich willkommen«, sagt er und lächelt.

»Ich war voll weggetreten«, sage ich verlegen. »Schon wieder! Tut mir leid.«

Grady setzt sich schwungvoll auf, die Bodenbretter knarren unter seinen Füßen. »Deine Hände haben gezuckt, und du hast vor dich hingesummt, also hab ich gedacht, ich brauche deine Atmung nicht zu kontrollieren. Aber mal ehrlich – du summst *South Pacific*?«

Ich werfe einen Stift nach ihm, aber er fängt ihn auf. »Zieh nicht über diese Musik her, Mann!«, sage ich und gähne erneut. »Du weißt genau, dass ich mich dabei gut konzentrieren kann.«

Grady bewegt den Kopf in alle Richtungen, und ich höre, wie es in seinem Nacken knackt. Er beugt sich vor und guckt mir über die Schulter. »Wow, das ist großartig! Aber es sieht anders aus als der Rest. Was hast du mit dem Hintergrund gemacht?«

Ich dehne und strecke die Finger. »Weiß nicht. Ich dachte, ich probiere mal ein bisschen rum und dämpfe die Farbpalette etwas ab. Aber ich bin mir nicht sicher, ob diese ganzen Brauntöne wirklich so passend sind. Wie findest du's denn?«

»Es gefällt mir sehr gut«, sagt er. »Es ist irgendwie … wie das Zeugs, das du mir online gezeigt hast, das von dem neuseeländischen Zeichner, wie hieß der noch gleich – Mike Hinge? Aber das hier sieht mehr aus wie von dir.«

Ich drehe mich auf dem Schreibtischstuhl herum.

Grady schiebt *Captain Marvel* ins Regal, das sich unter dem Gewicht meiner hunderttausend Comics und Graphic Novels biegt. Außerdem stehen da die Archivkartons zur Aufbewahrung der Hefte, die Dad gehört haben. »Dein Cinnamon Girl gefällt mir sehr gut, Alba«, sagt Grady, die Augen weiterhin auf den Bildschirm gerichtet. »Sie ist nicht gerade eine Superheldin, aber auch kein normales Mädchen.«

»Na ja, ich murkse noch ein bisschen an ihrem Stil rum. Ich hab da ein paar Ideen, aber bei der Geschichte hänge ich irgendwie fest.«

Grady beugt sich zu mir vor, sodass wir auf gleicher Höhe sind, und sieht mich mit seinen braunen Augen forschend an. »Auf jeden Fall hat sie mehr verdient als nur ein Dasein auf der Speisekarte einer Bäckerei«, sagt er energisch.

Ich unterdrücke das Bedürfnis, ihm die Zunge rauszustrecken. »Wie spät ist es eigentlich?«

Er schaut seufzend auf die Uhr. »Viertel nach neun. Wo bloß die anderen bleiben …?«

Wie aufs Stichwort dröhnt Eddies Stimme aus dem Wohnzimmer zu uns. »Zieht eure Klamotten an, Kinder! Grady, ich komm jetzt rein, und ich hoffe sehr, dass ich dich nicht mit offener Hose erwische!«

»Eddie, das ist total eklig«, rufe ich zurück, muss aber beinahe lachen, als ich sehe, wie bezaubernd knallrot Grady wird.

Ich gehe nach nebenan ins Wohnzimmer, wo ein

vor Motoröl glänzender Eddie grinst wie ein Irrer. Er lässt Pizzaschachteln auf den Tisch fallen und wirft Grady einen Luftkuss zu.

»Du bist so ein Affenarsch, *Francis*«, knurrt Grady.

Caroline kommt herein und fläzt sich vor dem funkelnden Weihnachtsbaum auf den Boden, während sie gleichzeitig versucht, eine Packung Knabberzeug aufzukriegen. Sie trägt nicht mehr ihre Arbeitskleidung aus dem Laden, sondern wieder abgeschnittene Jeans und ihr T-Shirt mit der Aufschrift *Angry Fembot Army*. »Sag bloß, das ist dir neu, Grady«, sagt sie dann mit vollem Mund. »Darf ich dir Eddie vorstellen?«

Eddie streckt die Hand aus. »Nett, dich kennenzulernen, Kumpel.«

»Halt die Klappe, du Arsch«, murmelt Grady und lässt sich auf die Couch plumpsen.

Ich setze mich neben ihn und tätschle ihm mitfühlend die Hand. Pete hat sich mittlerweile in Dads großem Sessel niedergelassen, während Tia das Red Bull und die Shotgläser auf dem Tisch ablädt. Sie strahlt mich an, als ich den Fernseher einschalte.

Ganz egal, was in unserem Leben sonst passiert – den Montagabend habe ich in den vergangenen acht Monaten zu einem Jour fixe erklärt, den niemand versäumen darf.

Also, tief Luft holen: Dieser andere Junge, von

dem schon mehrmals die Rede war – jetzt taucht er zum ersten Mal richtig in meiner Geschichte auf.

»Also, Leute, eine neue Spielregel«, sage ich. »Offenbar ist der Typ, der Dr. Mac Macleod spielt, in einer Entzugsklinik. Aber sie können die Figur nicht einfach aus der Serie streichen, denn auch der Dümmste hat inzwischen kapiert, dass er sich als Biancas Vater entpuppen wird. Will irgendjemand raten, wie ihn die Drehbuchleute aus der Serie rausgeschrieben haben? Denkt dran, wer richtig liegt« – Tia schwenkt ein Marmeladenglas durch die Luft –, »der muss den Todesbecher auf ex trinken!«

Caroline wischt sich die krümeligen Finger an den Shorts ab und nimmt sich ein Shotglas. »Er besucht einen kranken Freund in Sydney.«

Ich greife nach einem Stück Hawaii-Pizza. »Er ist auf einer Fortbildung in Darwin. Wenn er länger wegbleiben muss, dann lassen sie ihn einfach in der Wüste verloren gehen.«

Eddie nimmt sich eine Pizzaschachtel und wirft sich in einen Sessel. »Er ist gerade mit dem Hund raus. Das können sie dann ein ganzes Jahr so machen.«

Grady legt die Füße auf den Tisch und kippt dabei einen Weihnachtsmann um. »Er führt eine noch nicht erprobte Operation durch«, sagt er und stellt den Weihnachtsmann wieder auf. »Dann können sie auch endlich mal Leute im Wartezimmer zeigen.«

»Genau, die Kulissen müssen sie unbedingt noch ordentlich ausnutzen, bevor die Sendung abgesetzt wird«, fügt Pete hinzu. »Und …«

»*Ruhe jetzt!*«, schreit Tia. Die Ukulele setzt ein, und auf dem Bildschirm sieht man einen Sonnenuntergang am Strand, über dem ein wackeliger Titel eingeblendet wird. Wir sechs kippen unser übliches Glas Red Bull hinunter – die bescheuerte Titelmelodie rechtfertigt das ja wohl total.

Die Seifenoper mit dem Titel *Das Haus am Eukalyptusbaum* ist ein Kandidat für die schlechteste Fernsehsendung in der Geschichte des Universums. Ausgenommen davon ist nur die eine Folge *Schamhafte Körper*, die Grady und ich mal gesehen haben. Die Serie spielt in einem Krankenhaus in der Nähe eines Surferstrandes und alle Ärzte sind blond und sehen nicht älter aus als achtzehn. Die Handlung verläuft in wildem Zickzack, es gibt Autounfälle, verheimlichte uneheliche Kinder, die aus dem Nichts auftauchen, Hochzeiten, die von einem ebensolchen Kind gestört werden. Ab und zu stürzt jemand in einen alten Bergwerksschacht (obwohl niemand erklären kann, warum es in der Umgebung einer Surferstadt so viele stillgelegte Minen gibt). Die Sendung ist gerade nach hinten geschoben worden, auf die 21.30-Uhr-Schiene, und das ist ein sicheres Zeichen dafür, dass sie nur noch einen kleinen Schritt vom endgültigen Aus entfernt ist.

Tia quetscht sich zu Pete in den Sessel und haut ihm dabei aus Versehen das Knie zwischen die Beine. Pete macht heldenhafte Anstrengungen, so zu tun, als wäre nichts passiert. Tia und Petey sind schon seit ein paar Monaten zusammen, aber sie haben immer noch nicht richtig raus, wie sie als Paar funktionieren. Das Händchenhalten ist ihnen ein bisschen peinlich, und es gibt immer ein ziemliches Durcheinander, wer seine Gliedmaßen wohin sortiert.

»Tut mir leid«, murmelt Tia. Sie räuspert sich. »Und vergesst die Grundregeln nicht, Leute: Ein Shot, sobald Indigo ohne vernünftigen Grund mit nacktem Oberkörper zu sehen ist.«

Pete legt ihr den Arm um die Schulter. »Ein Glas, wenn er sein Emo-Stirnrunzeln aufsetzt und dann das Bild stehen bleibt und die Musik für die Werbepause einsetzt.«

Eddie greift nach einem Red Bull. »Zwei Gläser, wenn er dieses bescheuerte Gesicht macht, als ob ihm einer ein Stück vergammelten Käse unter die Nase hält.«

Ich werfe Grady einen Seitenblick zu, er lacht bereits. »Und zwei Gläser, wenn Indigo sagt: ›Verdammt, Becky! Ich bin noch kein fertiger Arzt!‹«, rufe ich und schlage Grady aufs Knie, um der Sache besondere Bedeutung zu verleihen.

Caroline stöhnt auf, als eine Krankenschwester etwas davon murmelt, dass Dr. Macleod einen kranken

Freund besucht, und Tia reicht ihr freudestrahlend das Marmeladenglas, das randvoll mit Red Bull ist.

Wir haben das Ganze auch ein paarmal mit Alkohol probiert, aber das hat für uns alle ein ziemlich böses Ende genommen. Beim letzten Mal ist Grady besinnungslos in mein Bett gekippt, nachdem er versucht hatte, Clouseau einen Schnurrbart anzumalen, und dann hat er um meine Hand angehalten. Ich muss wohl nicht weiter betonen, dass seitdem niemand das Red Bull infrage gestellt hat.

»Himmel noch mal, besitzt dieser Kerl überhaupt ein T-Shirt?«, knurrt Eddie, als wieder einmal der muskulöse und sonnengebräunte Oberkörper von Indigo Lazorio ins Bild kommt. Wir kippen alle sechs einen Shot. Indigo geht lässig die Auffahrt hinunter, schiebt sich eine Haarsträhne aus dem Gesicht und sieht stirnrunzelnd in die Ferne, während die Schauspielerin, die seine Freundin darstellt, ihren Text weinerlich und monoton herunterbetet.

»Aber Indy, ich dachte, das mit uns wäre etwas ganz *Be-son-de-res*«, jammert sie und verzieht die Lippen zu einem Schmollmund. Indigo starrt erneut in die Ferne, kneift die blauen Augen leicht zusammen, presst die Lippen aufeinander, rümpft die Nase –

»Das Käse-Gesicht! Jawoll!«, schreit Eddie, und wir trinken jeder zwei Gläser.

»Puh – wenn das eine Indigo-Episode ist, dann wird heute Nacht keiner von uns schlafen können«, sagt Grady, und ich wische mir einen Tropfen Red Bull vom Kinn.

Ich seufze. »Na, ich hoffe bloß, dass er sich später noch was überzieht. Es ist wirklich unfair, wie sie die perfekte Brustmuskulatur des armen Jungen ausbeuten, und auch seine knackigen, gebräunten Bauchmuskeln, findet ihr nicht?« Caroline zwinkert mir zu.

Grady legt eines seiner langen Beine auf den Tisch. »Die Bauchmuskeln, was habt ihr bloß immer mit den Bauchmuskeln?« Er grinst. »Ihr wisst aber schon, dass die wahrscheinlich nur computergeneriert sind, oder? Der Typ läuft beim Dreh mit einem Ganzkörperanzug rum und irgendein armes Schwein in einem Computerraum muss ihm später die Muskeln verpassen, ein Pixel nach dem anderen.«

»Mensch, mach mir doch meinen Traum nicht kaputt!« Ich schließe mit einem theatralischen Seufzer die Augen. »Außerdem fühlen sich diese Muskeln in meinem Kopf ganz schön realistisch an.«

»Amen«, sagt Caroline und prostet Grady mit ihrem Schnapsglas zu. Tia kichert heftig.

Grady verdreht die Augen. »Ich bin wohl der Einzige hier, der sich erinnert, wie er in den Sandkasten gepinkelt hat, damit er allein drin spielen konnte?« Er lächelt und stupst mich mit dem Knie an. »Aber wenn's dir Spaß macht …«

Nun ja, unser Seifenoper-Trinkspiel ist wahrscheinlich nicht gerade die konstruktivste Art, seine Zeit zu verbringen. Wir schauen uns diesen Mist nur aus einem einzigen Grund an: wegen Daniel Gordon.

Jetzt muss ich ein bisschen zurückgehen.

Mit neun Jahren habe ich meinen Letzten Willen geschrieben, und zwar mit rotem Buntstift auf die Rückseite meines Mathebuchs. Grady versicherte mir, dass dieses Testament vor keinem Gericht der Welt bestehen könnte, aber damals erschien es mir lebenswichtig, dass ich meine Schätze zu gleichen Teilen zwischen meinen beiden besten Freunden aufteilte.

Wie schon erwähnt, waren Grady und ich die besten Freunde, noch ehe wir überhaupt auf die Welt kamen. Aber Daniel war der Erste, der je in die Alba-und-Grady-Welt hineingekommen ist. Er sprang eines Tages im Kindergarten in den Sandkasten, wo ich gerade über einem Comic der *Fantastic Four* grübelte, und fragte, wer meiner Meinung nach gewinnen würde, wenn Wolverine gegen Mister Fantastic kämpfte.

Wir besiegelten unseren Bund mit Smarties und Spider-Man und teilten uns die Ehre, die beiden rundlichsten Kinder der Klasse zu sein. Na gut, mein Gesicht war immer schon eher rundlich, als dass meine Wangenknochen hervorgetreten wären, und erst in der Pubertät sind bei mir Größe und Breite miteinander in Einklang gekommen. Daniel dagegen war richtig pummelig. Aber mein Daniel war lustig und laut, und er wurde nie schikaniert, denn das kam bei seiner Persönlichkeit einfach gar nicht infrage.

Und dann, ungefähr einen Monat vor meinem zehnten Geburtstag, bekam Daniels Mutter eine Stelle in der Stadt, und damit war er weg – einfach so.

Wir hörten nie wieder was von ihm. Das heißt, bis vor acht Monaten – als er eine Nebenrolle in *Das Haus am Eukalyptusbaum* ergatterte und in all seiner hemdlosen, käseschnüffelnden Schönheit auf dem Bildschirm erschien.

Als wir klein waren, stach Daniel immer heraus, aber er war eine echte Persönlichkeit, und wenn er in ein Zimmer kam, merkte man das auf der Stelle. Aber vielleicht hat sich über die Jahre nicht nur sein Körper verändert, denn auf dem kleinen Bildschirm des Fernsehers scheint man ihn kaum zu bemerken. Er hat wunderschönes Haar, Wahnsinns-Wangenknochen und ungefähr sechs Gesichtsausdrücke, die er in den Episoden abwechselnd aufsetzt. Und trotzdem ist Daniel Gordon das Größte, was Eden Valley je hervorgebracht hat.

Ich hatte schon eine Weile nicht mehr an ihn gedacht. Ich erinnere mich aber, dass er mir seinen wertvollen Spider-Man-PEZ-Bonbonspender überreichte und mich auf der Veranda vom *Albany's* tränenreich umarmte, und dann fuhr er mit seinen Eltern aus der Stadt. Noch Wochen später weinte ich wie ein Baby. Obwohl er ungefähr um dieselbe Zeit wegzog, wie mein Vater starb, also könnte auch das einen Teil meiner Hysterie ausgemacht haben.

Grady war genauso traurig, als Daniel fortging. Ich weiß, dass er einmal versuchte, sich mit ihm auf Facebook anzufreunden, aber von Daniel kam keine Antwort.

Grady stupst mich an der Schulter. »Erde an Alba. Du hast ein Glas verpasst. Genau genommen hast du sogar zwei verpasst – Indigo hat sich wieder mal mit seinem Vater gestritten, und dann haben sie diese dramatische Krisen-Musik gespielt, während er mit nackten Bauchmuskeln und finsterem Blick vor einer verschlossenen Tür stand.«

Ich kippe zwei weitere Shots herunter. »Leute, meint ihr nicht, dass wir dem armen Indigo gegenüber ein bisschen fies sind? Ich meine, Daniel? Es ist ja nicht seine Schuld, dass er so beschissene Texte kriegt.«

»Nee, aber es ist seine Schuld, dass er so ein beschissener Schauspieler ist«, sagt Eddie. »Hat zufällig einer von euch das Interview in *Woman's Day* gelesen? Angeblich waren seine liebsten Hobbys als Kind Laufen und Surfen. Hat jemand dieses Kind mal rennen gesehen? Außer vielleicht, um Eis zu kaufen. Und wo zum Henker hat er surfen gelernt? Im Schwimmbad in Merindale?«

Pete grinst. »Junge, Junge – seit wann liest du denn *Woman's Day*?«

Eddie wird rot. »Halt doch die Klappe, du Vollidiot«, murmelt er.

»Und damit geht ein weiterer Montag dahin, der niemals wiederkehren wird«, seufzt Caroline, als abschließend wieder die Titelmelodie erklingt. »Euch ist schon klar, dass ich bessere Angebote gehabt hätte für die letzten Montagabende, oder?« Als ihr Blick auf mich fällt, wird ihr Ausdruck nüchterner, und sie grinst mich schief an. »Jason Dylan und seine Kumpels haben ein Drive-by geplant, bei dem sie die Merindale Highschool im Vorbeifahren mit Eiern bewerfen – es gibt also intellektuelle, witzige Alternativen, die mir durch die Lappen gehen.« Sie streckt sich und gähnt, aber ihre Augen wirken vor lauter Energiedrink irgendwie wahnsinnig.

Ich strecke mich auf der Couch aus und lege Grady die nackten Füße in den Schoß. Durchs Fenster sehe ich einen winzigen Lichtpunkt auf der nördlichen Weide der Palmers, ein winziger gelber Fleck im Schwarz, das von Zikadengeschrei erfüllt ist. Obwohl die Klimaanlage auf vollen Touren läuft, strahlt die nächtliche Hitze durch die Fenster.

»Offenbar haben die Typen von vorhin zu euch gefunden, Ed«, sage ich. »Ist es deiner Familie recht, dass da ein paar Verrückte bei euch rumhängen?«

Eddie zuckt mit den Schultern. »Solange es ein bisschen Extrageld einbringt, ist es in Ordnung, nehme ich an. Dad hat es sicher genossen, ihnen mit seinem Vortrag über das absolute Feuerverbot ordentlich Angst einzujagen. Und er wird den Werkzeugschuppen verriegelt haben.«

Grady wendet den Kopf und späht ebenfalls in die Dunkelheit. Als sich meine Augen an die Dunkelheit gewöhnt haben, tauchen auch die Umrisse des Campingbusses im Schatten auf. »Ich frage mich, wo die hinwollen«, murmelt er.

Ich stupse seinen Bauch mit dem Fuß an. »Patschuli und Gras, weißt du noch? Hätte nicht gedacht, dass das was für dich ist, *Domenic*.«

Er reißt seinen Blick los und sieht mich an. »Sprich mich nicht mit dem Vornamen an, *Sarah*. Ich habe nicht gesagt, dass ich unbedingt zu einem Aschram aufbrechen will.« Ich weiß, dass er versucht, ungezwungen zu klingen, aber er sieht angespannt aus. Ich schwinge die Beine von ihm runter, und in dem Moment kommt Mum durch die Tür, die ins *Albany's* führt. Sie hat ganz verschwitztes Haar und müde Augen, aber weil meine Mum super ist, strahlt sie uns trotzdem an.

»Hallo, Kids«, sagt sie und zieht sich einen Stuhl an den kleinen Esstisch heran. Sie hat die Augen auf ihr Handy gerichtet und ihre Finger gleiten über das Display.

Ich gehe zu ihr hinüber und hocke mich auf die Tischkante. »Wie geht's, Mama? Anstrengenden Tag gehabt?«

»Die Käse-Muffins waren heute schon wieder ausverkauft. Morgen sollte ich wohl die doppelte Menge machen.« Sie knabbert zerstreut an dem kleinen Piercing in ihrer Unterlippe. »Es war ein guter Tag, nur ein bisschen … merkwürdig. Vorhin ist Patrick vorbeigekommen, er sagt, das *Junction* ist ganz ausgebucht. Offenbar war da ein großer Ansturm auf ihre Zimmer.« Mum schaut wieder auf ihr Handy. »Ist das nicht merkwürdig?«

»Das *Junction* hat nur ungefähr zehn Zimmer, Mrs A«, sagt Pete. »Es ist also nicht so merkwürdig, dass es über die Feiertage ausgebucht ist, oder?«

Mum zuckt mit den Schultern. »Vielleicht kommen über Weihnachten mehr Leute in die Stadt als sonst, aber – *hoppla*!« Mum setzt sich kerzengerade hin und wirkt plötzlich munter. »Domenic, warst du heute schon bei Twitter unterwegs?«

Grady springt auf und stellt sich an Mums andere Seite. »Nein, der Empfang war ganz mies. Wieso?«, sagt er und wirft einen Blick auf Mums Gerät.

Ich kapiere diese Sache mit Twitter nicht so richtig. Ich habe schon im wahren Leben genug damit zu tun, meine Geschichten kurz und bündig zu halten, aber Mum und Grady sind ganz verrückt nach Twitter. Sie unterhalten sich endlos über »trending topics« – obwohl »trending topics« nach dem, was ich mitbekomme, normalerweise solche Dinge sind wie Fotos von Sängerinnen unten ohne und solches Zeug.

»Und? Welcher Star hat diesmal im Vollsuff Mist erzählt?«

»Nein, darum geht's nicht. Es ist … sieh mal.«

Mum hält mir ihr Handy hin. Grady schnappt nach Luft, aber ich brauche einen Moment länger, um zu begreifen, was ich da sehe. Es ist eine Liste mit Hashtags:

#AmEndederWelt
#BegeisterungfürEdenValley
#Kuhdorfüberlebt
#ApokalypseAustralien

Grady wirft mir einen Blick zu, ihm bleibt der Mund offen stehen.

Ich springe vom Tisch herunter. »Auf keinen Fall, das kann doch gar nicht sein! Der Echte Ned …?«

»Der echte wer?«, fragt Pete und rappelt sich aus dem Sessel auf.

Grady taucht nach seiner Umhängetasche und zieht sein iPad hervor. »Das hatte ich total vergessen. Ich habe gedacht, es wäre einfach nur ein Scherz, aber …« Er tippt hektisch auf dem Display herum und dann hält er das iPad ein Stück von seinem Gesicht weg. »Du liebe Güte«, flüstert er.

Caroline stemmt sich ebenfalls hoch. »Was denn? *Was läuft hier eigentlich?*«

Grady dreht das Display zu uns um.

Der YouTube-Clip vom Echten Ned ist achtzehntausendvierhundertsiebenundneunzigmal aufgerufen worden.

»Kapier ich nicht«, sagt Caroline. »Wieso flippt ihr aus wegen YouTube …«

Tia und Eddie stehen plötzlich auch neben uns. »Spiel es ab – los, *spiel es ab!*«, kreischt Tia.

Sechs Leute stecken die Köpfe zusammen, als die Stimme des Echten Ned durch die Lautsprecher krächzt, während mein Hirn vergeblich versucht hinterherzukommen.

Tias Handy gibt ein *Ping* von sich, gerade als im Film Neds erster Anrufer ins Studio durchgestellt wird, und meine Freunde fangen alle gleichzeitig an zu reden. Tia schaut völlig perplex auf ihr Telefon. »Leute – ich habe gerade eine Nachricht von Brihannah gekriegt. Schaut euch das mal an!«

Tia dreht ihr Handy um, und sechs Augenpaare kleben an dem winzigen Display, als wäre es eine Erstausgabe von *Action Comic*.

Auf ihrem Display ist eine Seite der kostenlosen Zeitung zu sehen, die in der Stadt verteilt wird. Die Hälfte der Seite nimmt die Geschichte über einen Footballspieler ein, der erwischt worden ist, als er am Samstagabend in die Vorhalle einer Bank gepinkelt hat. Auf der anderen halben Seite ist ein Foto, das ich erkenne, denn es hängt direkt neben dem Eingang unseres Postamts. Es ist eine Panoramaaufnahme von Eden Valley, die oben vom Eden Hill aus aufgenommen ist. Die Überschrift über dem Foto lautet:

APOCALYPSE NOW? WELTUNTERGANGS-SCHERZ ODER RETTUNG IN DER KLEINSTADT?

»Ihr glaubt doch nicht, dass das stimmt, oder?«, flüstert Tia. »Das Ende der Welt? Wer sind noch mal die Bösen mit den Nuklearwaffen? Die Mongolen oder was?«

Caroline blinzelt zu ihr hinüber. »Tiahnah, Mädel, du musst wirklich ab und zu mal Nachrichten gucken …«

»Natürlich stimmt das nicht«, sagt Grady. »Wenn dieser Typ ein Hellseher oder ein Prophet oder was auch immer ist, dann bin ich auf dem besten Weg, ein Sumoringer zu werden. Aber das hält die Leute nicht davon ab, über den Weltuntergang zu reden. Und es hält sie nicht davon ab, Interesse an der Sache zu zeigen. Und damit auch an uns.«

»Aber es ist doch bloß eine bescheuerte Geschichte, oder?«, sagt Pete aufgeregt. »Die Leute werden es sofort vergessen, sobald die nächste bescheuerte Sache durchs Netz geht …«

»Genau«, sagt Caroline und sieht stirnrunzelnd auf Tias Handy. »Zum Beispiel ein neues Sex-Tape von Kim Kardashian. Überrascht es uns wirklich, dass die Menschheit dem Untergang geweiht ist …«

Eddie lacht. »Wie scheißcool ist das denn – oh, entschuldige, Angie. Eden Valley hat es noch nie geschafft, dass die Leute auch nur von seiner Existenz Kenntnis genommen haben. Es sei denn, es stellt sich doch noch raus, dass einer von den Albert-Brüdern ein Serienkiller ist …«

Mum nimmt ihre Schlüssel von der Anrichte. »Ich glaube, ich gehe mal rüber zu Cleo. Ich bin sicher, das hat alles … gar nichts zu bedeuten«, sagt sie unsicher. »Also, ich bin bald wieder da, Kleines.« Sie küsst mich auf den Kopf und ist auch schon durch die Hintertür verschwunden.

Grady wirft sich auf einen Stuhl am Esstisch und sieht immer noch verwirrt aus.

»Also«, sagt Pete, »wenn wir nur noch zwei Wochen zu leben haben, dann werde ich jetzt aber so was von loslegen! Scheiß auf die Arbeit in der Imbissbude.« Er lässt sich wieder im Sessel nieder und schlägt einen von Dads Comics auf, *Legend of Wonder Woman*, den ich auf dem Tisch habe liegen lassen.

»Ich mach mich auf«, sagt Eddie und nimmt sich das letzte Stück Pizza. »Ich glaube, ich muss mich jetzt unbedingt mal mit unseren Besuchern unterhalten. Bis dann«, sagt er und winkt, während er in der Dunkelheit verschwindet.

Tia steckt ihr Handy weg, ihr Gesicht ist kreidebleich.

»Tia, entspann dich«, sagt Caroline und tritt neben sie, sodass sie Schulter an Schulter stehen. »Es ist ja nicht so, dass du und Dina jetzt euer Haus gegen räuberische Horden verteidigen müsstet. Ich bin sicher, niemand hat es auf deine Figuren von ›Mein kleines Pony‹ oder auf die Schnapsgläsersammlung deiner Mutter abgesehen.«

Ich stelle mich neben Tia und drücke ihr den Arm. »Außerdem sind wir schließlich diejenigen, die das Ganze überleben, stimmt's? Mach dir keine Sorgen. Wenn Eden Valley in Anarchie verfällt, dann hast du wenigstens einen großen, starken Mann an deiner Seite, der deine Ehre verteidigt.«

Pete hebt grinsend den Arm. Bei seinen nicht vorhandenen Muskeln regt sich nicht viel, aber trotzdem strecke ich ihm aufmunternd den erhobenen Daumen entgegen.

Tia wirkt irgendwie nicht richtig überzeugt. »Sicher. Gut. Petey, kannst du mich nach Hause bringen?«

Caroline seufzt. »Ich komme auch mit. Morgen früh muss ich arbeiten. Das könnte eine interessante Schicht werden, wenn die Leute ihre Vorräte für den Weltuntergang aufstocken.«

Mit hektischem Abklatschen und Wangenküssen verschwinden Tia, Caroline und Pete.

Ich starre durchs Fenster, wo der einzelne helle Punkt mich in der Dunkelheit anblitzt. Über dem Horizont sehe ich die Schatten der sanften Hügel und die paar roten Eukalyptusbäume auf dem Feld der Palmers, die dort stehen wie geisterhafte Wächter.

Mein ganzes Leben lang sind Dunkelheit und Stille immer etwas Tröstliches gewesen, aber aus irgendeinem Grund fühlen sie sich plötzlich ein winziges bisschen zu erdrückend an. Die Leere ist ein bisschen *leerer* als sonst.

Ich lasse mich neben Grady auf einen Sessel fallen. »Schläfst du heute hier?«

Grady nickt zerstreut und tippt auf seinem iPad herum. »Ja, sicher.« Er hebt den Blick und sieht mich an. »Verrückt, oder? Ausgerechnet wir, von allen Städten auf der ganzen Welt?«

»Ja, aber jetzt nimm das alles mal nicht so ernst«, sage ich und schlucke meine Nervosität herunter. »Ich bin sicher, beim nächsten Promi-Baby, das nach einer Frucht benannt wird, sind wir wieder vom Radar der Leute verschwunden.«

✪ ✪ ✪

Später, nachdem wir geduscht und Gradys Pyjama aus der Wäsche gebuddelt haben, liege ich ausgestreckt im Bett. Ich trage mein violettes Nachthemd und Grady liegt in T-Shirt und Boxershorts auf der Couch. Seine Füße stecken unter der Decke, das Gesicht wird von seinem iPad erhellt. Ich merke mir, dass ich ihn morgen so zeichnen will. Das Licht sieht auf seinem glatten Gesicht einfach großartig aus, aber ich bin nicht sicher, ob ich das auch so einfangen kann.

»Bist du nicht müde?«, frage ich.

»Nee, ich will noch ein bisschen lesen.«

Ich rolle mich auf die Seite und ziehe meine Schlafmaske übers Gesicht. »Du, Grady?«

Er schaut mich an. »Ja, Alba?«

»Ist alles in Ordnung? Du siehst irgendwie müde aus, seit wir unsere Noten bekommen haben. Du hast super abgeschnitten, du kriegst locker einen Studienplatz für Jura, es steht völlig außer Frage, dass es anders kommt.« Ich schlucke ein paarmal. »Warum kannst du dann nicht schlafen?«

Er schiebt sich eine Hand ins Genick und starrt durch mein Fenster hinaus auf den Nachthimmel. »Ja, ich war ganz gut. Aber das ist noch lange keine Garantie … und außerdem … na ja, Dad hat mir Stress gemacht. Er hat die grandiose Idee, dass ich schon früher umziehen und so lange bei ihm bleiben soll, bis ich was Eigenes gefunden habe. Er macht an Silvester irgendeine Party, bei der ich auch dabei sein soll – ich glaube, er will so eine Beziehung zu mir aufbauen oder so. Total bescheuerte Idee …«

Ich setze mich rasch auf. »Grady, ist das dein Ernst? Bis Silvester sind es nur noch ein paar Wochen …«

»Weiß ich doch, und nein, ich denke nicht ernsthaft darüber nach. Ich hab keine Lust dazu, und außerdem weigert sich Anthony, mir zu helfen, wenn ich es auch nur in Erwägung ziehe, bei Dad zu pennen …« Er wirft mir einen Blick zu. Und dann grinst er. »Das Ende der Welt beschäftigt mich auch ein bisschen. Abgesehen davon ist alles cool.«

Ich sinke zurück in mein Bett. Die Bilder, die ich an die Decke geklebt habe, lösen sich an einigen Stellen, die Ränder kräuseln sich in der Hitze. Der Druck von *Kingdom Come* flappt leicht im Zug der Klimaanlage und verursacht mir unerklärlicherweise leichte Panik, als würde ich in einer der kommenden Nächte mit dem Bild auf dem Gesicht erwachen und von den Riesenbrüsten von Power Woman erstickt werden.

Ich drehe mich wieder auf die Seite. Ich weiß genau, wann Grady einer Frage ausweicht. Mein bester Freund ist ein hoffnungslos schlechter Lügner. »Domenic …«

»Igitt, sprich mich nicht mit meinem Vornamen an! Es ist alles in Ordnung.« Er wendet sich von mir ab. »Nacht, Alba.«

Ich überlege, ob ich ihn auf seinem Handy anrufen soll, aber dann mache ich es mir auf meinem Kissen bequem, und mir fallen sofort die Augen zu. Ich muss wohl nicht ausdrücklich erwähnen, dass mir Schlaflosigkeit völlig unbekannt ist.

Normalerweise schlafe ich wie eine Tote. Aber in dieser Nacht fühle ich mich benommen, als würde ich in einer halb wachen Zwischenwelt umherschweben. Ich habe verschwommene Träume von Kleinbussen, vom rastlosen Cinnamon Girl, das sorgenvoll durch die Fenster ihres Lagerhauses starrt, und von allen postapokalyptischen Comics, die ich je gelesen habe.

Und ich bin mir nicht ganz sicher, aber zwischendurch, glaube ich, träume ich von Gradys weit aufgerissenen braunen Augen, die mich verlassen durch die Dunkelheit anblicken.

Die Autolawine rollt am nächsten Morgen heran.

Klingt höchst dramatisch. Eigentlich sollte dazu im Hintergrund die passende Filmmusik laufen oder so. Zunächst jedoch beginnt der Dienstagmorgen wie jeder andere auch – trotz Twitter und Google Trends und Tausenden Klicks auf das YouTube-Video.

Wie üblich bin ich schon vor sechs hellwach und auf den Beinen. Grady, der bäuchlings auf meiner grünen Couch liegt und ein langes Bein auf die Dielenbretter herunterhängen lässt, lasse ich weiterschlafen. In Pyjama und Kimono, das Haar zurückgehalten von der hochgeschobenen Schlafmaske, husche ich in die zur Backstube umfunktionierte Küche.

Die Morgenmannschaft ist schon eifrig am Werk: Ein Blech nach dem anderen wird in die Öfen geschoben und die fertigen Backwaren werden rausgezogen. Cleo sitzt auf einer Bank und nascht Keksteig direkt aus der Schüssel.

»Hallo, Zweite Mama«, begrüße ich sie und knuddle sie.

»Hallo, mein Mädchen«, sagt sie und erwidert meine Umarmung. »Schläft mein Sohn noch?«

»Mhm. Er ist wirklich ein nichtsnutziger Faulpelz. Daran sind sicher die Eltern schuld.«

Cleo gibt mir mit dem Löffel eine Kopfnuss. »Dann muss ich wohl auch Angie für dein Lästermaul verantwortlich machen, was?«

Mum schleudert einen Klumpen Ingwerkeksteig auf die Arbeitsplatte. »Meine Schuld ist das nicht. Weiß der Himmel, wo sie ihren Sarkasmus herhat.«

Cleo lacht. »Das ist wirklich ein Rätsel. Aber hatte nicht vor langer Zeit mal unser Lehrer für Moderne Kunstgeschichte einen Nervenzusammenbruch, weil irgend so eine Göre mit blau gefärbtem Haar ihn ständig angemotzt hat, es würden nicht genug Künstler*innen* auf dem Lehrplan stehen?«

Mum kneift missbilligend die Augen zusammen, als sich Cleo, ohne mit der Wimper zu zucken, noch mehr Keksteig in den Mund schiebt.

Während ich alle Gene von meinem Dad geerbt habe, ist Grady, obwohl er ein Junge ist, ein Klon seiner Mutter. Er hat ihre wilden, dunklen Locken und den verschmitzten Blick, allerdings sind ihre beiden Söhne einen Kopf größer als Cleo. Heute trägt sie die praktischen Stretchjeans und eine bequeme graue Bluse, die sie sich für ihre Arbeit in Doktor Lucas'

Praxis zugelegt hat – das Ganze aufgepeppt durch farbenfrohe Ketten, die sie ein paar Monate zuvor mit Feuereifer produziert hat.

»Wohin bist du eigentlich gestern Abend so plötzlich verschwunden, Mum?« Ich schiebe sie ein Stückchen zur Seite und vergrabe meine Hände im Teig. »Hast du etwa einen Atombunker für den Weltuntergang gegraben?«

Mum wirft Cleo einen vielsagenden Blick zu. »Ich musste unbedingt mit jemand über mein traumatisches Erlebnis sprechen … Schließlich hab ich mir damals *Armageddon* angesehen! Aber eigentlich wollte ich nur checken, ob sich Mrs Garabaldi nicht mit einer Knarre auf ihrem Dach postiert hat.«

Cleo hält mitten im Kauen inne und schwärmt mit vollem Mund und verträumtem Blick: »Bruce Willis war so was von schnuckelig in diesem Film.«

Ich knete den Teig mit vollem Körpereinsatz. »Ich bitte dich! Ist der nicht so um die siebzig?«

Cleo stößt Mum mit dem Fuß an. »Und kahl ist er auch noch. Aber trotzdem. Den würd ich nicht von der Bettkante schubsen.«

»Ich hab so den Verdacht, dass du derzeit nicht mal zu einem Ficus Nein sagen würdest«, murmelt Mum.

»Also bitte! Kein Altherren-Sex-Gequatsche! Macht euch vom Acker, alle beide, bevor ich noch in diesen superköstlichen Plätzchenteig kotze.«

Während Mum die kichernde Cleo wegzerrt, wirft mir Mrs Doyle einen missbilligenden Blick zu und schleudert mit ihren krümelbehafteten Händen empört Zuckerguss über ein Blech mit Cupcakes.

Ich bin mir völlig im Klaren darüber, dass meine Welt nicht gerade von hochspannenden Geschichten strotzt. Ich könnte über den ewig gleichen Trott in der Bäckerei lamentieren, denn das alles kenne ich, seit ich denken kann: das Licht der Morgensonne, das auf die Kuchenformen fällt, die über dem Arbeitstisch in der Mitte der Backstube hängen, diese besondere Mischung aus Düften und Tönen, die ich liebe, seit ich einen Löffel halten kann. Wenn ich Mehl siebe und Teig rühre, bewegen sich meine Hände, als wären sie auf Autopilot, und meine Gedanken entschweben in jene Welt, in der ich gerade sein möchte. Es ist die einzige Zeit – außer beim Zeichnen –, wo ich ganz da und gleichzeitig doch an tausend anderen Orten sein kann. Es ist der einzige Ort im Universum, an dem ich mich zu hundert Prozent wie *ich selbst* fühle.

Aber trotzdem – das *Albany's* kommt in meinen Comics nicht vor. Und außerdem stehen heute, wie vielleicht schon erwähnt, weitaus *interessantere* Dinge an als Cupcakes.

Daher knete ich den Teig zu Ende und hüpfe dann wieder in mein Zimmer zurück. Irgendwann ist Grady von der Couch in mein Bett gekrochen, daher schleiche ich auf Zehenspitzen um den leise schnarchenden Grady-Berg herum und schlüpfe in einen karierten Rock und eines der verwaschenen James-Bond-T-Shirts von meinem Dad. Dann binde ich mir die Haare mit einem Leopardenmuster-Tuch hoch, ziehe die Boots an, lege meinen Lieblingslippenstift auf und gehe gut gelaunt rüber ins Café.

Als Erstes fällt mein Blick auf Vollbart-Mann und Bikini-Mädchen, die Insassen des seltsamen Campingbusses. Sie drängen sich in einer Nische eng zusammen, die Lippen fest aufeinandergepresst und die Zungen tief im Rachen des jeweils anderen. Tommy Ridley steht an der Theke und starrt zu ihnen herüber, als wäre das hier eine Pornoaufführung in Amsterdam, von der er ständig behauptet, dass er die sich eines Tages unbedingt ansehen will. Ich halte den Austausch von Zärtlichkeiten in der Öffentlichkeit zwar keineswegs für anstößig, aber dennoch ist es verwirrend, hier Fremde zu sehen – seltsame kleine Brüche am Rand meines vertrauten Universums.

Als Zweites fällt mir beim Blick durch die raumhohen Glasfenster auf, dass entlang der Main Street einige unbekannte Fahrzeuge parken. Da steht ein verbeulter alter Corolla und auch ein Sedan, die ich noch nie gesehen habe. Auf der anderen Straßenseite halten an der Tankstelle der Wasileskis hinter der Zapfsäule gleich zwei Autos – und eine junge Frau beugt sich aus dem Seitenfenster des einen Wagens und fotografiert doch tatsächlich das Ladenschild des *Eden Valley Supermarkts!* Die kleine Bretterbude der Tankstelle sieht ja ganz pittoresk aus, aber ich kann mich nicht erinnern, dass dort jemals so viel los gewesen wäre wie jetzt – außer damals, als der Truck Stop in Merindale eine Woche schließen musste, weil sich dort Leute an verdorbenen Wurstbrötchen eine Lebensmittelvergiftung geholt hatten.

Paulette eilt von der anderen Straßenseite herüber und gleichzeitig kommt Mum von der Veranda ins Café geflitzt. »Alba, hast du gesehen, was da draußen los ist?«, fragt Paulette atemlos. »Da flanieren mindestens ein Dutzend verrückte Hippies auf der Main Street rum – ein Typ hat sogar ein Teleskop vor dem Laden der Eversons aufgestellt.« Sie zupft an ihren Dreadlocks. »Das ist doch nicht normal, oder? Was erwarten die denn, was *ausgerechnet hier* passieren soll?«

Mum späht durchs Fenster. »Ich glaub, darum geht's denen gar nicht. Manche wollen einfach dort sein, wo etwas passiert. Vermutlich ist es ganz egal, *was* passiert. Oder *wo* …« Draußen kratzt sich Julian Ridley, unser einsamer Dorfpolizist, am Kopf, während er einen prüfenden Blick auf den Corolla wirft.

»Entschuldigt mich, Kinder«, murmelt Mum und eilt wieder zur Tür hinaus.

Ich hieve mich auf einen Barhocker. »Gewisse Leute werden von unheimlichen Ereignissen wohl einfach magnetisch angezogen«, grübele ich ins Blaue hinein.

»Und eine Handvoll Touristen sind ja kein Ding. Sind damals nicht auch scharenweise Besucher nach Merindale gekommen, als dieser zugedröhnte Typ behauptete, er hätte auf dem Footballplatz einen Panther gesehen?«

Paulette lacht. »Stimmt. Das war doch derselbe Typ, der felsenfest behauptet hatte, er hätte das Antlitz von Jesus Christus in einer Fleischpastete gesehen. Manche Leute sind einfach gestört – jetzt guck sie dir nur mal an, Alba.« Mein Blick folgt ihrem ausgestreckten Arm: Irgendein Irrer posiert vor unserem Briefkasten für ein Selfie. »Dabei sehen die alle so fröhlich aus«, spottet Paulette und lacht auch. »*Hallo, Leute,* immerhin bereitet ihr euch auf das Jüngste Gericht vor! Da könntet ihr euch zumindest etwas gesitteter aufführen!«

Paulette Barry hat vor ein paar Jahren ihren Highschool-Abschluss gemacht. Sie war in derselben Klasse wie Gradys großer Bruder. Ich mag sie total gern, nicht zuletzt deswegen, weil sie es nie für nötig hielt, was mit Anthony anzufangen. Ich meine, er ist zwar echt heiß, aber der totale machomäßige Aufreißer. Paulette hat vage Pläne, mal irgendwann an die Uni zu gehen, aber derzeit genießt sie es einfach, weiter in Eden Valley rumzuhängen. Sie ist superlustig und hat null Zukunftsängste.

Wenn wir doch nur alle so glücklich wären!

Ich spähe wieder auf die Straße hinaus. Zwischen

den Rosen, die unseren Gartenweg säumen, steht die Sippe von Gartenzwergen, die Dad und ich über Jahre hinweg gesammelt haben. Dads Liebling war der Gnom, den er »Big Grant« taufte, ein glücklich dreinblickendes Kerlchen im Badeanzug, das von seiner Luftmatratze aus den Daumen in die Luft reckt. Immer wieder kommt es vor, dass irgendein Besoffener nachts unsere Zwerge in obszönen Stellungen arrangiert, aber im Normalfall würde keiner, der mich kennt, es wagen, sie anzurühren. Jetzt sitzt das Paar aus dem Campingbus auf den Stufen vor dem Café und das Mädchen macht es sich auf dem Schoß des Bärtigen gemütlich. Sie lachen über eine Zwergin, der ich den Spitznamen »Frida« gegeben habe – wegen der zusammengewachsenen Augenbrauen, die ich ihr eines Tages, als mir langweilig war, aufgemalt habe. Die stolze Frida ist mir von all unseren Zwergen die Liebste. Momentan wirkt sie auf mich etwas angepisst, dass sie so angegafft wird, aber ich reiße mich gewaltig zusammen und renne nicht raus, um ihre Ehre zu verteidigen.

Mir ist durchaus klar, dass meine Strategien zur Realitätsbewältigung suboptimal sind. Aber vermutlich würden ein paar weitere unvertraute Gesichter, die unser Café ansteuern, für mich als Comic-Zeichnerin nicht mehr als ein paar Zwischenbilder füllen können, so wie etwa der – sepia kolorierte – Traum einer Figur, bevor die eigentliche Geschichte weitergeht.

»So ein paar Touris sind ja schließlich kein Ding«, wiederhole ich.

»Mhmhmm«, macht Paulette und spaziert davon, um die Zuckerdosen aufzufüllen.

✿ ✿ ✿

Ich tue mein Bestes, den Trubel draußen zu ignorieren, aber unsere Routine wird trotzdem immer wieder unterbrochen. Caroline schickt eine Nachricht, sie amüsiere sich am Anzac Park mit einer ganzen Wagenladung netter Typen, und Eddie und Pete machen kurz Station im Café und schnappen sich ein paar noch ofenwarme Muffins, bevor sie weiterdüsen. Nur Tia hält sich an unsere Verabredung und taucht wie geplant mit ihrem Skizzenblock auf.

Ihre Modeentwürfe sind einfach grandios, aber ihre o-beinigen Strichmännchen werden ihr bei Chanel oder sonstwo vermutlich nicht gerade Tür und Tor öffnen. Ich versuche seit Ewigkeiten, ihr zeichnerisch auf die Sprünge zu helfen, aber da ich im Grunde selber Autodidaktin bin, bringt das vermutlich nicht viel.

»Hey, wo sind denn deine Stifte?«, frage ich, als sie in den Garten geschlendert kommt.

Tia setzt sich auf den Kunstrasen neben meinem Liegestuhl. »Hab gestern Nacht sauschlecht geschlafen, und dann hat mich zu allem Überfluss auch noch in aller Herrgottsfrühe Petey angerufen und mir lang und breit Bericht erstattet über – na ja, über alles, was hier gerade abgeht.« Sie wedelt fahrig hinüber zu den Weiden der Palmer-Farm, wo sich mittlerweile weitere Autos zu dem Campingbus gesellt haben.

Sie erschaudert. »Meine Mum flippt auch schon total aus. Sie hat sich dieses Video von Ned reingezogen und anschließend die ganze Nacht im Internet gesurft und Campingkocher und Schlafsäcke bestellt ... Im Moment hab ich einfach keinen Bock zu arbeiten, Alba. Und vermutlich hab ich auch meine ganze kreative Energie für meine Mappe aufgebraucht ... In letzter Zeit platze ich nicht gerade vor Ideen.«

»Oh«, taste ich mich behutsam vor, wende den Blick von der Farm ab und stecke ein Eukalyptusblatt als Lesezeichen in meine Ausgabe von *Persepolis.* »Meinst du, da gibt es vielleicht einen Zusammenhang mit einem gewissen Möchtegern-Ninjakrieger?«

Tias Blick bleibt unverwandt auf die Weide gerichtet. »Nein. Vielleicht. Keine Ahnung.« Sie seufzt und reibt sich mit den Fingern über die Schläfen. »Ich hatte bisher noch nie einen Freund, Alba. Keine Ahnung, wie ich mich da verhalten soll. Aber ich find's schön, Pete um mich zu haben, und er hat auch noch keine Ahnung, was er nächstes Jahr machen soll, also ...«

»Also bist du dir jetzt auch nicht mehr so sicher, was du machen willst?«, ergänze ich sanft. »Aber deine Mappe war doch mega … Ich wär nicht im Traum auf die Idee gekommen, dass du auch nur einen Gedanken daran verschwendest, die Design-Schule für einen Jungen aufzugeben, der Sporthosen mit abnehmbaren Beinen für die bedeutendste Erfindung der Welt hält.«

Tia lehnt den Kopf an meinen Liegestuhl und ihre grauen Augen blicken voller Kummer zu mir auf. »Das ist doch wirklich total bescheuert, oder? Absolut zum Heulen, anders kann man's nicht sagen. Mensch, kannst du dir vorstellen, wie Caroline reagieren würde, wenn sie wüsste, was mir im Kopf rumgeht?«

So gern Caroline Tia auch hat: Ich bin mir sicher, dass sie das ganze Von-hier-Weggehen genauso sieht wie Grady. Gleichzeitig verstehe ich aber auch Tias Beweggründe voll und ganz. Warum setzt man eigentlich voraus, dass jeder von uns mit dem ersten Bus von hier verschwinden will? Warum glauben alle, dass unsere Leute und unsere Geschichte und *unser Zuhause* keinerlei Rolle mehr spielen, sobald wir den Abschluss in der Tasche haben?

Ich schwinge mich vom Liegestuhl und strecke mich auf dem Kunstrasen aus.

»Nein, das ist nicht total bescheuert«, sage ich und drücke ihr den Arm. »Eigentlich müsste einen doch das Verliebtsein … nun ja … immer *ganz besonders* inspirieren. Davon singen die jedenfalls immer in den ganzen Liedern.«

Tia zieht eine Grimasse. »Ich habe das ›Wort mit L‹ noch nie ausgesprochen. Aber ich mag Petey sehr, und dass wir jetzt zusammen sind – das hat vieles verändert. Schließlich ist das doch ganz normal, oder?« Sie blickt auf die Berge am Horizont hinter der Farm der Palmers und streicht sich übers Haar. »Soll ich denn partout nach Paris ziehen und für Isabel Marant arbeiten, wenn Pete lieber hierbleiben und, keine Ahnung, den ersten Hovercraft-Schuh der Welt oder weiß der Geier was erfinden möchte?«

Darauf habe ich keine Antwort und finde überhaupt, unser Gespräch nimmt eine viel zu ernste Wendung für so einen sonnigen Tag. Ich schiebe mir die Sonnenbrille höher auf die Nase. »Naja, wenn Peter sein Ziel, ein Ninja zu werden, erreicht, dann könntest du ja vielleicht seine Kostüme entwerfen?«

Tia kichert. »Stimmt. Spandex-Ganzkörperanzüge. In Größe XXS für Jungs.«

Wir lachen immer noch, als Grady aus meinem Zimmer geschlurft kommt und verschlafen in die Sonne blinzelt.

»Schöner Pyjama«, sagt Tia und kichert schon wieder.

Grady blickt auf seine Boxershorts mit Weihnachtselfen. »Sag bloß nichts gegen diese Shorts«, nuschelt er verpennt. »Die hat mir Alba gekauft.«

Er lässt sich mit herzhaftem Gähnen vor mir auf den Rasen sinken. Ich lege ihm träge die Arme um den Nacken, seine Haut strahlt noch spürbare Bettwärme aus. »Ich find sie süß. Santas kleine Helferlein – sie haben mich an dich erinnert, Grady.«

Grady lehnt sich an mich und sein Haar kitzelt mich am Kinn. Mit den Daumen tippt er schon auf seinem Handy herum, aber ich schnappe es mir, beuge den Kopf über seine Schulter und mache ein Selfie von uns beiden; zum einen, weil ich geradezu davon besessen bin, alles zu dokumentieren, vor allem aber, weil ich genau weiß, dass Grady es hasst, fotografiert zu werden.

»Kannst du das nicht mit deinem eigenen Handy machen?«, murrt er.

»Ach, du Spaßbremse! Eines Tages wird es dir leidtun, dass es nicht mehr Beweisfotos aus der Zeit gibt, als du noch hübsch und knackig warst.« Ich hab es wieder mal geschafft, die Hälfte von Gradys Gesicht und den größten Teil meiner Stirn nicht aufs Bild zu bekommen, aber auch so ist das Foto noch süß. Ich sende es an mein Handy und installiere es gleich auch noch als Hintergrundbild auf Gradys Display.

Grady entreißt mir das Handy und streckt es Tia hin. »Also, vermutlich kommt dir das jetzt nicht ganz unbekannt vor«, beginnt er vorsichtig, »aber nach den Nachrichten zu urteilen, die mir dein Freund geschickt hat, ist er anscheinend fest davon überzeugt, dass an diesen Gerüchten über den Weltuntergang was Wahres dran ist. Was fasziniert Pete eigentlich so an der Apokalypse?«

»Ich glaube, Petey wartet einfach auf seine Chance, als Superheld ganz groß rauszukommen«, sage ich mit einem Lachen. »Ich meine, dieser Vorfall damals im Fish-and-Chips-Laden, als das Bratfett Feuer fing, zählt für Pete eigentlich gar nicht. Obwohl er da so toll reagiert hat. Abgesehen davon, dass er sich dabei dummerweise angepinkelt hat …«

Auf einmal zuckt Grady zusammen, und auch mein Herz setzt einen Schlag aus, bevor ich begreife, was da von der Straße zu uns herüberdröhnt – ein Lärm, den ich rund ums *Albany's* kaum je zu hören bekomme.

Das Aufheulen eines Motorrads.

Klar, manche Leute fahren tatsächlich mit diesen blöden Dingern durch die Gegend. Aber nicht in meiner Nähe. Eddies Brüder bleiben mit ihren Motocross-Maschinen auf den Hängen der Weiden südlich der Farm, und die Jungs von Anthonys Werkstatt brüten nur dann mit glänzenden Augen über ihren Harley-Magazinen, wenn sie sich von mir unbeobachtet wähnen. Und selbst Lucy Albington hat ihre Ducati vor genau sieben Jahren und vier Monaten gegen einen klapprigen Honda Civic in Zahlung gegeben.

Grady dreht sich auf den Knien zu mir um und sieht mich an. Er wirft Tia über die Schulter einen Blick zu und bedeutet ihr mit kurzem Kopfnicken, dass sie gehen soll. Tia steht auf und eilt durch das Seitentor aus dem Garten. Kurz darauf hört man das Motorrad knatternd davonfahren, bevor der Lärm langsam in der Ferne verebbt.

Ich räuspere mich. »Tut mir leid. Es geht schon wieder.« Das Dröhnen des Motorrads hallt in meinem Kopf wider, bis Grady mir sanft die Arme drückt. Ich sehe ihn an – meinen besten Freund, der in seinem *Wo-ist-Walter*-Pyjamaoberteil und den Weihnachts-Boxershorts vor mir sitzt, mit schlafzerzausten, in alle Richtungen abstehenden Haaren. Und hinter ihm auf dem Feld kampieren ein paar Leute und erwarten den Weltuntergang – ich muss unfreiwillig kichern.

Grady lockert seinen Griff. »Alles in Ordnung?«

»Ja, alles okay. Na ja, ich mach mir ein bisschen Sorgen über die Toilettensituation auf der Palmer-Farm, du weißt schon, und irgendjemand wird demnächst sicher von einem Känguru über den Haufen gerannt, aber …«

»Alba …«, mahnt er sanft.

Ich springe auf. »Hey, Grady! Vielleicht passiert ja jetzt tatsächlich mal was in Eden Valley. Hast du nicht genau darauf immer gewartet? Was sitzt du also hier noch im Pyjama herum?«

Ich strecke die Hand nach ihm aus. Er nimmt sie und lässt sich von mir hochziehen. »Dann sollte ich wohl besser mal in meine Klamotten steigen.« Er fährt sich mit der Hand über den Nacken, dann fragt er mit zusammengezogenen Augenbrauen noch mal: »Bist du ganz sicher, dass bei dir wieder alles okay ist?«

Ich lächle ihn an. »Du kennst mich doch. Mir geht's immer gut. Keine Intervention erforderlich.«

Er erwidert mein Lächeln. »Das stimmt. Ich bin bald zurück, dann will ich auch dieses wacklige Geländer an eurer Veranda reparieren, das macht mich schon die ganze Zeit verrückt. Stell mir was zum Frühstück beiseite, bevor euch die Scones ausgehen, ja?«

»Veranda. Frühstück. Alles klar. Bis später!«

Grady macht sich über die Verandatreppe aus dem Staub und Tia kehrt in den Garten zurück. Sie zieht mich wieder auf den Kunstrasen und erzählt mir lang und breit alles über die neue Dean-Quinn-Kollektion, die sie im Internet gesehen hat. Tia weiß genau, dass sie mich auf meine Flashback-Episode besser nicht anspricht, und das rechne ich ihr hoch an.

Die Sache mit dem Motorrad? Die gehört nicht zu der Geschichte, die ich erzählen will.

✲ ✲ ✲

Am Mittwoch hat sich die Lage im Ort von »leicht merkwürdig« zu »geradezu bizarr« zugespitzt. Es ist nur noch eine Woche bis Weihnachten, und ich unternehme die heroische Anstrengung, meine normale Alltagsroutine aufrechtzuerhalten: in der Bäckerei arbeiten, an meinem Comic weiterwerkeln und versuchen, meine über die ganze Stadt verstreute Clique zusammenzuhalten, die nervigerweise natürlich auch von dem ganzen Trubel erfasst worden ist. Die Autos kommen nach wie vor massenweise, als sende ein Leuchtturm verrückte Bat-Signale über das Tal hinaus und ziehe damit alle Mondkinder, Hippies und Kiffer an.

Und dann der Donnerstag! Ich muss zugeben, dass diese Episode vielleicht *etwas* bedeutsamer ist als ein einzelnes Bild im Comic meiner Lebensgeschichte. Die harte Landung in der Realität wird ausgelöst durch zwei Umstände:

Zum einen stellt Mr Palmer an der Zufahrt zu seiner Farm ein Schild auf, auf dem steht: »Alle willkommen! Bester Ausblick auf die Apokalypse!« Eddie bezeichnet das als »Dads verspätete Woodstock-Fantasien«. Innerhalb von Tagen ist die Hälfte der Weiden nördlich der Farm bunt gescheckt von Autos und Zelten und die Szenerie vor meinem Fenster verwandelt sich von einem idyllischen Landschaftsgemälde à la Fred McCubbin in eine Zeichnung aus den fantastischen Welten der Vertigo-Comics.

Zum anderen greifen die Medien in einer der nachrichtenärmsten Wochen der Weltgeschichte die Story über Eden Valley begeistert auf und widmen ihr ein mir unerklärliches Ausmaß an Sendezeit. Meine Clique und ich sitzen im plötzlich viel zu kleinen Wohnzimmer in unserem Haus und müssen uns ansehen, wie irgendwelche willkürlich auf der Straße Befragten kichernd Sätze fallen lassen wie: »Na ja, zumindest werden die Menschen auch nach der Apokalypse noch Akubra-Hüte tragen« und andere herablassende Bemerkungen. Countdown-Uhren werden auf den Bildschirmen eingeblendet, ein Sender bringt sogar einen Bericht über Eden Valley, in dem kurz Mrs Garabaldi auftaucht, die wie ein tollwütiger Yeti im Nachthemd mit dem Besen die Kamera bedroht. Alvin Smith, alias der Echte Ned, steht auf einmal im Mittelpunkt der dämlichsten Geschichte aller Zeiten, und sein Glatzkopf mit seinem Fu-Manchu-Schnurrbart taucht plötzlich auf, wann immer ich im Netz bin.

Und dann treffen Reporterteams ein – eines nach dem anderen.

Unsere Clique schlendert wie betäubt durch unsere Stadt, auf deren friedlichen Straßen es immer voller und chaotischer wird. Die Garabaldis lehnen es aus unerklärlichen Gründen verächtlich ab, vom Ansturm auf ihr Geschäft zu profitieren, und verbarrikadieren hastig ihren Laden, während Mr Bridgeman am anderen Ende der Stadt im *Corner Arms* die vielen Gäste begeistert mit einem neu konzipierten, ziegenkäselastigen »Weltuntergangs-Menü« willkommen heißt. Polizisten aus Merindale werden herangekarrt und spielen sich auf, als seien sie Agenten von

S.H.I.E.L.D., was an Lächerlichkeit kaum zu überbieten ist. Ich glaube, sie wissen gar nicht, was sie mit Horden von Menschen anfangen sollen, deren einziges Ziel anscheinend darin besteht, wacklige Zelte aufzuschlagen und sich so schnell wie möglich zu betrinken.

Als ich am Samstag schlaftrunken in die Backstube schlurfe, googeln dort Mum und Mrs Doyle hektisch Rezepte für vegane Muffins. Grady sitzt im Café in seiner blauen Sitznische und stochert in einem Teller Apfelstrudel von gestern herum. Er starrt mit großen Augen aus dem Fenster auf die lange Schlange der Wartenden, die sich draußen auf der Veranda bildet.

»Hast du wieder Essen gemopst? Ich hab Mum doch *gesagt*, dass wir von jetzt an den Kühlschrank besser mit einem Vorhängeschloss sichern sollten.«

Grady schaufelt sich den Rest Strudel in den Mund und ich quetsche mich neben ihn. »Ich bin schließlich noch im Wachstum, Alba. Und ich hätte ja bei uns zu Hause gegessen, aber konnte mich einfach nicht entscheiden, was ich aus Sesampaste und einem Glas mit Cleos hausgemachtem Senf zaubern könnte. Der Senf schmeckt nach verschwitzten Socken. Ich liebe meine Mum, aber es gibt für alles eine Grenze.«

Das T-Shirt, das er heute Morgen trägt, ist verwaschen kakaobraun und trägt die Aufschrift *I Survived the Zombie Apocalypse & All I Got Was This T-Shirt*. Ich deute mit dem Zeigefinger auf seine Brust und er senkt grinsend den Blick. »Hatte ganz vergessen, dass ich das noch im Schrank hab. Aber derzeit passt es ganz gut, nicht?«

Ich schaue mit trüben Augen auf die Veranda hinaus und brauche einen Moment, bis mir klar wird, was das für ein Geräusch ist, das mir seit dem Aufwachen in den Ohren brummt – ein gedämpftes Stimmengewirr wie das Geschnatter von Gänsen. Die vertrauten Geräusche von Vogelgesang und dem Vieh auf der Weide werden von diesem Lärm völlig übertönt.

Grady reicht mir seinen Kaffeebecher. »Musste sowieso früh aufstehen – die Eversons haben eine riesige Extralieferung Gemüse bekommen und brauchen Hilfe beim Abladen der Kisten vom Lkw. Und überhaupt kann ich zurzeit kaum schlafen. Mensch, Alba! Findest du das alles denn überhaupt nicht aufregend?«

Ich nippe an dem Kaffee. »Du hast eine seltsame Vorstellung davon, was *aufregend* ist. Aufregend ist für mich … eine neue Ausgabe von *Best American Comics*. Oder schulfrei zu bekommen wegen einem Waldbrand. Vielleicht noch eine mit exakt der richtigen Menge Salz bestreute Karamellschnitte. Aber ich bin mir nicht sicher, ob *aufregend* das richtige Wort für diese … Inszenierung hier ist.«

Grady versetzt mir einen Schlag auf den Arm. »Jetzt sei nicht so eine Spaßbremse.«

»Also hör mal! Hast du vergessen, warum wir hier

einen Massenansturm erleben, als wären wir eine Taucherausrüstung auf der *Titanic?* Soll ich deiner Meinung nach wirklich begeistert darüber sein, dass unser Planet vielleicht nur noch eine Woche und ein paar Tage existiert?«

Grady wackelt scherzhaft mit den Augenbrauen, doch trotz meiner Müdigkeit nehme ich wahr, dass sein Blick herausfordernd ist.

»Na, das hängt wahrscheinlich ganz davon ab, was man in der Zukunft zu verpassen glaubt«, überlegt er. »Niemals New York oder Paris oder auch nur diesen gigantischen Wollknäuel in Kansas zu sehen … niemals in Nepal zu wandern oder mit dem Campingbus durch Rumänien zu reisen …«

»Das sind *deine* Träume, nicht meine.« Ich bedaure allmählich, dass ich heute Morgen überhaupt aufgestanden bin.

»Jeder träumt doch von Paris«, erwidert er mit trotziger Miene. »Früher hast du schließlich auch immer …«

Ich versuche, die schlechte Stimmung zu unterdrücken, die in mir aufsteigt. »Ach, Domenic, ich dachte eigentlich, wir beide hätten unseren ganz besonderen *gemeinsamen* Traum«, säusle ich in meiner besten Tussi-aus-der-Seifenoper-Stimme. »Hier sitze ich nun, hoffnungslos verliebt in dich, und du willst am liebsten schnellstmöglich weg aus der Stadt und mich mutterseelenallein hier zurücklassen …«

»Das stimmt doch gar nicht«, faucht er mich an.

Ich zucke zusammen. »War doch nur Spaß! Mein Gott … entspann dich, Mann.«

»Na ja, dann hör auf … solche Sachen zu sagen.« Er schnappt sich den Kaffeebecher und kippt den Inhalt in einem Schluck herunter. »Du fängst ständig wieder davon an, Alba – mich wegen meinen Plänen zu nerven. Dabei will ich gar nicht lieber heute als morgen von hier abhauen. Ich bin hier nicht derjenige, der sich weigert, sich Gedanken darüber zu machen, was das für uns bedeutet. Und ich bin auch nicht derjenige, dem das alles so … so gleichgültig ist.«

Jetzt fahre auch ich meine Stacheln aus. »Du hast ja wirklich eine tolle Meinung von mir! Nur gut zu wissen, dass mein bester Freund in der Welt mich für eine gefühllose Kuh hält …«

Grady dreht sich in der plötzlich viel zu kleinen Sitznische wütend zu mir um. »Das hab ich nie gesagt, Sarah! Leg mir nicht solche Worte in den Mund …«

»Dann unterstell du mir auch keine solchen aus der Luft gegriffenen Sachen! Und nenn mich nicht beim Vornamen! Warum habe ich in letzter Zeit bloß das Gefühl, wenn wir uns unterhalten, würde eine Platte immer an derselben langweiligen Stelle hängen bleiben?« Ich packe ihn an den Ohren und schüttle seinen Kopf, so wie ich das früher gemacht habe, als wir noch Kinder waren und er mich oft zur Weißglut trieb. Grady schneidet eine Grimasse, und ich ziehe seinen Kopf an den Ohren zu mir, bis sich unsere Nasenspitzen treffen. »Jetzt nerv mich nicht weiter, Domenic. Ich bin hier. Du bist hier. Um uns herum mag vielleicht die Welt untergehen, aber zumindest haben wir Apfelstrudel. Eden Valley bleibt bestehen, zumindest noch ein Weilchen. Ich will nichts weiter, Grady, als meinen Sommer hier genießen, und sollte die Sonne wirklich von einem riesigen bösen Monster im All verschluckt werden, dann wird unser Gespräch sowieso keine Rolle mehr spielen. Könnten wir also *bitte* … dieses ganze Thema jetzt einfach mal beiseitelassen?«

Grady macht meine Finger von seinen Ohren los. Einen kurzen Moment hält er meine Hände an die Seiten seines Gesichts. Heute Morgen hat er sich wohl nicht rasiert; der Anflug eines Barts fühlt sich unter meinen Handflächen stopplig an. Das überrascht mich, obwohl ich nicht genau sagen kann, warum. Grady sieht mich forschend an. Vielleicht meint er, wenn er mich nur genau genug betrachtet, dann findet er all die Antworten, die ich ihm anscheinend im Moment nicht geben kann.

Schließlich nimmt er meine Hand und klopft mir mit meiner eigenen Handfläche gegen die Stirn. »Na schön«, sagt er lachend. »Unsere Welt ist also völlig in Ordnung. Selbst wenn da draußen ein Typ rumsteht, der einen Fez trägt.« Er deutet über meine Schulter und tatsächlich späht dort ein Typ mit einem schief auf dem Kopf sitzenden Fez zum Fenster herein.

»Mann! Findest du es nicht auch beunruhigend, dass solche Leute zum Schluss vielleicht die einzigen Überlebenden von Armageddon sind? Da hab ich ja, was die Zukunft der Menschheit anbelangt, keine großen Hoffnungen.«

Das Knallen der Küchentür hallt durchs Café, und als ich mich umdrehe, sehe ich Eddie und Pete hereinkommen.

»Na, was hast du gerade noch über die Zukunft der Menschheit gesagt?«, flüstert mir Grady kichernd zu.

»Was zum Teufel ist in diesen Muffins?«, murrt Eddie und blickt stirnrunzelnd auf den matschbraunen Klumpen in seiner Hand.

»Es gab eine gigantische Nachfrage nach veganem Gebäck«, erwidere ich und löse meine Finger von Gradys. »Bin mir allerdings nicht sicher, ob das Mums Stärke ist.«

»Die schmecken ja wie Hundeklöten«, urteilt Eddie.

Pete boxt ihm in den Arm. »Ed, woher willst du wissen, wie …«

»Iiih! Hundeklöten am frühen Morgen!«, herrscht Grady sie an. »Könntet ihr euch mal etwas zurückhalten?«

Ich räuspere mich energisch. »Jungs, bitte, es gibt keine passende Tageszeit für Hundeklöten. Und Petey, wo ist Tia?«

Pete schreibt eine Nachricht und rutscht dabei ans andere Ende der Sitznische. »Familienkram. Ihre Mum hat mich rausgeschmissen, weil Tias Schwester heimgekommen ist. Kam gestern Abend mit einer Clique von Freunden mit dem Fernbus. Anscheinend wollte Brihannah, Zitat: ›die einzige tolle Party, die je in Eden Valley steigt, nicht verpassen‹ – Zitat Ende.«

Eddie starrt aus dem Fenster. »Ist ja echt krass. Aber Tommy hat erzählt, ein paar Typen aus seinem Jahrgang sind auch hier aufgekreuzt. Von wegen aus diesem Scheißnest wegkommen und nie wieder hierher zurückkehren.« Er lehnt sich an den Tresen. »Wir mussten von hinten durch euer Haus ins Café kommen, Alba. Vielleicht denkt ihr mal drüber nach, ob ihr von jetzt an nicht lieber hinten abschließen wollt. Diese Loser werden noch anfangen zu randalieren, wenn sie nicht ihre Soja-Lattes oder so'n Mist kriegen …«

Eddie senkt den Blick. Paulette drängt sich draußen durch die Menge und knallt die Tür zum Café hinter sich zu. Sie lehnt sich gegen die Glastür und grüßt uns mit müdem Winken.

»Hey, Paulette«, sagt Eddie, den Blick auf seine Stiefel gerichtet.

»Hallo zusammen«, sagt sie und streicht ihre

Dreadlocks glatt. »Alba, willst du nicht mal den Kopf rausstrecken? Da draußen gibt es … ein kleines Problem, und ich bin mir nicht ganz sicher, wie ich damit umgehen soll.«

»Oh Gott, was ist los?« Ich springe auf und schiebe mich durch die Wartenden auf der Veranda und die anderen folgen mir.

Eddie bleibt plötzlich wie angewurzelt neben mir stehen und Pete prallt von hinten auf ihn drauf. »Scheiße, was ist das denn?«, sagt er.

»Boah«, rufe ich entgeistert. »Bin ich etwa durch ein Wurmloch in einen H.-G.-Wells-Roman gefallen?«

»Meine Fresse«, staunt Grady, der auf der anderen Seite neben mir auftaucht. »Wo kriegt man denn heutzutage noch so ein Hochrad her?«

Ein bronzefarbenes Fantasie-Gefährt, das aussieht wie aus einer Tingeltangel-Show, parkt mitten in der Menge auf unserem Gartenweg. Die Hinterräder – wenn man sie überhaupt so nennen kann – sind nur ein klein wenig größer als die eines normalen Drahtesels. Das gigantische vordere Rad trägt den Sattel und den Fahrer und blockiert gerade die Eingangstreppe zum *Albany's*.

»Hallo?«, rufe ich und lege meine Hand als Sonnenschutz an die Stirn. »Suchen Sie vielleicht einen Platz, wo Sie dieses Ding parken können? Sie stehen hier nämlich vor unserem Eingang gewissermaßen im Weg.«

Der Hochradmann blickt unbeeindruckt auf mich herab. Er trägt einen Cordanzug in Fanta-Orange und seine Miene wirkt heiter und etwas einfältig. »Eigentum ist relativ«, verkündet er träumerisch. »Wir sind alle Kinder des Universums und müssen den Raum miteinander teilen, meinst du nicht auch?«

Ich verschränke die Arme vor der Brust. Normalerweise bin ich ziemlich entspannt, aber dieser Hochrad-Freak sieht mich mit derart glasigem, apathischem Blick an, und dazu schwirrt mir immer noch das Gespräch mit Grady im Kopf herum – also, ich muss mich schwer beherrschen, damit ich nicht handgreiflich werde. Ich will nur noch die Augen zumachen und nach kurzem Blinzeln wieder einen ganz normalen Sommertag vor mir sehen. Meine Geduld, mich mit diesem Hippie-Scheiß abzugeben, ist mittlerweile auf null gesunken.

»Von mir aus sind wir alle Kinder des Universums, du Volltrottel, aber du musst dich trotzdem woanders hinstellen. Dieser Weg muss für unsere Kunden freigehalten werden.«

Der Hochradmann blickt mich an, als sähe er mich zum ersten Mal. »Das sehe ich anders, kleine Lady«, sagt er milde. »Der menschliche Erfahrungshorizont kennt keinerlei Beschränkungen. Und die Aussicht von hier oben ist ganz toll. Außerdem riecht es hier ganz köstlich.« Er betätigt seine Klingel und sieht mich mit hochgezogenen Augenbrauen an.

»Hey, du Arsch!«, fauche ich ihn an. »Du bist hier nicht in der Großstadt! Bei uns in der Pampa haben wir so was wie Gewehre und wir …«

»Himmel, Arsch und Zwirn!«, knurrt Eddie, den Blick die Main Street hinunter gerichtet. »Sag mir, dass das nicht der ist, für den ich ihn halte. Verdammte Scheiße!« Er schwingt sich über das Verandageländer und rennt die Straße hinunter.

Grady packt mich am Arm. Ich werfe dem Hochradmann noch einen wütenden Blick zu, dann bücke ich mich unter dem Verandageländer hindurch und renne Ed hinterher.

Mr Palmer steht – mit Akubra-Hut auf dem Kopf und einer Miene, als hätte er gerade bei einer betrügerischen Lotterie gewonnen – vor einer dicht gedrängten Menschenmenge, darunter auch einige Nachrichten-Teams mit ihren Kameraleuten.

Ich stelle mich auf die Zehenspitzen und versuche, durch das Gedränge hindurch einen Blick auf ihn zu erhaschen. »Eddie … ist dein Dad …?«

Pete bricht in schallendes Gelächter aus. »O weia, war der etwa beim Maskenbildner?«

Eddie schlägt die Hände vors Gesicht. »Junge, halt gefälligst dein Maul. Dad ist scheißübergeschnappt.«

Mr Palmer strahlt eine hübsche Reporterin an. Er tippt sich an den Hut und die dicke Make-up-Schicht auf seiner Wange zeigt erste Risse. Neben mir höre ich Eddie aufstöhnen.

»Wie schon erwähnt«, posaunt Mr Palmer mit derselben dröhnenden, rauen Stimme wie Eddie, »wir hatten harte Zeiten hier in der Gegend, besonders wir Farmer. Nun, ich kann dieses ganze Weltuntergangsgequatsche zwar nicht richtig beurteilen, aber alles, was Leute hier in unseren Winkel der Welt führt, ist meiner Ansicht nach eine gute Sache. Solange die Leute ein Fleckchen Erde zum Schlafen brauchen, sind sie auf der Palmer-Farm herzlich willkommen. Übrigens machen wir hier die beste Butter in ganz Südaustralien«, fügt er mit einem Augenzwinkern zu der hübschen Reporterin hinzu.

Grady geht auf Eddie los. »Und wo sollen diese ganzen Leute was zu essen herkriegen? Und Wasser?«

Eddie zuckt mit den Schultern. »Vielleicht sollen sie ihre eigene Pisse trinken? So wie diese superdämlichen Touris, die mit ihrem Auto in der Wüste liegen bleiben?«

»Eigentlich ist das doch eine gute Vorbereitung für die Ödnis nach der Apokalypse«, meint Pete gut gelaunt.

»Ed, das ist doch völlig bescheuert!«, sage ich, und genau in diesem Moment hält ein Kombi voller Leute vor der Eisenwarenhandlung der Garabaldis, und der Fahrer würgt den Motor ab. »Die Polizei wird nie und nimmer zulassen, dass dein Dad eure Farm in sein ganz privates Burning-Man-Festival verwandelt.«

Eddie schüttelt den Kopf. »Julian Ridley schafft es ja noch nicht mal, diese Loser aus Merindale an ihren Motorrad-Burnouts auf dem Sportplatz zu hindern. Und du meinst, es gelingt ihm, das in den Griff zu kriegen, was hier abgeht? Meine Fresse! Als ob überhaupt irgendjemand wüsste, wie man das hier bewältigen soll.«

Ich lasse den Anblick der Menschenmenge und die unzähligen Autos und das Potpourri von so vielen Farben auf mich wirken – und mir ist klar, ich werde sie in meinen Zeichnungen nie so wirklichkeitsgetreu abbilden können. Nicht mal den Horizont kann ich sehen, denn auf der Main Street ragen die Köpfe unzähliger Menschen in die Luft, als hätte jemand die äußeren Ränder der Welt hochgehoben und jeden Menschen, der sich darauf befand, auf unser winziges Stückchen Erde gekippt. Und zu allem Übel herrscht hier auch noch ein Höllenlärm, und in der Luft knistert und kracht es ständig durch die statische Aufladung von hundert Lautsprechern, die alle auf höchste Lautstärke aufgedreht sind.

Grady packt mich am Ellbogen. »Alba, alles in Ordnung mit dir? Du bist so blass wie …«

Er kommt nicht dazu, seinen Satz zu beenden, denn er wird von Caroline und Tia unterbrochen, die sich mit brachialer Gewalt durch die Menge schieben.

»Ratet mal, wer wieder hier ist!«, ruft Caroline, als

sie außer Puste bei uns stehen bleibt. Ihre Stimme liegt Oktaven höher als normal, was einen größeren inneren Aufruhr verrät, als Caroline sonst jemals freiwillig zeigt.

Tia schafft es nur mühsam, nicht gleich mit der Neuigkeit herauszuplatzen.

»*Ich* erzähle, was los ist«, kläfft Caroline sie an.

»Aber ich hab ihn schließlich *zuerst* gesehen!«, blafft Tia zurück.

»Wen habt ihr gesehen?«, frage ich und widerstehe dem Drang, mit dem Fuß aufzustampfen.

Caroline wirbelt herum, die Hände triumphierend in die Hüften gestemmt. »Scheiß Daniel Gordon. Ist das nicht der *Wahnsinn?*«, keucht sie. »Wir haben gesehen, wie seine Familie in die Stadt reingefahren kam. Und Lucy Albington hat gesagt, sie haben eines der Ferienhäuser oben am Berg gemietet. Das ist doch unglaublich, was?«

»Verdammte Scheiße«, sagt Eddie und pfeift durch die Zähne. »Puddinggesicht höchstpersönlich. Vielleicht muss es jetzt kein Traum bleiben, dass ich diesem Indigo einen Haken verpasse.«

»Daniel?«, stoße ich mühsam hervor. Kann sein, dass ich vor mentaler Überbelastung gleich umkippe.

»Alba, du hast richtig gehört!«, kreischt Caroline. »Ich hab ihn mit eigenen Augen gesehen. Vermutlich hätten wir uns denken können, dass der berühmteste Sohn von Eden Valley jetzt hier auftauchen würde.

Mann, der sieht gar nicht übel aus. Obwohl ich ihn nur durchs Autofenster und von der Seite gesehen hab.«

»Der Typ ist selbst von der Seite irre heiß«, murmelt Tia.

Mein Blick trifft sich mit Gradys und er sieht mich lange an.

Ich bin, wie gesagt, im Geschichtenerzählen nicht so besonders gut. Möglicherweise habe ich mein letztes Wort herausgebracht, als ich gedanklich Tausende von Kilometern weit weg war. Aber jetzt mal ehrlich, wer hätte denn zu der Zeit voraussehen können, dass ausgerechnet er hierherkommt???

5

Mit acht Jahren fiel ich mal vom Klettergerüst auf dem Schulspielplatz und knallte auf den Kopf. Als ich die Augen wieder öffnete, beugten sich Grady und Daniel über mich und sahen auf mich hinunter. Grady war außer sich und schnauzte jeden an, mich bloß nicht anzurühren, und Daniel kicherte wie ein Idiot, während er versuchte, mich auf die Füße zu ziehen. Obwohl ich mich wegen der Gehirnerschütterung nur noch dunkel erinnern kann, habe ich eines ganz klar vor Augen: wie Grady mich mit festem Griff ruhighält und Daniels Geschrei mich nach oben zu ziehen scheint, während ich zwischen den beiden mit schmerzendem Kopf ausgestreckt daliege und einen riesigen blauen Fleck am Hintern kriege.

Hm – da steckt einiges an Symbolik drin! Glaubt mir, ich bin mir dessen vollkommen bewusst!

Grady packt mich am Ellbogen und schüttelt mich leicht. »Alba!« Sein Stirnrunzeln verschwindet und jetzt lächelt er allmählich immer breiter. »*Daniel* ist hier! Was wollen wir machen, was meinst du?«

Ich sehe zur Eisenwarenhandlung der Garabaldis rüber. Jemand hat einen riesigen Penis auf eines der hölzernen Bretter gemalt, komplett mit einem Büschel fröhlicher Schamhaare, wie ein merkwürdiger außerirdischer Blumenkohl. Auf dem kiesbestreuten Parkplatz der Post steht ein kleiner Eiswagen, wie man ihn aus dem Fernsehen kennt, aber der hier ist umgebaut und nennt sich jetzt »Taco Truck«. Fahrstuhlgedudel weht zu mir herüber und eine Reihe unbekannter Leute erscheint wie aus dem Nichts.

Ich fühle mich nur selten unbehaglich, aber während ich mitten im lauten und bunten Getümmel stehe, fühle ich mich zum ersten Mal in meinem ganzen Leben vollkommen überfordert.

Grady schaut mich immer noch erwartungsvoll an. Also löse ich meinen Ellbogen aus seinem Griff und lächle ihn an, mit einem Strahlen, das hoffentlich nicht so falsch aussieht, wie es sich anfühlt. »Na, aber hallo! Was wir machen sollen? Wir gehen natürlich hin und begrüßen ihn!«

Ich gehe los, vorbei an den Geschäften der Main Street, die mit Lametta geschmückt sind, und meine Freunde folgen mir. Wir laufen den Hügel hoch und lassen die verstreut daliegenden Häuser der Warrick Road und den Bungalow von der Größe einer Schuhschachtel hinter uns, in dem Mum und Dad und ich gewohnt haben, ehe wir in die Bäckerei gezogen sind. Meine Hände werden ganz schwitzig, und die Teile meines Gehirns, die fürs logische Denken zuständig sind, schalten eines nach dem anderen ab wie Weihnachtslichter mit einer defekten Sicherung.

Wir biegen in eine baumbestandene, ungeteerte Straße auf der Kuppe des Hügels ab. Die Aussicht von hier oben ist atemberaubend. An den Wochenenden hängt unsere halbe Highschool hier ab. Um uns herum liegen die Gelände der Farmen und die wenigen Lichter der Stadt blinken zu uns herauf. Kurz überfällt mich der verrückte Gedanke, dass ich unser neues Tal unbedingt mal bei Nacht von hier oben sehen möchte. Die Campinglampen und die bunten Zelte müssen im Dunkeln umwerfend aussehen.

Tia zwickt mich mit einem Quieken in die Seite, als wir eine kiesbedeckte Einfahrt erreichen.

Grady macht ein paar Schritte vor und Caroline bleibt stehen und schiebt mich nach vorne. Von hinten höre ich Eddies leisen Pfiff und sein ehrfürchtiges »*Scheiiiiiiiiiße!*« Jetzt dürfte sein Blick auf den glänzenden BMW gefallen sein, der vor dem Haus steht.

Ich mache einen weiteren unsicheren Schritt vorwärts.

Und da ist er.

Er lädt einen Rucksack aus dem Auto und neben

ihm auf dem Boden steht schon ein Haufen Taschen. Ich erkenne gerade noch, dass eine Frau mit einem gepflegten kastanienbraunen Bob im Haus verschwindet. Daniels Mum hatte immer schon feste Gewohnheiten, ich weiß nicht, warum es mich überrascht, dass sie fast ein Jahrzehnt, nachdem ich sie zuletzt gesehen habe, noch immer die gleiche Frisur trägt.

Grady blickt über die Schulter zu mir, dann sieht er wieder nach vorne und räuspert sich.

Daniel dreht sich um und seine goldene Pilotenbrille glitzert in der Sonne. Er schaut uns an, teils genervt, teils resigniert, und pustet sich das Haar aus dem Gesicht.

»Hallo Leute, hört mal, wir sind schon in aller Herrgottsfrühe losgefahren. Jetzt bin ich gerade erst aus dem Auto gestiegen und muss dringend mal pinkeln – ich geb euch gerne Autogramme, aber lasst mir erst mal ein bisschen Luft, ja?« Und obwohl seine Stimme ein paar Nuancen tiefer ist als das letzte Mal, als ich mit ihm gesprochen habe, und obwohl die einzigen Worte, die ich ihn in der letzten Zeit habe sagen hören, kitschige Schauspielerphrasen gewesen sind, würde ich diese Stimme überall erkennen – träge klingt sie, aber darunter liegt ein Lachen.

Grady scharrt mit seinen Vans im Kies. »Nein, wir wollen kein Autogramm. Ähm, tut mir leid, wenn wir dich belästigen, aber … weißt du, wer ich bin?«

Daniel schaut ihn ausdruckslos an. Und dann, ganz langsam, nimmt er die Sonnenbrille ab. Er zwinkert ein paarmal und starrt Grady an, als würde er versuchen, sich auf eine Fata Morgana zu konzentrieren.

»Das gibt's doch nicht«, flüstert er und macht einen zögerlichen Schritt auf Grady zu. »Domenic? Bist du das? Du bist … immer noch hier?« Daniel schluckt. Die Spitzen seiner Ohren werden knallrot. Mein Gehirn mag einen Kurzschluss haben, trotzdem begreife ich nicht, warum Daniel aussieht, als wäre er gerade dem Geist der vergangenen Weihnacht begegnet.

Plötzlich reißt er sich aus seiner Trance und mit wenigen großen Sprüngen ist er bei uns. »Hey!«, ruft er erfreut und zieht Grady in eine dieser typischen Jungs-Umarmungen: Schulterklopfen und nur ja kein Kontakt unterhalb der Brust. »Ich fass es nicht! Ich kann einfach nicht glauben, dass du immer noch hier bist – ich war mir sicher, dass deine Mum schon vor Jahren weitergezogen ist.« Er packt Grady an den Armen und strahlt ihn mit seinem blendenden Indigo-Lächeln an. »Himmel, Grady – du bist ja *riesig*, Mann. Was zum Teufel ist passiert?«

Grady grinst und schlägt ihm seinerseits auf die Arme. »Die Pubertät ist passiert. Ich bin immer noch überzeugt davon, dass unser Kaff vielleicht einfach auf der radioaktiven Absturzstelle eines außerirdischen Flugobjekts errichtet ist. Und ich freue mich auch, dich zu sehen, Dan. Du … siehst gut aus, Mann. Ich meine, wir haben dich im Fernsehen gesehen, aber, na ja, das ist nicht das Gleiche. Du … hast dich verändert. Schicke Frisur.« Grady räuspert sich wieder. »Das hast du gut hingekriegt.«

Aber Daniel scheint ihm gar nicht zuzuhören. Er legt die Stirn in Falten, und seine vertrauten, etwas zu blauen Augen konzentrieren sich auf mich, und plötzlich bin ich wieder zehn Jahre alt und sehe ihn zum Abschied durch die Heckscheibe winken. Ich habe einen Spider-Man-PEZ-Spender in der Hand und im Herzen ein Medley der scheißtraurigen Lisa-Loeb-Songs meiner Mum.

»Das – ist doch nicht möglich«, sagt Daniel leise. »Sarah Jane … *Alba*?«

Eddie legt mir den Arm um die Schulter. Es fühlt sich an wie ein Schraubstock, aber es löst auch auf der Stelle die Blockade in meinem Gehirn. Ich befreie mich aus seinem Griff. »Hallo, Daniel. Ja, ich bin's. Wahnsinn, das ist … wirklich lange her.«

»Selbst hallo«, sagt er und zieht mich mit seinen – schönen, wirklich sehr schönen, muskulösen – Armen an sich. Ich lege ebenfalls die Arme um ihn, aber es fühlt sich an, als würde ich eine Erscheinung umarmen. Ich kann nur noch daran denken, dass diese Szene hier gerade dem potenziellen Weltuntergang an Surrealität in nichts nachsteht. Dann erwidere ich seine Umarmung richtig und spüre durch sein T-Shirt hindurch etwas benommen, dass seine Bauchmuskeln mit Sicherheit nicht computergeneriert sind. Ich erwarte beinahe, dass Indigos Freundin aus der Serie, die Frau mit dem Schmollmund, auftaucht und mir eine runterhaut.

Daniel macht sich los und hält mich auf Armeslänge von sich weg. Er mustert mich von oben bis unten und zieht die Augenbrauen bis fast zum Himmel hoch. Ich habe mein kirschrotes Lieblingskleid und schwarze Chucks an, ein Outfit, bei dem sich sogar an einem normalen Tag viele Köpfe nach mir umdrehen. Wahrscheinlich sollte ich ein bisschen verlegener sein, da er mich so unverfroren abcheckt, aber hey, was soll ich sagen? Ich sehe in diesem Kleid nun mal spitze aus.

»Wow«, sagt er. »Du siehst …« Seine Augen sind auf mich gerichtet, aber sie scheinen sich auf etwas ganz anderes zu konzentrieren. Und dann strahlt er übers ganze Gesicht und es ist mir so verdammt vertraut, dieses TV-Daniel-Strahlen. Dieser Junge war mal einer meiner besten Freunde auf der ganzen Welt. Jetzt ist er größer und durchtrainierter und hat glänzende kastanienbraune Boyband-Haare anstelle des Kurzhaarschnitts, den ihm seine Mutter früher mit ihrer Nähschere verpasst hat. »Ich hab dich immer nur als die Kleine in Overalls und mit dem Harvey-Birdman-Pulli vor mir sehen können, Alba.«

Er grinst. »Du hast dich gemacht, Mädchen, alle Achtung!«

Ich verbeuge mich überschwänglich. Seltsam, Daniels Gequatsche einfach über sich ergehen zu lassen, ist genauso wie Fahrrad fahren, man verlernt es nie. »Ich hab mein Bestes gegeben. Du siehst auch sehr gut aus, obwohl du in Wirklichkeit nicht annähernd so groß bist wie im Fernsehen, weißt du das?«

Daniel lacht. »Ja, das höre ich oft. Es stimmt nicht, dass die Kamera einen zehn Pfund dicker aussehen lässt – in meinem Fall kommt auch noch ungefähr ein halber Meter an Körpergröße dazu. Aber, Mann, es ist klasse, euch wiederzusehen.« Er strahlt Grady und mich an, und ich bin augenblicklich wieder sechs Jahre alt und kichere vor mich hin, während Daniel versucht, den Guinness-Rekord zu brechen, und ausprobiert, wie viele Bleistifte in ein menschliches Nasenloch passen.

Eddie schubst mich aus dem Weg und seine breite Schulter ist plötzlich vor meiner.

Daniels Augen wandern nach oben. Er macht einen winzigen Schritt rückwärts. »Hallo. Ich glaube, ich kann mich nicht an dich erinnern.«

Eddie schnaubt. »Nee, wohl nicht. Du hast nicht besonders viel Zeit im Förderunterricht oder beim Nachsitzen verbracht, wenn ich mich richtig erinnere.«

Ich schiebe mich vor Ed. »Daniel, das ist Eddie.

Eddie Palmer? Er war nicht in unserem Jahrgang, aber du erinnerst dich bestimmt an seine Eltern – von der Milchfarm?«

Daniel schaut Eddie ausdruckslos an, aber er streckt ihm trotzdem die Hand hin. »Tut mir leid, ich bin nicht besonders gut mit Gesichtern. Aber hallo, schön, dich wiederzusehen!«

Eddie sagt nichts, aber er schlägt ein und drückt Daniels Hand, während er ihn mit dem einschüchternden Gesichtsausdruck anglotzt, den er gern bei Typen einsetzt, die er neu kennenlernt. So lange, bis Pete ihn in die Seite knufft und aus dem Weg schiebt.

»Ganz schön verrückt, was?«, sagt Pete. »Hast du so was schon mal gesehen? Du hast vermutlich einen Haufen cooles Zeug gesehen, Partys und so, aber das hier ist großartig, was?«

Daniel schaut Petey stirnrunzelnd an. »Kennen wir uns?«

»Nein, ich bin erst vor ein paar Jahren hergezogen, du warst vor meiner Zeit da, aber …« Er streckt die Hand aus. »Ich heiße Pete. Peter, aber alle nennen mich Pete oder Petey. Pete ist in Ordnung. Oder Petey. Ist mir egal.«

»Mein Freund findet deine Sendung super«, sagt Tia nervös. »Peter ist ein großer Fan von dir.«

Caroline schnaubt spöttisch. »Du hast nicht zufällig ein Seiltänzer-Kostüm, Daniel?«

»So, das reicht jetzt«, sage ich und stelle schnell

auch Tia und Caroline vor, die vor Daniels Weggang nur am Rande zu unserer kleinen Clique gehört haben. »Ich glaube nicht, dass Eden Valley so eine Aufregung erlebt hat, seit der Ziegenstall der Ridleys abgebrannt ist. Bist du wegen dieser ganzen Sache hier?«

Daniels Ohren werden wieder rot. Ich hatte völlig vergessen, dass er immer rote Ohren kriegt, wenn ihm etwas peinlich ist. Es ist merkwürdig, sich daran zu erinnern, als wäre es ein Detail seines Bildes, das ich aus meiner Erinnerung gelöscht habe und das von selbst wieder in den Rahmen zurückgekehrt ist.

»Ja«, sagt er verlegen. »Mein Manager hatte diese Idee. Gute Publicity und so. Weil das hier doch meine Heimat ist, hat er sich gedacht, es wäre gut, ihr wisst schon … da ein bisschen Kapital draus zu schlagen.« Er zuckt mit den Schultern. »Entweder das – oder ich hätte bei *Weihnachtslieder im Kerzenlicht* singen müssen. Und es ist dabei anscheinend allen egal, dass ich überhaupt nicht singen kann.«

Grady schiebt die Hände in die Taschen seiner Jeans. »Ich kann mich nicht erinnern, dass dich das je davon abgehalten hätte«, sagt er schüchtern.

Daniel lacht. »Aber ein Auftritt vor ein paar Millionen Leuten ist ein bisschen was anderes als die Talentshow bei Miss Beale in der dritten Klasse. Ich glaube nicht, dass ich mit *Daydream Believer* live im Fernsehen die Leute vom Hocker reißen würde. Ich finde die ganze Sache ziemlich blödsinnig, aber das Show-Business ist echt seltsam. Und Publicity ist immer gut, nicht wahr?«

Wir sechs nicken weise, als ob wir genau wüssten, wovon er da spricht.

Daniel zieht die Sonnenbrille aus der Tasche seiner Jeans und setzt sie sich geschmeidig auf. Ich bin abgelenkt, denn ich grüble darüber nach, ob sich seine wohldefinierten Wangenknochen schon immer in seinem Kürbisgesicht versteckt haben oder ob es Implantate sein könnten, denn ich habe gehört, dass Stars sich gern ihre Gesichter richten lassen. Also brauche ich ein paar Sekunden, um zu bemerken, dass meine Freunde ganz verlegen und still sind, während Daniel immer noch redet.

»Wirklich, Leute – es ist großartig, euch zu sehen«, sagt er und sieht dabei zwischen mir und Grady hin und her. »Ich hätte nicht gedacht, dass ich jemals wieder einen Fuß in diesen Ort am Arsch der Welt setzen würde, aber«, er lächelt mich an, »vielleicht werden das hier ja doch noch ein paar lustige Wochen. Vorausgesetzt, unser Planet explodiert nicht.«

Ich werfe einen Blick über die Schulter. Von hier oben wirkt die Menge beinahe bewegungslos, wie bunt geschecktes Vieh, das auf den rostbraunen Feldern umherläuft. »Daniel, wir haben immer noch keine Ahnung, was hier eigentlich abgeht. Aber niemand hier glaubt doch ernsthaft an diesen Quatsch … oder?«

Daniel zuckt mit den Schultern. »Die meisten Leute glauben anscheinend, dass dieser Kerl, Ned, sie verarschen will, aber wisst ihr – das ist doch eine super Ausrede für eine Party. Der Tag des Jüngsten Gerichts ist eine genauso gute Ausrede wie jede andere, oder? Obwohl ich immer noch nicht glauben kann, dass so viele Leute so einen Wind darum machen. Ich konnte kaum fassen, dass Eden Valley überhaupt noch auf der Landkarte war. Ich sehe vor meinem geistigen Auge immer nur ein paar Wellblechschuppen und verdorrte Wüstensträucher vorbeiwirbeln.«

»Ja, ich vermute, die Arche wäre auch voller gewesen, wenn Noah einen Twitter-Account gehabt hätte«, antworte ich. Ich weiß nicht, warum, aber bei seinem Kommentar mit den Wüstensträuchern werde ich etwas sauer.

Daniel wirft einen Blick auf die Uhr. »Ich muss jetzt auspacken, und ich glaube, ich habe dann ein Interview oder so – aber wann sehen wir uns wieder?«

»Heute Abend«, japst Pete. »Das *Junction* – du erinnerst dich doch an die Kneipe, oder? Da arbeite ich. Ich bin der DJ …«

Caroline grunzt. »Wenn man den Soundtrack von *Good Morning, Vietnam* auflegt und dann auf Shuffle drückt … ist man dann schon ein DJ?«

»Aber da gibt's eine Tanzfläche«, sagt Tia und schubst Caroline mit der Hüfte an. »Wir haben Spaß. Für Eden Valley zumindest …«

Grady stellt sich neben mich. »Du solltest mitkommen, Dan. Du hast bestimmt ein paar mehr Geschichten zu erzählen als wir, aber wir könnten uns gegenseitig auf den neuesten Stand bringen. Berichten, was wir die letzten Jahre so getrieben haben. Natürlich nur, falls du nicht zu viel zu tun hast.«

Daniel schiebt sich die Sonnenbrille wieder ins Gesicht. »Ich hab nicht zu viel zu tun. Und ich war noch nie bei einer Dorfdisco. Hätte ich meine Geige einpacken sollen?«

Ich kann die Wellen des Missfallens regelrecht spüren, die da hinter mir von Caroline und Eddie ausgesandt werden. Meine Freunde schimpfen immer mal wieder über Eden Valley, aber es ist was vollkommen anderes, wenn das jemand von außerhalb macht. Und plötzlich wird mir mit einem Schlag klar, dass Daniel Gordon – mitsamt seiner schicken Designerjeans und seiner tollen Frisur – hier ein Außenseiter ist, wie es außenseiterischer gar nicht mehr geht.

»Eine Geige könnten wir bestimmt auftreiben«, sage ich leichthin. »Aber normalerweise hängen wir rum und tanzen ein bisschen. Ach, und iss ja nicht die Erdnüsse, die stehen seit ungefähr hundert Jahren auf der Theke. Und? Bist du dabei?«

»Klingt gut«, sagt er mit seinem lässigen Lachen.

»Ich kann's kaum erwarten, Alba«, fügt er hinzu, und er klingt dabei so ehrlich, dass ich kurz vergesse, dass mir Außenseiter-Daniel genauso wenig vertraut sein dürfte wie all die anderen Menschen, die gerade so durch Eden Valley stolpern. Für einen Moment scheinen seine Umrisse zu verschwimmen und ich sehe nur noch meinen lustigen, etwas zu selbstsicheren besten Freund vor mir. Es kommt mir in diesem Moment fast vor, als wäre er nie fort gewesen. Ich grinse zurück.

Während wir nach Hause schlendern, denke ich, dass das Universum noch so verrückt sein kann, aber Daniels Rückkehr muss einfach etwas bedeuten. Es fühlt sich einfach so richtig an, dass er hier ist, so, als hätte sich eine Seite, die aus meiner Geschichte herausgerissen worden ist, genau an der Stelle wieder eingefügt, wo sie hingehört.

Grady und ich bleiben hinter den anderen zurück. Er redet mit tausend Stundenkilometern über unsere Pyjamapartys an den Wochenenden früher und über Daniels vorpubertäre Versuche, ins *Guinness Buch der Rekorde* zu kommen. Ich merke, dass ich mit ihm zusammen lache und mich von seiner untypischen Nostalgie anstecken lasse.

»Weißt du, Grady«, sage ich, als wir uns durch das Gedränge auf der Main Street schieben, »wenn der Rest der Welt wirklich ausgelöscht wird, dann ist es vielleicht trotzdem gar nicht so schlimm. *Daniel* ist wieder zu Hause. Es ist, als hätte jemand dort oben endlich meine Gebete erhört und die Zeit zurückgedreht. Es ist ein Weihnachtswunder! Findest du nicht auch?«

Vor uns zerrt Caroline die anderen zum *Taco Truck*. Der Kerl auf dem Hochrad kommt an uns vorbei und klingelt mir ein paarmal fröhlich zu. Ich widerstehe dem Drang, ihm ebenso fröhlich einen Vogel zu zeigen.

Ausgehungert folge ich den anderen und überlege mir, dass ich diese Wendung vielleicht in meine Geschichte einbauen könnte. Sogar der unsentimentale Grady ist bei Daniels Rückkehr nostalgisch geworden – und das ist das größte Weihnachtswunder von allen.

Ich bin so begeistert, dass ich beinahe – *beinahe* – nicht mitbekomme, dass Grady mir gar nicht geantwortet hat.

An den Nachmittag erinnere ich mich nur noch undeutlich. Meine Freunde ziehen einer nach dem anderen los und Grady und ich holen uns Nachos und schlendern zu einem unserer Lieblingsplätze, der Veranda des alten Futtermittelherstellers am anderen Ende der Stadt. Wir erzählen uns die ganze Zeit alte Geschichten über Daniel, als wollten wir unsere Erinnerungen aus der Vergangenheit hervorzerren und in die Gegenwart bringen. Seltsamerweise bin ich innerlich ein bisschen angespannt. Vielleicht weil die eitle Seite meiner Persönlichkeit unbedingt möchte, dass Daniel sich daran erinnert, wie sehr er sein Leben damals hier bei uns geliebt hat. Vielleicht bin ich es aber auch einfach nicht gewöhnt, persönlich auf einen Jungen zu treffen, dessen Waschbrettbauch ich im Fernsehen insgeheim öfter angeschmachtet habe, als ich das je zugeben würde.

Als die Sonne nicht mehr ganz so heiß herunte brennt, packe ich Gradys Hand und ziehe ihn hoch, dann gehen wir nach Hause, um uns umzuziehen.

Ein paar Stunden später, als ich gerade mit meiner Frisur beschäftigt bin, platzt Tia in mein Zimmer. Sie trägt ein superschickes silbriges Kleid und guckt dabei total genervt, was so gar nicht zu ihr passt.

»Hey«, sage ich, während ich eine meiner Haarsträhnen aus Mums Lockenstab löse. »Warum machst du ein Gesicht wie drei Tage Regenwetter? Weigert sich Caroline etwa wieder mal, Schuhe anzuziehen?«

Tia lässt sich auf mein Bett fallen. »Ach, ich bin kaum dazu gekommen, mit ihr zu reden, Alba. Und weißt du, warum? Weil Peter heute Morgen um sechs an mein Fenster geklopft und mich geweckt hat. Er hatte ein Gedicht für mich geschrieben und konnte nicht mehr abwarten, dass ich es endlich lese. Er ist erst abgezogen, als Mum damit gedroht hat, ihm die Reifen zu zerstechen, sonst wär er noch zum Frühstück geblieben. Und zum Mittagessen. Und wahrscheinlich hätte er dann noch mehr Gedichte geschrieben. Darauf fährt er nämlich jetzt *total* ab.«

Ich muss über ihre aufgebrachte Miene, die ich vor mir im Spiegel sehen kann, kichern. »Petey hat ein Gedicht für dich geschrieben? Willst du damit sagen, dass er tatsächlich ein Wort gefunden hat, das sich auf ›Fernbedienung‹ reimt?«

»Albaaaaa!«, jammert sie. »Ich finde das gar nicht lustig! Ich möchte ja seine Gefühle nicht verletzen,

aber es ist wirklich *total ätzend!* Kaum dreh ich mich um, steht er hinter mir. Oder wir waren gerade stundenlang zusammen, und rate mal, wer mir dann schreibt, kaum dass ich eine Minute daheim bin? Und warum muss er ständig den Arm um mich legen? Weißt du, wie schwierig es ist, mit jemandem eng umschlungen spazieren zu gehen, der so klapperdürr ist? So stell ich mir ein Dreibeinrennen mit einer Zaunlatte vor.«

»Tia«, sage ich beschwichtigend, aber ich muss so lachen, dass ich mir fast das Make-up ruiniere, »ich weiß, ich bin nicht gerade eine Spezialistin, wenn es um einen festen Freund geht, aber solltet ihr darüber nicht mal reden?«

»Alba, du kennst ihn doch! Er würde glatt denken, dass ich mit ihm Schluss machen will. Und das gibt dann großes Geschrei. Und vermutlich noch mehr Gedichte. Eigentlich bin ich ja ganz gern mit ihm zusammen, *wirklich,* nur einfach nicht … jede Sekunde jedes einzelnen Tages!«

Ich wühle mich im Geiste durch meine Mini-Ratgeber-Datenbank, aber mir fällt keine Antwort ein. Der einzige Junge, den ich ständig um mich habe, war und ist Grady, und daran bin ich einfach gewöhnt, er ist für mich so vertraut wie eines meiner Körperteile. Ich habe das noch nie als lästig empfunden. Woran das bloß liegt?

»Tia, ihr beiden seid ja auch noch nicht so lange

zusammen. Petey hängt vielleicht im Moment an dir wie eine Klette, aber wenn du mit ihm nicht darüber reden willst, dann hab ich keine Ahnung, was ich sonst noch sagen soll …«

Tia seufzt. »Ich weiß. Tut mir leid, dass ich meinen Beziehungsmüll bei dir ablade, aber mit Caroline kann ich über so was einfach nicht reden. Die hält mir dann bloß wieder einen endlosen Vortrag, und – *wow …!!!!«* Sie reißt die Augen auf, als ich mich zu ihr umdrehe. »Alba! Du siehst echt umwerfend aus!«

Ich betrachte mich im Spiegel. Mein Kleid, das früher mal Tias Granny gehört hat, sitzt zwar supereng, aber als Tia es für mich umgenäht hat, war sie gerade inspiriert von *Mad Men*. Das Kleid ist saphirblau und würde ganz gut in eine verrauchte Cocktailbar oder in einen *Sin-City*-Comic passen.

Tia strahlt und zupft mir den Ausschnitt zurecht. Selbst als wir noch ganz klein waren und es nur den Landfrauen-Markt und ein paar Klamottenläden in Merindale gab, hat Tia schon immer so ausgesehen, als sei sie einem von diesen Hochglanz-Modemagazinen entstiegen, die voll sind mit vogelknochigen Models ohne Hüften. Meine weiblichen Formen sind dagegen so ausgeprägt, dass ich gut als Galionsfigur an den Bug eines Wikingerschiffs passen würde. Jedenfalls bin ich zu groß, als dass man mich übersehen könnte, und ich finde auch nicht, dass ich mich für mein Aussehen schämen müsste. Für heute

Abend habe ich meine Augen mit Eyeliner umrandet und dunkelroten Lipgloss aufgelegt. Der Pony reicht mir bis zu den Wimpern, und ich *glaube*, ich könnte als eine von Gradys Film-noir-Heldinnen durchgehen, für die er so schwärmt.

»Du hast dieses Kleid einfach super hingekriegt, tausend Dank, Tia! Willst du den Entwurf nicht in deine Mappe aufnehmen?«

Ihr prüfender Blick gleitet über den edlen Stoff. »Gute Idee. Dieser Satin war extrem schwer zu nähen, vielleicht gibt es dafür Extrapunkte. Aber ich hab keinen blassen Schimmer, was für Fummel die an der Modeschule nächstes Jahr gern sehen möchten …«

Sie schluckt und spielt mit den Sternchen an ihrer Halskette herum und wir lächeln uns unsicher an.

»Ach, Tia! Lass uns das heute Abend ausklammern. Bei diesen ganzen düsteren Prophezeiungen sollten wir uns vielleicht eher schlau machen, wie man Klopapier aus Maisstroh webt.«

Tia seufzt tief auf. »Alba, findest du es merkwürdig, wenn ich beim Gedanken an den Weltuntergang fast so was wie Erleichterung verspüre?«

Ich lasse den Blick aus dem Fenster schweifen. Vom Gartenrand aus konnte ich schon die ganze Woche die wachsende Anzahl von Menschen dabei beobachten, wie sie an einem Patchwork-Baldachin über sich arbeiten. Von meinem Zimmer aus wirkt das Gebilde wie der Thunderdome, diese wahnwitzige kuppelförmige Kampfarena aus dem Actionfilm *Mad Max*. Allerdings ist mir schleierhaft, wie sich so viele Leute nachts unter einem bauschigen Stoffdach sicher fühlen können, das vorwiegend aus mit Spanngurten verbundenen T-Shirts und Badetüchern besteht. Vermutlich kommt man sich darunter eher so vor wie in einem gewaltigen, wogenden Stoffozean.

Dann springen mir die Charakterskizzen von meinem Cinnamon Girl ins Auge, die ich ans Bücherregal geheftet habe. In letzter Zeit scheint ihre aufs Papier gebannte Miene einen Anflug von Ungeduld zu zeigen.

Ich schnappe eilig meine Handtasche und schiebe Tia aus dem Zimmer. Dabei halte ich den Blick so lange auf Cinnamon Girl gerichtet, bis ich die Tür hinter mir zuschlage.

✿ ✿ ✿

Es ist schon dunkel, als Tia und ich uns auf den Weg zum *Junction* machen. Wir winken Tommy Ridley und Eds Bruder Howard zu, die die Türsteher machen, und sie lassen uns direkt rein. Howie führt uns nach kratzigen Wangenküssen und einem abschätzigen Seitenblick auf die Fremden, die vor dem Eingang Schlange stehen, ins Lokal. Ich bin nicht stolz darauf, aber einen Moment lang fühle ich mich wie etwas Besseres.

Wir gehen durch den kleinen Vorraum in den düsteren Pub.

»Mann! Hier sieht's ja ganz schön anders aus!«, stoße ich hervor. Eine Woge aus Lärm, Schweiß und Musik schlägt mir entgegen. Ich halte mich an Tias Arm fest und sie hängt sich fassungslos bei mir ein.

Durch die Menge der Tanzenden kämpft sich Caroline zu uns durch, wobei ihr ein ordentlicher Schwall dunkelbraune Flüssigkeit aus ihrem Glas über die Hand schwappt. Wütend blickt sie einen Kerl an, der sich an Tia quetscht, und stößt ihn empört mit Schulter und Hüfte weg, sodass er schnell das Weite sucht. Endlich hellt sich ihre Miene auf. »Ihr habt euch ganz schön Zeit gelassen«, versucht sie die laute Musik zu überschreien. »Habt ihr *jemals* so viele Leute hier drin gesehen? Das ist ganz was anderes als letzten Samstag – da hockte Rosie mit ihrem Glas Port in der Ecke, und Anthonys idiotische Kumpels schmissen mit Toilettenpapierrollen auf das *Cascade*-Reklameschild.« Dann mustert sie mich und Tia von Kopf bis Fuß. »Hab wohl nicht mitbekommen, dass die Queen heut vorbeischaut«, bemerkt sie grinsend.

»Caroline!«, zischt Tia, während sie Carolines lila gesträhnten Pferdeschwanz und ihr verwaschenes ärmelloses T-Shirt betrachtet. »Du hast versprochen, dir mit deinem Outfit Mühe zu geben. Hast du vergessen, dass wir uns um den Hottie aus der Serie kümmern wollten?«

Caroline legt den Arm um Tia. »Entspann dich, Tiahnah. Indigo und ich sind schon alte Freunde. Er ist nämlich heut Nachmittag bei uns im Supermarkt vorbeigekommen. Eddie hat sich fast in die Hose gemacht, als plötzlich Daniel reinschneite und nach Quinoa fragte. Wir mussten erst mal im Internet nachsehen, was das überhaupt ist. Kaum zu glauben, auf was für einen Quatsch diese Stars so abfahren.«

Tia gerät in helle Aufregung. »Und, was hast du gesagt? Und was hat er gesagt? Warum hast du mich nicht sofort angerufen?«

Caroline verdreht die Augen. »Indigo und ich haben nur ein bisschen … geplaudert.« Sie zwinkert Tia zu. »Erzähl ich dir später. Und Eddie hat ihm auch nicht gleich aufs Maul gehauen, was ich ihm hoch anrechne. Ich denke allerdings, der olle Becher Magerjoghurt, der noch im Kühlregal stand, wird Daniel nicht besonders schmecken. Eigentlich würde er mir fast leidtun, wenn er nicht so ein eitler Lackaffe wäre«, fügt sie kichernd hinzu.

»Und ich denke mal, dass *das* hier nicht dein erster Drink ist«, kontere ich. Ich nehme ihr das Glas aus der Hand und trinke einen großen Schluck Bier. »Du bist viel zu gut drauf, Caroline. Das ist nicht normal.«

»Hey, ich hatte damit gerechnet, in den letzten Wochen hier in Eden Valley meine Schuluniform zu verbrennen und vielleicht zum Abschied noch ein bisschen mit Lachlan Hurley rumzuknutschen. Und jetzt? Schau dich mal hier um, Alba! Das ist doch wie ein wohlgedecktes Buffet mit heißen Jungs! Da werde ich ja wohl mal gute Laune haben dürfen, oder?« Ihr Blick ruht auf einem zugegebenermaßen sehr knackigen Jeans-Hintern, der vorbeiflaniert. Sein Besitzer blickt über die Schulter zurück und betrachtet Carolines sonnengebräunte Gazellenbeine in den superknappen alten Jeansshorts. Er lächelt ihr zu und hebt die Augenbrauen. Caroline erwidert seinen Blick mit nonchalanter Miene und nimmt mir ihr Bierglas wieder aus der Hand. »Ehrlich, ihr Süßen, ihr seht superscharf aus. Aber Tia, ich fürchte, dein Schwarm ist gerade mit ganz was anderem beschäftigt. Du solltest dich mal um ihn kümmern.« Sie nickt mit dem Kopf in Richtung einer hell erleuchteten Stelle im Pub.

Daniel steht lässig an eine Wand mit alten Straßenschildern gelehnt und ein Typ im Anzug quasselt ihm die Ohren voll. Ein Schwarm Mädchen steht ganz in seiner Nähe und verfolgt jede seiner Bewegungen, und Debra DeLuca starrt ihn verträumt an – dieselbe Deb DeLuca, die sich im Blockflötenunterricht geweigert hat, sich neben Daniel zu setzen, weil er ihr auf der Schulbank zu viel Platz wegnahm.

Ich schnaube verächtlich. »Die sind ja alle ganz scharf auf ihn. Man sollte meinen, es gäbe wichtigere

Dinge, über die man sich derzeit den Kopf zerbrechen könnte. Du weiß schon – das Ende der Welt und so.«

Caroline nippt an ihrem Bier. »Vielleicht denken die alle, wir sollten uns jetzt noch schnell zu Paaren zusammenfinden. Falls sich die Zukunft als Albtraum erweist, in dem wir beispielsweise alle die gleichen Hüte tragen oder uns die Ehemänner teilen müssen.« Sie stupst Tia an. »Kannst du dir vorstellen, eine Nebenfrau zu sein?«

Tia verzieht das Gesicht. »Krass. Aber es ist doch wohl nicht verkehrt, wenn wir nicht wollen, dass Daniel uns für rückständige Provinzler hält, oder? Hast du nicht gehört, was die schon so alles über uns in den Nachrichten gesagt haben?«

»Stimmt«, seufze ich. »Schade, dass sie immer nur die Alberts interviewen. Wir sind schließlich nicht *alle* zahnlose Idioten, die nicht wissen, wie man ›Apokalypse‹ buchstabiert.«

Ich lasse den Blick durch den Laden schweifen und versuche, alles mit den Augen eines Neuankömmlings zu betrachten. Der Tisch mit den geschwungenen Beinen, an dem wir sechs jeden Donnerstag thailändisch essen; die verstaubten ausgestopften Enten an den Wänden; die verloren wirkenden Einheimischen, die unsere fremden Besucher finster oder mit offenem Mund anstarren. Es ist mir nicht peinlich, dass ich von hier bin. Aber ich würde mir wünschen, Mr Grey hätte etwas anderes angezogen als sein bierbauchumschmeichelndes Led-Zeppelin-T-Shirt und die mit Wasserstoffperoxid gebleichten, potthässlichen Jeans aus den Achtzigern.

Pete hat sich in seine DJ-Ecke gezwängt und blickt suchend in die Menge. Ich bemerke, dass Tias Gesicht sich aufhellt, wenn sich ihre Blicke begegnen. Er winkt sie zu sich, und sie verschwindet, ohne sich weiter um uns zu kümmern.

Eddie hält sich dicht an Pete. Unser schüchterner Freund wirkt fast erschrocken, während er die ganzen fremden Mädchen ansieht, die sich hier im Pub drängen. Ich winke ihm zu, und er grüßt zurück, bevor er sich Tia schnappt und sie gewissermaßen als Schutzwall vor sich zieht.

Caroline seufzt, als sie Tia hinterhersieht. »Das ist sicher das Letzte, was wir heute Abend von ihr mitkriegen.« Sie leert ihr Bier. »In diesem Sinne – ich brauch jetzt noch was zu trinken.«

Sie kämpft sich zur Bar durch und quetscht sich neben den Hocker, auf dem Grady sitzt. Er trägt eines seiner beiden guten Hemden, ein kariertes blauorangefarbenes Teil, das seine breiten Schultern betont. Neben ihm sitzt eine junge Frau mit einem Trilby aus Filz und wirft ihm immer wieder verstohlene Blicke zu, aber Grady unterhält sich angeregt mit Mr Grey und scheint sie gar nicht zu bemerken. Er wäre sicher sauer, wenn ich ihm jetzt sagen würde, dass er in seinen guten Jeans und mit den Stiefeln von Kopf bis Fuß wie ein echter Junge vom Land aussieht. Obwohl ich ihn nur von hinten sehe, erkenne ich genau den Moment, als das Trilby-Mädchen sein süßes Lächeln erhascht, denn sie rutscht mit ihrem Hocker näher zu ihm hin und stupst ihn an. Ich will gerade zu ihm rübergehen, da schlingt sich ein nach *Hugo Boss* duftender Arm um meine Taille.

»Alba!«, ruft Daniel. »Was für ein Glück, dass du da bist. Mein Manager ist gerade mit mir den Plan für die nächsten Tage durchgegangen. Ich hätte nicht gedacht, dass man tatsächlich mit offenen Augen schlafen kann!« Er mustert mich von Kopf bis Fuß und pfeift durch die Zähne: »Mann, du siehst unglaublich gut aus. Wer hätte gedacht, dass sich das kleine Mädchen, das immer Smarties in den Sportunterricht geschmuggelt hat, mal so schön entwickeln würde?«

»Dasselbe könnte ich von dir auch sagen, Daniel.« Ich mustere ihn ebenfalls eingehend und mit seinem schwarzen T-Shirt und der Jeans wirkt er lässig und elegant. »Dir ist doch sicher klar, dass du der Traum aller weiblichen Teenies bist? Und wenn du mir jetzt noch erzählst, dass du die letzten acht Jahre auf einem Zauberinternat verbracht hast, würde das dein Traumprinz-Potenzial noch steigern.«

Er kneift die Augen zusammen. »Ich bin mir nicht sicher, ob ich das als Beleidigung oder als Kompliment auffassen soll, Alba.«

Wir blicken uns einen Moment verlegen an, dann packe ich ihn an der Hand und ziehe ihn hinter mir her durch die Menschenmenge zu einem Tisch in der Nähe des Weihnachtsbaums. Als wir noch klein waren, hatte Daniel die Gabe, in einen Raum hereinzuplatzen und im Nu die ganze Aufmerksamkeit auf sich zu ziehen. Doch als wir uns in die kleine Sitznische quetschen, sieht er mich an, als wäre er um Worte verlegen, und ich fühle mich auf einmal seltsam befangen. Ich konzentriere mich auf seine blauen Augen, den einzigen Teil seines Gesichts, dem die Verwandlung zum Superhelden erspart geblieben ist.

»Jetzt bist du also … berühmt«, sage ich mit einem nervösen Lachen.

Daniel schmunzelt. »Mach mich nicht verlegen. *Das Haus am Eukalyptusbaum* ist nicht gerade der Traum. Das ist vielleicht gerade mal einen Hauch besser als ein Werbefilmchen für Hämorrhoidensalbe.«

»Aber immerhin – du kannst mit Aimee Smith rumknutschen. Das muss doch ziemlich gut sein, oder nicht?«

Er schnaubt verächtlich. »Ich bitte dich. Ein nasser Lappen hat mehr Persönlichkeit und außerdem kann sie mich nicht ausstehen. Weißt du, dass sie absichtlich Sandwiches mit Thunfisch isst, bevor wir unsere Kussszenen drehen? Und das wirklich jedes einzelne Mal. Es ist, als würde man einen verdorbenen Fisch küssen.«

Ich pruste los. »Und ich dachte, sie wär genau dein Typ. Die fünfmalige Zweitplatzierte in *Next Top Model* und die Nummer dreizehn einer Internetumfrage unter Studenten zum Sexiest TV-Star, den kein Mensch kennt. Ihr seid wie Romeo und Julia. Nur mit etwas mehr künstlicher Sonnenbräune.«

Daniel sieht mich mit großen Augen an. »Himmel! Da werde ich wohl hart arbeiten müssen, um dir zu beweisen, dass ich nicht der wandelnde Vollidiot bin, für den du mich hältst, Alba.« Der Schein der bunten Lichter fällt auf seine Wangen. Er lächelt mich an, aber seine Augen verraten ihn. Ich erinnere mich noch genau an diesen Gesichtsausdruck – er bekam ihn immer dann, wenn seine Mum wieder mal zarte Andeutungen machte, dass er eine Diät machen müsse. Der gespielte Ärger soll überdecken, dass Daniel wirklich gekränkt ist.

Ich rutsche mit meinem Stuhl näher zu ihm heran. »Ich würde dich niemals für einen Vollidioten halten, Daniel Gordon, ich bitte dich. Du bist schließlich derjenige, der mir meinen ersten *Spawn*-Comic geschenkt hat, erinnerst du dich? Und du hast acht Monate lang versucht, den Guinness-Rekord für die höchste Irokesenfrisur der Welt zu brechen – ich weiß zwar nicht, ob so was als genial durchgeht, aber immerhin.«

Daniel lacht. »Ein Japaner hat den Rekord dieses Jahr neu aufgestellt. Seine Frisur war über einen Meter hoch. Echt cool.«

DJ Pete spielt jetzt irgendeinen wummernden Hit von R.E.M. aus den Neunzigern, und im Pub wird laut gejubelt. Im Nu verdoppelt sich die wogende Menge auf der winzigen Tanzfläche.

Daniel trommelt mit den Fingern auf den Tisch. »Du zeichnest also immer noch? Ich hab einige deiner Bilder im Supermarkt hängen sehen. Du hast wirklich ein Wahnsinnstalent, Alba. Deine Freunde im Laden haben dich in den höchsten Tönen gelobt.«

»Hm, danke. Ich hab mich ein bisschen von meiner damaligen Wonder-Woman-Besessenheit entfernt, aber ich bin immer noch an dem Thema dran.«

Er richtet den Blick wieder auf mich. »Und du und Grady, seid ihr immer noch enge Freunde? Das find ich toll.«

Ich blicke zur Bar hinüber, aber Grady und das Mädchen mit dem Hut sind verschwunden. »Klar sind wir das. Bist du überrascht?«

Er schüttelt den Kopf. »Nein, eigentlich nicht, aber vermutlich hab ich einfach gedacht …«

»Ah, okay, ich glaube, ich weiß, was du meinst. Aber nein. Nein, nein, nein. Das ist … einfach nicht unser Ding.« Ich spüre genau, wie mein Gesicht und vermutlich auch ein gutes Stück vom Hals knallrot anlaufen. »Hier weiß das jeder. Und mittlerweile sagt auch keiner mehr was. Früher schon, aber dann hat unsere Clique uns mit dreizehn eine Mutprobe aufgebrummt, ein Date am Valentinstag. Weißt du, was passiert ist? Grady bekam solche Panik, dass er aus dem Bus nach Merindale gefallen ist und sich das Schlüsselbein gebrochen hat, und ich hab im Krankenhaus zwei Milchshakes getrunken und auf dem Heimweg Cleos Auto vollgekotzt. Das war alles superpeinlich und bescheuert und – ach, überhaupt führt dieses ganze Gespräch zu nichts!«

Er lacht laut auf. »Kein Grund, mich anzuschreien, Alba. Okay, wechseln wir das Thema.« Er legt einen Arm über die Stuhllehne. »Also, was hältst du von dem ganzen Mist hier? Was sind das für Götter, die schön abwarten, bis wir die Schule beendet haben, und ausgerechnet *dann* Ewige Finsternis beschließen? Findest du es nicht scheiße, dass die letzte überlebende Stadt auf der Erde nicht Berlin oder Vegas oder so sein soll? Irgendwas Cooles?«

Ich hole tief Luft und meine glühenden Wangen wetteifern mit meinen kribbelnden Fingern. »Klar, ich ärgere mich darüber total. Aber ich hatte sowieso schon überlegt, noch ein bisschen hierzubleiben. Ich mag die Arbeit in der Bäckerei, also wird es bestimmt super, das eine Weile …«

Daniel stutzt. »Ernsthaft? Du willst wirklich *hier* bleiben?«

Ich starre ihn wütend an. »Mann, fang gar nicht erst an! Ich weiß, dass du abgehauen bist ohne einen Blick zurück, aber nicht alle halten unseren Ort hier für das Letzte.«

»Nein, so hab ich das gar nicht gemeint. Ich hab mich heute Morgen wahrscheinlich wie der totale Arsch angehört, aber ich hab damit nicht gemeint, dass ich mich nicht gefreut hätte, wieder hier zu sein. Ich hatte ganz vergessen, wie sehr ich Eden Valley vermisst habe.«

»Du hast es vermisst?«

»Sicher. Ich hab eine Menge Dinge vermisst.« Er rutscht näher zu mir heran und räuspert sich. »Alba, ich hab es einfach nie geschafft, dich anzurufen ... Ich ... es hat mir so leidgetan, als ich das von deinem Dad gehört habe. Aber ich war damals zehn und kein großer E-Mail-Schreiber ... und außerdem bin ich in solchen Situationen eine ziemliche Niete. Ich wusste einfach nicht, was ich sagen sollte.«

Pete wirbelt hektisch in seiner DJ-Ecke herum, und Tia muss ständig seinen herumfuchtelnden Armen und den CD-Hüllen ausweichen, die versehentlich auf der Tanzfläche landen. Caroline steht mit einem Bier in der Hand vor den beiden und wiegt sich zur Musik hin und her. Einen Augenblick lang denke ich, dass Tia und Caroline neugierig zu mir herüberstarren, aber als ich genauer hinsehe, konzentrieren sie sich ganz auf die Musik.

»Schon gut, Daniel«, murmle ich. »Es war lange Zeit ganz furchtbar, und dann ... wurde es etwas weniger schlimm. Was soll ich sagen? Das Leben ging weiter. Obwohl ich mir gewünscht hätte, du wärst mit uns in Kontakt geblieben.« Ich suche seinen Blick und stelle fest, dass er mich nachdenklich ansieht. »Ich hab dich vermisst.«

»Hey, ich hab dich auch vermisst«, sagt er leise.

Ich lasse den Blick durch den Pub schweifen. Unwillkürlich suche ich nach Gradys Lockenkopf, doch es ist viel zu voll hier, und ich kann ihn nirgends entdecken. Keine Ahnung, warum, aber ich fühle mich auf einmal seltsam schutzlos.

Ich schlage mit den Händen auf den Tisch. »Schluss jetzt. Das wird mir langsam zu sentimental. Erzähl mir lieber endlich mal was aus dem verrückten Leben eines Stars. Hast du ein Minischwein? Im Internet lese ich immer, dass die als Haustier bei den Reichen und Schönen sehr beliebt sind.«

Daniel schüttelt den Kopf. »Du erinnerst dich doch sicher noch an Lucy Davidsons Geburtstagsparty? An diesen Streichelzoo in Merindale und an einen ganz bestimmten Biss-in-den-Schritt-Vorfall? Seither kann ich nicht mal *Ein Schweinchen namens Babe* sehen, ohne Schweißausbrüche zu kriegen.«

Ich lache, und er lacht mit, und sofort bin ich wieder ganz erfüllt von dieser kosmischen, universellen Harmonie. Sein ausgelassenes Lachen ist immer noch ganz genau wie früher. Ich entspanne mich auf meinem wackligen Barhocker, umhüllt von einer kuscheligen Decke aus Kindheitserinnerungen.

Daniel schaut zur DJ-Ecke. Er streicht sich mit beiden Händen das Haar zurück, aber die glänzenden Strähnen fallen ihm immer wieder über die Augen. Als er mich wieder ansieht, bemerke ich etwas Seltsames in seinem Verhalten. Etwas ... Berechnendes. Beim letzten Mal, als er mich so angesehen hat, hatte er versucht, mich zu überreden, heimlich mit dem Bus nach Merindale zu fahren. Er hatte gehört, dass dort ein *Wendy's* aufgemacht hätte.

»Was ist?«, frage ich.

»Ach, ich hab mich nur gerade gefragt ... warum nennen dich eigentlich immer noch alle Alba?«

»Ich weiß nicht. Keiner nennt mich Sarah. Na ja, Grady manchmal, wenn er sauer auf mich ist, aber ...«

»Aber so ein Spitzname klingt doch nur süß, solange man noch ein Kind ist.« Er schaukelt auf seinem Hocker herum und kippt ihn nach hinten. »Und du bist ja schon lange kein kleines Mädchen mehr, *Sarah*.«

Ich kneife die Augen zusammen. »Was willst du damit sagen?«

Er mustert mich. »Na, erstens trägst du jede Menge Make-up, nicht wahr? Ich meine, jemand, der sich so kleidet wie du, will offensichtlich nicht, dass man ihn für ein kleines Mädchen hält. Oder?«

Ich richte mich zu meiner vollen Größe auf. »Daniel, das wird dich jetzt vielleicht überraschen, aber mir ist es egal, was andere Leute über mich denken.

Mir gefällt, wie ich mich anziehe. Reicht dir das als Erklärung?«

Jetzt läuft irgendein schnulziger Johnny-Cash-Song. Daniel sieht mich mit großen Augen an. Er beugt sich zu mir herunter, sodass seine Lippen neben meinem Ohr sind. »Ich will damit nur sagen, dass ich überrascht bin, dass du glaubst, hierherzugehören. Du bist so was von kein Kleinstadtmädchen. Das wusste ich schon, als wir sechs waren, und ich war als Kind nicht besonders schlau. Ich fand dich schon immer cool, aber jetzt finde ich, du bist ... wirklich faszinierend. Ist das in Ordnung für dich?«

Vielleicht bin ich ja ein wenig schwer von Begriff, aber es dauert geschlagene fünf Sekunden, bis ich verstehe, dass Daniel Gordon – derselbe Daniel, der einmal eine ganze Packung Eis auf einmal gegessen und danach in meine Sockenschublade gekotzt hat und der immer, wenn er bei mir übernachtet hat, einen *Toy-Story*-Pyjama getragen hat – tatsächlich versucht, mit mir zu *flirten*.

Ich schiebe das in meinem Kopf aufblitzende Bild eines gebräunten Waschbrettbauchs hastig beiseite, rutsche ein Stück von ihm weg und boxe ihm gegen den Arm. »Daniel, war das gerade eine *Anmache?*«, frage ich lachend. Ich zeige auf die Schar an Verehrerinnen, die ihn keinen Moment aus den Augen lassen. »Du hast doch schon einen Fanclub. Und steht Indigo nicht eher auf Blondinen?«

Er grinst. »Stimmt. Aber ich selbst mochte Brünette immer viel lieber.«

Ich verdrehe die Augen, aber Gott sei Dank bleibt mir eine Antwort erspart, weil ich aus dem Augenwinkel etwas Blaues aufblitzen sehe, und als ich mich umdrehe, steht Grady direkt neben mir.

Er schwingt sich auf einen Stuhl. »Hallo ihr beiden«, sagt er locker und schlägt unter dem Tisch die Beine übereinander. »Du hast das *Junction* gefunden, Dan. Wenn das hier wirklich der letzte Pub am Ende des Universums ist, dann haben wir echt ein Problem, oder?«

Daniel zuckt mit den Schultern. »Weiß nicht. Irgendwie gefällt es mir, dass sich hier nichts verändert hat, seit ich weg bin. Der Laden hier hat Charakter.« Er klopft Grady auf den Arm und deutet zu Mr Grey hinüber, der am Eingang gerade erfolglos versucht, eine Polonaise anzuführen.

»Charakter?«, fragt Grady grinsend. »Stimmt. Aber eher so einen Penner-Charakter, der im schmuddeligen Trenchcoat rumschlurft und versaute Sachen durch die Gegend schreit, oder?«

Ich werfe Grady einen Bierdeckel an den Kopf. »Domenic steht nur noch mit einem Bein in Eden Valley, Daniel. Pass gut auf deinen Wagen auf, sonst hast du möglicherweise bald einen blinden Passagier an Bord.«

Daniel legt den Arm auf meine Stuhllehne. »Grady,

Mann, du hast dich kein bisschen verändert«, sagt er lächelnd. »Du bist immer über deine eigenen Füße gestolpert, nur weil du nicht schnell genug vorwärtskamst. Aber, Alter, soll ich dir einen Rat geben? Entspann dich. Sieh dich um. Die Welt dort draußen läuft dir nicht davon.« Er lacht laut auf. »Na, du weißt ja – zumindest nicht in der Theorie.«

Außenstehende würden Gradys Miene wohl als ausdruckslos bezeichnen, aber ich kenne diesen Blick – ich nenne das sein Baby-Anwalts-Gesicht. Ich sehe ihm an, dass er im Kopf die verschiedenen Antworten durchgeht und seine Worte sorgfältig abwägt, bevor er spricht.

»Ein weiser Rat«, sagt Grady schließlich. »Aber glaub mir, wenn du erst mal den Leuten in der Post dabei zugehört hast, wie sie eine Woche lang über den Käsepreis diskutieren, dann willst du auch so schnell wie möglich weg von hier.« Er lächelt. »Und ich erinnere mich noch gut daran, dass du früher selbst große Pläne hattest. Irgendwas von wegen das weltgrößte Fort aus Legosteinen bauen, aber immerhin. Du kannst mir nicht erzählen, dass du nicht lieber heute als morgen wieder in dein richtiges Leben zurückkehren würdest.«

Daniel pustet sich das Haar aus den Augen. »Vielleicht ist es aber auch ganz anders. Ich muss erst in einem Monat wieder am Set sein – vielleicht bleibe ich so lange hier in Eden Valley. Vorausgesetzt natürlich, wir werden nicht von Dunkelelfen oder Killertomaten oder so angegriffen.« Er zupft frech an meinen Haaren, wie er es auch früher schon getan hat, und es fühlt sich vertraut an. »Was meinst du dazu, Sarah? Ich verspreche auch, dass ich mich tadellos benehme. Und kein einziges Minischwein wird dich belästigen.«

Grady blickt mich mit hochgezogenen Brauen an, aber ich sehe sofort, dass seine Selbstsicherheit ins Wanken gerät. Mann! Wie hatte ich vergessen können, dass sich Grady von Daniel sehr leicht in die Defensive drängen lässt?

»Na … *Sarah* und ich können uns sicher was einfallen lassen, um dich bei Laune zu halten«, sagt Grady. »Obwohl du wahrscheinlich mehr Kuhfladen ausweichen musst, als du gewohnt bist …«

»Egal, unsere Ferienpläne haben sich wegen dieser Invasion vom Mond sowieso schon erledigt«, füge ich hinzu. »Du kannst gern hierbleiben, Daniel. Das würde uns wirklich freuen. Dann kannst du unsere Freunde kennenlernen – vielleicht lasse ich mich sogar zu einem *X-Men*-Marathon und einer Keksschlacht überreden. Alles wäre so wie früher. Außer, dass du wahrscheinlich inzwischen deinen *Buzz-Lightyear*-Pyjama weggeschmissen hast.«

Daniel blinzelt mir zu. »Ich bin mittlerweile ein überzeugter Unterwäsche-Schläfer.«

Grady grunzt: »Nette Vorstellung. Sicher war *Sarah*

ganz heiß drauf, was über deine Unterhosen zu erfahren.«

In meiner Erinnerung waren meine beiden Jungs für meine Wonder Woman immer so gewesen wie Spiderman und Superman. Dabei habe ich völlig verdrängt, dass die beiden mehr sind wie zwei Hälften der gleichen Persönlichkeit, die einander bekämpfen – wie Bruce Banner und der Hulk: Irgendwie lieben sie sich, aber nichtsdestotrotz sind sie immer kurz davor, sich gegenseitig die Augen auszustechen.

Ich stehe auf. »Sarah würde jetzt gern tanzen. Kommt ihr mit?«

Daniel lehnt sich im Stuhl zurück. »Nö. Ich bleib lieber hier sitzen und seh euch zu.«

Ich nehme Grady an der Hand und ziehe ihn auf die knallvolle Tanzfläche. Er sieht mich zwar erstaunt an, zieht mich dann aber in seine Arme und legt eine Hand leicht um meine Taille.

»Also … Dan scheint sich ja wieder ganz gut hier eingewöhnt zu haben. Aber eigentlich hatte er ja auch nie ein Problem, dazuzugehören«, sagt er, während sich meine Füße mühelos im Einklang mit seinen bewegen. Cleo hatte Grady dazu verdonnert, mit ihr Tanzstunden zu nehmen, als sie gerade total für Gesellschaftstanz schwärmte, und ich glaube ehrlich gesagt – auch wenn er das nie im Leben zugeben würde –, dass er dabei ordentlich Spaß gehabt hat. Auf jeden Fall hat mein Junge Rhythmus im Blut.

»Aber es ist irgendwie seltsam«, meint Grady nachdenklich. »Einerseits ist er Dan, andererseits wieder nicht.« Er lächelt schief. »Also, ich weiß nicht, Alba. Waschbrettbauch hin oder her – vielleicht führen unsere ganzen Erinnerungen ja auch ins Nichts?«

Ich höre ihm nur mit halbem Ohr zu, denn jetzt, als Daniels funkelnde Augen nicht mehr auf mich gerichtet sind, gehe ich in Gedanken unsere Unterhaltung noch einmal durch, und das bringt mich völlig durcheinander.

»Was ist los?«, fragt Grady.

Ich sehe erschrocken zu ihm auf. »Nichts. Warum?«

Grady tippt mir mit dem Zeigefinger zwischen die Augenbrauen. »Du hast eine Denkerfalte. Und die hast du nur, wenn du dich ärgerst oder Mathe machen musst. Und da du im Moment gerade keine quadratischen Gleichungen löst …?«

Durch die Menge erhasche ich einen Blick auf mein Spiegelbild hinter der Bar. Der Schwung meines Eyeliners ist selbst in dem trüben Spiegel noch gut zu sehen.

»Du, Grady?«

»Was ist, Alba?«, fragt er zerstreut.

»Findest du, dass ich zu viel Make-up trage?«

Er sieht mich stirnrunzelnd an. »Nein. Das ist einfach dein Stil. Warum?«

»Ach, nur so«, erwidere ich verlegen. »Du sagst

nur nie was darüber, wie ich aussehe. Hab mich einfach gefragt, mehr nicht.«

Er gerät ein wenig aus dem Takt. »Ich sage nie was darüber, wie du aussiehst, weil ich es immer ganz toll finde«, wagt er sich behutsam aus der Deckung. »Und ich weiß, dir ist sowieso egal, wie ich es finde. Stört dich das jetzt?« Er räuspert sich. »Ich meine, willst du, dass ich dir sage ...«

Ich gebe ihm einen Stoß in die Seite. »Entspann dich. Ich will keine Komplimente. Nur kommst du mir manchmal vor wie ein Buch mit sieben Siegeln. Weißt du, diese Tussi vorhin hat dir schöne Augen noch und nöcher gemacht, aber das hast du scheinbar nicht mal bemerkt. Ich bin einfach neugierig, woran du unter deiner Lockenpracht eigentlich denkst.«

Er zuckt mit den Schultern. »Titten, Autos. Die Auslöschung der Menschheit. Und sie hat mir tatsächlich schöne Augen gemacht? So was musst du mir *sagen*, Alba! Sonst bist du als mein Kumpel eine Fehlbesetzung.«

»Stimmt – jetzt, wo *richtige* Mädchen in der Stadt sind, sollte ich meine Pflichten wohl ernster nehmen.«

Er lacht. »Vor allem Mädchen, die nicht schon mit meinem Bruder rumgeknutscht haben. Das ist wirklich mal was Neues.«

Pete spielt jetzt was Langsames, Leises. Langsam erkenne ich einen Plan in seiner Musikauswahl; Petey hat letzte Woche wohl seine ganz persönliche Weltuntergangs-Playlist zusammengestellt. Ich vergesse Daniel und das Gedankenkarussell, das unsere Unterhaltung in mir aufgewühlt hat.

Ich sehe Grady an. »Vielleicht ist das ja eine gute Gelegenheit für dich, mal ein paar Strategien auszuprobieren?« Ich nicke zu einer dicht besetzten Sitznische hinter ihm, wo das Mädchen mit dem Trilby auf dem Tisch thront.

Grady blickt über seine Schulter zu ihr rüber und sie winkt ihm lächelnd zu. Er winkt schüchtern zurück. »Ach ja. Das ist Jess. Wir … haben uns vorhin kennengelernt. Sie ist aus Melbourne.« Er grinst mich an. »Ich sollte es besser wissen, als mich auf Fremde einzulassen, Veronica«, raunt er mit rauchiger Whiskystimme wie in einem alten Gangsterfilm.

»Eigentlich hätte ich eher gedacht, wildfremde Frauen passen dir gut ins Konzept, Grady. Keine Beziehungskisten, kein Ärger – keine Fesseln, die dich einengen. Du solltest wirklich mit ihr reden. Mach ihr ein Kompliment. Jetzt komm schon, Mann! Du musst mal einen Gang höher schalten. Wenn du willst, kannst du ja bei mir üben.«

Grady hört auf zu tanzen und zwinkert mir zu. In dem trüben Licht wirken seine Augen leicht amüsiert, zugleich aber auch verschreckt. »Hm … dein Kleid gefällt mir, Alba. Es ist sehr blau. Und … ähm … es glänzt so schön?«

»Mann, du bist *hoffnungslos*«, kichere ich. »Ich sagte, du sollst mir ein Kompliment machen, und nicht, du sollst dich wie ein gestörter Roboter benehmen.«

Er verdreht die Augen. »Vielleicht sollte ich lieber die Flirt-Tipps von Daniel befolgen? Er scheint das mit den Komplimenten ganz ordentlich draufzuhaben.«

»Ich bitte dich. Daniel redet einfach, wie ihm der Schnabel gewachsen ist. Oder hast du das etwa auch schon vergessen?«

»Also, keine Ahnung, *Sarah*. Aber ich bin mir ziemlich sicher, dass er bei dir vorhin was versucht hat. Nicht, dass ich ihn dafür verurteilen will. Ich meine, mal im Ernst, Frau – der müsste ja blind sein, wenn du ihm in diesem Kleid nicht ins Auge stechen würdest.«

Ich gebe ihm triumphierend einen Klaps auf den Arm. »Siehst du, *das* war ein Kompliment. So was in der Richtung wie bei dem Mädchen mit dem Hut und die Sache ist geritzt.«

Er schüttelt lachend den Kopf und zieht mich wieder an sich.

In der DJ-Ecke röhrt Pete etwas ins Mikrofon, was die Menge wohl aufheizen soll, was aber total unnötig ist; das *Junction* sieht jetzt schon aus wie eine Zirkusmanege und riecht wie eine Explosion in einer Deo-Fabrik.

Caroline schlappt zu uns herüber und dirigiert irgendeinen Typen auf uns zu. Hinter seinem Rücken hält sie den Daumen hoch. Irgendwer ist eindeutig Carolines Typ, ein Muskelpaket mit leicht verwirrtem, leerem Blick.

»Hey, Leute«, sagt sie. »Das ist Raymond.«

»Randal«, korrigiert der Kerl mürrisch.

Sie tätschelt seinen Arm. »'tschuldigung. Randal und seine Kumpels sind den weiten Weg von Brisbane hierher gefahren. Und sie haben nichts dabei außer Gasmasken und Überlebenstrainings-DVDs – ist das nicht total bescheuert?«

Eddie und Tia tauchen neben uns auf und Tia zerrt ihren Tanzpartner zu steifen, halbherzigen Hüftschwüngen hin und her. In ihrem silberfarbenen Kleid sieht sie aus wie eine Fee, die versucht, mit einer sperrigen Rinderhälfte zu tanzen.

»Alba!«, kreischt Tia. »Wie geht's Daniel? Amüsiert er sich? Warum tanzt er nicht?«

»Vielleicht wartet er, bis ein Lied kommt, bei dem er sich als Stripper produzieren kann«, knurrt Eddie. »Ich wette, er wartet nur darauf, dass er endlich sein Hemd ausziehen kann.« Er wirft Carolines Typen einen kampflustigen Blick zu, aber der schaut nur gelangweilt zurück.

Caroline wirbelt herum, und Randal ist gezwungen, außerhalb unseres Kreises zu tanzen. »Also, ich muss schon sagen, diese Apokalypse rockt total! So langsam fange ich an, mich darauf zu freuen!«

Grady lacht. Ich stehe immer noch gegen ihn gequetscht und spüre, wie sein Lachen in meinem Körper vibriert. »Stell dir das nicht allzu aufregend vor, Caroline«, sagt er. »Wir sind hier immer noch in Eden Valley. Die Welt nach der Apokalypse wird alles andere als eine riesige Party sein, sondern eher wie ein Treffen des Rotary-Clubs mit einigen Kiffern und ein paar Hundert verängstigten Kühen.«

Petey hastet atemlos über die Tanzfläche zu uns, sein schwarzes Haar klebt ihm in schweißnassen Strähnen im Gesicht. »Leute, ist das nicht toll?«, schreit er begeistert. »Es sind mehr als vier Leute auf der Tanzfläche! Und irgendeine Tussi hat in die Tiefkühltruhe gekotzt. So einen verrückten Abend hatten wir hier noch nie!«

Er nimmt Tia an der Hand und zieht sie stürmisch in seine Arme. »Wenn wir beide mal uralt sind, dann werden wir mit dieser Story unsere Enkel langweilen!«

Tia kichert verlegen. »Petey, vielleicht interessieren sich deine Enkel dann eher dafür, wie das Leben mit Elektrizität war – oder mit Deo und solchem Zeugs.«

Irgendein-Randal setzt sich von uns ab und meine Freunde schließen seine Lücke sofort. Ich ziehe Gradys Handy aus seiner Jeanstasche – aber bevor ich einen Schnappschuss machen kann, trifft mich auf einmal das überwältigende Gefühl, dass alles ein

Ende hat. Ein fetter Kloß steigt mir in den Hals, sodass ich kaum noch atmen kann. Grady merkt anscheinend, dass mit mir etwas nicht stimmt, denn seine Hand, die leicht auf meiner Taille ruht, drückt mich nun fest an sich.

»Alba?«, flüstert er mir zu. »Was ist los?«

Ich blicke zu ihm auf und versuche, mir ein Lächeln abzuringen, aber ich weiß genau, dass es gequält und verzerrt rüberkommt.

Das erste Mal, dass wir sechs zusammen hier rumhingen, war direkt nach der achten Klasse. Grady und ich hatten ein echtes Zucker-High von grünem Wackelpudding und verbrachten die Nacht mit dem Basteln von Bierdeckel-Hüten für Mr Greys Enten an der Wand. Es war das erste Mal, dass Eddie sich traute, mehr als eine einsilbige Unterhaltung mit mir zu führen. Es war das erste Mal, dass Petey schüchtern Tia zum Tanzen aufforderte, obwohl er danach wieder Jahre brauchte, um den nächsten Schritt zu machen. Es war das erste Mal, dass Caroline einen Jungen küsste – ich erinnere mich daran, dass sie ihn auf dem Parkplatz draußen stehen ließ und mich und Tia beiseitezog und uns brühwarm berichtete, wie eklig es war.

Vielleicht wird sich die Erde weiterdrehen und die Sterne werden jahrtausendelang nicht implodieren, doch ich erkenne trotz meines Spatzenhirns, dass dieser Augenblick – hier und jetzt, mit den

Leuten, die ich am meisten liebe – nicht von Dauer sein wird.

Ich stehe mit dem Rücken zum Eingang und meine Wange ruht an Gradys Oberarm. Aber auf einmal beschleicht mich so ein merkwürdig prickelndes Gefühl, bei dem die Nackenhaare schon etwas wissen, das im Gehirn noch nicht angekommen ist. Auch die Atmosphäre im Pub hat sich verändert; in das Stimmengewirr mischt sich ein seltsames unterschwelliges Raunen.

»Oh! Mein! Gott!«, keucht Caroline. Sie packt Grady am Arm und deutet in Richtung Eingang.

Ich wirble herum und kippe fast aus den Latschen.

Die Menge am Eingang weicht zurück und lässt einen Mann eintreten. Er ist mittelgroß, kräftig und nicht weiter auffällig, abgesehen davon, dass alle Augenpaare auf ihn gerichtet sind.

Er trägt Nadelstreifenhosen, dazu Hosenträger und ein Hemd in Regenhimmelgrau. Als sei er hier Stammgast und schaue bloß auf einen Imbiss und ein Bierchen vorbei, schweift sein Blick gelassen über die Anwesenden. Dann schlendert er zur Bar, scheinbar ohne das ungläubige Staunen zu bemerken, das sein Erscheinen ausgelöst hat. Ich wette, er versucht krampfhaft, unauffällig zu wirken.

Aber der Kahlkopf und der Fu-Manchu-Schnauzbart? Der Mann hätte ebenso gut auch in einem

Spandex-Ganzkörperanzug oder einem Batman-Kostüm in den Pub stolzieren können.

»Das glaub ich jetzt nicht«, flüstere ich.

Daniel taucht neben uns auf. »Na, das ist ja mal eine Überraschung«, sagt er fröhlich.

»Meine Fresse«, raunt Eddie. »Das ist ja, verdammt noch mal, der Echte Ned.«

Die Ankunft des Hellsehers hat auf Eden Valley die gleiche Wirkung wie der Joker in *Batman*, der sich in Gotham City niederlässt. Jemand legt einen Twitter-Account für Neds Schnurrbart an und am Sonntagvormittag gibt es bereits zwölftausend Follower. Sein Schnurrbart scheint hauptsächlich an Beyoncé und *Doctor Who* interessiert zu sein, und ich beschließe, mich eine Zeit lang vom Internet fernzuhalten.

Die Nachrichten-Reporter, die aus dem Nichts auftauchen wie so viele namenlose Schergen in Comics, vergessen völlig, uns Einheimischen nachzustellen, und stürzen sich stattdessen auf Ned Zebidiah. Obwohl er seit seinem grandiosen Auftritt bekannt ist wie ein bunter Hund, weigert sich der Echte Ned, auch nur ein einziges Interview zu geben. Er stellt sein Wohnmobil irgendwo draußen im Valley ab und zeigt sich nur selten im Ort. Für einen Typen, der gern im Mittelpunkt steht, scheint ihn der ganze Rummel ziemlich abzuschrecken. Am Montagmorgen erhasche ich einen Blick auf ihn, als er an der Bäckerei vorbeihuscht, und ich könnte schwören, dass er verschreckt aussieht.

Ich weiß nicht, was mit mir los ist. Seit dem Abend im *Junction* kann ich nicht mehr vernünftig denken, und ich bin niedergeschlagener, als ich es mir sonst je erlauben würde. Ich setze mein strahlendstes Lächeln auf, aber in mir drin ist alles in Aufruhr. In meiner freien Zeit verstecke ich mich im Schatten von Dads Pflaumenbäumen und kritzle Landschaftszeichnungen à la Fiona Staples. Der halbe Thunderdome ist jetzt zusammengebrochen, aber unter den Resten ertönt immer noch lautes Gelächter. Ich weiß, dass meine Freunde sich alle dorthin gewagt haben. Aber von meinem Platz im Garten aus gesehen ist es, als stehe man am Rand eines riesigen, dampfenden Affengeheges. Und so spannend es auch ist, das Leben in der freien Natur zu beobachten, bin ich einfach nicht mutig genug, mich so nahe heranzuwagen, dass mich die Tiere mit ihrem Mist bewerfen könnten.

Ich weiß, dass ein paar von diesen Sachen eigentlich in meinem Comic erwähnt werden sollten, aber jedes Mal, wenn ich den Computer anmache, ertappe ich mich dabei, wie ich auf das ängstliche, rastlose Gesicht meines Cinnamon Girls starre, das durch die Fenster seines Lagerhauses schaut. Und sie sieht auf eine Welt, die ich nicht zeichnen kann, ich bringe es einfach nicht fertig, und dann werde ich von Panik überwältigt, die mir die Kehle zuschnürt.

Zum Glück habe ich gar keine Zeit, in Selbstmitleid zu versinken, denn inzwischen habe ich so gut wie keinen Augenblick mehr für mich. Die Bäckerei hat Hochkonjunktur, die Kunden stehen den gepflasterten Gartenweg runter Schlange, und zwar vom Öffnen am frühen Morgen bis zu dem Zeitpunkt, an dem wir völlig ausverkauft sind. Es ist, als wäre das *Albany's* durch einen merkwürdigen Riss in eine andere Dimension gerutscht, in der Rosie Addler und die immer durch den Mund atmenden Albert-Jungs durch ihre Doppelgänger aus einem anderen Universum ersetzt worden sind. An ihrer Stelle sind nun eine alte Frau in einer durchsichtigen Weste aus Fischernetzen und ein Haufen finster dreinblickender Emo-Kids, die aussehen, als könnte für sie das Ende der Welt gar nicht schnell genug kommen. Ich versuche, mich mental in meine beste Hulk-Figur hineinzuversetzen, während ich mich im völlig überfüllten Café abhetze, aber ich fühle mich belagert und in meinem eigenen Haus unbedeutender als je zuvor. Mum ist hocherfreut, dass der Laden brummt, aber ich habe den Verdacht, ein winziger Teil ihres Unterbewusstseins denkt über die Möglichkeit nach, dass das Ende der Welt tatsächlich nahe sein könnte, denn nach getaner Arbeit hängt sie unglaublich viel mit Cleo im Café rum, und die beiden unterhalten sich kichernd über ihre Streiche aus der Uni-Zeit.

Und noch immer kommen mehr Menschen. Die Farm der Palmers sieht aus wie der letzte Zeltplatz am Ende der Welt, mit Zelten und Autos und ollem Hausrat auf den ausgedörrten Feldern. Überraschenderweise ist die Stimmung bei unseren Besuchern insgesamt sehr entspannt und unsere verwunderten Polizisten haben nicht besonders viel zu tun. Sie müssen bloß Mr Frankenstein, den Pudel von Rosie Addler, aus einem marihuanavernebelten Kleinbus retten, wohin man ihn als Maskottchen verschleppt hat. Die Leute lassen Drachen steigen, spielen Footbag, und ab und zu rennt ein Nackter über die Felder, sodass der Anblick von wabbeligen, sonnenverbrannten Körpern mir garantiert für den Rest meiner Tage ins Gehirn geätzt ist. Der arme Eddie steht kurz vor einem Aneurysma. Ich fürchte, er wird nie wieder einem Mädchen ins Gesicht blicken können.

Eds Vater ist einer der wenigen von hier, der die Wahnsinnigen mit Begeisterung unterstützt. Er heißt eine Gruppe von bärtigen Engländern willkommen, die in einem Unicat auftauchen, einen Anhänger vollgepackt mit Gitarren und Verstärkern im Schlepptau. Mr Palmer leiht ihnen ein paar Generatoren und Bühnenbeleuchtung von der Städtischen Theatergruppe in Merindale, den Merri Men. Nachdem es ein bisschen Aufregung mit dem Stadtrat und der

Feuerwehr gegeben hat, verwandelt sich die nördliche Weide – *bumm*, einfach so – von einem staubigen Ort für Kühe in die Hauptbühne vom Glastonbury Festival.

Der Hochradmann hat es offenbar geradezu darauf angelegt, von mir in den Arsch getreten zu bekommen, denn er stellt sein »Rad« als »Kunstinstallation« in unserem Vorgarten auf. Ich sehe ihn oben auf seinem albernen übergroßen Rad thronen, und obwohl ich ihn so finster und Furcht einflößend wie nur möglich anstarre, rührt er sich nicht vom Fleck. Es tröstet mich ein wenig, dass Cinnamon Girl demnächst einen unausstehlichen, einrädrigen Mutanten mit einem Lavastrom, den sie mit ihren Augen schleudern kann, zerstören wird.

Ich habe zu viel zu tun, um mich mit meinen Freunden zu treffen, aber das ist nicht schlimm, denn die anderen sind auch alle total platt. Die Eversons betteln geradezu darum, dass Grady Vollzeit in ihrem Obst- und Gemüseladen aushilft. Am Montag sehe ich ihn ungefähr zwölf Sekunden lang, als er vorbeigesaust kommt und uns ein paar Kisten liefert. Den Rest des Tages tauschen wir uns nur noch per Handy über die verschiedenen merkwürdigen Leute aus, die durch unsere jeweiligen Ladentüren stolpern.

Immerhin schaffe ich es, ein bisschen Zeit mit Daniel zu verbringen. Zwischen zwei Fototerminen setzt er sich ins *Albany's*, plaudert mit Mum und flirtet mit Paulette. Nach all diesen Jahren mit ihm zu sprechen, ist wirklich sehr seltsam; als würde ich einen Lieblingscomic durchblättern – nur dass alle Bilder neu gezeichnet worden sind, seit ich das Heft das letzte Mal in der Hand hatte. Daniel hier zu sehen, auf dem gleichen Hocker, auf dem er als kleiner Junge gesessen hat, ist einfach total merkwürdig. Nicht zuletzt, weil er über unseren gebackenen Köstlichkeiten angewidert die Nase rümpft. Nicht mal von Mums Salted-Caramel-Schnitten lässt er sich verführen, dabei war das früher seine absolute Lieblingsleckerei. Ich erinnere mich an das, was Grady gesagt hat: Es ist Daniel, aber dann doch wieder nicht. Ich kann es nicht richtig in Worte fassen, aber dass ich meine alten Geschichten mit ihm noch einmal erlebe, begeistert mich nicht so, wie ich zunächst angenommen hatte. Und ich bekomme einen Kloß im Magen, sobald seine neugierigen blauen Augen in meine blicken.

Daniel scheint mit der ganzen Apokalypse-Geschichte spielend fertigzuwerden. Nur einen einzigen Moment verliert er die Fassung, und zwar als ich ihn durch unser Haus führe. Er sieht die ganzen Kunstwerke an, die an meinen Zimmerwänden und an der Decke hängen, und macht ein paar blöde Bemerkungen über die Unterwäsche, die auf dem Fußboden verstreut liegt. Aber als er in meinem Bücherregal seinen Spider-Man-PEZ-Spender zwischen den

Bänden von *Birds of Prey* sieht, bekommt er ganz rote Ohren, und sein Lächeln ist weniger selbstgefällig und irgendwie charmant schüchtern. Das macht meine wackligen Gedanken nur noch wackliger.

Es ist, als wären es noch tausend Jahre bis Weihnachten. Doch ehe ich mich's versehe, wache ich am Dienstag auf, und die Eukalyptusbäume der Palmers sind mit Toilettenpapier und Bierdosen geschmückt. In der Bäckerei erklingen Weihnachtslieder, während sich die ganze Mannschaft auf die Feiertage vorbereitet. Als Paulette gegen Abend die letzten Streuner aus der Tür schiebt, tun mir die Füße weh, und mein Rücken fühlt sich an, als hätte mich ein Pferd getreten. Aber unser traditionelles Weihnachts-Frühstück-zum-Abendessen steht an und zum ersten Mal seit Tagen taucht ein Teil meines alten, fröhlichen Selbst wieder an die Oberfläche.

Ich dusche und ziehe mir ein neues Kleid an, das ich online gekauft habe und mit dem ich Grady aufziehen will. Es ist grün und schwingt schön und auf den Stoff sind winzige Erdbeeren gedruckt. Gerade komme ich mit meinem Picknickkorb ins Café, um Gebäck einzupacken, da stürzt Paulette atemlos herein.

»Alba, es tut mir so leid! Ich hab draußen aufgeräumt … es ist schrecklich, und ich will eigentlich nicht diejenige sein, die es dir sagen muss –«

Ich packe sie am Arm. »Mein Gott, Paulette! Geht's dir gut? Was ist denn passiert?«

Sie umarmt mich kräftig, dann zieht sie mich vor die Tür.

Ich folge ihr die Treppenstufen hinunter. Mitten auf dem Gartenweg bleibt Paulette plötzlich wie angewurzelt stehen. Sie zeigt auf den Boden, auf eine flache, trockene Stelle direkt unter Mums Lieblingsrosenbusch.

»Nein«, keuche ich auf. »Nicht Frida!« Ich starre auf den leeren Fleck, wo mein Lieblingsgartenzwerg gestanden hat.

»Vorhin war sie noch da – da bin ich mir ganz sicher, denn ich kriege bei ihr immer eine Gänsehaut«, sagt Paulette mitfühlend. »Das liegt an den zusammengewachsenen Augenbrauen … sie wirkt immer, als würde sie einen verurteilen …«

Ich wirble herum und sehe mich hektisch nach den anderen Mitgliedern meiner Gartenzwergsippe um. Prinz Ferdinand steht mit Krone und Zepter Wache am Briefkasten. Derrick mit den toten Augen, der Zombie-Zwerg, den Dad auf gumtree.com gefunden hat, späht mit seinem kleinen, blutigen Gesicht durchs Gras. Mooney Mac Mooneyeton, der den nackten Hintern in die Luft streckt, und Herman, der schwule Biker mit Lederhose und Zipfelmütze, stehen auch dort, wo sie hingehören. Big Grant hängt ganz entspannt auf seiner blauen Luftmatratze und ich hätte ihn vor Erleichterung fast aus dem Löwenzahn gehoben und ihn umarmt. Ich zähle schnell durch, aber meine restlichen Gartenzwerge sind alle da.

Der Hochradmann fährt in aller Ruhe über den Rasen.

»Hast du irgendwas gesehen?«, rufe ich.

»Ich habe vieles gesehen«, antwortet er und kaut an einem Muffin. »Ich habe das goldene Licht des göttlichen –«

»Ach, halt doch die Klappe«, brülle ich. »Du bist total nutzlos! Und überhaupt, ein echtes Hochrad dürfte nur ein Hinterrad haben, du fährst also eigentlich ein riesiges Dreirad!«

Er zuckt mit den Schultern. »Kleine Lady, vielleicht hat sich deine Zwergin entschieden, ihre eigene Reise anzutreten, nachdem sie ihr halbes Leben an diesem Ort verbracht hat? Wer bist du, dass du ihre Pläne durchkreuzen dürftest?«

Gerade als ich mir vorstelle, wie ich mit einem Rückwärtssalto zum Hochradmann hinaufschieße und ihm eins aufs Maul haue, taucht Daniel in der Menschenmasse auf der Straße auf und sieht über den Rand seiner Fliegersonnenbrille zu mir herüber.

»Sarah, du siehst umwerfend aus! Und gleichzeitig machst du ein Gesicht, als hätte jemand deinen Goldfisch im Klo runtergespült. Alles klar bei dir?«

»Jemand hat meinen Gartenzwerg geklaut!«, stöhne ich auf.

Daniel runzelt die Stirn. »Ist das ein … Euphemismus? Es klingt irgendwie versaut –«

Ich stampfe mit dem Fuß auf und zeige wortlos erst auf unsere Sammlung kleiner Leute und dann auf den Fleck, wo Frida gestanden hat.

»Oh. *Ach so.*« Er schaut mich mitleidig an. »Hast du sehr an ihm gehangen?«

Ich seufze. »Irgendwie schon. Nicht so richtig. Wir haben sie auf eBay gekauft … aber sie war eben *Frida.*«

»Na dann«, sagt Daniel und schiebt seine Sonnenbrille in die Tasche. »Die Welt ist ein gefährliches Pflaster für eine Gartenzwergin, die allein unterwegs ist. Es geht nicht überall so zu wie hier im Valley, Sarah.«

»Na toll, danke auch für deine bescheuerte Y-Chromosom-Erklärung«, knurre ich. »Hast du vielleicht noch eine Lektion für die dumme Tussi vom Lande?«

Daniel grinst. »Tut mir leid, ich wollte dir keine Vorträge halten. Aber du musst schon zugeben – du hast ein bisschen eine naive Ader.«

Ich stemme die Hände in die Hüften. »Naiv? Ich? *Du* warst schließlich derjenige, der monatelang im Schulbus nicht neben einem Mädchen sitzen wollte, weil Deb DeLuca dir erzählt hatte, dass so die Babys zustande kommen.«

Er lacht. »Ja, das stimmt schon, mein Gespür für Schwachsinn war nicht besonders ausgeprägt mit sieben Jahren.« Er macht einen Schritt auf mich zu.

»Aber weißt du, Sarah, ich bin bei der Sache mit den Babys inzwischen auf dem aktuellen Stand.«

Ich mache auch einen Schritt auf ihn zu. »Versuchst du etwa, mich anzuekeln, Daniel? Ich bin auch nicht mehr sieben. Du solltest mal ein bisschen Zeit mit Eddie verbringen – ich bin nämlich immun gegen schlechte Sex-Witze.«

Er schüttelt den Kopf und guckt erheitert. »Tut mir leid, Alba. Ich schätze, ich habe einfach vergessen, wie viel Spaß es macht, dich zu ärgern. Na gut, vielleicht war ›naiv‹ nicht ganz das richtige Wort.«

Ich gehe einen weiteren Schritt auf ihn zu, bis nichts mehr zwischen uns ist als ein einsamer Rosenstrauch und Herman, der schwule Biker. »Und was wäre das richtige Wort?«

Er schweigt einen Augenblick und sieht mir in die Augen. »Verträumt«, sagt er.

Der Hochradmann, den ich völlig vergessen hatte, betätigt begeistert seine Fahrradklingel, und Paulette kichert. Daniel setzt sein breites, schmeichelndes Grinsen auf. Ich kann mich gerade noch zurückhalten, sie nicht alle drei auf meine brandneue Liste zu setzen: Leute, die eins aufs Maul bekommen müssten.

Ich schnappe meinen Picknickkorb. »Euch auch schöne Weihnachten«, sage ich trocken. »Und jetzt lasst uns endlich gehen.«

Grady wohnt am westlichen Ende des Ortes, wo die Main Street wieder zur staubigen Landstraße wird. Der gepflegte weiße Bungalow mit gelben Kanten liegt unter verwachsenen Buchen und hat mich immer schon an Lebkuchen und Vanilleglasur erinnert. Der Zaun zu den Rapsfeldern der Ridleys hängt ein bisschen durch, aber im Frühjahr ist die Sicht aus Gradys Zimmer der helle Wahnsinn, ein wogendes Meer von Gelb. Diese Frühlings-Zimmer-Aussicht ist eine meiner liebsten auf der ganzen Welt. Im Moment ist das sommerliche Feld abgeerntet und leer.

Daniel hält inne. »Wow. Hier sieht es noch genauso aus wie früher, derselbe Basketballkorb und die schrägen Vogelbäder seiner Mutter … Himmel, Alba. Es ist, als hätte die Zeit diesen Ort einfach vergessen«, sagt er wehmütig.

»Manchmal glaube ich, dass in Tausenden von Jahren, wenn die Spinnen-Affen die Weltherrschaft übernommen haben, Eden Valley immer noch genauso aussehen wird wie heute.« Ich seufze. »Aber Mrs Garabaldi wird sich von ihnen wahrscheinlich nicht so leicht unterkriegen lassen. Wenn ganze Banden plündernd und marodierend hier durchziehen, wird sie immer noch ihren Bademantel tragen und in dem alten Eisenwarenladen hausen. Irgendwie ist das ein tröstlicher Gedanke.«

Daniel scheint aus seinem Tagtraum zu erwachen. Der melancholische Gesichtsausdruck verschwindet und an seine Stelle tritt wieder sein normales, undeutbares Grinsen. »Und du servierst dann auch immer noch in süßen Kleidchen den Kaffee? Ich nehme mal an, die Spinnen-Affen mögen auch Apfelstrudel. Aber, Sarah, ich denke mal, der Rest der Welt hat sich bis dahin ganz schön verändert.«

Ohne zu klingeln betrete ich das Haus.

Cleos alte Klimaanlage hat im Sommer immer schwer zu kämpfen und die Luft im Haus ist schwül und drückend. Laute Musik dringt zu uns. Ich quetsche mich an den Kartons voller Kunsthandwerker-Bedarf vorbei, die im winzigen Flur gestapelt sind. Aus der Küche weht uns der Duft von brutzelndem Schinken zu.

Tia und Petey tragen aufeinander abgestimmte Rentier-Hütchen und sind am Herd zugange. An Tias Ohrläppchen blitzen Weihnachts-Ohrringe, die ihre grauen Augen festlich leuchten lassen. Ich höre nicht, worüber die beiden reden, aber der Witz, über den sie gerade lachen, muss irre gut sein, denn Tia krümmt sich vor Lachen und kriegt kaum noch Luft. Als wir klein waren, war das ein untrügliches Zeichen dafür, dass sie ganz kurz davor war, sich gleich in die Hose zu machen.

Caroline hat die nackten Füße auf den Tisch gelegt. Sie hat Gradys Laptop auf den Knien und ist in irgendetwas auf dem Bildschirm vertieft. Eddie hockt vor dem Ofen und schichtet deformierte Kugeln auf einen von Cleos guten Tellern. Ich habe den leisen Verdacht, dass er versucht, busenförmige Pfannkuchen zu backen.

Grady steht vor dem Kühlschrank und wendet sich zu uns um. Er hat in jeder Hand eine Saftpackung. Sein übliches T-Shirt muss in der Wäsche sein, denn er trägt ein kurzärmliges Button-down-Hemd, das ich noch nie gesehen habe. Der dunkelblaue Stoff sieht weich aus, es steht ihm wirklich gut. Sogar seine Locken scheinen sich zu benehmen, zur Abwechslung sieht sein Haar nicht aus, als hätte er gerade vergeblich gegen einen ganzen Wald gekämpft.

Ich bleibe stehen und warte, bis meine Augen sich an das Licht im Zimmer gewöhnt haben. Das Weihnachts-Frühstück-zum-Abendessen gibt es seit ein paar Sommern, als Eddie an den Mandeln operiert wurde. Es war ausgerechnet Carolines Idee. Ed ist schon immer ein großer Fan von Frühstück gewesen, und sie machte den Vorschlag, dass Eier und Pfannkuchen mit jeder Menge Eis doch einen würdigen Ersatz für ein anständiges Weihnachtsessen abgeben müssten. Als Eddie dann seine Stimme wiederhatte, sagte er sogar, dass sich die »scheiß Mandeln rausskalpellisieren zu lassen« die Sache fast wert gewesen war, solange man dadurch die wunderbare Ausrede hatte, auch zum Abendessen Pfannkuchen essen zu können.

Und ehe ich meine komischen Gefühle in den Griff

kriege, habe ich Tränen in den Augen. Verdammt! Ich liebe Weihnachten. An Weihnachten weine ich nie. Ich bin die verdammte Weihnachtskönigin!

»Na, da seid ihr ja endlich«, sagt Grady, während er den Saft auf den Tisch stellt. Ich fahre mir mit den Händen übers Gesicht, ehe diese dummen Tränen herunterfallen können, aber Grady holt schon Gläser aus dem Schrank und hat zum Glück nichts mitbekommen. Er macht eine Handbewegung in meine Richtung. »Zuerst quält und drangsaliert sie uns, dass wir die Tradition wahren sollen, und dann kommt sie viel zu spät anspaziert, während wir anderen hier in der Küche schuften wie die Lakaien …« Er grinst mich an. »Ich hätte fast einen Suchtrupp losgeschickt. Stressigen Tag gehabt?«

Daniel steht noch an der Türschwelle zur Küche. »Sorry, eine Krise im Zusammenhang mit einem Gartenzwerg«, sagt er zerstreut.

Ich greife in meinen Korb und hole die Weihnachtsmannmütze heraus. »Ja, jemand hat Frida gestohlen«, sage ich und setze mir mürrisch die Mütze auf.

Grady hört auf, mit dem Geschirr herumzuklappern, und starrt mich an. »Oh nein! Echt jetzt? Aber doch nicht Frida! Solche Arschlöcher!«

»Siehst du, *das* ist die richtige Reaktion«, sage ich und stupse Daniel an. Aber ein bisschen muss ich auch lachen, denn plötzlich ist alles lächerlich und einfach zu viel für mich und mein armes Hirn, in dem das totale Durcheinander herrscht.

Grady greift nach meinem Picknickkorb, und ich sehe, dass er an der linken Hand einen dicken, unregelmäßig gewickelten Verband hat. Ich packe ihn am Arm. »Was hast du denn gemacht?«

Er verzieht das Gesicht. »Ähm, ich habe versucht, Tomaten zu schneiden. Ich weiß, dass ich eigentlich nichts schneiden soll, aber weil du mich auch vom Dienst an der Pfanne suspendiert hast, gab es für mich sonst nicht mehr besonders viel zu tun. Ist nicht schlimm, aber vielleicht ist ein bisschen Blut in den Omelettes.«

»Domenic! Wie oft muss ich dir das noch sagen? Ein Messer ist kein Spielzeug! Kein Mensch will einen Anwalt konsultieren, der nur drei Finger hat.«

»Jawohl, Ma'am«, antwortet Grady lächelnd. »Ich werde mich bemühen, Weihnachten ohne Notaufnahme zu überstehen.«

Ich hole mein Handy aus der Tasche, aber Grady streckt mir die Zunge raus, ehe ich einen Schnappschuss von ihm machen kann, auf dem er keine Grimasse schneidet.

»Ihr seid echt klasse«, sagt Daniel trocken. »Soll ich ein Bild von euch beiden machen?«

Ich stecke das Handy wieder weg. »Ich habe einen guten Grund für meinen Überraschungsangriff, Daniel. Denn wenn es nicht um Fahndungsbilder oder

Tatortfotos geht, sieht Mr Hartgesotten hier keinen Grund dafür, ich zitiere: ›jeden dämlichen Nieser zu knipsen‹, Zitat Ende. Sein Bild bei Facebook ist ein Filmposter vom *Malteser Falken*.«

Daniel lacht. »Domenic! Mensch, ein bisschen Gefühlsduselei gehört an Weihnachten doch dazu.« Er zupft mich frech an den Haaren. »Es kann doch unmöglich sein, dass du von dem Mädchen hier kein Foto haben willst!«

Ich stupse Daniel zurück. »Grady, wenn ich morgen von einem bösartigen Monster aus dem All entführt werde, besteht der einzige Beweis für meine Existenz aus ein paar Strudelkrümeln auf dem Boden deines Zimmers.«

Grady schaut zwischen Daniel und mir hin und her. »Ich weiß, wie du aussiehst«, sagt er sanft.

Gradys Labrador kommt in die Küche gesprungen und beschnüffelt Daniels Füße. Er tritt eilig einen Schritt zurück. »Mein Gott, ist das etwa ... Clouseau? Mann, ich hätte gedacht, dieser Hund wäre schon seit Jahren tot.«

Grady hält Clouseau die Hände über die Ohren. »*Vorsicht*, Mensch! Sie hat doch auch Gefühle.«

Daniel lacht, aber dann sieht er Gradys Gesichtsausdruck und kann aus dem Lachen rasch noch ein prustendes Husten machen. »Tut mir leid, ich wollte ... den Hund nicht verletzen. Sie sieht gut aus.«

»Ihr geht's auch gut«, sagt Grady nachdrücklich.

»Sie hat ihre besten Jahre noch vor sich, was, mein Mädchen?«

Ich ziehe Daniel am Arm, schiebe ihn zum Tisch und drücke ihn auf einen Stuhl. Grady versinkt in einer seiner tiefschürfenden Unterhaltungen mit seinem Hund.

»Alba!«, ruft da Tia und winkt mit einer Zange herum. »Wir haben Schinken und Eier, Würstchen und Rösti – lauter fettige Köstlichkeiten.«

Pete kichert. »Und wahrscheinlich die besten Titten-Pfannkuchen des ganzen Universums, was, Eddie?«

Eddie dreht sich mit seinem Teller verdächtiger Pfannkuchen triumphierend um. »Ähm, ja, scheiß Kunstwerke hier auf diesem Teller.« Er hebt einen labberigen Busen-Pfannkuchen hoch, an dem die Brustwarze ziemlich verrutscht ist, und winkt damit vor Carolines Gesicht herum. »Was hältst du davon, Gresham? Bin ich nicht der, wie soll ich sagen, der Picasso der weiblichen Teile?«

»Schwanzförmige Pfannkuchen waren sicher zu schwer für dich?«, sagt sie, ohne auch nur aufzuschauen.

Grady räumt die Tupperwaredosen aus meinem Korb. »Scones? Super. Die machen *fast* das Kleid wett, Alba. Du siehst aus wie ein wandelnder Ausschlag.«

Ich stelle mich auf die Zehenspitzen, sodass mein Gesicht auf gleicher Höhe mit seinem ist. »Du bist echt ein Wahnsinns-Süßholzraspler. Erklär mir doch noch mal, warum du bei dem Mädchen mit dem Hut abgeblitzt bist!«

Grady verdreht die Augen und zieht mir die Zipfelmütze übers Gesicht. »Normale Mädchen sind vielleicht einfach gegen meinen Charme immun.«

Ich höre, wie Daniel neben mir schnaubt. »Die Tussi, mit der du aus dem Pub geschlichen bist? Das sah aber nicht danach aus, als wäre irgendjemand abgeblitzt. Nach dem, was ich gesehen habe, war die scharfe Braut von deinem ›Charme‹ sehr eingenommen, was, Domenic?«

Ich schiebe mir die Mütze wieder zurecht. Gradys Unschuldsgesicht kämpft mit seinem Ich-fühl-mich-nicht-wohl-Gesicht. Erst starrt er Daniel an, dann grinst er schief zu mir rüber. »Wir haben uns möglicherweise ein bisschen unterhalten, während ihr anderen damit beschäftigt wart, Ned anzuglotzen … aber das ist gerade echt nicht wichtig, denn es erklärt nicht dieses Kleid, Alba. Ich kann dich kaum ansehen, ohne dass ich einen Juckreiz bekomme.«

Daniel piekt mir mit einem Knallbonbon in den Arm. »Entgeht mir hier gerade was?«

Ich schlucke die ungewohnte Ahnung herunter, dass Grady nicht ganz ehrlich mit mir ist. »Grady ist allergisch gegen Erdbeeren, weißt du noch?« Grady verzieht in gespieltem Abscheu vor meinem Kleid die Nase.

Daniel lehnt sich in seinem Stuhl zurück. »Ja,

stimmt, jetzt fällt's mir wieder ein. Mensch, eine noch unmännlichere Allergie hättest du dir wohl nicht aussuchen können? Das ist ja nun echt nicht das, was man auf seinem Grabstein lesen will: ›Hier liegt Domenic Grady – groß und tapfer, von allen geliebt, bis ihn eine Torte dahinraffte.‹ Sehr uncool, ehrlich.«

Grady setzt sich auf die andere Seite des Tisches. »Ich habe noch nicht besonders viele Gedanken daran verschwendet, wie cool ich bei meiner Beerdigung wirken werde, Dan«, sagt er und gießt sich etwas Saft ein.

Daniel kippelt mit dem Stuhl. »Hast du dir noch nie vorgestellt, dass Tausende von Leuten davon schwärmen, wie großartig dein Leben war? Dass eine wunderschöne Blondine mit einem Dekolleté, das für eine Beerdigung angemessen ist, an deinem Sarg weint?«

Eddie schnappt sich einen Teller von Pete und quetscht sich auf einen Stuhl. »Meine Beerdigung wird eine Mischung aus NASCAR-Rallye und Party in der Playboy Mansion. Scheiß auf Dekolletés, die für eine Beerdigung angemessen sind. Je mehr Titten, desto besser, stimmt's, Grady?«

Grady lacht und reicht mir ein Glas Saft. »Wie ich mein Glück kenne, wird meine Beerdigung eher so wie die von Scrooge aus der *Weihnachtsgeschichte*. Nur mein kalter, toter Leichnam und ein paar Leute, die kommen, weil das Essen umsonst ist. Ich fürchte, Dekolletés werden da eher Mangelware sein.«

»Jetzt reicht's aber! Können wir bitte aufhören, über eure Beerdigungen zu reden?«, sage ich und ziehe mir einen Stuhl ans Tischende. »Das ist nicht nur mega-deprimierend, sondern auch echt beunruhigend mit dieser ganzen Besessenheit von wegen Dekolletés.«

Eddie sieht mich ausdruckslos an. »Ist es dir ohne Titten lieber? Scheiße. Wo wir gerade von deprimierend sprechen.«

Caroline stöhnt. »Francis, wenn du jemals deinen Weg zu einer Brust finden solltest, die nicht zu einer Kuh gehört, dann würden dir von diesem Trauma schon die Augäpfel explodieren –«

»Also *jetzt reicht's*!«, brülle ich, als Daniel und Pete in schallendes Gelächter ausbrechen. »Es ist Weihnachten – also danken wir dem neugeborenen Jesuskind und sprechen *nicht* über Beerdigungen und Titten. Himmel! Das Weihnachts-Frühstück-wie-Abendessen sollte eigentlich eine stilvolle Angelegenheit sein.«

Pete und Tia lassen sich am Tisch nieder. »Tut mir leid, Alba«, sagt Pete verlegen. »Ich möchte betonen, dass ich mit den Titten-Pfannkuchen nichts zu tun hatte.«

Daniel schenkt sich ein Glas Wasser ein, so entspannt, als hätte er schon tausendmal mit uns zusammen Weihnachten gefeiert. »Aber was ist mit dir, Sarah? Im Moment reden wirklich alle vom Weltuntergang. Du hast doch sicher auch über Sterblichkeit und so was nachgedacht?«

»Indigo, auch wenn dich das jetzt vielleicht überrascht, aber ich verbringe nicht viel Zeit damit, über mein Ableben nachzudenken.« Ich trinke einen Schluck Saft und meine Kehle fühlt sich trocken an. »Dieses Mädchen hier lebt vollkommen im Hier und Jetzt«, sage ich mit einem Lächeln, das ich nicht hundert Prozent überzeugend hinkriege.

Daniel wirft einen Blick auf den Schinken und nimmt einen Apfel aus dem Korb, der auf dem Tisch steht. »Das glaube ich nicht eine Sekunde lang. Als du klein warst, hattest du immer so verrückte Pläne. Wolltest du nicht mal wegrennen und als Zeichnerin bei Dark Horse einsteigen? Davon hast du die ganze Zeit geredet, als wir Kinder waren, das ist bei mir echt gut hängen geblieben. Was zum Teufel ist aus deinem Plan geworden?«

Ich sehe mich um und merke, dass meine Freunde damit beschäftigt sind, sich die Teller vollzuhäufen, und dass alle verdächtig ruhig sind. Grady ist der Einzige, der nicht von den Köstlichkeiten abgelenkt ist. Er fährt sich mit der Hand über den Nacken und schaut mich an.

Ich fummle mit meiner Weihnachtsmann-Serviette herum. »Das hab ich vielleicht mal gewollt, ja. Aber ich will ja auch nicht mehr in einem Wonder-Woman-BH in der Stadt rumlaufen und ich will auch keine Einhörner mehr züchten. Ich ... das wollte ich mal, klar, aber ich weiß nicht, ob ich es noch will – und selbst wenn ich es durch irgendein Wunder wirklich auf die Uni schaffe, wer weiß das schon ... ich meine, ich bin mir nicht sicher ...«

»Dan, lass endlich gut sein«, sagt Grady ruhig.

Daniel beißt herzhaft in seinen Apfel. »Ich sage doch nur, Sarah, dass es sich vielleicht bezahlt machen würde, wenn du nicht *völlig* ignorierst, was um dich herum vorgeht«, sagt er zwischen zwei Bissen. »Probier's doch mal aus. Während alle anderen zusehen, dass sie so viele Häkchen wie möglich auf ihren Listen der letzten Dinge machen, backst du Kuchen und kritzelst in deinem kleinen Skizzenbuch rum.«

Ich nehme mir einen Scone und zerteile ihn mit einem ärgerlichen Schlag meines Messers in zwei Hälften. »Willst du damit etwa sagen, dass ich mich an irgendeinen Fremden ranschmeißen soll, der zufällig hier ist – bloß für den Fall, dass die Welt untergeht? Denn *das* würde ich am meisten bedauern, wenn das Ende der Welt –«

Daniel beugt sich vor. »Sarah, ich habe nie gesagt, dass du dich an irgendeinen dahergelaufenen Fremden –«

»Bist du taub, Daniel?«, knurrt Grady. »Du sollst es gut sein lassen.«

Die beiden starren sich an. Clouseau hievt sich hoch und legt ihren Kopf auf Daniels Bein.

Daniel schaut Clouseau angewidert an. »Kumpel, dein Hund hat mich vollgesabbert.«

»Kumpel, sie weiß genau, was sie tut«, antwortet Grady.

Daniel schaut Grady mit erhobener Augenbraue an. Dann lacht er und wischt über den feuchten Fleck Hundespucke auf seiner Hose.

Petey strahlt Tia an. »Ja, dann also fröhliche Weihnachten euch allen! Ich persönlich möchte mich für diese großartigen Eier bedanken und für die superseltsamen Spannungen –« Er jault auf, und ich vermute, dass Tia ihn unter dem Tisch vors Schienbein getreten hat.

Sie erhebt ihr Glas. »Fröhliche Weihnachten, Leute! Trinken wir darauf, dass wir die Highschool überlebt haben … und auf neue-alte Freunde«, sagt sie schüchtern, als sie mit Daniel anstößt.

Ich stoße mit allen an. Petey dreht die Musik auf und meine Freunde gleiten wieder in eine Unterhaltung. Ich bekomme einzelne Fetzen mit, es geht um den Maya-Kalender und um den Großen Hadronen-Speicherring, einen Teilchenbeschleuniger. Ich lade mir weitere Scones auf den Teller, aber ich bekomme nur am Rande mit, was meine Hände eigentlich treiben. Vor ein paar Minuten war ich noch kurz vor dem Verhungern, aber jetzt fühlt sich mein Magen an wie ein großer Klumpen Brotteig.

Grady schiebt mir ein Glas Pfirsichsaft hin, und

ich nehme es lächelnd entgegen, aber das Lächeln vergeht mir, als seine dunklen Augen in meine blicken. Diesen Blick kenne ich – es ist sein Ich-setz-dir-so-lange-zu-bis-du-mir-sagst-was-nicht-stimmt-Blick.

Ich rücke meinen Stuhl näher an Caroline heran. »Was hast du eben gemacht, Caroline?«, frage ich und nicke mit dem Kopf zu Gradys Laptop.

Sie schiebt sich eine Gabel voll Pfannkuchen in den Mund. »Grady hilft mir bei meinem Lebenslauf. Ich habe schon vor Monaten angefangen, mich zu bewerben, aber bisher kein Erfolg.« Sie grinst. »Ich persönlich glaube ja nicht, dass man für irgendwelche Deppenjobs besondere Zeugnisse braucht, aber er ist der Meinung, ich würde mich ›von der Geisteshaltung der Masse‹ beeinflussen lassen –«

»Ja, genau dieser Meinung bin ich«, sagt Grady. »Das sagt ausgerechnet die Person, auf deren Liste der letzten Dinge ganz oben steht: ›von der Harbour Bridge runterpinkeln‹ und ›mir ein Tattoo am Hals stechen lassen‹?«

»Das ist unerheblich«, sagt sie und wirft ein Stückchen Pfannkuchen nach ihm, »denn abgesehen von dem Job im Lebensmittelladen und meiner Teilnahme am Krippenspiel in der siebten Klasse hab ich nicht viel zu bieten. Glaubst du, es interessiert irgendjemanden, dass ich mit dreizehn ›das zweite Schaf an der Krippe‹ war?«

Grady sieht sie an, den Mund voll Rührei mit Chilisoße. »Genau deshalb finde ich, du solltest dich sicherheitshalber für ein paar Kurse bewerben –«

»Danke, aber nein danke.« Sie verschränkt die Finger hinter dem Kopf. »Anthony sagt, es sind noch Ersatzteile für ein paar Hundert Dollar fällig, bis mein Baby so weit ist. Aber ich werde garantiert irgendwann in den Sonnenuntergang reiten – notfalls auch auf einer Ziege von der Ridley-Farm.«

Ich lasse meinen Scone auf dem Teller liegen. »Was für einen Job suchst du denn, Caroline?«

Sie hält kurz inne, ein Stück Schinken auf halbem Weg zum Mund. »Das ist mir ehrlich gesagt egal, Alba. Einen Bürojob vielleicht oder Kellnern in einem Café. Mir ist alles recht, wenn es nur nicht hier ist. Ich will einfach mal ein paar Dinge ausprobieren, dann seh ich ja, was mir gefällt.« Sie lässt den Schinken fallen und schaut Grady an, aber Eddie quatscht ihn gerade voll über diese Mädchen, die in der Nähe der Farmtore oben ohne Frisbee spielen, und Grady reißt die Augen auf und ist abgelenkt. »Warum fragst du?«, sagt sie leise. »Ich weiß, dass du … na ja, du hasst es doch, darüber zu reden.«

Ich hebe ihr Stück Schinken auf und kaue darauf herum. Es ist ja nicht so, als hätte ich nie daran gedacht, Eden Valley zu verlassen. Aber die Visionen von meinem Leben als Erwachsene sahen bisher so aus, dass ich mir ein lichtdurchflutetes Loft mit der

Zeichnerin Ramona Fradon teile oder dass ich mein eigenes Iron-Man-Kostüm entwerfe. Ich denke mal, man kann leicht von etwas träumen, das total abstrakt ist – oder ganz einfach unmöglich.

»Ich fass es einfach nicht, dass wir tatsächlich mit der Schule fertig sind«, platze ich heraus. Dann senke ich die Stimme. »Es ist, als wäre mein Gehirn defekt, sobald ich mir vorstelle, dass ich nicht mehr hier lebe. Wieso soll das was besonders Tolles sein, Caroline? Bist du nicht traurig darüber? Ist es für dich wirklich so leicht, all das hier hinter dir zu lassen?«

Kurz wirft Caroline Tia einen Blick zu. Sie kichert mit Petey über eine Geschichte, die Daniel weitschweifig erzählt. Caroline senkt ihre Stimme zu einem Flüstern. »Weißt du, Alba, seit wir klein waren, hatten Tia und ich vor, zusammen wegzugehen. Na gut, als wir klein waren, wollte Tia auch im Planetarium wohnen ... aber es ging immer um uns beide. Und jetzt bin ich ziemlich sicher, dass ich da draußen allein sein werde.« Ihre Wangen röten sich leicht. »Und ihr Leute seid ... das wird schon krass ... mich zu verabschieden.« Sie trinkt einen großen Schluck Saft. »Aber was ist denn die Alternative?«, fragt sie schließlich. »Das kommt gar nicht infrage. Ich kann hier nicht bleiben! Selbst wenn der Rest der Welt eine von Zombies überrannte Einöde wäre, muss ich immer noch los und mir das Ganze selbst ansehen. Das wird nicht leicht, ganz bestimmt nicht. Aber es ist notwendig.«

Ich schiebe meinen Stuhl zurück. »Ich hatte keine Ahnung, dass du so versiert in diesem philosophischen Kram bist, Caroline«, sage ich trocken. »Du rockst diesen ganzen Zen-Meister-Bla.«

Sie zuckt mit den Schultern. »Ich zweifle auch manchmal daran, ob es richtig ist, wegzugehen. Na klar, viel weniger als du, aber ich habe meinen Frieden damit gemacht. Hab ich etwa eine Wahl?« Sie macht eine unauffällige Handbewegung, die uns alle umfasst. »Es wird eben nicht alles bleiben, wie es ist.«

»Das kannst du doch gar nicht wissen –«

Sie stupst mich mit dem Ellbogen in den Arm, ihr Gesicht ist für meinen Geschmack ein bisschen zu verärgert. »Doch, das weiß ich. Wir sind nun mal kein Team von Superhelden, Alba.«

»Was flüstert ihr beiden denn da?«, fragt Eddie mit dem Mund voll Rösti.

Caroline wirft ihm einen bösen Blick zu. »Mädchenkram. Kleider und Monatsblutungen. Möchtest du dazu etwas beitragen?«

Eddie wird rot. »Bleib mir bloß vom Leib damit«, murmelt er undeutlich, »ich esse.«

Ich schmiere Marmelade auf meine Scones, während Caroline sich weiter mit Eddie herumzankt. Daniel gibt weiterhin irgendwelche unverschämten

Kommentare von sich, die Petey und Tia zum Lachen bringen, aber Gradys Wangen werden immer röter. Ich lächle weiter, und mein Mund kaut vor sich hin, denn wenn alle Stricke reißen, kann ich mich damit rausreden, dass mir übel wäre. Ein Teil von mir ist dankbar für meine Freunde und ihr Geplauder, und ein anderer Teil von mir weiß, dass ich jetzt am allerdringendsten Zeit für mich brauche, um den ganzen Quatsch in meinem Kopf zu ordnen.

Ich bin nicht sicher, dass Essen meine Probleme löst. Aber ich starre in die Pfirsichmarmelade auf meinen Scones und wünsche mir, die Antwort auf meine Fragen würde wie ein Wunder auf meinem Teller erscheinen – wie das Gesicht von Jesus in der Fleischpastete.

8

Später, vollgefressen bis zum Gehtnichtmehr, parke ich meine protestierenden Freunde im Wohnzimmer von Gradys Zuhause und durch die Fenster dringen von überallher festliche Klänge und Musik zu uns herein. Daniel ist als Einziger nicht in Aufbruchstimmung. Er hat tausend Anekdoten über sein Leben als D-Promi auf Lager, und meine Freunde lauschen scheinbar fasziniert – denn eins muss man ihm lassen, der Junge kann wirklich gut erzählen. Ich kann mir sein chaotisches und buntes Leben wunderbar vorstellen. Und in mir regt sich langsam, aber sicher nicht direkt Neid, aber doch eine vorsichtige, und dennoch bohrende Neugier.

Es ist einfach so – trotz all der Sachen, die wir drei gemeinsam erlebt haben –, alle meine Erinnerungen an Daniel sind überschattet von den letzten paar Wochen direkt vor seinem Fortgang. Die Traurigkeit, die ihm folgte wie eine Regenwolke in einem Cartoon; die Nachmittage auf dem Spielplatz mit Grady und

Daniel, bei denen die zehnjährigen Jungs unbrauchbare Pläne schmiedeten, wie Daniel doch in Eden Valley bleiben könnte; und der letzte Blick in Daniels trauriges Gesicht im Volvo seiner Eltern. Selbst als ich ihn später im Fernsehen sah – mit seinem neuen Körper und dem strahlenden Lächeln –, war ein Teil von mir immer noch fest davon überzeugt, Daniel müsste schrecklich darunter leiden, nicht mehr bei uns zu sein. Aus unerfindlichen Gründen verwirrt mich daher seine gute Laune und sie kränkt mich auch ein wenig.

Schließlich macht sich Daniel auf den Weg zum Ferienhaus seines Managers, doch Grady zwingt uns erst noch zu einer wahren Putzorgie, bevor sich die anderen zur Farm der Palmers aus dem Staub machen und Grady und ich zu mir gehen. Zugegeben, ich halte ungeheuer gern an Traditionen fest, aber unser ehrwürdiger Heiligabend-Brauch der nächtlichen Kuchenschlacht nach dem Weihnachts-Frühstück-wie-Abendessen ist so ungefähr das Einzige, was mich aus meiner seltsamen Depri-Stimmung reißen kann.

Mum hat sich dieses Jahr wieder mal selbst übertroffen und einen Gewürzkuchen mit Kirschen und weißer Schokolade gezaubert, der auf der Zunge zergeht und so schmeckt, wie man sich Weihnachten im Himmel vorstellt. Grady hat seine Pflichten grob vernachlässigt, denn Cleo hat sich an einem amerikanischen Kürbis-Pie versucht, der so schmeckt, als hätte sie den Bodensatz einer Roastbeefpfanne ausgekratzt und Zimt und Zucker darübergestreut. Ich schaffe es nicht, mein Pokerface aufrechtzuerhalten, als Grady vor Lachen herausprustet und Mums Nikolaus-Figürchen voller Pie-Krümel spuckt.

Dann umarmt mich Anthony mit seinen riesigen Pranken und gibt Grady eine herzlich gemeinte Kopfnuss, bevor auch er sich zur Farm der Palmers aufmacht. Grady und ich überlassen unsere Mums ihren Cocktails und ziehen uns zur Bescherung in mein Zimmer zurück. Ich weiß nicht mehr, wann wir diese Tradition eingeführt haben. Vermutlich, als Grady mir die rattenscharfen Ohrringe mit Legofiguren – Wonder Woman für das eine Ohr, Spider-Man für das andere – geschenkt hat. Aus irgendeinem Grund war es ihm wahnsinnig unangenehm, dass ich sein Päckchen vor den Augen unserer Mums aufmachen würde, also setzten wir uns ab, und seitdem haben wir unsere private Bescherung einfach beibehalten.

Wir sitzen im Schneidersitz auf meinem Bett, und Grady strahlt wie ein Honigkuchenpferd, als ich ihm die Schachtel überreiche, von der ich weiß, dass er weiß, dass sie schon seit Monaten oben auf meinem Schrank steht.

Ich habe mich dieses Jahr für ein Themengeschenk entschieden und im Internet die perfekten Zutaten dafür gesucht. Obendrauf habe ich ein schemenhaftes Cinnamon Girl skizziert, das auf den Stufen von

221B Baker Street sitzt. In der Schachtel liegen, einzeln verpackt, mehrere Geschenke. Grady bekommt die gesammelten Werke über Sherlock Holmes mit wunderschönen Covern, dann ein Gummientchen im Sherlock-Holmes-Outfit und ein T-Shirt mit der Aufschrift *Sherlock is my Holmesboy*, dazu eine echte Sherlock-Mütze mit Hahnentrittmuster, die Grady mit einem entzückten und leicht mädchenhaften Gekreisch auspackt.

»Die ist ja supergenial! So eine wollte ich immer schon haben, aber es wäre total bescheuert gewesen, sie mir selbst zu kaufen. Du bist einfach spitze!«

»Und du siehst damit aus wie ein Sherlock-Klon«, sage ich lachend und ziehe ihm die Ohrenklappen über die Locken. »Aber die Mütze steht dir gut. Wirkt wahnsinnig investigativ.«

Er lehnt sich zurück und quietscht mit dem Sherlock-Entchen ein paarmal in meine Richtung. »Okay. Jetzt bist du dran.« Er greift unters Bett und zieht den alten Nikolaussack hervor, den ich mir schon den ganzen Abend schnappen wollte.

»Mann, der ist ja richtig schwer!«, sage ich und hieve den Sack auf meinen Schoß. »Soll ich mal raten? Du hast mir bestimmt diesen ganz besonderen Betonblock gekauft, den ich schon immer haben wollte, oder?« Ich zerre ein riesiges rechteckiges Gebilde hervor, das eingewickelt ist in glitzerndes Weihnachtspapier, und reiße das Geschenk ungeduldig auf.

Und dann erstarre ich. Grady lächelt schüchtern. Der stolze Inhalt ist Gil Kanes *The Amazing Spider-Man: Artist's Edition,* ein Bildband, den ich mir schon seit Jahren sehnsüchtig wünsche, mit den Originalzeichnungen der berühmt-berüchtigten LSD-Magazine von London Street-Art Design, der ersten Morbius-Geschichte und einem der besten Spidey-Klassiker aller Zeiten: *Gwen Stacys Tod*. Dieses Geschenk ist schlicht und ergreifend umwerfend, absolut perfekt und hat ein Schweinegeld gekostet.

»Grady, du bist wahnsinnig!«, stöhne ich auf und schäle den Band vorsichtig aus seiner Plastikfolie. »Wir haben doch gesagt, dass wir ein bestimmtes Budget nicht überschreiten!«

»Gefällt es dir nicht?«, fragt er unschuldig.

Ich springe mit einem Satz übers Bett und das Buch und falle Grady um den Hals. »Es ist das tollste Geschenk der Welt. Aber du spinnst wirklich! Wie soll ich das je übertreffen können?«

Grady legt mir unbeholfen den Arm um die Taille, und ich schnappe mir heimlich mein Handy vom Nachttisch und halte es vor uns, ehe er von mir abrücken kann. Grady stöhnt zwar entnervt, aber er verzieht zur Abwechslung mal nicht das Gesicht und versucht auch nicht, sich herauszuwinden. Und als ich mir das Foto angucke, kann ich, obwohl sein halbes Gesicht von meinen Haaren verdeckt ist, doch so was wie ein Lächeln erkennen.

Ich rutsche zur Seite und er rückt sich seine Sherlock-Kappe zurecht. »Die Eversons haben mich den Sommer über so gut wie Vollzeit arbeiten lassen, und dazu kamen noch die Nachhilfestunden, die ich an der Grundschule gegeben habe, und hey ...«, er grinst, »wer weiß schon, was die Zukunft so bringt, Alba? Vielleicht ist das ja unser allerletztes Weihnachten ...«

Während er es ausspricht, merkt er, was er da gerade gesagt hat, denn sein Lächeln erstirbt. Er setzt die Mütze ab und fährt sich mit der Hand durchs Haar.

Ich sehe aus dem Fenster. Die Lichterkette draußen wirft einen trüben Schein auf die Felder und taucht sie in surreales Licht. In der Ferne sehe ich Schatten, die sich bewegen, aber sie sind nur schwach und verschwommen, wie Geisterköpfe in der Dunkelheit. Seit ich fünf bin, habe ich tagträumend durch dieses Fenster gesehen, und draußen hat sich bis auf die Höhe von Dads Pflaumenbäumen und die Aufstellung der grasenden Kühe auf der Weide nicht wirklich was verändert.

Aus dem Wohnzimmer klingt die schmeichelnde Stimme eines alten Schnulzensängers herüber, den Mum so gerne hört, mit Songs über Schnee und Kaminfeuer und Einsamkeit. Ich hab nie verstanden, warum jemand solche melancholischen Weihnachtslieder mag. Das ist genauso absurd wie der Song

»Have Yourself a Merry Little Christmas« – nun sei gefälligst froh und munter, verdammt noch mal! Heute kann ich zum ersten Mal nachempfinden, wie sich dieser Depri-Typ fühlen muss.

Ich blicke wieder zu Grady, der verlegen an meinem Bettüberwurf herumzupft. »Ich hab noch was für dich, Alba.« Er zieht aus der Gesäßtasche seiner Jeans einen zerknitterten Umschlag hervor.

»Was ist das?«

»Das sind zwei Zugtickets nach Melbourne. Ich dachte, wir könnten irgendwann nach Weihnachten …«

»Ooooh, uns die Vali-Myers-Ausstellung ansehen? Ich hab gelesen, es werden dort ein paar unveröffentlichte Zeichnungen von ihr gezeigt …«

»Na ja, das auch, aber … ich dachte, wir könnten uns vielleicht noch ein paar Infos übers Studium besorgen? Die Juristische Fakultät an der Uni Melbourne bietet so eine Art Tag der Offenen Tür an und da würde ich mich gern mal umsehen. Und ich dachte, vielleicht willst du dich auch noch mal ein bisschen am College of Arts umschauen, du bist damals direkt nach dem Aufnahmegespräch wieder los, sodass wir fast nur im Sekretariat waren, und du solltest dir das College vielleicht noch mal angucken, bevor …«

Ich lasse den Umschlag sinken und meine Hände fühlen sich gleich wieder total verschwitzt an. »Meinst du wirklich, dass ich dazu Lust habe?«, frage ich ihn ruhig. Ich blättere wahllos in meinem Spider-Man-Buch und starre ohne etwas zu sehen auf eine Zeichnung. Aus dem Augenwinkel sehe ich, dass Grady die Arme verschränkt.

»Bis vor ein paar Monaten hast du von nichts anderem geredet«, erwidert er ebenso ruhig. »Und ganz egal, was du darüber denkst, es schadet doch nichts, sich noch mal zu informieren, Alba.«

Als ich zu ihm aufsehe, fixiert er mich mit seinem Sturkopf-Blick. Ich gerate nicht leicht in Wut, aber jetzt stellen sich mir die Nackenhaare auf.

»Grady – hör auf, mich zu drängen, das nervt langsam! Mann … ich weiß nicht mal mehr, was ich in diesem blöden Aufnahmegespräch gesagt hab. Ich war so verdammt nervös! Und du hast ja gesehen, wie viele Leute dort waren, und alle hielten sich an ihren Mappen fest, lauter hoffnungsvolle Idioten … Ich hab keine Ahnung, warum du überhaupt davon ausgehst, dass die mich nehmen. Warum kapierst du das bloß nicht … Was soll eigentlich falsch daran sein, dass ich mich in Eden Valley wohlfühle? Warum müssen alle so schnell wie möglich hier weg? Ich lebe sehr gern hier und ich bin glücklich …«

Grady strafft die Schultern. »Du hast einfach nur Schiss«, sagt er in einem Tonfall, der mich total wütend macht. »Du klammerst dich an das, was du kennst, weil du Panik schiebst, was da alles auf dich zukommen könnte. Klar, jetzt im Moment ist alles ganz toll hier, aber warum kannst du nicht verstehen, dass alles noch viel besser werden könnte, Alba?« Er streicht sich mit der Hand über den Nacken, dann packt er seine Sherlock-Mütze und knetet wie verrückt daran herum. »Ich weiß, es steht mir nicht zu, dir zu sagen, was du tun sollst …«

»Da hast du verdammt recht, Domenic, es steht dir nicht zu«, fauche ich.

Er sieht mich wütend an. »Nenn mich gefälligst nicht beim Vornamen, Sarah«, faucht er zurück. »Ich versuch ja nur, dir zu helfen.«

»Und wer sagt, dass ich deine Hilfe oder deinen Rat brauche? Ich hab dich nicht drum gebeten!«

Grady wirft die Mütze aufs Bett. »Vielleicht hast du's noch nicht gemerkt, *Batman,* aber ich bin nicht dein Butler!«

»Du benimmst dich eher wie ein alter Sack, der alles besser weiß!«, belle ich zurück. »Du bist aber nicht allwissend! Du weißt nicht, was ich mal werde und wo ich hingehen soll! Und du kannst mich nicht dazu bringen, etwas zu tun, was ich nicht will …«

Grady springt auf. »Dann bleib eben hier!«, brüllt er mich an. »Zum Schluss heiratest du Eddie, denn er ist dann der Einzige, der hier noch übrig ist. Eure Kinder kommen schon mit Bartstoppeln und Stiernacken auf die Welt, und ihr zieht in die Wohnung hinter der Melkkammer von seinem Dad, und du triffst dich mit dem Landfrauen-Strickclub oder so, und du wirst aufhören zu zeichnen und zu lesen und zu lächeln, und du wirst nicht mehr *du selbst* sein. Und mich wirst du völlig vergessen.«

Ich lehne mich an die Wand und koche innerlich vor Wut. »Und du glaubst, das wären meine einzigen Möglichkeiten, ja? Wer sagt denn, dass ich überhaupt jemanden heiraten muss? Vielleicht führe ich mal zusammen mit Mum die Bäckerei! Vielleicht mach ich mit Tia einen Laden auf und entwerfe meine eigenen Klamotten! Vielleicht richte ich mir ein Atelier ein und veröffentliche meine Comics von hier aus! Oder vielleicht bin ich die Erste, die auf Rollschuhen die Tanami-Wüste durchquert! Das weißt du doch alles gar nicht!«

Grady hört auf, hin und her zu tigern, und dreht sich abrupt zu mir um. »Das ist dir wirklich völlig egal, oder?«, sagt er und starrt mich zornig an. »Ich gehe weg und du bleibst hier, und das war's dann, und das ist dir scheißegal! Überleg doch mal, Sarah. Okay, Paulette geht hier nicht weg. Und Eddies Brüder und mein Bruder, die gehen auch nicht weg. Aber unsere halbe Klasse ist schon über alle Berge – die sehen wir vermutlich nie wieder. Wenn du bleibst, dann hängst du hier fest, und wenn ich weggehe …«

»Dann kommst du nicht mehr zurück.« Diese blöden Tränen, die schon die ganze Woche auf die passende Gelegenheit warten, quellen mir aus den

Augen und laufen mir die Wangen hinunter. Grady erstarrt und sieht mich entsetzt an. Ich weine fast nie, und er hat es noch nie ertragen können, wenn ich es mal tue.

»Alba, ich hab es doch nicht so gemeint … Alles wird gut. Mein Gott, ich bin so ein Idiot! Hör einfach nicht auf mich.«

»Du kannst manchmal ein richtiger Arsch sein, Grady.« Ich versuche, mir die Tränen mit einem Stück Geschenkpapier wegzuwischen.

Das Bett knarzt, als Grady sich neben mich setzt. Mein ganzer Körper bebt vor Wut und unterdrückten Schluchzern, aber ich atme ein paarmal tief durch. Grady und ich streiten uns nicht. Ich *weigere* mich zu akzeptieren, dass wir uns gerade streiten.

»Es tut mir wirklich leid, Alba«, flüstert er. »Ich hatte mir zurechtgelegt, was ich sagen wollte, und da klang es … nicht so besserwisserisch. Ich weiß, dass du selber bestimmen musst, was du tust. Aber du hast *so viel* Talent, und der Gedanke, dass du das verschwendest …« Er berührt mich zaghaft am Rücken. »Alba? Ich versteh einfach nicht, was in deinem Kopf vorgeht. Ich weiß nicht, warum auf einmal alles so anders ist. Und das macht mich ganz verrückt, weil ich so was noch nie erlebt habe …«

Ich hole noch einmal tief Luft und rapple mich hoch; zugleich drücke ich die Handflächen an die Augen und konzentriere mich auf die Sternchen, die hinter meinen Lidern herumsausen. »Grady, hör mal. Ich weiß nicht, was ich will. Ich weiß, was ich immer *gesagt* hab, was ich tun wollte, aber ich hab noch nicht genau genug darüber nachgedacht, und jetzt, wo ich darüber nachdenken *muss*, ist einfach alles … eine Nummer zu groß. Zu viel. Manchmal wirbelt mir alles im Kopf herum, alles, was ich wollen *soll*. Ich kann gar nicht mehr auseinanderhalten, was ich selber denke und was alle anderen sagen. Manchmal krieg ich deine Stimme gar nicht mehr aus meinem Kopf raus, und dann ist es, als ob ich *mich selbst* gar nicht mehr hören kann. Verstehst du, was ich meine?«

Ich nehme die Hände von den Augen. Seine Wangen sind gerötet, aber ich bin mir sicher, dass er sich alle Mühe gibt, sich zu bremsen, trotziger Blick hin oder her. »Mir war nicht bewusst, dass ich dich so bedränge …«

»Nein, warte, ich versuch es dir zu erklären. Manchmal fühlt es sich für mich so an, als ob du einen Startschuss abgefeuert hast – und ich, ich soll einfach so hinter dir herrennen. Und das, obwohl ich gerade ganz entspannt im Pyjama in der Snackbar rumhänge und gar nicht weiß, ob ich im Moment überhaupt Lust auf einen Sprint habe, und auch die Laufschuhe stehen irgendwo daheim unter meinem Bett, und überhaupt, vielleicht ist ja Schwimmen viel eher mein Ding …«

Grady schüttelt den Kopf. »Das ist … eine grottenschlechte Metapher.«

»Ja, okay, meine Metaphern sind Schrott, aber was ich damit sagen will, ist, dass ich das alles selbst rausfinden muss. Es ist schließlich *meine* Entscheidung.« Ich wische mir die Hände an meinem Kleid ab, aber sie fühlen sich weiter klebrig und verschwitzt an. »Ich … bin nicht dein Anhängsel, Grady.«

Er nickt, aber sein Blick bleibt starr auf seine Hände gerichtet. Ich lehne den Kopf an seine Schulter und suche nach meinem Selbstbewusstsein, das mir seit den busenförmigen Pfannkuchen irgendwie abhanden gekommen ist. »Domenic Miles Grady – keine Panik, verdammt. Glaub mir, ich weiß, dass du auch Schiss hast.« Er wendet sich abrupt um. »Aber, Grady, du wirst ganz groß rauskommen. Du wirst mal ein toller, erfolgreicher Anwalt, und du wirst überall da hinreisen, wo du schon immer hinwolltest. Und ob ich mitgehe oder hierbleibe, das sollte keine Rolle spielen.«

Er lacht, aber ohne ein Fünkchen Humor. »Stimmt. Das sollte keine Rolle spielen.«

Er starrt auf den Fußboden und ich betrachte die Locken in seinem Nacken. Und einen kurzen Moment lang öffne ich die Tür zu jenem Teil meines Bewusstseins, in dem ich den ganzen Kram verstaut habe, mit dem ich lieber nicht konfrontiert werden will. Nur eine Sekunde lang male ich mir aus, wie ich in meinem Schlafzimmer aufwache, auf Eden Valley hinausblicke und mir bewusst wird, dass Grady nicht mehr in dem gelben Haus wohnt. Er liegt nicht im Pyjama auf meiner Couch oder wartet an seinem Stammplatz im Diner auf mich. Er hängt nicht mit seinem Bruder in der Autowerkstatt rum oder schleppt Kisten im Laden der Eversons. Er sitzt nicht mehr neben mir im Klassenzimmer, wo seine langen Beine in der kratzigen Schuluniform kaum unter den Tisch passen, und malt Strichmännchen in meine Schulhefte. Er wird nicht jeden Augenblick durch die Verandatür hereinplatzen und mir lang und breit erzählen, was er gerade im Internet gelesen hat. Doch dann schlage ich die Tür zu alldem heftig wieder zu, denn ich habe das Gefühl, als sitze mir jemand auf der Brust.

»Wir können ja nicht immer und ewig alles zusammen machen. Vielleicht … sollen wir das auch gar nicht?«, sage ich, aber die Worte kommen mir schon falsch vor, als sie meinen Mund verlassen.

Gradys Blick verweilt auf der Fotocollage, die ich schief über meinem Bücherregal aufgehängt habe. »Ich weiß«, sagt er leise.

Er lässt sich seufzend auf meinem Bett zurücksinken. Und dann zieht er mich an den Handgelenken zu sich. Das war ein Spiel von uns, als wir noch klein waren – so daliegen und unsere Knie aneinanderdrücken, bis einer nachgab und *»Au!«* und *»Aufhören!«* schrie. Allerdings ist das schon lange her; Grady wollte es nicht mehr mit mir spielen, als er mir nur noch blaue Flecken zufügte.

Ich greife nach seiner Hand. Erst zögert er, aber dann verschränken wir unsere Finger miteinander. Lange Zeit sagt keiner von uns etwas. Zum ersten Mal im Leben bin ich ihm gegenüber um Worte verlegen. Aber es ist *Grady*. Uns beiden geht nie der Stoff aus.

»Willst du wirklich auf Rollschuhen durch die Tanami-Wüste?«, fragt er schließlich.

»Dazu sollte ich wahrscheinlich erst mal Rollschuhlaufen lernen, oder?«

»Das wäre sicher nicht verkehrt, ja.«

»Und du meinst im Ernst, ich würde Eddie heiraten? Unsere Kinder hätten dann sicher enorm große Köpfe.«

Er gluckst. »Nö. Kann mir nicht vorstellen, dass du je solche Torschlusspanik bekommst. Nicht mal, wenn dieses Szenario von wegen die letzten Überlebenden der Menschheit eintritt.«

»Grady, du glaubst diese Prophezeiung doch nicht ernsthaft, oder? Ich weiß, dass es Quatsch ist, aber was ist, wenn … Irgendwann muss die Welt ja mal untergehen, oder? Bei all diesen schrottigen Atomkraftwerken und Tsunamis und schmelzenden Polkappen, und wir sitzen einfach hier und … ich weiß auch nicht …«

»Was?«

»Na ja, vielleicht sollten wir … irgendwas *tun*. Du

weißt doch, was würdest du tun, wenn du nur noch einen Tag zu leben hättest?«

Grady zieht meine Hand an seine Brust. »Was würdest du denn tun, Alba?«

»Keine Ahnung. Ich glaube, ich wäre am liebsten hier. Das siehst du sicher ganz anders. Ich wäre gern zu Hause, zusammen mit dir und Mum und Cleo und den anderen aus der Clique …« Da meine Hand auf seiner Brust liegt, spüre ich das kräftige, vertraute Pochen seines Herzschlags. »Wenn ich nur noch einen Tag zu leben hätte, dann würde ich ihn am liebsten genau hier verbringen.«

Grady sagt eine kleine Ewigkeit gar nichts. »Und wenn du mehr als einen Tag hättest?«

Ich löse meine Finger aus seinen und drehe mich auf den Bauch. »Nun, das ist ja genau die Frage, nicht wahr?«

»Das ist sie«, sagt er, den Blick zur Decke gerichtet. »Aber, Alba, in einer Sache irrst du dich. Ich habe mir hohe Ziele gesteckt, das weißt du, und davon kann ich kein einziges in Eden Valley verwirklichen. So ist es eben. Aber wenn ich wirklich nur noch einen Tag zu leben hätte, dann wäre ich gern hier – *ganz genau hier.*«

Ich lege mein Kinn in seine Armbeuge und lächle ihn an, bis er mich ansieht und schief zurücklächelt. Und ich weiß, dieses Gespräch ist beendet.

»Du bleibst doch da heute Nacht, oder?«

Er setzt sich auf, schwingt die Beine vom Bett und schiebt sich die Sherlock-Mütze auf den Kopf. »Nee, ich geh mal besser. Hab Mum versprochen, dass ich die Geschenke einpacke, die wir für Tante Molly gekauft haben … außerdem muss ich morgen jede Menge Zeugs erledigen. Und wahrscheinlich ist es auch sicherer, wenn unser Haus nicht leer steht. Hab ich dir schon erzählt, dass ich heute Morgen einen Besoffenen dabei erwischt hab, wie er aus Clouseaus Wassernapf getrunken hat? Mal ehrlich, ich glaube, nach diesem Erlebnis rühr ich nie mehr einen Tropfen Alkohol an.«

Er schnappt sich sein Geschenk und geht zur Tür. Von der Palmer-Farm wehen plötzlich laute Stimmen herüber, aber ich versuche, den aufdringlichen Lärm auszublenden.

»Fröhliche Weihnachten, Alba«, sagt Grady leise, als er auf die Veranda hinaustritt.

»Du, Grady?«

Er dreht sich zu mir um, aber die Weihnachtslichter draußen und seine Sherlock-Mütze werfen Schatten auf sein Gesicht.

»Ja, Alba?«

»Du musst dir keine Sorgen machen, dass ich dich vergessen könnte. Ganz bestimmt nicht. Du hattest so besondere Haare, als wir noch klein waren. Ich werde mich immer an dieses Kind erinnern, das ich mal kannte und das wie Beaker aus der *Muppet Show* aussah.«

Er stutzt. Dann beugt er sich zu mir herunter und gibt mir einen flüchtigen Kuss auf die Wange. »Frau, hat dir schon mal jemand gesagt, dass du extrem fies sein kannst?«

Ich mache eine abwehrende Handbewegung und er winkt mir zum Abschied zu und verschwindet im Dunkeln.

Ich setze mich auf die Bettkante. Im Wohnzimmer jammert der melancholische Schnulzensänger jetzt, dass er nur im Traum an Weihnachten daheim sein kann, und ich muss schwer an mich halten, um nicht rauszurennen und Mums iPod auf den Kompost zu werfen.

Also lege ich mich wieder hin und ziehe mir ein Kissen über den Kopf.

Ich bin nicht völlig weltfremd. Ich weiß, dass ich mich nicht bis in alle Ewigkeit hier in meinem Zimmer verkriechen kann. Ich weiß, dass ich mir wünschen müsste, von hier fortzugehen. Und vielleicht tue ich das auch eines Tages. Ich will das MoMA sehen und das Musée d'Orsay, und ich möchte den legendären Comic-Verlagen Marvel, DC und Dark Horse einen Besuch abstatten. Irgendwann würde ich auch gern Kunst studieren, obgleich ich mich schon beim Gedanken daran, nur eines unter zig Möchtegern-Talenten zu sein, ganz klein und verloren fühle. Ich möchte wirklich gern Zukunftspläne schmieden. Aber ich will mich einfach nicht diesem willkürlichen Zeitschema unterwerfen, das das Universum mir offenbar ständig vorzuschreiben versucht.

Denn ein Teil von mir weiß natürlich genau, dass Grady recht hat. Ich hab einfach nicht genug Mumm, auch nur eines von den Dingen anzupacken, die mir vorschweben.

Mein Handy klingelt. Ich nehme das Kissen vom Gesicht. Vom Display her blicken mich Daniels blaue Augen an – von einem Selfie, das ich von uns beiden neulich im *Junction* gemacht habe. Sein typischer Gesichtsausdruck, diese Mischung aus verträumtem Schlafzimmerblick und einer leicht angesäuerten Jemand-hat-mir-gerade-einen-Einlauf-verpasst-Miene, ist total gut getroffen.

Fröhliche Weihnachten, SJA. Hoffe, der Weihnachtsmann hat dir alles gebracht, was du dir gewünscht hast. Freu mich auf ein Wiedersehen zum Quatschen – hab auch ein Geschenk für dich. XX Dan

Ich schreibe ihm eine Nachricht mit einer sehr aussagekräftigen Antwort: Fragezeichen, Ausrufezeichen, Smiley. Dann werfe ich das Handy wieder auf den Boden und schlüpfe in meinen Pyjama. Trotz der drückenden Hitze krieche ich unters Laken und mache mir daraus ein Zelt – mit meinem Spider-Man-Buch und einer Leselampe – genauso, wie ich früher als Kind immer Dads Comics gelesen habe.

Einige Zeit später höre ich, wie Mum und Cleo ins Wohnzimmer stolpern. Statt der ätzenden Bing-Crosby-Musik ertönt jetzt ein Musikmix von Angie mit Songs aus den frühen Neunzigern, was zwangsläufig immer damit endet, dass sich eine von beiden auf den Couchtisch stellt und einen alten Nirvana-Hit mitjohlt. Zweifellos gefolgt vom Hervorholen von Mums und Dads Hochzeitsalbum und einer Flut von cocktailgeschwängerten Nostalgietränen.

Ich schalte die Leselampe aus und ziehe mir wieder das Kissen über den Kopf.

Eigentlich sollte ich glücklich sein. Fast alle Menschen, die ich liebe, sind hier um mich, von Grady habe ich ein megatolles Geschenk bekommen, und trotz unseres seltsamen Stimmungsknicks hatten wir wie immer ein tolles Weihnachtsfest. Außerdem ist Daniel hier, und die Welt dreht sich weiter, wie sie soll, ungeachtet des lächerlichen Endzeit-Happenings in unserer kleinen Stadt.

Und trotzdem kann ich das beängstigende Gefühl nicht abschütteln, dass in meinem eigenen Universum – sogar wenn man das Ende der Welt mal außer Acht lässt – nichts, aber auch gar nichts in Ordnung ist.

9

Als ich aufwache, komme ich vor Hitze fast um. Es ist der erste Weihnachtstag und ich habe eine merkwürdige Vorahnung.

Normalerweise würde ich den Vormittag damit verbringen, im Pyjama rumzugammeln, Dads Marvel-Feiertags-Specials zu lesen und mit Grady *Frau ohne Gewissen* anzusehen, so wie es unsere Tradition ist. Und wenn alles im Universum so funktionieren würde, wie es sollte, dann würde Grady jetzt hier in meinem Zimmer dösen und ich könnte mich mit vollem Weihnachtselan auf ihn stürzen.

Aber die Couch ist leer und ich kann nicht schlafen. Mein innerer Wecker klingelt um halb sechs und ich reiße sofort die Augen auf. Mein Herz schlägt doppelt so schnell wie sonst, ich bin verwirrt und im Panik-Modus.

Ich falle aus dem Bett und schalte meinen Computer an. In den Schlagzeilen findet sich ein Haufen witziger Geschichten zum Thema Weltuntergang, eine idiotischer als die nächste. Aber da stehen auch andere Dinge. Eigentlich sollte ich darüber lachen, stattdessen bricht mir der kalte Schweiß aus. Da ist zum Beispiel die Geschichte über den Ausbruch einer unbekannten Tropenkrankheit in Kenia. Und diese merkwürdige Sache in einem holländischen Zoo, wo das gesamte Pavianrudel erst völlig ausgeflippt ist und dann beängstigend ruhig wurde. Die Affen haben sich tagelang nicht mehr gerührt und nicht mal mehr gefressen. In einer anderen Geschichte geht es um einen Typen in einem französischen Dorf, der davon überzeugt ist, dass seine Ziege ein Kaninchen zur Welt gebracht hat. Sein einziger Beweis scheint allerdings darin zu bestehen, dass ein fremder Hase in seinem Hof herumhoppelt und seine Ziege ein bisschen vergnügter wirkt als sonst. Von betrunkenen Ziegenhirten mal abgesehen, sind die schrecklichen Vorzeichen jetzt überall.

Aber echt jetzt mal, ich habe null Interesse, die Menetekel eines bevorstehenden Weltuntergangs zu entschlüsseln. Ich will mich nicht fragen müssen, ob eventuell der Himmel einstürzt, weil jemand gesehen hat, wie die vier Reiter der Apokalypse durch seine Cornflakes galoppiert sind oder so was in der Art.

Außerdem weiß ich, dass sich die wirklich schlimmen Sachen gern mal hinterrücks an einen ranschleichen, im schönsten Sonnenschein. Da gibt es erst gar keine Warnung vorweg.

Ich gehe raus auf die Veranda. Die Sonne kriecht gerade über die Hügel und am Horizont mischen sich die unterschiedlichsten Rosa-Töne. Ein paar Camper sind schon unterwegs, aber die meisten liegen noch in ihren Schlafsäcken oder auf Motorhauben herum. Der Wind pustet einen Weihnachtshut aus Papier und ein Stück Toilettenpapier vorbei, das als Weihnachtsschmuck für die Bäume gedient hat. Aber außer dem leisen Gemuhe der Kühe ist die Farm der Palmers sonst merkwürdig ruhig.

In der Ferne, wo auf den Feldern ein paar Eukalyptusbäume stehen, sehe ich ein Motorrad, das neben einem Zelt geparkt ist. Es ist ein riesiges Ding, die schwarze Karosserie glänzt in der Morgensonne – ein klassischer Retro-Cruiser, soweit ich das von hier aus erkennen kann. Hätte Dad das Teil gesehen, wäre er schon darauf zugestürzt, quer über das Feld, barfuß und in Unterhose. Sogar von Weitem erkenne ich, dass die Maschine wunderschön ist. Und das bringt mich dazu, den Kürbis-Pie vom Abend zuvor auf unsere Veranda kotzen zu wollen, mitten in unseren schönen Plastikgarten.

Ich gehe schnell wieder zurück in mein Zimmer und ziehe die Vorhänge zu.

Dort stehe ich hilflos herum und starre auf die Skizzen an den Wänden meines Zimmers. Cinnamon Girl scheint von Weihnachten kein bisschen beeindruckt zu sein. Ich denke kurz darüber nach, ihr eine Weihnachtsmannmütze zu ihrem Rockabilly-Outfit zu zeichnen, aber je weiter ich mit den Panels komme, desto angepisster sieht sie aus. Es ist sicher keine gute Idee, sich mit ihr anzulegen. Allmählich mache ich mir ein bisschen Sorgen, dass sie aus dem Comic herausspringen und mich im Schlaf mit einem ihrer roten Stilettos erschlagen könnte.

Obwohl es gerade mal sechs Uhr ist, rufe ich Grady an. Ich sehe ihn direkt vor mir, wie er mit dem Gesicht nach unten in den Kissen liegt, die Sherlock-Mütze auf dem Kopf, und muss lächeln. Ich habe zwar keine Ahnung, was ich sagen soll, aber ich habe das dringende Bedürfnis, mit ihm zu reden, und zwar genau jetzt, in dieser Sekunde. Ich rufe zweimal an, aber Grady geht nicht ran. Also schicke ich ihm eine Nachricht mit *Frohe Weihnachten!* und jeder Menge fröhlicher Emoticons, aber es kommt keine Antwort – obwohl ich weiß, dass er mit dem Handy unter dem Kissen schläft.

Also wecke ich stattdessen Angie mit einer Kanne Lady-Grey-Tee und dem bewusst falsch gesungenen »Trolley Song« aus dem Musical *Meet Me in St. Louis*. Es fühlt sich an, als wäre es Jahre her, seit ich anständig Zeit mit meiner Mum verbracht habe. Wir würfeln uns schnell ein Frühstück zusammen und quatschen, immer noch im Schlafanzug, über alles Mögliche, nur nicht über die Apokalypse, und dann überreichen wir uns unsere Geschenke. Ich bekomme von Mum wie immer eine Wahnsinns-Tasche voll mit Künstlerbedarf, in der Grafitstifte, indische Tinte und Blöcke mit Zeichenkarton sind. Blöderweise ist einer der Kunstbände, die ich für sie bestellt hatte, noch nicht gekommen. Kurz versuche ich mir vorzustellen, auf einer belebten Straße zu stehen, auf der es mehr als nur eine Handvoll verstaubter alter Läden gibt. Ich sehe Regale mit Comics vor mir, eine Reihe an der anderen, und alle warten geduldig in den Geschäften einer großen Stadt …

Mum hat dieses Jahr noch etwas für mich. Sie schlägt gerade Sahne auf, während ich das Geschenkpapier aufreiße und eine kleine Plastikhülle auspacke. Sie ist ungefähr so groß wie ein Taschenbuch und vorne drauf ist eine sehr coole Reproduktion von Andy Warhols *Campbell's Soup Cans*. Ich drehe das Geschenk hin und her, ehe mir dämmert, dass es die Hülle für einen Reisepass ist.

»Ich hab doch noch nicht mal einen Pass«, murmle ich vor mich hin.

Mum rückt ihren bunten Papierhut zurecht, der aus einem Weihnachts-Knallbonbon stammt. »Cleo hat sie auf Etsy entdeckt. Du weißt ja, was ich von Warhol halte, aber du stehst schließlich auf sein Zeug. Du kannst auch Rezepte drin sammeln«, sagt sie beiläufig, »oder sonst was.«

Ich schiebe die Hülle in die Tasche meines Kimonos und frage mich, ob es so etwas gibt wie ein Plastik-

Pop-Art-Zeichen des Universums. »Danke, Mama. Ich bin echt froh, dass du mir dieses Jahr kein Überlebenstraining geschenkt hast.«

Mum grinst. »Deine Chemietoilette ist vielleicht noch in der Post.« Sie sieht auf ihr Handy. »Schläft Domenic noch? Du solltest ihn mal wach rütteln, sonst werden die Scones kalt.«

Ich trinke rasch einen Schluck Tee. »Nö, Grady ist nicht da.«

Mum runzelt die Stirn. »Ich dachte, nach Cleos Kochorgie hätte er sich bei dir im Zimmer verschanzt. Guckt ihr nicht um diese Zeit immer irgendeinen alten Schwarz-Weiß-Film?«

Ich zucke mit den Schultern. »Ich glaube, Grady wollte nach Clouseau sehen. Weißt du, nach dem, was mit dem armen Mr Frankenstein passiert ist.«

Mum verzieht das Gesicht. »Wer hätte gedacht, dass Rosie und ich jemals googeln würden, wie man blaues Haarspray aus einem Pudelfell entfernt! Sind es wirklich noch sechs Tage bis Silvester? Wenn es nach mir ginge, könnte diese ganze schräge Veranstaltung hier gar nicht schnell genug zu Ende gehen.«

Ich schwinge mich auf die Theke und lasse die Finger über das wohlbekannte Muster der Brandflecken auf der grünen Arbeitsplatte gleiten. Und ich muss lachen. »Mum, ehrlich, hättest du so was Verrücktes *jemals* in Eden Valley erwartet? Ich weiß, dass ihr damals wegen der guten Luft hergezogen seid und weil man gut Gras anbauen hätte können, aber das hier ist doch sicher noch eine Ecke schräger, als ihr euch das je hättet vorstellen können, oder?«

Mum verdreht die Augen. »Für den Grasanbau war ausschließlich Gradys Dad zuständig, das war sein Traum. Dabei hat Adam es nicht mal geschafft, Brot zum Schimmeln zu bringen.« Sie schaut mich gespielt streng an. »Auf jeden Fall war kein *Gras* im Spiel, Sarah Jane. Es war nicht so wirklich diese ganze Hippie-Fantasie, die uns hierhergeführt hat, eher … na ja, in meinem Fall wohl das Bedürfnis, einer geregelten Arbeit aus dem Weg zu gehen«, sagt sie lachend.

»Ja, schon klar. Und so hast du den anderen die Idee schmackhaft gemacht?«

Mum lässt sich auf einem Stuhl nieder. »Es war nicht allein meine Idee, aber das weißt du ja. Dein Dad und ich wollten nach dem Studium gerne mal in einer Kleinstadt leben –«

Mum holt tief Luft. Und sie kneift die Augen ein wenig zusammen, wie sie es manchmal tut, wenn wir über ihn sprechen, so als wäre die Welt ein klein bisschen zu hell.

Der Deckenventilator lässt die Töpfe, die im Raum hängen, leise aneinanderschlagen. Einen Augenblick ist es das einzige Geräusch in der Küche: das Klingen von Pfannen gegen Töpfe, wie traurige, geisterhafte Windspiele.

»Du, Mama? Was glaubst du, was Dad von dem Ganzen hier gehalten hätte?«

Mum schüttelt den Kopf. »Soll ich mal raten? Er wäre sofort in den Feldern verschwunden, als der erste Van aufgetaucht ist. Wir hätten ihn irgendwo in einem Zelt wiedergefunden, wo er sich gerade mit einem Haufen alter, bärtiger Typen angefreundet hätte. Und unser Auto hätte er dem Erstbesten geschenkt, der traurig ausgesehen und ihm eine tränenreiche Geschichte aufgetischt hätte.«

Ich schiebe mir einen Scone mit Marmelade in den Mund und zwinkere, bis ich wieder klar sehen kann. »Ja, ich glaube auch, dass er hier Party gemacht hätte, als wäre es 1999.« Dann trinke ich einen mordsmäßig großen Schluck kalten Tee und lächle Mum fröhlich an. »Ich verstehe allmählich, warum du und Dad hierher aufs Land gezogen seid – aber was ist mit Cleo? Wie hast du deine beste Freundin dazu gekriegt, die coolen Bars gegen, na ja – Unmengen von Kühen und das *Junction* einzutauschen?«

Mum grinst und wischt sich verstohlen die Augen. »Ich musste sie zu überhaupt nichts überreden. Cleo wäre auch in eine Jurte in Kathmandu übergesiedelt, wenn das jemand vorgeschlagen hätte. Und Adam und Cleo waren wie siamesische Zwillinge … Aber weißt du, keiner von uns hat besonders weit vorausgedacht. Cleo bekam ein Baby – und glaub mir, mit Anthony hatte wirklich keiner gerechnet. Aber dann kamen Domenic und du …« Sie runzelt die Stirn. »Baby, was fragst du mich da eigentlich?«

Ich springe von der Theke. »Nichts. Nur eine nette Weihnachtsplauderei, Mama. Eltern sollten doch ab und zu ihre Kinder mit Geschichten von früher nerven dürfen, oder?«

»Vom Nerven mal abgesehen – bist du sicher, dass du nicht auf was Bestimmtes rauswillst?«

Ich stelle meine Tasse schwungvoll in die Spüle. Die morgendlichen Geräusche von draußen dringen nur gedämpft in die Küche. Das Geschwätz der Menschen, die in der Sommersonne aufwachen und merken, dass sie noch nicht tot sind, klingt eindeutig fröhlich.

Mum zieht die Knie an die Brust und verschränkt die Arme darum. Ihre blonden Haare hängen ihr in Locken um ihre Schultern, und in ihrem verwaschenen Pearl-Jam-T-Shirt und der roten Schlafanzughose sieht sie aus, als gehörte sie zu den Leuten da draußen, barfuß und glücklich.

Ich setze mich neben sie. »Mama … was ist eigentlich mit Gradys Dad? Die paar Mal, als Grady und ich ihn besucht haben, war es ein einziges großes Small-Talk-Gelaber, aber eigentlich kennt Grady ihn überhaupt nicht. Anthony redet gar nicht erst mit ihm und Cleo spricht nie über ihn. Ich kann mich nicht besonders gut erinnern, aber … hat Adam sich denn hier nie wohlgefühlt?«

Mum sieht auf. »Wow, Sarah, erinner mich bitte dran, dass ich dir bei Gelegenheit mal erkläre, was ›nette Plauderei‹ bedeutet.« Sie nimmt die Plastikpfeife aus einem Knallbonbon in die Hand und spielt geistesabwesend damit herum. »Ja, doch. Er ist nicht immer ein Arsch gewesen. Nicht mal Cleo würde ihm das vorwerfen. Ich bin nicht mal sicher, dass es Adam wirklich so schlecht ging, als er hier weg ist.«

»Und warum ist er dann weg?«

Mum ist still und brütet über ihrer Tasse. »Er war ruhelos«, sagt sie schließlich. »Genau wie Domenic.« Sie trinkt noch einen großen Schluck Tee. »Und wie du.«

Ich fahre auf. »Angie – ich bin überhaupt nicht ruhelos! Ich bin so wenig ruhelos, wie man es nur sein kann.«

Mum schüttelt den Kopf. Sie steht auf und streicht mir den Pony aus den Augen. »Du ziehst dich jetzt besser mal an und rettest Domenic, ehe Cleo ihn als Vorkoster anstellt. Nach allem, was ich gehört habe, plant sie fürs Weihnachtsessen ein Hauptgericht mit Meeresfrüchten *und* Fleisch.« Mum kichert. »Weihnachten im Altersheim von Merindale ist schlimm genug, aber Tante Molly wird das Essen zumindest morgen schon wieder vergessen haben. Armer Domenic! Niemand sollte Austern auf Lammfleisch ertragen müssen.«

Ich schieße ein paar Weihnachts-Selfies von Mum

und mir, dann gehe ich rüber ins Haus, ziehe mich langsam an, drehe meine Haare zu einem raffinierten Knoten zusammen und lege etwas Wimperntusche auf. Ich sammle das Geschenkpapier und die schmutzige Wäsche vom Boden auf und rücke die Comicstapel auf meinem Schreibtisch zurecht. Ich kritzle ein paar Bleistiftskizzen vom Cinnamon Girl auf pinkfarbene Post-its. Sie sieht ziemlich angepisst und gereizt aus. Schließlich sehe ich wieder auf mein Handy.

Ich habe eine Nachricht von Grady.

Dir auch frohe Weihn8en. Mum schon in der Küche. Wenn ich nicht überleb, sag meinen Freunden, ich werd sie vermissen. Heut viel vor. Reden wir später?

Ich starre auf das Display. Grady hat für die üblichen Abkürzungen die Geringschätzung eines alten Mannes übrig und er schickt *immer* mindestens ein paar weitschweifige, grammatikalisch korrekte Absätze.

Ich überlege, ob ich nicht zu ihm rübergehen soll. Und dann überlege ich, dass er garantiert sein Baby-Anwalts-Gesicht an mir erproben würde. Ich denke an seine Sturheit, daran, mit welcher Sicherheit er weiß, was das Beste für mich ist, denn ich schaffe es ja noch nicht mal, alleine zu telefonieren. Ich schnappe mir meinen Skizzenblock und stapfe nach draußen in die gleißende Sonne des frühen Morgens.

* * *

Daniels Tür fliegt fast sofort auf, nur acht Sekunden, nachdem ich ihm vom Gartentor aus eine Nachricht geschrieben habe. Er sieht noch ganz verschlafen aus, seine Haare sind süß verwuschelt. Als er mich sieht, leuchtet sein Gesicht regelrecht auf, zumindest in meiner Vorstellung, denn meine Augen sind auf seine nackte Brust gerichtet. Sie ist kräftig und muskulös und ist ganz nahe vor meinem Gesicht. Daniel ist weniger sonnengebräunt als im Fernsehen, aber er ist trotzdem so … wirklich … mit diesem V-förmigen Oberkörper und den Muskeln, die weiter unten unter dem Gummizug seiner Boxershorts verschwinden …

»Morgen, Alba«, krächzt er. »Ganz vergessen, dass du immer schon mit den Hühnern aufstehst.« Ich reiße mich von dem Anblick los und sehe auf. Daniel umarmt mich. »Frohe Weihnachten! Ich hab gar nicht erwartet, dass wir uns heute sehen.«

»Willst du mich nicht fragen, was ich um acht Uhr morgens hier tue?«, murmle ich, während ich ihn meinerseits umarme. Es ist fast witzig, solange ich Indigos Bizeps nicht direkt vor der Nase habe, fällt es mir ganz leicht, mich daran zu erinnern, dass er nur *Daniel* ist. Er hat's immer noch mit dem Knuddeln, genauso wie früher.

»Lass mich raten – die einzigen Male, wo du so früh bei mir zu Hause aufgetaucht bist, waren, als ihr keine Coco Pops mehr im Haus hattet und als die Post die *Fables*-Comics von deinem Dad gebracht hat.« Er macht einen kleinen Schritt zurück und scheint plötzlich ernüchtert. »Aber ich esse schon seit Jahren keine Coco Pops mehr.«

Ich schwenke meinen Zeichenblock. »Ich wollte ein bisschen Ruhe haben und dachte mir, ich gucke mal, was du so machst.«

»Ich habe gerade vom Strand und Mädchen in knappen Bikinis geträumt.« Daniel geht grinsend ins Haus. »Und vielleicht auch irgendwas mit Zügen und Tunneln und Raketen. Komm doch rein.«

Ich folge ihm ins Innere des stillen Hauses. Es ist eins der schrecklichen Ferienhäuser, die so ungefähr 1985 eingerichtet wurden, alles ist beige und braun, grauenhaft. An den Wänden hängen die üblichen Drucke mit Sonnenblumen, so farblos, dass ich heulen könnte.

Daniel führt mich in die Küche. Er zieht sich einen dünnen, grauen Kapuzenpulli über, der auf einem Stuhl liegt, reißt dann den Kühlschrank auf und wühlt darin herum. »Und wo ist Grady?«, sagt er. »Ich dachte, ihr beiden wärt durch eine unsichtbare Nabelschnur verbunden?«

Ich nehme ihm eine Flasche Diät-Fruchtsaft aus der Hand und setze mich an die Küchentheke. »Seine Familie isst mit Cleos Großtante zu Mittag. Erinnerst du dich an sie? Und ich habe durchaus mein eigenes Leben. Sei nicht so gemein, Daniel. Es ist noch gar nicht so lange her, da hast du zehnmal in der Woche bei Grady vor der Tür gestanden, um Basketball zu spielen und *Inspector Gadget* zu gucken. Tu nicht so, als wärst du zu cool, um dich daran zu erinnern, dass ihr beide auch früher wie die siamesischen Zwillinge gewesen seid.«

Er setzt sich neben mich und reibt sich den Schlaf aus den Augen. »Mag sein«, sagt er gähnend. »Aber ich habe den Eindruck, dass Domenic und ich uns seitdem ein bisschen auseinandergelebt haben. Er ist ein ziemlicher Streber geworden, oder?«

Obwohl ich immer noch sauer auf Grady bin, ist es einfach undenkbar, meinen besten Freund hier zum Abschuss freizugeben. »Grady ist kein Streber. Er ist einfach nur konzentriert und entschlossen. Er hat sich dieses Jahr den Arsch abgearbeitet und dieses Warten auf die Zulassung für die Uni stresst ihn total –«

Daniel lacht. »Konzentriert, sagst du? Ich glaube, er nimmt sich selbst ein bisschen zu ernst. Und was ist mit seinen Haaren? Hat der Typ denn nie was von Stylinggel gehört?«

Ich knalle meinen Saft auf die Theke. »Daniel – was ist denn mit dir los? Ich kann nicht fassen, dass du dich in so einen fiesen Mistkerl verwandelt hast. Red nicht so über Grady!«

Daniels Augenbrauen zucken nach oben. »Ich wollte dich nur ein bisschen ärgern, Sarah. Du weißt doch, dass ich Grady cool finde. Ich sage bloß, dass ich nicht viele Jungs in unserem Alter kenne, die so zielstrebig sind. Er war immer schon so, seit wir klein waren. Er hat immer genau dieselben Ziele gehabt, schon mit fünf.« Er sieht mich ruhig an und trinkt einen Schluck Saft. »Und du musst doch zugeben, das ist selten, oder?«

Ich angle meinen Bleistift aus dem Stiefel und schnappe mir einen blauen Stift von der Theke. Mein Kopf fängt an zu hämmern, als gäbe es da etwas, mit dem sich mein Hirn dringend auseinandersetzen sollte, das ich aber gerade übersehe.

»Ich will nicht über Grady reden. Ich will jetzt lieber so tun, als hättest du dich in den letzten sieben Jahren nicht in einen echten Arsch verwandelt. Rede einfach mit mir, als wärst du du. Wie *mein* Daniel.«

Er beugt sich plötzlich vor und legt seine Hand auf meine. »Es tut mir leid, Alba. Dass ich wieder hier bin, dass ich mit der Schule fertig bin ... das bringt mich alles irgendwie durcheinander. Gestern bin ich zum Beispiel am Lebensmittelladen vorbeigegangen, und plötzlich ist mir eingefallen, wie wir beide in den Ferien mal gewettet haben, ich könnte die gesamten Tiefkühl-Donuts da essen. Erinnerst du dich? Ich stehe also gestern am Straßenrand und habe auf einmal deine Stimme im Kopf ... wie du mich angefeuert hast ... weißt du das noch?«

Ob ich das noch weiß? Ich kann seit diesem Tag

keinen Donut mehr essen, ohne an Daniel denken zu müssen, wie er im dichten Winternebel im Anzac Park steht, eine grüne Mütze mit den *Muppet Babies* auf dem Kopf und den Mund vollgestopft mit süßen Donuts.

»Es ist eben noch niemand ins *Guinness Buch der Rekorde* gekommen, der gekniffen hat«, sage ich lächelnd. »Aber ich glaube immer noch, dass ich recht hatte. Und du hast Marmeladen-Donuts im hohen Bogen ausgekotzt. Ich glaube, deine Mum war nicht gerade beeindruckt von meiner Idee.«

Er lacht. »Besonders, weil ich am ersten Tag nach den Ferien nicht mehr in meine Schuluniform gepasst habe.« Er drückt meine Hand. »Alba, ich glaube, ich habe … gerade einen heftigen Nostalgieanfall oder so was. Aber ich bin immer noch ich. Jetzt eben in einer neuen und verbesserten Version. Alles klar?«

Ich drücke seine Hand. »Alles klar, Daniel. Also, dann rede einfach mit mir.« Ich nehme meinen Skizzenblock. »Erzähl mir irgendwas Normales, etwas über dein Zuhause.«

Er kippelt mit dem Stuhl. »Was willst du denn wissen?«

»Keine Ahnung – alles. Wo wohnst du? Hängt über deinem Bett immer noch das Poster von Princess Peach aus *Super Mario*?«

Er lacht. »Das nicht. Also, lass mal überlegen. Von unserem Haus aus sieht man auf den Queenscliff

Beach. Vom Bad aus kann man das Meer sehen, keine schlechte Aussicht beim Pinkeln …«

Ich nehme Stift und Bleistift in die rechte Hand, wie Essstäbchen, sodass ich zwischen ihnen hin und her wechseln kann. Als die Spitze meines weichen Zeichenbleistifts das Papier berührt, beginnen die Linien zu fließen. »Was siehst du von deinem Fenster aus?«

Er überlegt einen Augenblick. »Eine Küstenstraße. Einen Parkplatz. Jede Menge Norfolktannen. Bei uns nebenan wohnt eine alte russische Dame. Sie ist jeden Morgen zur gleichen Zeit auf und gießt die Blumen auf ihrem Balkon. Egal, wie grau die Straße ist, vor ihrem Fenster ist es immer bunt.«

»Mann, wie poetisch!«

Er grinst. »Tja, du darfst eines nicht vergessen – ich bin auch ein Künstler, Sarah. Na ja, zumindest eine Art Künstler. Jedenfalls im Moment.«

Ich halte inne. »Wie meinst du das?«

Daniel greift nach einem Apfel auf der Küchentheke. »Dieser Schauspielkram macht Spaß, im Moment. Aber wer weiß, ob ich das ewig mache. Ich hab sogar mal kurz drüber nachgedacht, zur Uni zu gehen, aber weißt du – Lernen war nie so mein Ding. Vielleicht warte ich, dass das Universum mir ein Zeichen schickt. So was wie einen göttlichen Schubser, damit ich weiß, was ich als Nächstes machen soll.«

Ich schnaube. »Verstehe. Aber die Zeichen des Universums scheinen dieser Tage dünn gesät.«

Er mustert mich neugierig, während er an seinem Apfel kaut. »Also, wenn ich deine Begabung hätte … Es ist ja nicht so, als wüsstest du nicht, was du willst. Du wolltest immer schon zeichnen. Und du weißt, dass du irgendwann da landen wirst. Wo liegt also das Problem?«

»Ich weiß es nicht, Daniel«, sage ich leicht genervt. »Nur weil ich eine Sache gut kann, heißt das nicht unbedingt, dass ich auch genau diese Sache tun sollte. Und ich will …«

»Was willst du?«

Ich starre auf meinen Block. Die Umrisse von Cinnamon Girl nehmen Gestalt an, das wohlbekannte Haar, mit blauem Kuli gesträhnt, wird von einer unsichtbaren Windmaschine durcheinandergewirbelt. Durch die Fenster ihrer Lagerhalle sieht man die Schatten von Bäumen und Straßen; Teile von Daniels Leben, zumindest soweit ich sie mir vorstellen kann.

Tja, eine gute Frage: Was will ich? Ich will alle, die ich liebe, zu einem winzigen Bündel zusammenschnüren, ich will eine Mauer um mein Eden Valley errichten und es genauso behalten, wie es in den letzten siebzehn Jahren gewesen ist, ich will jeden Morgen aufwachen, eingehüllt in den Duft von Zimt und Vanille, und ich will, dass sich nichts verändert, bevor ich so weit bin, dass ich mit der Veränderung klarkomme.

»Mir gefällt mein Leben«, sage ich leise.

»Alles verändert sich«, sagt Daniel achselzuckend. »So ist es nun mal.«

Ich sehe zu ihm auf. Er spielt mit seinem halb gegessenen Apfel herum und schaut mich an. Ich merke, dass ich mich getäuscht habe, was Daniels Augen angeht. Irgendwie sind sie nicht mehr so wie früher. Sie sehen weniger offen aus, und bei genauerem Hinsehen merke ich, dass sie auch ein bisschen dunkler sind.

Er nickt zu meinem Block hin. »Darf ich mal sehen?«

Ich drehe den Zeichenblock zu ihm hin. Daniel schüttelt den Kopf und grinst dabei leicht schief. »Wow. Ein bisschen wie in *Hopeless Savages,* was? Sehr cool, Alba.«

In meiner Rocktasche summt mein Handy. Als ich es herausfische, blitzt die Nahaufnahme von Gradys riesigem Auge auf dem Display auf.

Mum hat soeben einen Vorlegelöffel in ihrem besten Wok geschmolzen. Vielleicht gibt sie diese Kochkapriolen jetzt endlich auf. Das sollten wir mit einem Milchshake feiern, ehe wir losfahren. Wo bist du?

Ich muss grinsen, denn ich weiß genau, was mein bester Freund denkt. Er ist sauer auf mich, aber nicht so sauer, dass er mich länger als ein paar Stunden ignorieren würde. Ich schreibe zurück:

Hänge bei Daniel herum. Bin sofort da.

Ich stehe auf. »Ich gehe jetzt. Danke für den Saft, und entschuldige, dass ich dich geweckt habe. Und, du weißt schon, dafür, dass ich dich einen Arsch genannt hab.«

Daniel springt auf. »Schon vergeben. Was machst du heute so?«

Ich nehme meinen Block. »Weiß nicht. Alle anderen sind unterwegs. Anscheinend veranstalten die bei der Farm eine Weihnachtsparty. Damit meine ich natürlich nicht die Heiligabendparty und auch nicht Montagnachmittagtanzparty.«

Er lacht. »Die Menschen versuchen, so viel wie möglich mitzunehmen, bevor die Welt untergeht. Aber die Kirche war gestern Nacht auch rappelvoll.«

Ich schiebe mir gerade den Bleistift zurück in den Stiefel und steche mir dabei fast durch den Knöchel. »Du bist zur *Kirche* gegangen?«

Er lehnt sich an die Theke. »Klar. Zur Christmette. Meine Leute wollten die alte Kirche mal wieder sehen. Und ich hab gedacht, es könnte sicher nicht schaden, meine Sünden zu büßen und so.«

Ich drücke meinen Zeichenblock an die Brust. »Daniel, du glaubst doch diesen ganzen Quatsch hier nicht, oder? Dieser Vollidiot Ned Zebidiah und seine Prophezeiungen …«

Er zuckt mit den Schultern. »Ob ich glaube, dass die Welt mit einem Knall und Rauch untergeht? Woher soll ich das wissen? Du kannst doch jeden Morgen aus dem Haus gehen und von einem herabstürzenden Stück Weltraumschrott erschlagen werden, Alba. Warum soll man also nicht jeden Tag leben, als wäre es der letzte?«

Ich schlucke. »Du klingst wie eine Motivationsplatte.«

Daniel lacht. »Die Leute denken wahrscheinlich, sie würden dumm dastehen, wenn sie nicht wenigstens auf Nummer sicher gehen. Apropos Nummer, es gibt da eine, aus der ich heute Abend nicht rauskomme. Meine Leute bestehen auf einem Weihnachtsessen en famille, Bratkartoffeln und peinlich-gezwungene Unterhaltung mit allem Drum und Dran. Gehst du zu dieser Party? Wann sehen wir uns denn das nächste Mal?«

Das Telefon summt in meiner Hand.

Jetzt ist mir was dazwischengekommen. Muss meinen Bruder suchen. Anthony will womöglich vor Tante Mollys Prothesenküssen kneifen. Oder er hat ein eigenes Bordell in einem Zelt eröffnet. Wir sprechen uns später.

»Gibt's ein Problem?«, fragt Daniel.

Ich stecke mein Handy rasch wieder ein. »Nein, überhaupt nicht. Und ich glaube, ich bleibe heute Abend zu Hause. Ich will mich eigentlich nur in meinem Zimmer verkriechen und so tun, als hätte die Welt da draußen nicht den Verstand verloren. Hören wir uns morgen?«

Daniel umarmt mich noch einmal. »Klar, also bis morgen. Ich verlass mich drauf, Sarah.«

Während ich die Einfahrt hinuntergehe, schreibe ich Grady die nächste Nachricht.

Armer Anthony! So viele Mädchen auf einmal, das konnte ja nicht gut gehen. Kein Wunder, dass er nur noch sabbert. Wie Clouseau, als Mr Grey seinen Grill unbeaufsichtigt ließ. Rufst du an, wenn du zurück bist?

Als ich an der Bäckerei ankomme, erwacht die Musik von der Farm krachend und knisternd zum Leben, und ein halbes Dutzend nackter Menschen mit Weihnachtsmützen kommt die Main Street heruntergeflitzt, begleitet von Jubel und Klatschen. Ich sehe den nackten Hintern des Hochradmannes, der zwischen die Bäume hinter der Tankstelle fährt und wie jeden Morgen von oben runterpinkelt.

Ich sehe ganz sicher nicht nach, ob Domenic geantwortet hat. Nicht mal, als mein Hirn anfängt wehzutun und das Schweigen meines Handys sich anfühlt, als würde es ein Loch von der Größe eines Augapfels in meine Tasche brennen.

✿ ✿ ✿

Die Klimaanlage in meinem Zimmer läuft jetzt schon seit Tagen auf Hochtouren und schafft es trotzdem kaum, in der Affenhitze einen Hauch Kälte zu produzieren. Ich habe den Ventilator auf meinem Schreibtisch angemacht und richte ihn direkt auf meinen

Hals, aber ich könnte genauso gut in der Bäckerei im Ofen sitzen.

Ich weiß nicht mehr, wie viele Stunden ich mich schon auf meinem Schreibtischstuhl hin und her drehe und auf den Computer starre. Die Skizzen von meinem Zeichenblock habe ich eingescannt, aber ich schaffe es einfach nicht, Daniels Welt zum Leben zu erwecken. Seine Bäume sind mir fremd, die ganze Bildkomposition stimmt nicht. Ich habe keine Ahnung, was es über meine Fähigkeiten aussagt, dass ich keine Szene aus der echten Welt hinkriege, ohne dass sie total schräg wirkt, wie aus einem Kinderbuch von Dr. Seuss.

Ich schlage ein bisschen Zeit damit tot, Cinnamon Girl ein Kostüm von Silver Age Wonder Woman zu verpassen, aber als ich zu ihrem Gesicht komme, weiß ich sofort, dass sie alles andere als zufrieden mit mir ist. Sie stemmt die Hände in die Hüften, ihre strammen Schenkel sprengen fast die kurzen Hosen mit dem Muster der amerikanischen Flagge, und ich schwöre, sie starrt mich voller Verachtung an.

Der Tag vergeht, ohne dass ich es merke. Ich schlurfe mehrmals in die Küche und hole mir Kleinigkeiten zu essen, zwischendurch zeichne ich Cinnamon Girl in den unterschiedlichsten Rockabilly- und Spandex-Superhelden-Kostümen und nehme den einen oder anderen Weihnachtsanruf von unseren wenigen, versprengten Verwandten entgegen. Ich habe nicht mal richtig Hunger, aber ich esse trotzdem ein paar Stücke Hühnchenpastete, bevor sich Mum zusammen mit Cleo zum *Corner Arms* aufmacht. Plötzlich sehe ich aus dem Fenster und der Himmel trägt schlieriges Orange und ein Blaue-Flecken-Blau.

Den ganzen Tag hat mein Handy geplingt, es kam eine Weihnachtsnachricht nach der anderen von meinen Freunden. Sogar Ed bringt mich auf den neuesten Stand über die Verrücktheiten seines Dads. Mr Palmer hat offenbar mit ein paar Typen aus Dänemark ein bisschen zu viele Weihnachts-U-Boote aus Jägermeister und Bier getrunken und hätte fast eine Prügelei mit einem von der Theatertruppe angefangen.

Grady torkelt nicht wie sonst an Weihnachten mitten am Nachmittag durch meine Verandatür und sein Auge leuchtet nicht ein einziges Mal auf meinem Display auf. Ich versuche mir einzureden, dass er nach unserem Krach einfach nur vor sich hin brütet, aber ich kenne ihn besser. Grady ist nie lange beleidigt, Schmollen ist einfach nicht seine Art. Und überhaupt: Ich müsste doch diejenige sein, die stinksauer auf ihn ist wegen seines Vortrags, und nicht umgekehrt!

Ich bin wirklich nicht in Partystimmung. Aber nachdem ich mich auf der Couch ausgestreckt und auf die immer gleiche Seite von *Batgirl* gestarrt habe, während der Lärm von der Farm immer lauter und aufgeregter wird, überlege ich es mir anders. Ich ziehe ein altes Kleid mit Punkten und meine Weihnachtsmütze an, schicke Tia eine Nachricht, um sicher zu sein, dass die anderen noch da sind, und gehe los in die Dunkelheit.

❁ ❁ ❁

Während unsere Besucher die Farm der Palmers in eine platt getrampelte, staubige Wüste verwandeln, sind ein paar Leute von hier in die andere Richtung unterwegs, zur Hügelkuppe, wo die Felsbrocken über das Tal wachen. Straßenlampen gibt es hier nicht, und die hoch aufragenden Bäume sorgen für eine Atmosphäre, die sich hervorragend für das Versteck eines Axtmörders eignen würde. Dafür sind hier oben wenigstens fast keine Fremden. Nur die Reste von unserer Highschool haben sich hierhergeflüchtet, getrieben von einem Anflug von Nostalgie oder auch schlicht aus dem Bedürfnis nach einer Auszeit heraus.

Jemand hat eine Decke über den Stacheldrahtzaun geworfen, damit man leichter drübersteigen kann, und die Leute haben sich auf der anderen Seite verteilt. Ein paar Jungs tanzen in der Nähe der alten Waschmaschinentrommel, in der im Winter immer ein knisterndes Feuer brennt. Ich sehe Eddie und Caroline und beide Brüder von Ed und ein Stück weiter die Straße runter hocken Tia und Petey auf der Motorhaube des Autos von Petes Vater.

Ich gehe an ihnen vorbei, winke den vertrauten Gesichtern zu und hoffe, dass ich nicht in Kängurumist trete, der hier überall liegt. Wenn ich dem Valley jetzt den Rücken zuwenden würde, könnte das hier ein ganz normaler Freitagabend sein – abgesehen von der Kakofonie der Achtzigerjahre-Hair-Metal-Musik, die vom Fuße des Hügels heraufdröhnt.

Im Mondlicht erkenne ich sein lockiges Haar und das jungenhafte Gesicht. Er lehnt an einem Baum und gestikuliert lebhaft, während er dem rothaarigen Mädchen, das ihm gegenübersteht, etwas erzählt. Ich brauche ein paar Sekunden, um sie unterzubringen, denn heute trägt sie keinen Hut. Aber das erwartungsvolle Gesicht und die kontaktfreudigen Hände würde ich auch aus tausend Metern Entfernung erkennen.

Es ist nicht *total* schräg, ihn mit einem Mädchen zu sehen. In der vierten Klasse hatte Grady eine Phase, in der er einige Monate lang unglaublich beliebt war und jede Menge anderer Kinder anzog, während er sich in der Kletterburg hinter mir versteckte. Und obwohl er nie ein Schürzenjäger gewesen ist wie sein älterer Bruder, hat ihm seine Position als Mittelfeldspieler in der Basketballmannschaft doch ein paar Küsse eingebracht, auch wenn es ihm immer etwas peinlich war, über seine Mädchengeschichten zu reden. In der elften Klasse war er ganze drei Wochen lang mit Ellie Knoxbury zusammen, der Vize-Kapitänin der Netballmannschaft unserer Highschool. Ellie war nett, aber ein bisschen langweilig. Ich habe sie nie von irgendwas anderem sprechen hören als von Netball und Pferden. Grady schien neunzehn Tage lang fasziniert, während sie ihn mit ihrem Netball- und Pferdewissen beehrte. Es war sehr merkwürdig.

Ungeschickt klettere ich über den Zaun und hüpfe auf die beiden zu.

»Hallihallo«, sage ich strahlend. »Dass ich euch hier treffe!« Ich zwinkere Grady zu und senke die Stimme zu meinem besten heiseren Knurren. »Zieh mal lieber diesen Schlips aus und dann halten wir hier ein anständiges Männer-Gelage ab, Marlboro.«

Grady sieht mich verwirrt an. »Dieser Satz wäre passender, wenn ich tatsächlich einen Schlips anhätte. Wenn ich überhaupt je einen Schlips tragen würde. Soll ich vielleicht mal damit anfangen?«

Das Mädchen mit dem Hut grüßt halbherzig. »Ähm, hallo, ich bin Jess. Und ... was?«

»Das ist ein Filmzitat. *Der Tod kennt keine Wiederkehr*. Ein alter Film«, sage ich schwach und fühle mich auf einmal furchtbar großspurig. Ich strecke die Hand aus. »Ich bin Alba. Freut mich!«

Jess schüttelt mir die Hand und streicht sich glättend übers Haar. »Ich werde jetzt mal den anderen Pub checken«, sagt sie leichthin. »Kommst du später nach, Dom?«

Ich sehe ihr nach, wie sie weggeht und einen Blick

zurück auf Grady wirft, der in seinem ganzen Leben noch nie, *niemals* ein *Dom* gewesen ist und der jetzt immer noch auf den Fleck starrt, an dem sie eben gestanden hat. Ich komme mir vor wie die übelste, mieseste Idiotin, ich komme mir vor wie …

»Alba?«, sagt Grady.

Mühsam hebe ich den Blick und sehe in seine braunen Augen. Das Wort »braun« wird ihnen in keinster Weise gerecht. Sie haben nicht die Farbe von Sepia-Tusche, aber es ist irgendetwas zwischen verbranntem Karmesinrot und Mars-Schwarz. Und jetzt gerade sind seine Augen uncharakteristisch glasig.

Ich räuspere mich. »Ich dachte schon, du bist bei Mrs Garabaldi als Teilhaber eingestiegen, Grady. Hast du etwa die Vorräte an Thunfisch und Pornoheften aufgestockt, die man für den Weltuntergang brauchen könnte? Du würdest mir doch nicht den ganzen Tag aus dem Weg gehen … oder?«

Ich räuspere mich noch mal, frage mich, warum sich mein Hals so eng anfühlt, und boxe ihm in den Arm. »Du weißt doch, dass die Geschichten von Tante Mollys Schrullen für mich der Höhepunkt des Weihnachtsnachmittags sind. Und ich weiß, dass du mich nicht für ein Mädchen fallen lassen würdest. Nicht, ehe du mir vorher jedes winzige eklige Detail erzählt hättest. Du weißt doch, dass es die Pflicht einer Freundin ist, ihre unvoreingenommene Meinung zu solchen Dingen zu äußern, oder?«

»Hmm … was?«, sagt er.

»Himmel, Grady! Bist du so abgelenkt? Ich dachte, *ich* bin hier die Verpeilte. Was ist denn los mit dir?«

Er macht einen Schritt auf mich zu, merkwürdig steif, und seine Augen blitzen manisch, was man normalerweise nur bei kleinen Kindern und Landstreichern sieht.

Ich packe ihn am T-Shirt. »Grady – bist du etwa *betrunken*?«

»Ich bin nicht *betrunken*, Alba. Ich habe was getrunken, das stimmt, aber bei meiner Größe und meinem Gewicht müsste ich noch … ungefähr zweieinhalb Bier trinken, damit ich richtig betrunken wäre. Im Moment bin ich einfach nur ein bisschen … *glücklich*.« Er schlingt einen Arm um mich und ergreift meine Hand.

»Hast du Cleos Kochsherry geplündert? Was ist denn bloß los mit dir?«

Er neigt den Kopf, als würde er intensiv lauschen. Und dann dreht er sich langsam und passt sich dem Rhythmus der Ballade an, die vom Fuße des Hügels heraufweht. Eines muss man ihm lassen – selbst betrunken bewegt Grady sich großartig.

»Sieh dich doch mal um, Alba«, sagt er, und seine Stimme ist ganz heiser vom Alkohol. »Armageddon steht vielleicht vor der Tür. Hast du dir das eigentlich schon mal wirklich klargemacht? In ein paar Tagen könnte es das gewesen sein – null, zero, nichts mehr übrig. Da darf ich doch mal ein kleines bisschen aus der Rolle fallen, oder?«

»Grady, ich bin nicht sicher, ob das hier ›ein kleines bisschen aus der Rolle fallen‹ ist. Außerdem hast du schon genug Probleme, nicht zu fallen, wenn du stocknüchtern bist –«

»Aber das hier könnte eine der letzten, der allerletzten Partys am Ende des Universums sein«, sagt er und beugt sich zu mir herab, sodass wir uns Auge in Auge gegenüberstehen. »Ich werde vielleicht niemals die Chance bekommen, auf einer Verbindungsparty Tequila aus dem Nabel einer heißen Braut zu trinken.«

»Eine Verbindungsparty? Ab jetzt kriegst du keine amerikanischen Filme mehr zu sehen!«

Er kichert. »Den Tequila hätte ich wahrscheinlich eh nicht getrunken. Aber kann ich nicht mit einem schönen Mädchen ein paar Bier trinken und mit meiner besten Freundin tanzen? Wenn ich schon sterben muss, kann ich das ja genauso tanzend tun.«

Ich packe ihn fester und er dreht uns weiter im Kreis, immer weiter. Obwohl ich immer noch sauer auf ihn bin, kann ich einfach nicht anders: »Grady, nur du kannst dem Ende der Welt mit einem Slogan direkt von Pinterest entgegentreten.«

Ein Lachen grollt tief in seiner Brust. »Sarah Jane Albany. Hast du es immer noch nicht begriffen? Man kann mich nicht durcheinanderbringen.«

»Man kann dich nicht durcheinanderbringen?«

»Ja. Ich bin Der-den-man-nicht-durcheinanderbringen-kann. Außerdem müssen wir vielleicht den Planeten neu bevölkern. Da muss mir das doch ein bisschen zugutekommen.«

Grady lässt meine Hand los und schlingt mir die Arme um die Hüften. Er ist nie besonders anschmiegsam gewesen, aber der Alkohol und das mögliche Ende unseres Planeten machen ihn ganz klar lockerer, denn er umarmt mich immer fester und lässt mich nicht mehr los.

»Al-ba«, sagt er in singendem Tonfall. Wir tanzen jetzt langsamer, unsere Füße sind ineinander verhakt, aber noch immer bewegen wir uns und fallen nicht um. Es ist echt schräg. Ich kann mich an jeden bescheuerten Tanz in der Schule erinnern, seit wir Kinder waren, steife Arme auf der Hüfte des anderen, kichernd, völlig aus dem Takt. Es müsste eigentlich irgendetwas geben, das die Erinnerung mit dem Hier und Heute verbindet, aber im Augenblick kann ich mich an nichts erinnern. Ich glaube nur, dass wir immer schon so getanzt haben. Keiner von uns hat geführt und keiner hat sich führen lassen.

Grady seufzt. Er ist schon viel betrunkener, als ich gedacht habe. Ich lege meine Arme um ihn und verschränke sie hinter seinem Rücken, sodass ich ihn besser halten kann. Er droht mich aus dem Gleichgewicht zu bringen und meine Hände landen knapp unter seinen Schulterblättern. Obwohl ich mir ganz entfernt bewusst bin, dass wir uns nicht mehr bewegen, dreht sich der Boden weiterhin. Denn auf seinem Rücken unter seinem *Space Invaders*-T-Shirt spüre ich gut ausgeprägte, kräftige Muskeln. Probeweise spreize ich die Finger ein bisschen und spüre, wie sich seine Rückenmuskeln unter meinen Handflächen spannen.

»Al-ba«, sagt er noch einmal, diesmal ein verwirrtes, sanftes Flüstern.

»Los, komm schon, Domenic. Zeit, nach Hause zu gehen.«

»Sprich mich nicht mit Vornamen an«, murmelt er undeutlich. Er legt die Wange auf meine Schulter, und einen Augenblick glaube ich, er wäre eingeschlafen, aber ich will mich nicht bewegen, um es herauszufinden. Ich merke kaum, dass wir nicht mehr tanzen. Meine kribbelnden, tauben Hände liegen noch immer bewegungslos und doch auch tastend auf seinem Rücken, als wären sie ganz weit weg und auf etwas anderes konzentriert.

»Alba«, murmelt er, und sein Atem kitzelt mich am Ohr. »Alba ... Alba ...«

Seine Stimme ganz nah an meinem Ohr ist jetzt kaum mehr als ein Flüstern. Ich glaube nicht, dass ich ihn wirklich irgendwas sagen höre. Das war nur Einbildung. Das war ziemlich sicher nur Einbildung.

Aber ich glaube, ich höre ihn flüstern:

»Meine wunderschöne Alba.«

Er holt tief Luft, stolpert rückwärts über seine eigenen Füße und knallt direkt in Eddie.

»Immer schön langsam, G-Man«, sagt Eddie und fängt Grady ohne jede Anstrengung auf. »Scheiße, Mann. Wie viele Chardonnays hast du denn getrunken?«

Grady gibt etwas von sich wie *ssobedrunkenbinchncht* und klammert sich an Eddie fest wie an einem Baumstamm. »Junge, ich weiß, dass ich dich manchmal Arschloch genannt habe und Affenarsch, und, weißt du, manchmal nenn ich dich hinter deinem Rücken auch Vollidiot, aber du bist großartig, Kumpel! Eddie, ich liebe dich!«, schreit Grady ihm ins Gesicht.

»Scheiße, Domenic! Reiß dich zusammen, Mann!«, brüllt Eddie zurück, obwohl auch er ziemlich hinüber ist.

Ich dagegen finde das alles nicht gerade witzig. Mir ist zu heiß, und meine Hände fühlen sich an, als wären sie kilometerweit von meinem Körper entfernt. Ich packe Gradys anderen Arm und versuche, ihn von Eddie wegzuziehen. »Ed, hilfst du mir, ihn zu mir nach Hause zu bringen?«

Grady schiebt Eddie weg und richtet sich zu seiner vollen Größe auf. »Ich brauche keine Hilfe, Leute, alles klar bei mir. Ehrlich, ich bin nie besoffen, das heißt, einmal war ich's schon, aber dafür ist Indigo mit seiner blöden Fresse verantwortlich, und außerdem ist bei mir wirklich alles klar ...« Und damit taumelt er seitwärts, und Eddie kann gerade noch verhindern, dass er mit voller Wucht gegen einen Baum rennt, indem er ihm in den Weg springt. Mein bester Freund – mein vernünftiger, verantwortungsbewusster, von Hausaufgaben besessener bester Freund – knallt stattdessen, überrascht grunzend, heftig in Eddies Brust.

»Okay, jetzt ist es Zeit, nach Hause zu gehen«, sage ich bestimmt. »Francis Edwin – du bist dafür verantwortlich, dass er ohne einen Kratzer oder blauen Fleck den Hügel runterkommt, oder ich setze dich auf meine Liste so wahr mir Gott helfe. Es ist eine neue Liste und ein Ninja-Schlag auf den Adamsapfel gehört dazu. Haben wir uns verstanden?«

Eddie schlingt einen Arm um Grady und hebt ihn hoch. »Himmel, Alba, du musst doch nicht gleich sauer werden. Was glaubst du denn, was ich mit ihm mache? Ihn den Hügel runterrollen?«

Grady kichert. »Wie eine Bowlingkugel«, nuschelt er. Und dann lehnt er den Kopf an Eds Schulter und macht die Augen zu.

»Scheiße. Eddie –«

»Ich hab's im Griff, Alba. Ist genauso, als würde man ein störrisches Kalb führen. Ganz einfach.«

Eddie grinst mich an. Ich versuche zurückzulächeln, aber meine Lippen fühlen sich an, als wären sie festgefroren, und ich gucke wahrscheinlich zu gleichen Teilen perplex und panisch aus der Wäsche.

Grady sieht kurz auf und unsere Augen begegnen sich. Sogar durch den vom Alkohol getrübten Blick hindurch erkenne ich in ihnen Angst und Trauer, wie damals, als er mit sieben versehentlich Klebstoff über mein Bild von Astro Girl gekippt hatte. Damals war nicht viel nötig, um ihm ordentlich Angst einzujagen; ich erinnere mich, dass ich ihn packte und mich auf ihn setzte, bis er lachte, und dann war die Welt wieder in Ordnung.

Diesmal bezweifle ich, dass es so einfach wird.

Grady macht die Augen zu und ich drehe mich um und stolpere blindlings nach Hause.

✪ ✪ ✪

Zugegeben, die Ereignisse der vergangenen Woche sind jetzt nicht ganz das, was ich bisher gewöhnt war.

Aber meinen alkoholisierten besten Freund durch Massen von feiernden Fremden zu bugsieren – das ist ein bisschen mehr, als mein Hirn verarbeiten kann. Die Band spielt im Hintergrund irgendeine neue Partymucke, und Mr Grey versucht vor dem Eisenwarenladen, der voller Penisse gekritzelt ist, die YMCA-Tanztruppe anzuführen. Ein Kastenwagen mit der Aufschrift »Veganer für Jesus« rückt mit einem halben Dutzend Menschen in Roben an, die

Flugblätter verteilen, und der Hochradmann in meinem Vorgarten begrüßt mich mit Solar-Weihnachtslichtern, die er um die Griffe seines Rads geschlungen hat. Grady macht sich von Eddie los und schafft es irgendwie in den Garten und die Verandatreppe hinauf. Er stützt sich mit den Händen an der Tür ab und lehnt die Stirn gegen das Glas. Eddie und ich stehen unsicher hinter ihm, bis sein sanftes Schnarchen ertönt – mitten in das Rufen und das Gelächter und das Geräusch einer Vuvuzela hinein, die in der Nähe unseres Gartenzauns mit Begeisterung gespielt wird.

Eddie verdreht die Augen. Er packt Grady wie ein professioneller Feuerwehrmann, während ich die Tür öffne, und wir stolpern nicht gerade elegant ins Haus.

Eddie lässt Grady auf mein Bett fallen, aber seine Beine sind zu lang und hängen auf den Boden. Er zieht Grady die Vans von den Füßen, hievt die Beine mit einer Hand hoch und schleudert sie aufs Bett, als würde er einen Heuballen werfen.

»Das wär's – mein Job ist damit beendet«, sagt Eddie und wischt sich die Hände energisch an seinen Jeans ab. »Auf keinen Fall komme ich auch nur in die Nähe seiner Unterhose. Wenn du das willst, musst du ihn selbst ausziehen, Alba.«

Ich ziehe mir die Weihnachtsmannmütze vom Kopf, packe ein Kissen und schiebe es Grady unter den

Kopf. »Ed – ich danke dir. Es tut mir leid, dass ich gesagt habe, ich würde dir einen Tritt verpassen.«

Er zuckt mit den Schultern. »Ist egal! Ich bin ja nicht derjenige, der morgen früh hier die Kotze vom Boden aufwischen muss.«

Grady murmelt leise vor sich hin. Er dreht sich auf den Bauch und schiebt den Kopf unter das Kissen. Seine Schultern heben sich mit einem enormen Seufzer, dann beruhigt sich sein Atmen und geht schwer und gleichmäßig.

Ich sinke neben Grady zu Boden. »Ich werde die ganze Nacht wach bleiben und aufpassen, dass er nicht an seiner eigenen Zunge erstickt. Wunderbare Aussichten. Domenic Miles Grady, dir steht eine ordentliche Strafpredigt über die Gefahren des Alkoholkonsums bevor, sobald du wieder nüchtern bist.«

Eddie schlurft nervös mit den Füßen auf dem Boden herum. Dann hockt er sich neben mich, und es wirkt, als wäre ihm ziemlich unbehaglich zumute. »Du, Alba? Vielleicht … nimm's ihm nicht übel. Der Kerl hier hat gerade ein paar heftige Sachen am Laufen.«

»Sachen? Was für Sachen? Ed, wir reden hier von *Grady*! Er ist der zuverlässigste Mensch, den ich kenne – Mann, er ist wahrscheinlich der zuverlässigste Mensch, der je auf dieser Welt gelebt hat –, aber in der letzten Zeit ist es, als hätte er eine unendliche Krise. Was hat er dir gesagt, was er mir nicht erzählt hat?«

»Um Gottes willen, Grady redet doch nicht mit mir über ernsthafte Dinge, das weißt du doch. Und ich bin auch kein Psychologe, Alba. Schlimm genug, dass ich meinen alten Herrn jedes Mal beruhigen muss, wenn die Toilettenhäuschen verstopft sind oder jemand in Kuhscheiße tritt und droht, uns zu verklagen.« Mit einem Seufzer steht er auf. »Hör mal, ich muss jetzt gehen. Ich glaube, mein Bruder wollte sich vorhin an Caroline ranmachen. Und wenn er das versucht, bin ich mir ziemlich sicher, dass Gresham sich Brians Penis um den Hals hängen wird wie eine Hasenpfote oder so. Das wäre natürlich großartig. Aber Mum könnte ziemlich sauer werden ...« Eddie fährt sich mit der Hand über den Kopf. »Sei nicht so streng mit Grady, ja?« Bevor ich antworten kann, ist er verschwunden, und die Tür fällt sanft hinter ihm ins Schloss.

Ich richte den Blick wieder aufs Bett. Grady wälzt sich auf die Seite. Er zieht die Knie an die Brust, ballt die Hände unter dem Kinn zu Fäusten und seufzt leise. Er muss völlig fertig sein, denn er schläft nur in Fötusstellung, wenn er wirklich total groggy ist. Im schwachen Licht meiner Lampe sieht er so verloren aus, dass ich mich instinktiv neben ihn ins Bett legen und mich an ihn kuscheln will, mein Gesicht in seinen Nacken vergraben, als wären wir vier Jahre alt.

Ich kann mich nicht erinnern, seit wann wir nicht

mehr in einem Bett schlafen. Ich weiß nicht, warum mir dieser Gedanke jetzt durch den Kopf geht. Und ich weiß auch nicht, warum meine Knie sich gerade jetzt so anfühlen, als wollten sie mich nicht länger tragen.

Ich weiß, dass ich auf meiner Couch schlafen könnte oder im Wohnzimmer, wo es einen Hauch kühler ist als in meinem Zimmer, wo sich kein Lüftchen regt. Stattdessen streife ich die Schuhe von meinen Füßen, krieche hinter Grady ins Bett und lege den Kopf auf den Rand des Kopfkissens. Mein Gesicht ist ganz nah an den weichen Locken in seinem Nacken, und es ist nur eine Handbreit Platz zwischen uns, der plötzlich unmöglich zu überwinden scheint.

Ich falle in einen unruhigen Schlaf und die Geister meiner ganzen Geschichten schwirren mir im Kopf herum.

10

Der Morgen dämmert erst, aber in meinem Schlafzimmer glüht schon diese unbeschreibliche, nie enden wollende Hitze, und das Kleid von gestern klebt mir am Rücken. Ohne die Augen zu öffnen, weiß ich, dass heute ein richtiger Scheißtag wird. Denn trotz meines benebelten Hirns ist mein erster Gedanke, dass es nur noch fünf Tage sind bis zur prophezeiten Apokalypse. Außerdem dröhnt aus Autolautsprechern hinter unserem Gartenzaun die Filmmusik von *Grease* und Grady liegt nicht mehr neben mir.

Ich sehe im Bad nach, in der Hoffnung, dass er in der Wanne eingeschlafen ist, wie an dem Morgen nach der Wodka-Orgie beim TV-Marathon vom *Haus am Eukalyptusbaum*. Aber das Bad ist leer. Er stöbert auch nicht in der Küche im Kühlschrank herum oder schlingt in seiner blauen Stammnische im Café unser Gebäck in sich hinein. Ich greife nach meinem Handy, aber noch bevor ich Gradys Nummer wählen kann, erstarre ich. Wie in einer Rückblende laufen vor meinem inneren Auge Bilder aus den letzten paar Tagen ab: Gradys trotziges Gesicht, seine ungewohnt schlechte Laune und seine tieftraurigen Augen. Ich fühle mich so benommen und mir ist so schlecht, als hätte ich selbst einen riesigen Kater.

Am liebsten würde ich jetzt rumschmollen und Popcorn zum Frühstück essen und mich dann mit Taschenlampe und meiner Sammlung *Y: The Last Man* in meinem Bettlaken-Zelt verkriechen und die Zeit totschlagen.

Andererseits hab ich aber auch eine Stinkwut im Bauch und bin fast so weit, dass ich am liebsten zu Grady nach Hause rennen und ihm eine Ohrfeige verpassen würde, weil er mir so einen Stress macht.

Aber vielleicht ist ja gar nicht Grady der Grund für den ganzen Stress. Nicht direkt zumindest. Und wahrscheinlich würde ich meine Probleme auch nicht dadurch gelöst kriegen, dass ich ihm eine runterhaue.

Ich krieche wieder ins Bett und schreibe ihm eine Nachricht.

Bist du tot? Bist du in einer finsteren Gasse aufgewacht, neben dir eine Leiche, und du hast keine Erinnerung an die letzten vierundzwanzig Stunden? Wenn dein Trenchcoat voller Blut ist – renn weg! Sofort! Meide Nutten und Tussis und jeden, der aussieht wie Orson Welles. Oder du schleichst dich einfach hierher zurück und wir gucken The Avengers. *Das ist zwar nicht besonders weihnachtlich, aber wir können es mit Weih-*

nachtsmannmützen und Feigenpudding zelebrieren. Erwischt – ich hab keine Ahnung, was Feigenpudding ist, aber ich werd's googeln. Oder du machst Pfannkuchen für mich, als Dankeschön, dass ich dich gestern als Bierleiche durch die halbe Stadt geschleift hab. Ich dachte immer, du stehst eher auf ein gepflegtes Glas Portwein und auf Limo, so wie Mrs Garabaldi. Nur mit weniger Testosteron. Egal. Also: Avengers?

Es dauert eine halbe Ewigkeit, bis ich das getippt hab.

Und es dauert volle fünfundvierzig Minuten, bis Grady antwortet. Auf meinem Display leuchtet die Nahaufnahme von seinem Auge auf, und als ich seine kurze Nachricht lese, kräuseln sich bei mir die Zehennägel:

Bin am Leben. Fühl mich tot. Wir reden später.

Und dann kommt von ihm nichts mehr. Nada. Funkstille von dem einzigen Menschen des Planeten, der gleichzeitig sprechen und Nachrichten tippen kann, während er sich die Zähne putzt und dabei mit Katzenbabys jongliert.

Genervt schmeiße ich das Handy quer durchs Zimmer und ziele nicht mal richtig auf die Couch. »Na schön, Domenic«, zische ich vor mich hin. »Dann spiel eben die beleidigte Leberwurst. Aber glaub bloß nicht, dass ich dir bis zum Ende der Welt hinterherlaufe!«

Wütend stapfe ich ins Bad und dusche mit eiskaltem Wasser. Dann zwirble ich mir das Haar zu einem unordentlichen Knoten, trage meinen knalligsten roten Lippenstift auf und zerre ein schwarzes Kleid von ganz hinten aus meinem Schrank. Das Kleid hat pinkfarbene Totenköpfe auf Rock und Oberteil, denn mir ist irgendwie so nach Totenschädel-und-blutrote-Lippen.

Mum checkt die Lage mit einem Blick, als ich in die Backstube gestampft komme, und verzieht das Gesicht. *»Oh-oh* – sie trägt ihren Kampfanzug. Was ist los?«

Ich reiße meine Schürze vom Haken neben dem Spülbecken. »Nichts ist los. Ich bin müde. Der Lärm draußen kotzt mich an, und die ganze Stadt stinkt nach Schweiß und Abgasen, und jedes Mal, wenn ich aus dem Haus trete, falle ich über irgendwelche Schnapsleichen. Ich will am liebsten im Bett bleiben und *Best American Comics* lesen und nicht hier im Café schuften und Leute bedienen, die darauf warten, dass sie von Außerirdischen entführt werden und so ein Mist. Weißt du was? Mir wär jetzt so richtig danach, diesem Echten Ned Zebidiah eins auf seine blöde Fu-Manchu-Fresse zu hauen! *Aarrrh!*« Ich gebe den Versuch auf, mir die blöde Schürze umzubinden, knülle sie zusammen und schmeiße sie ins Spülbecken. »Habt ihr euch den Echten Ned mal angeguckt? Der ganze Scheiß hier ist vielleicht nur losgetreten worden, weil dieser Idiot halluzinogene Pilze eingeworfen hat – oder vergessen hat, sein Lithium zu nehmen …«

»O-kay«, sagt Mum gelassen. Sie packt mich am Ellbogen, führt mich aus der Backstube und macht die Tür hinter sich zu. »So gern ich mir auch anhöre, wie dir mal der Kragen platzt, Sarah, aber vielleicht möchten die anderen in der Bäckerei lieber in Ruhe ihre Arbeit machen und nicht mit einer Kampfszene à la *Glengarry Glen Ross* überfallen werden.« Sie drückt mich auf einen Stuhl am Esstisch. »Willst du mir nicht sagen, was dich so auf die Palme bringt?«

Ich schlage die Hände vors Gesicht. »Mum, es ist alles so … verworren. *Chaotisch*. Ich hab keine Lust mehr, ständig zu grübeln und mich stressen zu lassen und nicht zu wissen, was auf uns zukommt … und was aus mir mal werden soll. Ich krieg echt die Krise, was zurzeit hier abgeht. Und ich will, dass alles wieder so wird, wie es war. Ich will, dass das alles … jetzt sofort aufhört.«

Mum verschränkt die Arme vor der Brust. »Tja, da hast du wohl Pech«, sagt sie schulterzuckend.

Ich hebe müde den Kopf. »Mensch, Angela! Etwas mehr Mitgefühl hätte ich schon von dir erwartet.«

Mum lacht. »Was willst du denn von mir hören? Dass du nicht ewig in deinem Zimmer hocken bleiben kannst? Ich stoß dich nicht aus dem Nest. Bleib hier, wenn du willst. Wir können uns die gleichen Strickjacken kaufen und im Zwillingslook abends im *Junction* rumhängen und uns da die rassistischen Bemerkungen der Alberts-Tanten anhören. Bleib hier, bis du alt und inkontinent bist, Sarah. Oder bis die Tunnelmenschen wieder die Herrschaft über die Menschheit übernehmen. Wenn es wirklich *das* ist, was du willst.«

Ich ziehe die Knie an die Brust und halte mir die Hände vors Gesicht. Ehrlich gesagt möchte ich im Moment nur in das glückselige Vergessen des Schlafes eintauchen. Denn sobald ich genauer über alles nachdenke – mir wirklich einmal realistisch ausmale, wie es wäre, für immer hier in meiner kleinen Welt zu leben –, dann fühle ich sofort wieder diese unbeschreibliche Panik in mir aufsteigen, die mir die Luft nimmt.

Lieber gleite ich kampflos in die Nebel meiner Verwirrung ab, und nachdem ich eine halbe Ewigkeit blöde durch meine Finger gestarrt habe, merke ich auf einmal, dass sich das Licht im Wohnzimmer … seltsam verändert hat. Ich sehe zum Fenster – und springe auf.

»Mum … sieh mal!«

Mum dreht sich herum und blickt auch hinaus. »Oh«, sagt sie leise.

Der strahlend blaue Himmel der vergangenen Wochen ist verschwunden. Der Himmel, der sich über das Weideland erstreckt, ist weiß und so leer und trüb wie im tiefsten Winter. Man denkt sofort, dass es draußen kühl sein müsste, aber als ich mit Mum auf die Veranda hinausstürze, trifft mich die Hitze mit voller Wucht. Ein paar Fremde sitzen auf den

Heuballen am Gartenzaun, doch die Stimmung ist merkwürdig gedämpft. Der tief hängende Himmel löst bei mir ein sonderbar klaustrophobisches Gefühl aus. Fast als hätte sich eine Kuppel der Stille über Eden Valley gesenkt.

»Vielleicht zieht ja ein Sturm auf?«, sagt Mum zweifelnd.

»Mm«, erwidere ich. »Kann sein.«

Aber der charakteristische Ozongeruch, der die aufzuckenden Blitze begleitet und der ein unheimlicher Vorbote der Buschfeuer ist, liegt nicht in der Luft. Das hier ist … noch viel beunruhigender.

Wir gehen wieder zurück ins Haus und ich schließe rasch die Tür. »Mum, brauchst du mich heute?«

Mum wendet den Blick nur widerwillig vom Himmel ab und sagt mit tonloser Stimme: »Wir kommen schon zurecht. Ich fahre die Speisekarte sowieso aufs Minimum runter, denn mittlerweile gibt es auch in Merindale kaum noch was zu kaufen. Wir müssten es schaffen, genügend Brötchen und vegane Brownies zu backen, damit die Menschenmassen da draußen nicht den Aufstand proben. Geh ruhig und mach, was dir guttut, meine Kleine.«

Zurück in meinem Zimmer wühle ich einen Skizzenblock unter den Bergen von schmutziger Wäsche hervor. Dann ziehe ich die Vorhänge zu und setze mich mit einer Handvoll weicher Bleistifte aufs Bett. Dieser Skizzenblock ist schon etwas älter und ich habe ihn mir monatelang nicht mehr angesehen. Die Hälfte der Blätter enthält ein vorläufiges Storyboard, aus dem schließlich einige Zeichnungen ihren Weg in die Bewerbungsmappe für die Kunsthochschule gefunden haben. Cinnamon Girl ist immer wieder in schwungvollen Linien gezeichnet und ihr Gesicht strahlt mich selbstbewusst vom Papier her an. Damals war meine Stimmung beim Zeichnen also durchaus fröhlich und optimistisch, und ich war noch nicht so – wie soll ich es nennen? – durch den Wind wie jetzt.

Dann lasse ich die Skizzen, die ich am Bücherregal und an den Wänden aufgehängt habe, eingehend auf mich wirken. Die Mimik meines Cinnamon Girls strahlt eine überbordende Energie aus. Man würde der Figur sofort abnehmen, dass sie, wäre sie mit übernatürlichen Kräften ausgestattet, sicher gleich einen Planetoiden sprengen oder einen Schurken in seine atomaren Bestandteile auflösen würde. Vielleicht sollte ich ihr tatsächlich Superkräfte verleihen. Schließlich gehört sie ja mir, und ich kann mit ihr tun und lassen, was ich will. Dabei spielt es keine Rolle, ob ihr reales Vorbild, das hier in meinem Zimmer sitzt, unbedingt weiter wütend, panisch, gestresst und gekränkt bleiben will.

Mit dem Rücken an die Wand neben dem Bett gelehnt, lege ich mir den Skizzenblock auf die Knie. Meine Hände fliegen geradezu übers Papier – und ein weiteres vorläufiges Storyboard mit grob skizzierten

Panels entsteht. Ich zeichne Cinnamon Girl in Siebenmeilenstiefeln und einem superscharfen Kleid, ein missbilligendes Stirnrunzeln im eckigen Gesicht. Ich zeichne sie als brüllende Riesin, die sich mit einer Hand aufs Dach des Empire State Building schwingt, und als Kriegerin im Taschenformat, die ein Outfit trägt wie die Wespe aus *The Avengers*. Ich zeichne sie an der Theke einer verrauchten Cocktailbar, wie eine von Gradys düsteren Film-noir-Heldinnen. Ich zeichne sie als Klischee einer dieser jugendlichen Superheldinnen in anatomisch wenig realistischer Pose und mit riesigen Titten, wobei mir beim Zeichnen vor Abscheu fast die Finger abfallen. Ich zeichne sie in ihrem Loft, wie sie durch die raumhohen Fenster auf einen Himmel voller Explosionen in der Ferne blickt. Ich zeichne sie mit ausgestreckten Armen durch einen weiten, blassen Himmel fliegend und meine letzte Skizze zeigt sie missmutig und irgendwie ziellos über den Mond stapfen.

Dann werfe ich den Skizzenblock auf den Boden, streife mir meine Schlafmaske über und verkrieche mich im Bett.

✪ ✪ ✪

Gefühlt nur Minuten später setze ich mich kerzengerade im Bett auf. Ich reiße mir die Schlafmaske vom Gesicht und stürze zum Fenster.

Der weiße Himmel erstreckt sich immer noch gleißend über dem Weideland. Mittlerweile ist Wind aufgekommen und rüttelt an den Zelten der Camper und den Überresten ihres Möchtegern-Thunderdome. Ich bin schweißgebadet, und in meinem Zimmer herrscht eine Affenhitze, trotzdem überläuft es mich plötzlich eiskalt, und ich bekomme eine Gänsehaut.

Eilig ziehe ich mein Handy zwischen den Sofakissen hervor, bevor es dort in der Ritze noch ganz verschwindet. Es ist schon kurz nach Mittag und ich habe erst eine Nachricht bekommen. Auf meinem Display erscheint nicht etwa Gradys Bambi-Auge, sondern die zum Kuss gespitzten Lippen von Petey.

Hey Alba. Ist Grady bei dir? Wir sollten doch Mr Grey helfen, die Karaokemaschine in den Hof zu schleppen – er will den Silvesterabend unter dem Motto Apokalypse Now *laufen lassen –, aber ich kann DG nirgends finden.*

Ich mach mir nicht die Mühe, Petey zu antworten, sondern wähle direkt Gradys Nummer. Und als er sich nicht meldet, bin ich nur mäßig überrascht.

Beim Abschminken meines verschmierten Make-ups reibe ich mir das Gesicht so lange, dass meine Haut danach ganz rot ist und sich fast wund anfühlt. Ich steige in meine abgeschnittenen Jeans-Shorts. Dazu ziehe ich Dads weiches blaues *Archie*-T-Shirt über, auf dem *I'm With Jughead* steht – und schon flitze ich schnurstracks durch die Hintertür und die Straße hinunter.

✿ ✿ ✿

Ich lasse die Farm und das Hochrad hinter mir, das seit der letzten Woche von einer wahren Fangemeinde umlagert wird; im Moment posiert dort eine Gruppe junger Typen mit freiem Oberkörper, jeder mit Weihnachtsmannmütze auf dem Kopf und Bierdose in der Hand. Nach dem Vorfall mit Frida habe ich meine restlichen Gartenzwerge eingesammelt und sie unter der Veranda versteckt. Irgendwie erinnern mich die Flecken nackter Erde an Fridas Schicksal, als sei dort, wo meine Tonfiguren-Sippe eigentlich stehen sollte, jetzt eine Art Gartenzwergfriedhof.

Bei Eversons Obst- und Gemüseladen bleibe ich stehen. Vor dem Schaufenster steht, seit ich denken kann, eine von der Sonne ausgebleichte Bank. Ich weiß nicht, wie viele Stunden ich darauf schon gesessen habe – ich habe dort gezeichnet oder Grady von der Arbeit abgelenkt. An einem normalen zweiten Weihnachtstag würden dort Mr Everson, Mr Garabaldi und Mr Grey Seite an Seite sitzen, gemeinsam Bier trinken und sich Altmännergeschichten erzählen. Aber jetzt ist die Bank besetzt von einer Gruppe Fremder, und meine drei alten Herren sind nirgendwo zu sehen. Ohne lange zu überlegen, gehe ich stadtauswärts Richtung Osten.

✿ ✿ ✿

Am Stadtrand von Eden Valley komme ich noch an ein paar Campingwagen und Autos vorbei, danach lasse ich den Lärm hinter mir. Ich bin seit einer guten halben Stunde auf der menschenleeren Straße unterwegs, aber irgendetwas sagt mir, dass ich hier richtig bin.

Ein Stück weg von der Straße steht die alte Grundschule, die schon ein paar Jahre vor meiner Geburt geschlossen wurde. Mittlerweile ist sie nur noch eine Graffiti-übersäte Ruine inmitten eines vernachlässigten Grundstücks mit einem unkrautüberwucherten Sportplatz. Es ist der nächstgelegene Platz, an dem man Basketball trainieren kann, und ich weiß genau, dass mein Kumpel immer hierhin geht, wenn er den Kopf freikriegen muss.

Tatsächlich höre ich einen Ball auf Asphalt aufschlagen und schlüpfe durch eine Lücke im Zaun. Dann schleiche ich mich vorsichtig durchs Gras an.

»Da bist du ja«, rufe ich fröhlich und gehe auf ihn zu. »Ich hab dich überall gesucht.«

Grady hält inne, mit dem Rücken zu mir. Clouseau trabt übers Gras zu mir und leckt mir die Knöchel. »Überall?«, fragt Grady und wirft den Ball zielsicher durch den verrosteten Korb. »Da gibt es ungefähr vier Orte, an denen ich hätte sein können. Wo genau hast du denn gesucht?«

Ich setze mich auf eine Bank am Spielfeldrand und hieve Clouseau auf meinen Schoß. »Weiß nicht. In der Bäckerei? Auf der Straße? *Ich* bin ja schließlich nicht Sherlock Holmes, Grady.«

Grady prellt den Ball ein paarmal auf den Boden. Er trifft eine stachelige Distel, die an der Drei-Punkte-Linie wächst, und sie kippt seitlich ins Gras. Seufzend dreht er sich endlich zu mir um und reibt sich mit der Hand über das Gesicht, in dem seine Locken kleben, bevor er mich ansieht.

»Also, entweder habe ich plötzlich irgendeine Krankheit und stinke besonders ekelhaft, oder du, mein Freund, bist mir in den letzten zwei Tagen aus dem Weg gegangen. Zwei Tage, Domenic! Das sind, in Hundejahren gerechnet, etwa fünf Monate.« Ich richte mich kerzengerade auf, denn mein Selbstbewusstsein verlässt mich schon wieder. »Ganz zu schweigen von dem schwerwiegenden Alkoholproblem, das du offensichtlich hast …«

Er verzieht das Gesicht. »Mhm. Das mit dem Bier war vielleicht ein Fehler. Man fühlt sich zwar erst mal ganz gut, aber auf dem Rückweg schmeckt es fast so beschissen wie beim Runterschlucken.« Er knetet seinen Nacken. »Aber ich bin dir nicht aus dem Weg gegangen. Ich hab einfach versucht, dir Raum zu lassen. Hast du nicht gesagt, dass du den brauchst?«

Ich starre ihn entgeistert an, während ich an unseren blöden Streit zurückdenke. »Ich habe gesagt, ich brauche Zeit zum Nachdenken, aber ich habe damit nicht gemeint … Grady, kannst du dich überhaupt daran erinnern, wann du und ich das letzte Mal ganze zwei Tage lang nicht miteinander geredet haben?«

Er seufzt wieder. Dann fischt er den Ball aus dem Gras und setzt sich neben mich auf die viel zu niedrige Bank. »Und findest du das etwa normal?«, fragt er schließlich.

»Wie meinst du das?«

Er lässt den Blick über das umliegende Farmland schweifen. »Ich hab darüber nachgedacht, was du gesagt hast, und … ich glaube, du hattest recht. Ich war dir gegenüber nicht fair, Alba. Es steht mir nicht zu, dich zu irgendwas zu überreden.« Er stupst mich mit der Schulter an, aber sein Blick ist weiterhin auf einen Punkt in der Ferne gerichtet. »Ich konnte dich noch nicht einmal dazu überreden, mit mir zu den Pfadfindern zu gehen, als wir noch klein waren. Und dort gab es abends immerhin am Lagerfeuer gebratene Marshmallows. Erinnerst du dich?«

»Ich hätte diesen ganzen Outdoor-Kram schrecklich gefunden«, murmle ich. »Aber Grady, ich habe nicht gemeint, dass du und ich nicht zusammen rumhängen können. Das ist wirklich das dümmste Missverständnis aller Zeiten. Besonders jetzt, wo allmählich die Zeit … ähm, ich meinte nicht …«

»Tatsache ist«, sagt er ruhig, »dass ich über alles, was du gesagt hast, auch schon früher nachgedacht hatte.« Er legt den Ball auf den Boden und rollt ihn langsam zwischen den Füßen hin und her. »Manchmal geht es mir auch so, dass ich in meinem Kopf nur noch deine Stimme höre. Es ist einfach schwer, bestimmte Dinge klar zu erkennen, wenn alles so … toll … läuft. Verstehst du, was ich meine?«

Ich blicke zur Bank neben uns, die bedeckt ist mit stümperhaften Graffiti: die schon längst verblassten, fehlerhaft geschriebenen Hinterlassenschaften kleiner Hände. »Grady … wann hast du entschieden, dass du mal Anwalt werden willst? Erinnerst du dich daran, warum du dir gerade das ausgesucht hast?«

Er lässt sich von der Bank heruntergleiten und setzt sich mit dem Rücken zu mir auf den Boden. »Mh, als ich klein war, wollte ich Inspektor Gadget werden. Daran erinnerst du dich doch noch, oder?« Er streicht mit den Fingern über Clouseaus Ohren. »Auf diese Phase bin ich nicht besonders stolz, aber … keine Ahnung. Ich hab eben immer gern Rätsel gelöst. Und ich finde, auf der Welt geht es im Grunde ungerecht zu, und mir gefällt die Idee, die Welt ein wenig gerechter zu machen. Ich wäre auch gern Detective geworden, aber ich bin mir ziemlich sicher, dass ich mir mit meiner eigenen Knarre in den Hintern schießen würde.« Er schluckt hörbar und blickt unsicher hinauf in den weißen Himmel. »Du weißt, warum ich schon immer Jura studieren wollte, Alba. Wegen deinem Dad.«

»Wegen Dad?«

»Na ja. Will hatte immer die besten Geschichten

auf Lager. Er hat mir von den Fällen erzählt, die er in der Uni analysiert hat, und von den seltsamen Leuten, die er dort kennengelernt hat. Er hat gesagt, dass es ihm nie was ausgemacht hätte, dass er seinen Beruf nie praktiziert hat, er hätte es einfach geliebt, das ganze Zeugs zu studieren. Will war jedenfalls der coolste Erwachsene, den ich je kennengelernt hab.«

»Das hatte ich ganz vergessen.« Ich blicke auf seinen Lockenkopf hinunter und schäme mich auf einmal ganz fürchterlich. »Du und Dad. Ich hatte ganz vergessen, wie nah ihr euch standet. Keine Ahnung, warum ich vorher nie darüber nachgedacht hab, aber es ist eigentlich so … als hättest du zwei Dads verloren, nicht?«

»Fahrlässig, nicht?«, sagt er mit einem bitteren Lachen.

Ich schlinge mir die Arme fest um den Körper, obwohl sich meine Haut in der Hitze des Asphalts anfühlt, als würde sie schmelzen.

»Grady, ich vermisse meinen Dad«, flüstere ich.

Er lehnt seinen Kopf an mein Knie. »Ja, Alba. Ich vermisse ihn auch.«

Grady seufzt. Er legt sich auf den heißen, rissigen Asphalt. Keine Ahnung, warum, aber mich durchzuckt eine seltsame Erinnerung an uns beide, als wir noch klein waren. Wir hingen ständig hier draußen herum und sahen Anthony und seinen Freunden beim Basketballspielen zu. Oder Daniel, wie er auf seinem

BMX den Rasen malträtierte. Und auch jetzt fällt mir wieder auf – aus irgendeinem Grund kann ich mich nicht an die Zeit dazwischen erinnern. Ich sehe im Geiste den schmächtigen Grady als superniedlichen kleinen Wuschelkopf vor mir – und plötzlich ist er in meiner Erinnerung schon um Jahre älter …

Mir fällt auch wieder ein, wie Cleo einmal den kichernden Grady an den Knöcheln packte und ihn kopfüber von hier wegschleppte. Und jetzt überragt er seine Mum um mehr als einen Kopf und seine Schultern sind um Längen breiter als ihre …

»Alba, du musst dir selber darüber klar werden, was du willst«, sagt er mit geschlossenen Augen.

Vielleicht habe ich es noch nie so wahrgenommen, aber obwohl Grady nicht so eine raue Männerstimme hat wie Ed, ist seine Stimme doch fest und ziemlich tief: »Und wenn Hierbleiben das ist, was du wirklich willst, dann soll es einfach auch so sein.«

Ist mir wirklich noch nie aufgefallen, dass sich eine leichte Behaarung an seinen Armen bis hinunter zu den Handgelenken zieht und dass seine Hände groß und rau sind vom jahrelangen Basketballtraining und Kistenschleppen und den unterschiedlichsten Jobs hier in der Stadt? Und dass immer, wenn er den Arm hebt und sich müde über den Nacken streicht, die Muskeln an seinem Oberarm hervortreten – nicht so kräftig wie bei Daniel, aber immerhin gut erkennbar und sehr männlich …

»Du warst diejenige, die es ausgesprochen hat«, sagt er leise. »Du sagtest, wir könnten nicht immer alles gemeinsam tun. Ich glaube, es hat eine Zeit lang gedauert, das in meinen Kopf reinzukriegen, aber ...« Er rappelt sich hoch und setzt sich wieder neben mich auf die Bank. »Ich finde, du hattest recht. So oder so ... Ich glaube, vermutlich muss alles irgendwann mal zu Ende gehen.«

Ich konzentriere mich auf die abgewetzten Fußspitzen seiner Vans. »Domenic. Das ist ja jetzt wohl megadramatisch. Es ist ja nicht so, als würdest du auf den Mars ziehen. Du kannst ja immer noch hierher zu Besuch kommen. Und mir schreiben.« Ich spüre einen Kloß im Hals. Meine Worte sagen nicht das, was ich eigentlich ausdrücken möchte. Ich bemühe mich, meine wachsende Panik zu unterdrücken, aber ich kann mein bescheuertes Gelaber einfach nicht stoppen. Ich stupse ihn mit der Schulter an. »Außerdem seh ich dich ja dann später mal auf den Gesellschaftsseiten der Zeitung oder so, und ich erzähle dann allen ganz stolz: Diesen Jungen hier, den kenne ich von früher. Die Welt dreht sich ja trotzdem weiter.« Dann schlage ich die Hände vors Gesicht und versuche erfolglos, ein hysterisches Kichern zu unterdrücken. Ich stehe hastig auf. »Hör mal, ich muss jetzt unbedingt in die Bäckerei zurück. Es ist alles total in Ordnung. Aber ich muss jetzt gehen.«

Noch bevor ich einen Schritt tun kann, fasst er

mich an der Hand. Er sieht sie überrascht an, als wisse er nicht ganz genau, wie sie dahingefunden hat. »Alba, ich würde hierbleiben«, sagt er rasch. »Ich würde all meine Pläne umschmeißen, wenn du mich drum bitten …«

Ich nehme seine Hand zwischen meine beiden und drücke sie, so fest ich kann. »Nein. Grady … du warst immer schon so, wie alle heimlichen Superhelden in den Comics, wo auch keiner im Alltag weiß, wer sie wirklich sind. Du brennst darauf, deine Tarnung und die dicke Brille endlich abzulegen.« Ich hole tief Luft und versuche zu lächeln. »Du bist nicht dafür geschaffen, stehen zu bleiben. Das weiß ich immer schon.«

»Aber was ist mit dir?«, flüstert er.

»Mit mir? Ich hab keine Ahnung, welche Kräfte in mir schlummern. Vielleicht was ganz Cooles, etwa dass ich mit Blicken Dinge in die Luft sprengen kann. Vielleicht aber auch was Langweiliges, so von wegen dass ich die Gedanken von Fischen lesen kann oder so. Aber ich muss das herausfinden. Ich selbst. Ich glaube, das ist … dringend notwendig.«

Grady blickt konzentriert auf meine Hände. Die Bank ist zu niedrig für seine langen Beine, daher dreht er ein Knie zur Seite und zieht mich ein Stück zu sich. »Alba, du weißt, es macht für mich keinen Unterschied, was du mal machst. Aber du wirst sicher ganz groß rauskommen. Du wirst mal so eine berühmte Comic-Zeichnerin wie Ramona Fradon oder so.«

»Hey! Du weißt tatsächlich noch, wer das ist? Ich bin beeindruckt.«

»Ich hab eine Menge von dir gelernt, Sarah Jane Albany.« Sein Blick verweilt weiter auf meinen Händen. Und dann dreht er eine Handfläche zu sich und küsst mich sanft auf die Innenseite des Handgelenks. »Ich bleib noch ein bisschen hier und komme später bei dir vorbei, okay?«

»Klar. Dann bis später, Grady.«

Als ich wieder in die Nähe der Stadt komme, bewegen sich meine Füße im Takt der wummernden Bassrhythmen, die mir entgegendröhnen. Ich fühle mich irgendwie leer. Als ich wieder in meinem Zimmer bin, spüre ich ein dickes, klumpiges Etwas in meiner Kehle, das mir das Atmen und Schlucken schwer macht.

Ich weiß, eigentlich müsste ich alles, was mir durch den Kopf geht, als Material für meinen Cinnamon-Girl-Comic verwenden. Ich sollte meine Bleistifte rausholen und mein ganzes inneres Chaos in geniale Bilder übersetzen.

Stattdessen vergrabe ich das Gesicht in der grünen Couch und weine mir die Augen aus dem Kopf.

11

Ich blase nie lange Trübsal. Ich habe nie begriffen, was es bringen soll, wenn man schmollt. Nachdem ich mir also ausnahmsweise gestattet habe, mich den ganzen zweiten Weihnachtstag in meinem Elend und meiner Angst zu suhlen, springe ich am nächsten Morgen um fünf Uhr aus dem Bett, um das Leben mit wiedergefundenem Optimismus voll auszukosten. Aufgabe eins? Die Vorhänge fest vor der Außenwelt verschließen und den Lärm von draußen mit der Filmmusik von *Wicked* übertönen, die auf voller Lautstärke aus meinen Kopfhörern kommt.

Mein Handy brummt mit jeder Menge Nachrichten von meinen Freunden, und es sind auch ein paar Anrufe von Daniel dabei, ich sehe das Bild seiner klaren blauen Augen aufblitzen, aber heute habe ich einfach keine Zeit für diesen Blödsinn. Ich bin mit der viel entscheidenderen Aufgabe beschäftigt, meine Zehennägel in Kobaltblau, à la Wonder Woman, anzumalen, mit roten Spitzen und perfekt platzierten weißen Sternchen. Dann muss ich die Comics aus meinen Kartons in eine farblich kodierte Exceltabelle eingeben.

Am Nachmittag, nachdem ich einen kompletten Zeichenblock mit Skizzen gefüllt habe, in denen ich das Mobiliar in der Lagerhalle von Cinnamon Girl herumgerückt habe, springe ich auf und habe plötzlich unglaubliche Lust zu backen. Ich lasse mich in einer Ecke der Küche des *Albany's* nieder und produziere einen Stapel Zitronen-Baiser-Cupcakes nach dem anderen. Sie sind mit Frischkäse überzogen und obendrauf tupfe ich in schönster Handarbeit noch eine Glasur mit Gänseblümchen. Angie ist die ganze Zeit in meiner Nähe, sagt aber nicht besonders viel. Ab und zu sieht sie nach mir und bringt mir einen Eistee. Aus irgendeinem Grund räumt sie alle verfügbaren Messer auf die andere Seite der Küche.

Nachdem ich am Abend mit meinem bescheidenen Internetempfang gekämpft und vergeblich versucht habe, ein paar wüste Zeichnungen auf *Hawkeye Initiative* hochzuladen, kann ich nicht einschlafen. Ich wende mein Kopfkissen immer wieder und versuche, eine kühle Stelle darauf zu finden, ehe ich beschließe, dass es viel zu heiß ist, um im Bett zu bleiben. Ich gehe in die Bäckerei rüber und nehme mir ein Glas eiskalte Milch und ein übrig gebliebenes Stück Apfelstrudel. Dann haut es mich auf den kühlen Fliesen einfach um.

Als Mum mich am nächsten Morgen findet, liege ich auf meinem Schlafsack ausgebreitet unter dem Regal, auf dem die Hefe aufgeht. Sie starrt mich besorgt an, ehe sie einen verärgerten Laut ausstößt, der so ähnlich klingt wie *argamagah!,* und dann werde ich für den Rest des Tages aus der Küche verbannt.

Der Himmel ist nicht blau. Über dem Valley hängt eine feuchtwarme Decke und alles ist schwül und eklig. Die Nachrichten nennen das eine »unerwartete subtropische Front«. Aber das Wetter ist überall völlig daneben. Wo es trocken sein sollte, rollen Fluten heran, und die Kälte erwischt Orte, an denen es warm sein sollte. Offenbar hat es irgendwo in Asien, wo es normalerweise schneit, einen Sandsturm gegeben. Ich sitze in Dads durchgesessenem Sessel, sehe mir die Nachrichten an und esse Coco Pops direkt aus der Packung. Als der Reporter sich vom Wetterbericht abwendet und nervös mit den Unterlagen raschelt, die vor ihm liegen, bleiben mir die Schokoflocken mehr oder weniger im Hals stecken. Noch bevor ich den Fernseher ausschalten kann, fällt mir nämlich auf, dass die Moderatoren immer weniger munter über die drohende Apokalypse berichten als noch vor einer Woche.

Ich glaube, in meinem Zimmer riecht es allmählich ein bisschen merkwürdig. Und aus irgendeinem Grund verschwinden meine ganzen Bleistifte. Ich breche die zweite Schachtel mit weichen Stiften an und habe den Zeichenblock schon halb voll mit Cinnamon Girl in unterschiedlichen Situationen, die typisch sind für Nicola Scotts Wonder Woman, als es heftig an meiner Verandatür klopft. Es ist ein beeindruckendes Kunststück, dass das Klopfen gleichzeitig sauer und ungeduldig klingt.

Ich schlurfe über den ganzen Müll auf dem Fußboden und ziehe die Vorhänge einen Spalt auf.

Von draußen sieht mich Carolines verärgertes Gesicht an. »He! Mach auf! Wir haben nur noch drei Tage auf diesem Planeten, und wenn du nicht einen nackten Superman da drin hast, musst du deinen Arsch *unbedingt* hier rausbewegen!«

Widerstrebend schließe ich auf. Caroline drückt mir einen Getränkekarton, aus dem Pfirsichwein schwappt, und ein leeres Marmeladenglas in die Hand.

»Trink!«, schnauzt sie mich an. »Vor deiner Tür steht ein Kleinbus mit irischen Jungs mit supersüßem Akzent und erstklassigen Muskeln. Die *musst* du dir angucken, Alba!«

Ich trinke einen Schluck Wein und zucke zusammen, weil er so ekelhaft süß ist. »Igitt, das schmeckt, als würden Elfen damit Satan foltern.«

Caroline setzt sich neben mich aufs Bett. »Tja, meine Eltern haben ihren Alk rationiert. Das hier war alles, was Tia aus den Vorräten ihrer Mutter mitgehen lassen konnte.« Sie beugt sich hinter mich und zieht mir einen Bleistift nach dem anderen aus dem Haarknoten. »Wir hatten nur die Wahl zwischen dem hier und einer Flasche Eierlikör, der circa 2004 abgelaufen ist.«

Sie reicht mir eine Handvoll Bleistifte und außerdem eine halbe Laugenstange, die irgendwie in meinem Haar gelandet ist. Dann lehnt sie sich zurück und fummelt an ihrem T-Shirt herum. Es ist ihr grünes Lieblings-T-Shirt mit der Aufschrift *Graduate of the Thelma & Louise Finishing School*. »Alba, hör mal, ich habe Tia versprochen, nichts zu sagen, bevor sie hier ist, aber jetzt mal ehrlich, das ist doch lächerlich. Ich hab dich nie für einen dieser Loser gehalten, der erfährt, dass er todkrank ist und trotzdem einfach jeden Tag ganz normal zur Arbeit in die Salamifabrik oder wo auch immer geht –«

»Caroline, was faselst du da eigentlich?«

Caroline trinkt einen Schluck Wein direkt aus dem Karton und winkt in meine Richtung. »Von dir rede ich. Diese ganze Ich-bin-ein-ach-so-gequälter-Künstler-Masche, die du da gerade abziehst. Du gehst nicht ans Telefon, du ignorierst deine Freunde – sogar Mrs Garabaldi ist im *Junction* aufgetaucht und hat Ingwerwein getrunken! Drei Tage noch, Alba! Du kannst dir diese Schmollnummer hier nicht leisten!«

Ich werfe ihr den Zeichenblock an den Kopf. »Ich schmolle nicht! Ich arbeite – an meinen Zeichnungen kann man das allerdings nicht erkennen. Guck dir das mal an, Caroline! Warum kriege ich das nicht richtig hin? Die ganze Komposition stimmt nicht. Die Proportionen sind total falsch. Es ist alles viel zu statisch, und die Bilder fließen nicht … das nervt! Guck dir das hier mal an – es sieht aus, als käme ihr Arm aus der Brust statt aus der Schulter. Und selbst wenn ich es schaffe, dass sie einigermaßen gut aussieht, dann kommt kein einziger Ort gut rüber, an den ich sie stelle –«

Caroline blickt auf die Seite. »Ich finde, das sieht ganz gut aus …«

»Ganz gut. Siehst du? *Ganz gut* ist einfach nicht gut genug!« Ich lasse mich nach hinten aufs Bett fallen. »Sie müsste brillant sein! Alle meine Comics waren bisher brillant. Cinnamon Girl ist das beste Projekt, das ich jemals hatte. Und jetzt stellt sich heraus, dass es alles der totale Müll ist.«

Caroline zwirbelt eine lila Strähne ihres Pferdeschwanzes um den Finger. Sie schleudert ihre Flip-Flops von den Füßen und zieht die Beine unter sich. »Schau mal, ich kenne mich damit überhaupt nicht aus. Ich finde alles, was du machst, großartig, aber ehrlich, was macht das jetzt noch? Es ist doch vollkommen egal, wenn der Rest des Planeten zerstört wird. Und falls das doch nicht passiert – na ja, es ist ja nicht so, als hättest du großartige Pläne mit deiner Zeichnerei, oder?«

Ich setze mich auf und blicke auf meine Kritzeleien. »Darauf kommt es nicht an.«

Caroline schnaubt. »Ach, wirklich nicht?«

Sie klemmt sich mein Glas zwischen die Knie und gießt es wieder voll Wein. Auf dem Zeichenblock steht Cinnamon Girl allein auf dem gewölbten Dach des Opernhauses von Sydney, die Hände in die Hüften gestemmt, und starrt auf einen wässrigen Sonnenuntergang. Ich habe die Linien und Formen des Opernhauses immer geliebt, aber ich bin noch nie in Sydney gewesen, ich kann es also nur so zeichnen, wie ich es auf Bildern gesehen habe.

Ich trinke einen Riesenschluck aus dem bescheuerten Marmeladenglas, als Tia durch meine Verandatür stolpert. Sogar im Dunklen wirkt sie irgendwie nervös.

»Wo warst du denn!«, fährt Caroline sie an. »Wir wollten doch zusammenbleiben.«

Tia sieht verlegen zu Boden. »Tja, also, ich hatte was anderes vor. Ich war mit Peter zusammen. Petes Eltern haben beschlossen, den Laden die ganze Nacht offen zu lassen, und deswegen war bei ihm zu Hause sturmfreie Bude, sodass wir … na, ihr wisst schon.«

»Was wissen wir?«, fragt Caroline gedehnt.

Tia setzt sich an meinen Schreibtisch und starrt auf den Stapel teilweise katalogisierter Comics. Sie wird rot. »Ihr *wisst* schon.«

Caroline steht mit einem Ruck vom Bett auf und sieht Tia mit aufgerissenen Augen an. »Das ist ja wohl nicht dein *Ernst*!«

»Was, *ehrlich*?«, quieke ich. »Du und Petey …?«

Tia zuckt mit den Schultern. »Vielleicht ist bald alles zu Ende. Ich wollte eben nicht als Jungfrau sterben.«

Caroline starrt sie mit offenem Mund an und ich muss ein hysterisches Kichern unterdrücken. Wahrscheinlich wäre nichts an unserer augenblicklichen Situation witzig, wenn ich mal aufhören würde, darüber nachzudenken, aber der Gedanke an Petey und Tia ist einfach …

»Und?«, sagt Caroline schließlich. »Wie war's so?«

Tia verzieht das Gesicht. »Ganz in Ordnung. Ein bisschen komisch. Irgendwie … holprig. Er hat mir aus Versehen den Ellbogen ins Gesicht gehauen, das war irgendwie blöd.« Sie zuckt wieder mit den Schultern. »Und ich hab eine Socke verloren.«

»Himmel! Tiahnah!«, brüllt Caroline, während ich endgültig den Kampf gegen mein Gelächter verliere. »Mit *Peter*? Es gibt Tausende Jungs hier, und du suchst dir den einzigen aus, der immer noch *South-Park*-Unterhosen trägt und in seiner Garage Ninja-Attacken übt?«

»An dir hat er doch hoffentlich keine Ninja-Attacke ausprobiert?«, frage ich kichernd.

Tia seufzt. »Ich bin mir nicht sicher, ob Petey überhaupt Körperbeherrschung hat. Bei mir bin ich mir da übrigens auch nicht sicher. Es war anders, als ich erwartet hatte, aber es war wirklich … schön.«

Caroline tritt gegen einen Schuh, der auf dem Boden liegt. »Und, geht's dir gut?«, fragt sie ein bisschen mürrisch.

Tia rennt quer durchs Zimmer auf sie zu und fällt ihr stürmisch um den Hals. Merkwürdigerweise macht Caroline keinen Versuch, sich aus der Umarmung herauszuwinden. »Ja, Caroline, mir geht's gut. Ich weiß nicht, ob Petey der Typ ist, den ich mal heiraten will oder so, aber ich mag ihn sehr, und ich weiß, dass er mich auch mag. Er ist mein Freund – und das ist einiges wert. Man kann sich durchaus schlechtere Jungs aussuchen als jemanden, der am nächsten Tag immer noch dein Freund sein wird.«

»Das brauchst du mir nicht zu sagen«, murmelt Caroline. Dann verzieht sie ihr Gesicht zu einer beschämten Grimasse.

»Wie war das bitte?«, sage ich. »Was?«

Tia starrt sie an. »Caroline Gresham. Ich bin deine allerbeste Freundin auf der ganzen weiten Welt. Gibt es da was, das du vergessen hast, mir zu erzählen?«

Caroline schaut finster drein. »Nicht, dass euch das was angeht, aber ... möglicherweise hab ich vergessen, euch was zu erzählen. Ein bisschen was. Naja, das ist auch schon Monate her. Geschwätz von vorgestern, und überhaupt – ich brauch mich ja wohl nicht bei euch zu entschuldigen, dass ich euch nicht jede Einzelheit aus meinem Leben erzähle, oder?«

»Wer war der Typ?!«, schreit Tia.

Caroline zupft einen Faden aus ihren Shorts. »Gareth Ridley.«

»Der *Bruder* von Tommy Ridley?«, brülle ich. »Ist der nicht mindestens zweiundzwanzig oder so?«

Tia pikt sie in den Arm. »Ist der nicht dein Cousin zweiten Grades?«

»Aber nur angeheiratet!«, fährt Caroline sie an. »Und außerdem kann das keiner von euch beurteilen!« Sie zeigt mit dem Finger auf Tia, als wollte sie sie erstechen. »Du, Fräulein Ich-bespringe-den-Deppen-der-sich-anbietet-bloß-für-den-Fall-dass-die-Welt-untergeht, und –«, sie zeigt auf mich und wird so rot, wie sie das nur wird, wenn sie wirklich stinksauer ist, »du, Ich-fühle-mich-in-meiner-Traumwelt-mit-dem-ganzen-Comic-Quatsch-so-wohl-dass-ich-alles-ignoriere-was-offensichtlich-ist –«

»Es verurteilt dich hier niemand, Caroline«, sagt Tia rasch.

»Was soll das denn überhaupt heißen?«, füge ich hinzu, und meine Haut prickelt.

»Gar nichts«, sagt Tia und sieht Caroline bitterböse an.

Die hebt mit einer hilflosen Geste die Hände. »Meinst du das ernst, Alba? Willst du mir sagen, du weißt wirklich nicht …«

Tia packt sie am Arm. »Caroline, halt die Klappe«, sagt sie sehr bestimmt und tödlich ruhig. Ich glaube, sogar Caroline ist von der Härte in ihrer Stimme überrascht. Sie starren einander an. Und ich fange an zu weinen. Durch meine Tränen hindurch kann ich erkennen, wie Caroline und Tia sich betroffen ansehen. Dann umarmen sie mich beide.

»Oh Gott, Alba, es tut mir leid«, murmelt Caroline. »Ich weiß offenbar wirklich nicht, wann ich besser den Mund halten sollte.«

»Was ist bloß mit mir los?«, sage ich schluchzend. »Bin ich der letzte Mensch auf der Welt, der nicht weiß, was er tut?«

Tia streicht mir beruhigend über den Rücken. »Alba – du weißt doch, dass ein paar Typen auf dem Parkplatz vor der Post eine Arche bauen wollen. Lucy Albington hat in der Kirche ein Überlebenscamp gegründet – sie ist schon die ganze Woche unterwegs und sammelt Decken und Batterien und so Zeug.«

Caroline schnaubt. »Ernsthaft. Es ist praktisch Krieg ausgebrochen. Die Leute überschlagen sich mit ihren Angeboten, damit sie im Schuppen der Addlers einen Platz mieten können. Und ich garantiere dir, innerhalb von dreihundert Kilometern gibt es nicht eine Büchse Dosenfleisch mehr zu kaufen.« Sie tätschelt mir unbeholfen die Schulter. »Alba, ich weiß, du bist ein bisschen … durcheinander wegen dem, was demnächst auf uns zukommt, aber schau dich mal um! Du bist in verdammt guter Gesellschaft.«

Ich schniefe. »Vielleicht. Aber offenbar bin ich die letzte Jungfrau im Valley.«

Caroline schnaubt und lacht gleichzeitig. »Ach, das bezweifle ich. Oder glaubst du, Eddie hätte es geschafft, ein Mädchen abzukriegen? Eine spontane Selbstentzündung des gesamten Planeten ist wesentlich wahrscheinlicher.« Mit fiesem Grinsen haut sie mir auf den Arm. »Hey, vielleicht ist das der Funke, der alles in Bewegung setzt und das Ende auslöst? Eddie fasst einen Busen an – und peng! Das Universum implodiert.«

Tia starrt sie an. »Alba, ich glaube, was Caroline hier zu erklären versucht, ist, dass alle die Situation beschissen und beängstigend finden. Aber es wird alles gut! Apokalypse hin oder her – wenn irgendjemand sich wieder erholt, dann du. Wir sind bei dir.« Sie lächelt mich an, und ihre grauen Augen werden feucht, aber sie weint nicht. »Was auch immer passiert, wo immer wir auch sind – wir sind immer bei dir. Und noch gehen wir nirgendwo hin.«

Ich schnappe mir ein altes T-Shirt, das auf dem Boden liegt, und wische mir das Gesicht ab. »Willst du heute nicht Zeit mit Petey verbringen? Wenn man bedenkt, dass ihr jetzt – einander versprochen seid oder so was in der Art.«

Tia wirft Caroline einen Blick zu. »Hm … Pete ist mit Grady unterwegs. Sein Basketballteam veranstaltet einen ›letzten Grillabend‹ im Schwimmbad in Merindale, und diese neue Freundin von ihm wollte auch mitkommen und wir … dachten, dass Grady vielleicht gern jemanden von uns dabeihätte …«

»Oh«, sage ich und starre auf den Lichtstrahl, der unter meinen Vorhängen ins Zimmer dringt. Ich sehe mich in dem Saustall von meinem Zimmer um. Die mit Zeichnungen zugepflasterten Wände, der Fußboden, der unter Bergen von dreckiger Wäsche und zerknüllten Skizzen verschwunden ist. Und plötzlich habe ich das Gefühl, als würden mich die Wände zerquetschen wollen. Auf einmal ist mein schönes, gemütliches Zimmer eng und erstickt mich förmlich.

»Was willst du, Alba?«, fragt Caroline leise.

Ich rapple mich vom Bett hoch und ziehe die Vorhänge auf. Als meine Augen sich an das helle Tageslicht gewöhnt haben, sehe ich, dass das Thunderdome-Zelt inzwischen völlig verschwunden ist und nur noch staubige Fetzen überall auf der Erde herumliegen. In der Ferne zwischen den Zelten und Autos wuseln Menschen wie Amöben, die zu einem einzigen, aber unkoordinierten Lebewesen gehören. Ich weiß nicht, welches Lied gerade gespielt wird, doch alle scheinen unter dem merkwürdig fahlen Himmel zu tanzen. Ich hole tief Luft.

»Was ich jetzt in diesem Moment will? Ich will raus.«

Caroline springt mit einem Jubelschrei auf. »Das wurde aber auch verdammt noch mal Zeit! Los! Wenn wir uns beeilen, sind wir noch rechtzeitig beim Veganer-Futter-Bus, ehe denen das Essen ausgeht. Ich hätte nie gedacht, dass Quinoa-Burger so lecker sind.«

Auch Tia steht auf. Sie hält mich auf Armeslänge vor sich. »Alba, willst du dich nicht vielleicht erst mal umziehen?«

Ich sehe an mir hinunter. Ich trage Gradys T-Shirt mit der Aufschrift *Bronies Before Honies* und darauf sind Teigflecken von den Cupcakes von gestern. Darunter habe ich purpurfarbene Nicky-Shorts von der Theateraufführung in der neunten Klasse an.

»Ist mein Stadtstreicher-Look nicht gut genug, Tiahnah?«, sage ich schwach.

Tia umarmt mich. »Alba, wenn irgendjemand so was anziehen könnte, dann du. Aber ich habe im Netz gelesen, dass dieses Jahr auch Shampoo und Zahnpasta wahnsinnig in sind.«

Ich kippe den Rest meines Weins runter und verziehe das Gesicht. »Na gut. Gebt mir eine Minute, damit ich mich ein bisschen herrichten kann.« Dann sehe ich mich selbst im Spiegel und ich strahle meine Freundinnen an. »Es dauert möglicherweise ein bisschen länger als bloß eine Minute.«

Caroline grinst. »Die Zeit läuft, Alba. Hör auf zu jammern und komm in die Gänge!«

✿ ✿ ✿

Im Garten, hinter den Pflaumenbäumen, die Dad gepflanzt hat, ist ein kleines Stück Stacheldraht direkt neben dem Eckpfosten heimlich durchtrennt. Er lässt sich mit einer Schlinge in einen Haken einhängen, und kein Mensch merkt es, wenn man nicht weiß, wonach man suchen muss. Grady hat dieses geheime Tor vor ein paar Jahren eingerichtet, als das Frühstück in der Bäckerei zur Routine wurde und Eddie meckerte, man könne ihm echt nicht zumuten, jedes Mal den ganzen scheißlangen Weg zu meinem Haus zu latschen.

Die meisten Leute campen mitten auf der nördlichen Weide, aber ein paar haben sich auch zwischen den Heuballen in der Nähe unseres Zaunes niedergelassen. Ein ineinander verschlungenes Pärchen hält ein Nickerchen im Schatten eines Sonnenschirms. In der Ferne hinter dem Camp ist die Luft trüb vom Staub, den die Tanzenden aufwirbeln.

Ich steige über den Zaun und aufs Feld, und Tia und Caroline folgen mir auf dem Fuß.

»Pass auf, wo du hintrittst«, sagt Caroline. Sie hat den Karton, der um den Wein war, abgerissen und trinkt jetzt direkt aus der silbernen Tüte. »Die meisten Leute benutzen die Toilettenhäuschen … aber eben nur die meisten.«

Ich zupfe mir den Pferdeschwanz zurecht. »Wisst ihr, in keinem der ganzen Weltuntergangs-Comics, die ich gelesen habe, gibt es ein Problem wegen der fehlenden Toiletten.«

Tia kichert. »Ja. In den Comics muss man sich

wohl drauf konzentrieren, wie man die menschliche Rasse später wieder etabliert oder so. Mir wäre es viel wichtiger zu wissen, wer die letzte Rolle Klopapier bekommt.«

Was noch vom Gras übrig ist, knistert unter meinen Füßen, während das *Albany's* hinter uns immer weiter in die Ferne rückt und die Zeltstadt vor uns auftaucht. Erst höre ich den Lärm und dann trifft mich der Geruch mit voller Wucht. Ich kann es mir nicht annähernd vorstellen, aber ich glaube, so muss es riechen, wenn man in einem Treibhaus voller Hühnerkacke und Fürzen gefangen ist. Tia verzieht die Nase, aber Caroline marschiert unbeirrt weiter und grinst wie bekloppt, sie scheint an den Mief der Ungewaschenen gewöhnt.

Ich weiß nicht wie, aber eine ganz grobe Infrastruktur hat sich offenbar in dem Chaos doch herausbilden können. Es gibt schmale Straßen und Durchgänge zwischen den Kuppelzelten, und an vielen Stellen haben sich Sitzkreise aus Stühlen und Sitzsäcken gebildet, wo sich das Volk fröhlich versammelt. Aus Autos quellen Bettzeuge und der Krempel von Leuten, die sich nicht die Mühe gemacht haben, ein Zelt aufzustellen.

Und die Leute – so viele Menschen! Mehr, als ich in meinem ganzen Leben je gesehen habe. Sie strömen zum Maschendrahtzaun, der das Haus der Palmers und die restliche Farm vom Weideland trennt.

Wir kommen an einigen Jungs vorbei, die einen Fußball zwischen sich herumkicken, und an einer Gruppe, die sich vollkommen auf ihre Yoga-Übungen konzentriert. Ich sehe einen alten Typen mit Pferdeschwanz, und er erinnert mich ein bisschen an Mr Grey, nur dass dieser Kerl hier betrunken auf einem Stapel leerer Dosen Jackie-Cola sitzt und mit Zuckungen, als hätte er Schluckauf, in den Armen eines gelangweilt aussehenden Freundes weint. Ich sehe ein Mädchen, das seinen Hula-Hoop-Reifen um den Hals schwingen lässt, und ein anderes, das neben ihr Bongo spielt, und, oh – eine riesige Gruppe nackter Menschen, mit Körperfarbe bemalt, die versucht, eine Menschenpyramide auf die Beine zu stellen …

Ich habe einen kleinen Zeichenblock dabei, aber ehrlich – ich wüsste nicht, wo ich auch nur im Entferntesten damit anfangen sollte, das alles hier festzuhalten.

Ein kleines Stück weiter weg, hinter den Windrädern der Palmers, stehen ein paar Kleinbusse und die Tanklaster mit Wasser. Neben ihnen parken jede Menge Polizeiautos und Feuerwehrwagen aus Merindale. Caroline hakt mich und Tia unter und zieht uns weiter.

Plötzlich bin ich vom Geruch nach Schweiß und brutzelndem Essen umgeben. Wir gehen an einem blauen Krankenwagen vorbei, der jetzt *Jimmy Bagdad's Falafel* heißt, und an einem Wagen in grellem Orange, auf dessen Seitenwand *Tofu Tupack's Wrap Wagon* gesprüht ist. Ein Haufen winziger, staubbedeckter Wagen verkauft die verschiedensten frittierten Sachen, und im Schatten des Doppeldeckerbusses, der die veganen Burger verkauft, sitzt ganz entspannt Mrs Ridley mit ihrem Strickzeug, vor sich einen Kartentisch mit selbst gemachten Marmeladen und Eingemachtem.

»Wo kommen die bloß alle her?«, schreie ich über den Lärm hinweg.

»Weiß nicht«, brüllt Caroline zurück. »Die werden sich gedacht haben, dass man auch zum Weltuntergang was zu essen braucht. Und ohne sie wären wir echt arm dran. Bei uns im Laden gibt's nur noch Ofenreiniger und Pfefferminzbonbons.« Sie zwinkert uns zu. »Und das Erste, was ausverkauft war, waren die Kondome – ist das nicht wahrhaft schockierend?«

Wir gehen weiter.

Ich laufe um Gruppen herum, die auf dem Boden sitzen, aber wir gehen auch mitten durch Grüppchen hindurch und ich trete dabei aus Versehen auf ein paar Hände. Beinahe hätte ich meinen Fuß einem Typen ins Gesicht gekickt, der seine Nachos für Instagramm fotografiert. Aber niemand scheint sauer auf mich zu sein. Auf der Weide hinter dem Boho-Catering sind die Tänzer. Nicht mal der weiße Himmel und die Hitze scheinen ihrer guten Stimmung etwas anhaben zu können. Ich weiß nicht, ob es eine Gebrauchsanweisung für die Apokalypse gibt, die mir durch die Lappen gegangen ist, aber jeder scheint sich irgendwie … angepasst zu haben.

»Ach, guck mal«, sagt Caroline, »da ist ja Eric.«

»Wer zum Henker ist Eric?«, frage ich, während Caroline auf einen Typen zugeht, auf dessen Brust das Kreuz des Südens tätowiert ist.

Tia kichert. »Tja, Caroline ist in den letzten Tagen viel rumgekommen. Es ist schlimmer als damals im Schwimmbad von Merindale, wo es diese Vorführungen des Tauch-Teams gab, weißt du noch?« Sie schüttelt den Kopf. »Ich glaube, bei so vielen durchtrainierten Jungs können wir nicht mithalten, Alba.«

Tia und ich spazieren also zu zweit weiter bis zum Rand der Gastro-Meile. Kurz befürchte ich, dass wir zum Tanzplatz wollen, und zum Tanzen bin ich jetzt überhaupt nicht in Stimmung, aber im letzten Moment dreht Tia nach rechts ab. Vor uns ist eine Plane mit einem Schild »Haarwaschzelt« darüber aufgespannt und ein Haufen von halbwegs sauberen Leuten sitzt auf Obstkisten davor.

»Guck mal da«, sagt Tia. »Komisch, Indigo hier zu treffen.«

Daniel springt von einer der Kisten auf. »Sarah!«, ruft er und kommt auf uns zu. »Ich dachte schon, ich müsste warten, bis die Typen ihre Arche fertig haben, bevor ich dich endlich wiedersehe«, sagt er und umarmt mich. »Wenn wir paarweise auf die Arche müssen, versprich mir, dass wir gemeinsam gehen.«

Obwohl ich sein Gesicht nicht sehen kann, weiß ich, dass er grinst.

»Na, jetzt bist du wohl auch in passender Stimmung, was?«, sage ich und erwidere seine Umarmung. »Die Mädchen und ich gucken uns nur ein bisschen um und –«

Aber als ich mich umdrehe, ist Tia weg.

»Ich habe schon fast gedacht, ich hätte dich beleidigt, Sarah Jane. Warum gehst du nicht dran, wenn ich anrufe? Wo warst du denn?«

»Tut mir leid, Daniel. Es war die letzten Tage ein bisschen … chaotisch.«

Er nimmt seine Sonnenbrille ab und blinzelt mich an. »Alba, geht's dir gut?«

Ich zucke mit den Schultern. »He, wenn man jetzt keine Angst hat, wann dann? Ich bin mir sicher, ein bisschen Angst ist im Angesicht von Armageddon durchaus gerechtfertigt.« Mein Lächeln verpufft, und ich bemühe mich nicht weiter, es aufrechtzuerhalten. Stattdessen lasse ich mich auf eine leere Kiste sinken und Daniel setzt sich neben mich, scheinbar völlig unbeeindruckt von dem tobenden Wahnsinn um uns herum.

»Und, bist du oft hier?«, frage ich. »Was machst du denn die ganze Zeit so alleine?«

»Ich schau mir das Ganze mal ein bisschen an«, sagt er beiläufig. »Außerdem gehe ich meinem Manager aus dem Weg und so …« Er nickt mit dem Kopf zu meinem Zeichenblock hin. »Hast du den immer dabei?«

»Mehr oder weniger. Im Moment ist es aber echt nicht die Mühe wert, meine Comics sind gerade ziemlich schlecht.«

Daniel zuckt zusammen. »Was, echt? Warum denn? Es ist ja nicht so, als hättest du zu wenig Anregungen.« Er zeigt auf alles um uns herum. »Deine Comics könnten später mal die letzten Überbleibsel vom letzten Außenposten der menschlichen Zivilisation sein.«

Ich sehe mich um. »Das ist – einfach zu viel. Ich weiß nicht, wo ich anfangen soll.«

»Tja – wie wär's denn mit dem Typen da drüben?« Daniel zeigt auf einen jungen Mann mit Sonnenbrand, der etwas entfernt von uns herumsteht. Er trägt nur ein blaues Cape und eine knappe Badehose in Neonpink und wedelt mit einem halb gegessenen Taco in der Luft herum. Das Cape schlenkert hinter ihm, während er sich im Takt der Musik bewegt.

»Na gut, in Ordnung. Irgendein Taco-Badehosen-Typ. Ich nenne ihn … Avocado-Man. Und seine Superkräfte sind …«

»Er kann seine Feinde mit dem Glühen seiner käseweißen Arschbacken blenden«, sagt Daniel entschieden.

Ich lache. Daniel sagt nichts mehr, während er mir über die Schulter guckt. Ich schlage ein Bein über das andere und lege den Zeichenblock aufs Knie. Obwohl ich das tröstende Geräusch des kratzenden Bleistifts nicht hören kann, tauchen die Linien nach und nach auf dem Papier auf. Ich mache einen einfachen Rahmen um die Figur, und es ist, als würde die Rohskizze es irgendwie schaffen, die ganzen Ablenkungen, die um ihn herumwirbeln, in Schach zu halten. Ich blende aus, was um mich herum passiert, und mein Blick konzentriert sich jetzt ganz auf Avocado-Man und seine radioaktive pinke Badehose.

Ich schrecke erst wieder aus meiner Trance hoch, als ein Mädchen in Jeanskleid ihn umarmt und in die Menge zerrt.

Ich lasse die Fingerknöchel knacken. Keine Ahnung, wie lange ich gezeichnet habe, aber ich habe ein halbes Dutzend Charakterstudien fertig, und Daniel ist weg. Ich sehe ihn ein kleines Stück entfernt, lächelnd in eine Unterhaltung mit einem Bikini-Mädchen vertieft. Offenbar verspürt sie das Bedürfnis, alle zehn Sekunden seine Brust zu berühren.

Ich schlage eine neue Seite auf und sehe mich wieder um. Die Luft ist hier nicht so schlecht, eine Mischung aus Jasmin-Shampoo und nassem Hund. Auf der Obstkiste neben mir sitzt jetzt eine grauhaarige Frau in einem Leinenkleid. Sie wedelt sich Luft ins Gesicht mit einem Papierfächer und ist völlig vertieft in *Der Alchemist* von Paulo Coelho. Ich drehe mich ein bisschen, sodass ich sie aus dem Augenwinkel sehen kann, und male weiter.

Ich bezweifle, dass ich irgendwas hiervon gebrauchen kann, wenn ich nicht gerade Cinnamon Girls Abenteuer auf dem Oktoberfest zeichnen will oder so. Aber einfach so als Übungsstunde ist das Ganze hier merkwürdig … befreiend. Ich bin immer noch ziemlich durcheinander, aber einen Augenblick lang vergesse ich, dass ich alles auf einmal in mich hineinsaugen will, und konzentriere mich stattdessen auf verschiedene Details. Die grünen Gummistiefel eines Typen mit Bartstoppeln im Gesicht, der sich die Haare wäscht. Zwei Jungs, die genau die gleichen Zylinder aus Filz tragen und sich leidenschaftlich küssen. Der friedliche Ausdruck auf dem Gesicht einer Frau, die eine Art Installation aus weggeworfenen Falafel-Verpackungen baut. Ich male, bis sich von hinten Hände auf meine Schulter legen.

Daniel beugt sich über mich. »Entschuldigung, ich hab vorhin noch mit dir gesprochen, aber du hast nicht geantwortet, und dann wurde ich … abgelenkt.« Er grinst. »Und, wie läuft's?«

»Ganz gut, glaub ich. Das ist bestimmt keinen Eisner-Award wert, aber es ist gut. Kleine Skizzen, aber … gut.«

Er setzt sich auf den Boden und nimmt den Block aus meinen Händen. »Das ist wohl ein bisschen so wie das, was ich mache«, sagt er, während er durch meine Zeichnungen blättert. »So, als würde man eine Figur in einem Drehbuch entdecken. Ich meine nicht gerade Indigo Lazorio, denn mal ehrlich, der Kerl hat alles andere als Tiefgang. Für den reichen drei Worte: oben ohne und dumm. Aber so in der Theorie, du weißt schon … du konzentrierst dich voll und ganz auf eine Sache. Und daraus erschaffst du den ganzen Rest.«

Er gibt mir den Block zurück und sieht in den Himmel. Wir sitzen schweigend nebeneinander, und irgendwann schlage ich heimlich eine leere Seite auf und werfe ein paar Linien von Daniels Profil aufs Papier. Ich skizziere die Umrisse seiner Wangenknochen und die Form seines Kiefers, und ich zeichne das kleine Muttermal unter seinem Auge, das bei den Dreharbeiten von *Das Haus am Eukalyptusbaum* überschminkt worden sein muss, denn ich hatte es bis jetzt völlig vergessen, etwas dunkler. Ich verwische die Linien am Nacken, wo sein kastanienbraunes Haar verschwitzt ist. Ich weiß, dass ich hier nur mit ein paar Charakterstudien herumspiele, aber plötzlich verspüre ich den Drang, Daniel mit etwas im Hintergrund zu zeichnen, in seinem Schatten einen lächelnden Jungen mit einer *Muppet-Babies*-Mütze und einem zu großen Trainingsanzug, der eine abgegriffene Ausgabe der *Lightning-Saga*-Comics schwenkt.

»Alba, kann ich dich mal was fragen?«, sagt er träge.

Ich fahre mit dem kleinen Finger über den Schatten an seinen Augenbrauen. »Na klar, schieß los.«

»Du musst mir nicht antworten, aber … wie sieht's denn bei dir mit Jungs aus?« Er stupst mich grinsend an. »Ich weiß, dass da völlig tote Hose gewesen sein muss, als ich weggezogen bin, aber – gibt es denn hier wirklich keinen einzigen Typen, auf den du scharf bist?«

»Daniel! Bei dir klingt das, als wäre ich eine Nonne. Ich bin durchaus … mit Leuten ausgegangen und so.«

Ehrlich gesagt, besteht die Geschichte meiner romantischen Vergangenheit in Eden Valley aus genau drei Jungs: Alex Chapman, den ich in der siebten Klasse bei einer Mutprobe geküsst habe und der schmeckte wie abgestandene Reis-Snacks mit Hühnchengeschmack. Dann gab es da noch Joe Irgendwer, einen Freund von Tommy Riley, der aus der Stadt zu Besuch war und mich angemacht hat, indem er mir den ganzen bescheuerten Plot des Films *Green Lantern* referiert hat, und den ich in der Dunkelheit des Anzac Parks geküsst habe, teils aus Neugierde und teils, damit er endlich aufhörte zu reden. Und der Dritte war Brendon Ryder, den ich bei einem Basketballspiel von Grady kennengelernt habe und der ganz genauso aussah wie Chase aus den *Runaways* Comics. Wir waren Anfang des Jahres zwei Wochen zusammen, aber wir haben nicht viel gemacht außer im Fernsehen *Ice Road Truckers* zu gucken und im

Bus nach Merindale zu knutschen. Inspiriert hat er mich nicht gerade, aber es war eine kurze und, na gut, auch eine echt *scharfe* Ablenkung, bis ich es leid war, mir Gradys Gemecker anzuhören, dass ich mich »mit dem Feind verbrüdern« würde. Beziehungen über Ortsgrenzen hinweg – das ist im Valley ein absolutes No-Go.

Meine Hände liegen noch immer auf dem Zeichenblock. »Ganz ehrlich, da hab ich mir noch nicht besonders viele Gedanken drüber gemacht. Glaub mir, ich hatte echt andere Dinge im Kopf.«

Daniel steht auf und quetscht seinen Hintern neben mir auf die Kiste. »Das kapiere ich. Aber ich habe da außerdem so eine Ahnung, dass diese Dinge vielleicht … irgendwie zusammenhängen.«

Ich zwinkere überrascht. »Weiß nicht. Ich kann das nicht so richtig erklären. Geschichten mit Jungs, Beziehungskram oder so. Aber ich glaube …« Ich wische mir die Hände an den Knien ab. »Erinnerst du dich noch, als wir in der fünften Klasse waren? Und ich meine Boho-Künstler-Phase hatte? Ich hab die ganze Musik der *Stone Poneys* von Mum gehört und war total besessen von Leinenkleidern. Und das dauerte bis zu meiner Rock-Chick-Phase an, die, wie du weißt, beendet war, als ich die Schnauze voll davon hatte, Nieten-Halsbänder zu tragen und Strumpfhosen zu zerstören, die völlig in Ordnung waren. Und dann gab es da noch die Phase, in der ich BHs von Mum über meinen T-Shirts trug und nur Wonder Woman sein wollte, und sonst nichts.«

Daniel lacht auf. »Und du hast irgendjemandem auf der Straße dein Stirnband zugeworfen, ich erinnere mich. Mrs Garabaldi war total sauer. Aber ich verstehe nicht, was das mit der Frage zu tun hat –«

»Wenn man mit jemandem was anfängt, hört man dann nicht einfach wieder … damit auf? Wenn du zum Beispiel mit jemand zusammen bist, der dich gut findet, wie du gerade bist – was ist dann, wenn du nur kurze Zeit so bist? Und was ist, wenn du noch nicht mal sicher bist, was du als Nächstes sein willst? Was, wenn du dir die Haare rot färben willst oder dich fürs Dudelsackspielen begeisterst oder dich entscheidest, dich im Gesicht tätowieren zu lassen …«

»Willst du dich im Gesicht tätowieren lassen?«

»Ich weiß es nicht! Aber genau darum geht es! Es ist viel zu viel Druck, sich jemanden zu suchen und dann dessen ganzes Leben und was weiß ich nicht alles in sein eigenes Leben mit reinzunehmen. Wenn man noch nicht mal weiß, wie es mit dem eigenen Kram weitergeht und – ach! Das ergibt wahrscheinlich alles gar keinen Sinn.«

Daniel kneift die Augen zusammen, als würde er angestrengt nachdenken. »Na gut, manche Leute werden nie in der Lage sein, hinter die Fassade zu blicken, die sehen nur einen heißen Typen mit einem Wahnsinns-Body und wunderschönem Haar …« Er stupst mich an und wird dann wieder halbwegs ernst. »Aber jemand anders wäre vielleicht total damit einverstanden, was als nächste Verrücktheit kommt. Denn schließlich bist es ja immer du, oder? Mit Gesichtstattoo und allem Drum und Dran.« Er zuckt mit den Schultern. »Es ist ja nicht unmöglich, dass jemand das kapiert«, sagt er leichthin. »Vielleicht hast du nicht in der richtigen Richtung gesucht.«

»Daniel – was ist denn mit dir passiert?«, sage ich lachend. »Du bist als ein Kind aus Eden Valley verschwunden, mit dem man sich höchstens über das Sezieren von *Spider-Man* unterhalten konnte, und jetzt kehrst du als geheimnisvoller Guru zurück. Wenn auch als etwas zweifelhafter Guru.«

Er schlägt mir mit einem dröhnenden Lachen auf den Arm. »Zweifelhaft? Ich gebe hier alles, Sarah. Mir tut schon das Hirn weh, weil ich so hart nachdenke.« Er legt mir den Arm um die Schultern. »Aber was mit mir passiert ist, kann ich dir sagen. Ich hatte eine wahnsinnige Angst davor, dass die Dinge sich ändern würden, erinnerst du dich? An dem Tag, als Mum mir sagte, wir würden umziehen, war es ... ich dachte, mein Leben wäre zu Ende. Dann musste ich hier weg, ich hatte ja gar keine Wahl. Und mir ging's gut damit.« Er drückt mich an sich. »Es ging mir mehr als gut, Sarah Jane. Es ging mir großartig!«

Ich mache die Augen zu. Mein Hirn fühlt sich an, als würde es gegen meine Schädelwand drücken, als hätte es einfach nicht genug Platz, um alles zu begreifen, was sich in ihm herumwälzt. Irgendwie höre ich durch den Lärm hindurch das Donnern meines eigenen Herzens, ich schwöre es. In einem Comic würden jetzt Buchstaben vor meiner Brust geschrieben stehen – *tock tock tock tock*. Ich halte die Augen geschlossen, und das Herzklopfen scheint alle anderen Geräusche um mich herum zu übertönen. Deshalb falle ich auch vor Schreck fast von der Obstkiste, als die Musik mitten im Takt abbricht. Daniel springt rasch auf.

Die Leute auf dem Feld stoßen ein kollektives Stöhnen aus. Daniel starrt in ihre Richtung, und Nervosität macht sich auf seinem Gesicht breit. »Ich kann mich nicht mehr daran erinnern, Alba, gab es diese ganzen Stromausfälle hier bei euch schon immer?«

Ich schlucke. »Passiert das so oft? Ist mir gar nicht aufgefallen. Ich glaube, in der letzten Zeit habe ich mich ein bisschen mehr um mich selbst gedreht, Daniel.«

Er zieht mich hoch. »Wollen wir abhauen? Meine Leute essen mit den Ridleys, und mein Manager hat jemanden in Merindale gefunden, der ihm eine Pediküre macht. Ich glaube, seine größte Sorge am Ende der Welt sind die Auswirkungen auf seine Nagelhaut. Wollen wir ein bisschen bei mir herumhängen?«

Ich sehe mich um. Keine Ahnung, wo Tia und

Caroline sind, wahrscheinlich sind sie zu dem geheimen Club gegangen, wo auch alle anderen Ex-Jungfrauen aus dem Valley herumhängen. Ich blicke zu dem trostlosen, erstickenden Himmel auf, mache einen Schritt von Daniel weg und drehe mich lächelnd um.

»Klar, Daniel, lass uns hier verschwinden.«

12

Ohne die Hintergrundmusik, die durch das ganze Valley dröhnt, ist Daniels Hütte noch deprimierender und kümmerlicher als sonst. Außer einer einzelnen Kaffeetasse auf dem Esszimmertisch sieht das Haus gänzlich unbewohnt aus.

»Erinnere mich daran, dir eine Topfpflanze vorbeizubringen oder einen von unseren Plastikweihnachtsmännern«, sage ich, als wir die Küche betreten. »Dieses Haus sieht aus, als wohnte hier die Unpersönlichkeit höchstpersönlich.«

Daniels Miene hellt sich plötzlich auf. »Da fällt mir was ein – ich hab letztes Mal total vergessen, dass ich ja noch ein Geschenk für dich habe.« Mit federnden Schritten geht er zur Anrichte und kommt mit einer Papiertüte zurück. »Ich hatte ja keine Ahnung, dass ich dich hier treffen würde, aber ich habe tatsächlich etwas, von dem ich denke, dass es dir gefallen wird. Fröhliche Weihnachten nachträglich, Alba.«

Ich nehme ihm die Tüte aus der Hand. »Hey! Du

kannst doch nicht deine ganzen Comics wegschenken! Obwohl – oh, du hast das neue Heft von *Ms Marvel* – Wahnsinn! Und die letzten paar Ausgaben von *Justice League*? Die wollte ich mir schon seit ewigen Zeiten bestellen. Und dann … Oh, dieses *Earth One* hab ich schon, die Zeichnungen sind spitze, aber der muntere Emo-Unterton, so nach dem Motto ›Kopf hoch, Superman‹, geht mir ziemlich auf den Keks.« Zuletzt greife ich nach einem Buch, das ganz unten in der Tüte liegt. Vom Titelbild strahlt ein Mann mit zu vielen, blendend weißen Zähnen. In der Hand hält er einen Cartoon-Apfel, der in der Mitte von einem Maßband zusammengeschnürt wird. »Was ist das denn?«

Daniel nimmt mir das Buch aus der Hand und wird knallrot. »Oh … das war das Buch, das mir vor ein paar Jahren den Arsch gerettet hat. Du kannst dich doch sicher noch erinnern, was Mum alles versucht hat, um mich zum Abnehmen zu bringen? Obwohl ich natürlich nie so aussehen wollte wie der verfressene deutsche Junge in *Charlie und die Schokoladenfabrik*, bin ich bei den Kuchen deiner Mum immer schwach geworden. Aber dann hab ich angefangen, nach dem Programm von diesem Typen zu essen, dazu bin ich joggen gegangen und hab Gewichte gestemmt … Ich wusste gar nicht, dass das Buch auch in der Tüte ist.« Er blättert nachdenklich darin. Und dann reicht er es mir wieder. »Du kannst es behalten. Vielleicht findest du es auch ganz nützlich.«

Ich starre ihn und seine Wangenknochen ausdruckslos an. »Du schenkst mir deinen Diätratgeber?«

»Kein Problem. Normalerweise habe ich mehrere Exemplare zu Hause rumliegen. Eines auf dem Kühlschrank, das ist immer total praktisch, wenn ich gerade unter Eis-Entzugserscheinungen leide …«

Keine Ahnung, ob mein Gesicht in diesem Augenblick entgleist. Aber Daniel bricht abrupt ab. Dann spiegelt sich Entsetzen in seinem Gesicht wider.

»Oh … Ich wollte dir damit nicht sagen, dass du auch … Du siehst toll aus, Alba, wirklich. Aber du weißt ja, wir beide waren uns da ganz ähnlich. Das war immer unsere größte Gemeinsamkeit.«

Er steckt das Buch zurück in die Tüte und drückt sie mir mit verlegenem Lachen wieder in die Hand. »Mach damit, was du willst. Kein Ding, oder?«

Ich lege die Tüte auf die Küchentheke. »Kein Ding. Es war mir bisher nur nicht klar, dass *das* unsere größte Gemeinsamkeit gewesen sein soll.« Ich sehe ihn nachdenklich an. »Ich hatte keine Ahnung, dass das für dich damals eine so große Rolle gespielt hat. Du warst immer so fröhlich, als wir klein waren. Ich dachte wirklich, es ist dir egal, was die anderen denken.«

Er seufzt hörbar auf und hält dabei den Blick gesenkt. »Na ja. Vielleicht bin ich tatsächlich ein geborener Schauspieler. Einiges an meinem Leben hier war ja auch toll. Aber manches eben auch absolut scheiße. So selbstbewusst wie du war ich nie, weißt du? Als kleiner Junge war ich kein großer Fan von mir selbst.«

In meinem Kopf blitzen ein paar Bilder auf. Ich erinnere mich an Daniels quiekende Kinderstimme und an Nachmittage im Anzac Park am Wochenende, wo Daniel und ich im Pavillon die Nase tief in unsere Comics steckten, während Grady auf Anthonys altem Gameboy *Mario Golf* spielte. Dann fallen mir auch andere Sachen wieder ein. Ich erinnere mich an Daniels sehnsüchtige Blicke, mit denen er Grady und seinen Bruder beobachtete, die mit nacktem Oberkörper auf dem verlassenen Basketballplatz gegeneinander spielten und Körbe warfen. Ich erinnere mich an die aus der Luft gegriffenen Ausreden, die er erfand, um vom Schwimmunterricht in Merindale befreit zu werden. Ich erinnere mich an die ganzen Übernachtungen bei uns zu Hause, bei denen Daniel immer seine viel zu großen Pyjamas trug, ganz gleich, wie heiß es war.

»Hab ich dich jetzt gekränkt?«, fragt er leise.

Ich schüttle den Kopf. »Nein. Es ist mir nur nie in den Sinn gekommen, dass du damals unglücklich warst. Es tut mir wirklich leid, Daniel.« Ich gebe ihm einen flüchtigen Kuss auf die Wange. »Das hätte ich merken müssen.«

Daniel lächelt. »Ich war nicht unglücklich. Zumindest nicht ständig. Du und Grady … ihr habt es damals rausgerissen. Du erinnerst dich wahrscheinlich nicht, aber ... ich hatte niemanden, bis ihr beide mich in eure Clique aufgenommen habt. Keine Ahnung, wie ich das je wiedergutmachen kann.« Sein Lächeln stirbt. »Und, Alba, manchmal merken wir bestimmte Dinge eben nicht, obwohl wir sie direkt vor der Nase haben.«

Er macht einen Schritt auf mich zu. »Was war denn los an Weihnachten?«, fragt er dann aus heiterem Himmel. Als wäre ein Schalter umgelegt worden, wechselt seine Miene von verletzlich zu diesem berechnenden Röntgenblick, den ich nur zu gut kenne. »Ich hab dich nach dem Abendessen überall gesucht. Hab sogar meinen Hintern zu eurem Café geschleppt, aber als ich dort ankam, war bei dir schon alles dunkel.«

»Oh. Ja, stimmt. Die Party ist für manche von uns etwas ausgeartet, deswegen hat Grady bei mir geschlafen, und dann ...«

»Wie bitte, er übernachtet immer noch bei dir?«

Ich zucke zusammen, denn die Frage versetzt mir einen spürbaren Stich. »Ja. Na und?«

»Dann – aber ihr schlaft doch nicht etwa noch im selben Bett, oder?«

Ich spüre, wie mir eine verräterische Röte ins Gesicht steigt. »Mum hat Grady vor ein paar Jahren eine eigene Couch gekauft«, stottere ich. »Aber, jetzt mal ehrlich ... du hattest schließlich auch nie ein Problem damit, bei mir zu übernachten ...«

»Ich hatte nie ein Problem damit, als ich *sechs* war, Sarah.« Er grinst mich selbstgefällig an. »Wenn du mich jetzt einladen würdest, ›bei dir zu schlafen‹, dann hätte ich vielleicht was anderes im Sinn, als gemeinsam *X-Men* zu gucken, weißt du, was ich meine?«

Himmel! Er macht sogar Anführungszeichen mit den Fingern, als er »schlafen« sagt.

»Daniel, sei nicht bescheuert. So ist es nicht zwischen Grady und mir. Er ist wie mein …«

Daniel hebt beschwörend die Hand. »Sarah, versteh mich nicht falsch, aber wenn du den Satz jetzt beendest mit: ›er ist wie mein Bruder‹, dann muss ich kotzen. Du bist wirklich die Einzige, die sich euch als Geschwister vorstellen kann, darauf kannst du Gift nehmen.«

»Da täuschst du dich aber«, fauche ich ihn an.

»Und *du* hast Tomaten auf den Augen«, kontert er. »Aber vielleicht steht uns ja das Ende der Welt bevor, Sarah. Was spielt das alles dann noch für eine Rolle? Wenn es dich nicht aufrüttelt, dass unser Planet vielleicht in ein schwarzes Loch gesogen wird, dann ist es doch auch scheißegal, was ich sage, meinst du nicht auch?«

Ich schüttle mir die Hände aus, aber sie fühlen sich weiterhin an wie eingeschlafen. Daniel richtet sich zu seiner vollen Größe auf. Die Muskeln unter seinem T-Shirt straffen sich auf die unnachahmliche Art und

Weise, wie das nur bei sportlichen Jungen der Fall ist, und einen Moment lang vergesse ich sein ganzes seltsames Two-Face-Harvey-Dent-Benehmen. Er kneift die Augen zusammen und schürzt die Lippen. Dieser Gesichtsausdruck kommt mir seltsam vertraut vor. Ich kann ihn nur nicht genau einordnen …

»Du hast ein unwiderstehliches Lächeln, das weißt du doch, oder?«, meint er.

Na, wo du recht hast, hast du recht, Daniel. An meinem Lächeln gibt es wirklich nichts zu meckern. Aber vermutlich ist es nicht gerade bescheiden, so was zuzugeben.

»Danke«, entgegne ich und verschränke die Hände hinterm Rücken. »Ist irgendwie nicht mein Verdienst, aber …«

»Und *erstaunliche* Lippen«, fährt er fort, und seine Stimme klingt auf einmal ganz seltsam und heiser.

Ja, ich bin ziemlich süß, das weiß ich, und es ist auch nicht so, als hätte ich je unter einem Mangel an Bewunderern gelitten. Ich bin nicht Eddie, der schon ausflippt, wenn ein Mädchen nur in seine Richtung guckt, oder Caroline, die schon fröhlich mit Dutzenden Jungs geknutscht hat und wie ein Kometenschweif gebrochene Herzen hinter sich herzieht. Tut mir leid, wenn ich hier emotional werde, aber ich hab nur deshalb noch nicht so viele x-beliebige Jungen geküsst, weil ich beschlossen hab, dass ich gar nicht so viele x-beliebige Jungen küssen *will*. Zwar gilt

Küssen mittlerweile als nichts Besonderes mehr, aber ganz ehrlich, es hat mir noch nie gefallen, ganz dicht an einem x-beliebigen Kerl zu kleben. Dieses ganze Durcheinander von Atem und Lippen und Zungen, und das mit einem Fremden. Mir ist durchaus klar, dass das Küssen in echt nie so romantisch ist wie in Romanen, aber ich bin noch nicht bereit, alle Illusionen aufzugeben.

Und deshalb zucken vermutlich meine Lippen zurück, als sich Daniel Gordon – der bei einer Internetumfrage unter Studenten nach unbekannten sexy TV-Stars ziemlich gut wegkam und der mich im Kindergarten so zum Lachen brachte, dass mir zweimal Orangensaft aus der Nase spritzte – langsam zu mir vorbeugt und seine Lippen meine beinahe streifen. Dann springe ich zurück und falle dabei fast über einen Küchenhocker, und dabei kommen mir folgende Worte über meine *erstaunlichen* Lippen: »Iiih, wie ekelhaft!«

Schon gut. War vermutlich nicht gerade mein stärkster Moment.

Daniel macht ebenfalls einen Satz rückwärts. Das Knallrot seiner Ohren ergießt sich über sein ganzes Gesicht. »Nun ja …«, stottert er. »Also, ich muss ehrlich sagen, *so eine* Reaktion hab ich noch nie erlebt.«

»Daniel, es tut mir leid«, stoße ich hervor. »Das mit dem ›ekelhaft‹, meine ich. Das war vielleicht ein bisschen unhöflich …«

Er lacht. »Unhöflich? Hm, so hätte ich das nicht genannt. Vielleicht eher ›ego-zerstörend‹. Und definitiv hochgradig verwirrend.«

Ich stampfe mit dem Fuß auf. »Hey! Ich hab dich nicht gebeten, mich zu küssen, Daniel! Ich meine – *hallo?* – was hast du dir dabei gedacht? Du hast es hier *mit mir* zu tun. Mich zu küssen ist genauso gestört, wie mit dieser … ähm … rumzuknutschen – wie heißt doch gleich wieder die Tante, die im *Haus am Eukalyptusbaum* deine Schwester spielt?«

Er schnaubt, dann lacht er und guckt mich entnervt an – alles gleichzeitig. »Sarah Jane! Erstens, dich zu küssen wäre nicht im Entferntesten so, wie eine Schwester zu küssen. Vielleicht hast du es noch nicht gemerkt, aber wir beide sind mittlerweile keine sechs mehr. Du bist eine meiner ältesten Freundinnen. Und mit ziemlicher Sicherheit sind wir nicht miteinander verwandt. Es wäre also nichts Falsches oder Seltsames daran, einen Versuch zu wagen. Und zweitens habe ich schon *sehr ausgiebig* mit der Tante rumgemacht, die in *Haus am Eukalyptusbaum* meine Schwester spielt. Sie hat ein Zungenpiercing.« Er grinst. »Rattenscharf.«

Während er redet, wird mir bewusst, dass ich mich verbarrikadiert habe wie bei einem Straßenkampf. Hinter mir ist die Küchentheke und vor mir ein Hocker. Doch mittlerweile wirkt Daniel nicht mehr verlegen, sondern eher amüsiert, und das macht mich nur noch wütender. Ich stelle mich genau vor ihn, bis unsere Zehenspitzen einander berühren.

»Daniel, nach allem, was ich dir erzählt habe, und nach allem, was mir zurzeit im Kopf herumgeht – wie kommst du da auf die Idee, dass dich zu küssen die Antwort auf irgendeines meiner Probleme sein könnte?«

Er verschränkt die Arme und wird wieder rot bis zu den Ohrenspitzen. »So habe ich das wirklich nicht gesagt, Sarah. Ich glaube, ich habe gesagt, dass es nicht seltsam wäre, wenn du mal ausprobieren würdest, mich zu küssen. Aber wenn du das, mit deinen Worten, so unsäglich ekelhaft findest, dass du dir lieber von einem tollwütigen Oppossum die Zunge abbeißen lassen würdest – vielleicht wäre es dann nicht verkehrt, mal darüber nachzudenken, warum das so ist …«

Ich schnappe mir meinen Skizzenblock. »Schön. Danke für den Ratschlag. Ich geh jetzt.«

»Alba, warte …«

»Nein, echt, Daniel, ich hab genug von diesem Rumgeschleime. Keine Ahnung, auf was für einem Trip du gerade bist. Manchmal bist du noch so, wie ich dich von früher her kenne – und so, wie ich dich wahnsinnig vermisst hab –, und manchmal glaube ich, dass du deine Spielchen mit mir treibst, nur so zum Spaß. Nur versteh ich einfach nicht, warum.«

Ich steuere auf die Tür zu und er nimmt die Tüte mit den Comics und geht rückwärts vor mir her. »Alba, es tut mir leid, das war unüberlegt von mir, und es ist wahrscheinlich alles ... ein großes Missverständnis.« Er fasst mich leicht am Ellbogen an und drückt mir die Tüte mit den Comics in meine schlaffen Hände. »Willst du wissen, wie es mir damals ergangen ist? Ich habe herausgefunden, dass es nicht immer gut ist, den Weg des geringsten Widerstandes zu gehen. Und für mich war ein Tritt in den Arsch genau das, was ich gebraucht hab.«

Ich gehe zur Tür hinaus, und als ich mich noch mal umdrehe, sehe ich, dass mir Daniel nachdenklich hinterhersieht. Seine Kiefer mahlen, als müsse er einen Schwall unanständiger Beschimpfungen zurückhalten.

»Daniel, es tut mir leid, wenn ich dich vor den Kopf gestoßen hab oder was auch immer. Wir ... sehen uns, ja?«

Bevor er antworten kann, gehe ich. Bald bin ich unter dem weißen Himmel wieder im lärmenden Chaos des Weltuntergangsspektakels in Eden Valley angekommen. Vermutlich würden manche Leute die Tatsache, dass ich die Lippen eines toll aussehenden, perfekt durchtrainierten Jungen, der unwiderstehliche Augen hat, zurückgewiesen habe – des Jungen, der in meiner Geschichte immer gefehlt hat –, als düsteren Vorboten für den nahenden Weltuntergang deuten. Vielleicht läuft mit mir ja irgendwas ganz gewaltig schief.

Ich schleiche unbemerkt in unseren Garten und setze mich auf die Verandastufen. Mein Herz schlägt ruhig und gleichmäßig. Vor mir sehe ich im Geiste Daniels errötendes Gesicht, aber ich bedaure es nach wie vor nicht, dass ich ihn zurückgewiesen habe. Lippen und ein toller Körper lösen zum gegenwärtigen Zeitpunkt vermutlich keines meiner Probleme.

Und vielleicht, aber auch nur vielleicht, bin ich vollkommen in Ordnung, so, wie ich bin.

Am nächsten Morgen öffne ich um 5.22 Uhr die Augen zu einem Chor sanfter Stimmen, der von der Farm herüberklingt. Bei der drückenden Hitze und der Dunkelheit kommt es einem fast so vor, als würde man mitten in einem schamanischen Ritual erwachen, doch das ist merkwürdigerweise irgendwie beruhigend. Ich mache die Augen wieder zu und versuche mein Gehirn in einen abgeklärten, zen-artigen Zustand zu versetzen. Das klappt, bis ich merke, dass der Gesang eigentlich eine verhunzte Version der *Bohemian Rhapsody* von Freddie Mercury ist, und ich meinen Hintern doch schleunigst aus dem Bett befördere.

Ich stehe auf und ziehe mich an, und dann räume ich endlich auf, Ende der Welt hin oder her. Ich ertrage es nicht, auch nur noch eine Sekunde länger in meinem eigenen Müll zu leben.

Ich nehme die Skizzen von Cinnamon Girl von den Wänden und Regalen ab und stecke sie sorgsam in eine freie Archivschachtel. Meine Zeichenblöcke lege ich obendrauf, alle, nur den ersten nicht, er ist voll mit groben, hoffnungsvollen Ansätzen für ihre Geschichte. Möglicherweise kann ich ein paar Ideen davon retten. Es ist vielleicht ein bisschen voreilig, mir eine andere Entstehungsgeschichte zu überlegen oder darüber nachzudenken, wie es nach der Krise für sie weitergeht – aber es ist ja schließlich nicht so, als würde ich gleich dafür zusammengefaltet, dass ich an ihrer Mythologie rumbastele.

Unter den Bergen aus Klamotten und Schuhen liegt noch immer der Kram vom letzten Schuljahr verstreut. Ich habe einige Sachen in das Freudenfeuer geworfen, das meine Klasse nach den Prüfungen auf dem Hügel veranstaltet hat, und trotzdem liegen noch jede Menge Überbleibsel des zwölften Schuljahrs hier herum. Ich sammle die Bücher und mein Schultagebuch ein, in dem wesentlich mehr Fotos von meinen Freunden und mir sind als irgendwas, das wirklich die Schule betrifft. Vorne drauf ist ein Bild von mir, Caroline und Tia. Tias Gesicht ist im Hintergrund, verdeckt von einer Nahaufnahme meiner Wange und Lippen, und Caroline zieht eine Grimasse und hat noch Reste von einem Schoko-Brownie zwischen den Zähnen. Ich reiße den Einband ab und lehne das Foto an die Bücher im Regal, das Schultagebuch archiviere ich.

Der Morgenhimmel ist von whiskeyfarbenen Streifen durchzogen, als ich endlich nach draußen gehe.

Ich stelle meinen breiten Liegestuhl unter Dads Pflaumenbäume und lege die Bleistifte griffbereit zurecht. Dann schlage ich einen neuen Block mit steifem Karton auf, aber statt einfach draufloszuzeichnen, sitze ich noch ein bisschen da und sehe mich um.

Ich kann die Stimmung der zum Leben erwachenden Farm nicht einfangen. Ich bringe nur ein Wirrwarr menschlicher Figuren zustande, die ineinander übergehen, ein bisschen wie bei *Moses*, dem Gemälde von Frida Kahlo aus einem der Kunstbücher von Mum.

Ich zeichne, während sich die Sonne durch eine weiße Wolkendecke kämpft. Irgendwann kommt Angie mit einem Teller Käsemuffins heraus, setzt sich schweigend neben mich, und wir betrachten meine Seiten. Ich bin mir nicht ganz sicher, was für eine Geschichte sich da gerade entwickelt. Ich muss wohl einfach darauf vertrauen, dass mein Unterbewusstsein etwas weiß, das der Rest meines Gehirns noch nicht mitbekommen hat. Aber mir gefällt diese neue Version von Cinnamon Girl; ihre Linien sind zwar einfacher, der Stil ein bisschen naiv, aber irgendwie habe ich das Gefühl, das wäre ihr recht.

An diesem Abend falle ich auf meine grüne Couch und bin eingeschlafen, noch ehe mein Kopf die Kissen berührt. Als ich am nächsten Morgen aufspringe, setze ich mich an den Rand meines Plastikgartens und arbeite weiter.

Zwischendurch, wenn mir nach einem Perspektivenwechsel ist, spaziere ich durch das geheime Tor hinaus aufs Feld der Palmers. Ich habe kein bestimmtes Ziel, ich nehme nur die Atmosphäre in mich auf, während ich allein herumspaziere. Aus den Trümmern des Thunderdomes, überall auf dem Boden verstreuten Stofffetzen, ist ein nicht-konfessioneller Gebetskreis erstanden. Demnach sind nicht alle einfach nur hierhergekommen, um sich volllaufen zu lassen. Die Leute, die dieses Fleckchen hier in Besitz genommen haben, wirken ruhig und nachdenklich. Ich sitze unter einem Baum und plaudere mit ein paar Frauen buddhistischen Glaubens, die mir alles über Vergänglichkeit und Miteinander-Verbundensein und solches Zeug erzählen. Und dann kündigt jemand auf der Bühne an, dass die Nackt-Schlacht unten beim Wassertank gleich losgeht, und die Frauen verschwinden mit freundlichem Winken.

Während ich weiter auf der Farm herumlaufe, treffe ich merkwürdigerweise auch auf Leute, die ich mittlerweile kenne. Neue Gesichter, die Stammkunden der Bäckerei geworden sind, ein paar Idioten, die ich aus Merindale kenne, und ein paar Freunde aus der Schule, die immer noch im Valley rumhängen. Und sie alle heißen das Ende der Zeiten mit unterschiedlicher Begeisterung willkommen.

Ich lasse einen Drachen steigen. Ich spiele Frisbee. Ich lehne dankend ab, bei einem Nackt-Tanz-Event mitzumachen. Und als ich mich weiter zwischen den Wohnmobilen und Autos hindurchschlängele, treffe ich plötzlich auf einen orange-blauen VW-Bus mit ausgefransten lila Vorhängen, und meine Füße bleiben wie von selbst stehen.

Das Bikini-Mädchen mit den Dreadlocks sitzt in der offenen Tür und blättert in einer Zeitschrift. Sie ist eine der Fremden, die Stammkundin im *Albany's* geworden sind. Wie sich herausstellt, heißt sie Lizzy Warren und studiert im zweiten Jahr Grafikdesign in der Stadt. Lizzy bittet mich in den Schatten ihres Wagens und erzählt mir, wie froh sie ist, einfach nur mal mit jemandem reden zu können, der im Lauf der vergangenen Woche geduscht hat. Wir fachsimpeln kontrovers über Marjane Satrapi, Georgia O'Keeffe und Julie Doucet, über die wir offenbar unvereinbare Meinungen haben. Außer Mum gibt es im Valley niemanden, der wirklich etwas mit den Dingen anfangen kann, die ich liebe. Das Gespräch ist irgendwie schön, auch wenn es nicht so richtig hierher passt. Als ich gehe, habe ich die Telefonnummer von Lizzy und ihr versprochen, dass ich mich bei ihr melde, wenn ich je in der Stadt bin. Keine von uns spricht aus, dass das natürlich davon abhängt, ob es die Stadt nach morgen Mitternacht überhaupt noch geben wird.

Den Rest des Tages herrscht ein Kommen und Gehen meiner Freunde im *Albany's*. Caroline und Tia zerren mich von meinen Stiften weg, um im Anzac

Park mit ein paar Surfergirls aus Perth herumzuhängen, mit denen sie sich angefreundet haben. Petey kommt mit einem Päckchen fettiger Fritten und seinem Laptop vorbei, auf den er Klassiker aus der Fernsehserie von *Wonder Woman* geladen hat. Er macht es sich auf meinem Fußboden bequem, während ich auf meinem Wacom ganze Farbpaletten ausarbeite. Sogar Eddie schafft es, zwischen seinen vielen häuslichen Pflichten auf der Farm einen freien Augenblick zu finden. Er hockt sich in den Garten und schläft auf der Liege ein, einen Cowboyhut über dem Gesicht und das gemurmelte Versprechen auf den Lippen, »dem scheiß Drecksack eins in die Fresse zu geben«, der eine seiner Kühe blau angesprüht hat.

Niemand spricht über das Ende der Welt oder das fehlende Mitglied unserer Clique, und so kann sich meine Fantasie jede Menge Szenarien ausmalen. Zum Beispiel wie ihn eine rothaarige Schönheit entführt, die aussieht wie eine Mischung von Mary Janes aus unterschiedlichen Versionen von *Spider-Man*. Aber meine Freude ist von einer gewissen Unruhe verdorben, eine Nervosität, die, wenn ich sie zeichnen müsste, so aussehen würde wie immer länger werdende Schatten, die sich über die Bilder legen.

✪ ✪ ✪

Am letzten Tag des Jahres erwache ich spät zum Dröhnen von über uns kreisenden Helikoptern und zur Musik, die bereits dudelt. Der Klang des Valleys ist heute Vormittag ganz anders als sonst. Als ich die Augen öffne, sendet die spannungsgeladene Atmosphäre ihre Schwingungen in mein Zimmer, und mein Kopf ist genauso voller Aufregung und Schwermut wie am letzten Schultag.

Offenbar bin ich am Schreibtisch eingeschlafen und wische mir die Spucke vom Kinn. Ich erinnere mich, dass ich um zwei Uhr früh aufgewacht bin und das wahnsinnige Bedürfnis hatte, aus dem Bett zu springen und zum Bücherregal zu gehen. Vielleicht habe ich das auch nur geträumt, aber ich erinnere mich da noch an eine bestimmte Bildsequenz in einem *Wonder-Woman*-Comic von meinem Dad, *Gods and Mortals*.

Ich schiebe den Schreibtischstuhl zurück. Um mich herum stapeln sich schwankende Türme von Comic-Heften, meine und Dads. Manche seiner Comics sind so abgegriffen, dass die Seiten kaum noch in der Bindung halten. Ich habe das, wonach ich gesucht habe, nicht gefunden, stattdessen habe ich mich von etwas anderem ablenken lassen, über das ich zufällig gestolpert bin, eine Ausgabe von Dads *Batman: Year One*. Knapp hinter dem ersten Drittel des Heftes steckte ein Lesezeichen, ein Kassenzettel von der Tankstelle der Wasileskis. Dad hat dieses Heft sehr geliebt. Ich weiß nicht, wie oft wir diesen Comic hin und her getauscht haben und Dad mich ausgequetscht hat, wie ich den

Zeichenstil fände oder Millers Art, mit Catwoman und dem ganzen Zeug umzugehen. Aber ich habe in diesem Heft schon jahrelang nicht mehr gelesen, seit ich mir vor ein paar Jahren meine eigene gebundene Ausgabe gekauft habe. Ich habe mich immer gefragt, was Dad von der überarbeiteten Farbgebung meiner Ausgabe gehalten hätte.

Ich werfe einen Blick auf den Wecker auf dem Schreibtisch. Die pinkfarbenen Zahlen scheinen bei jeder Änderung intensiver und eindrücklicher zu klacken als sonst. Ich schnappe mir ein Kleid aus dem Schrank und beeile mich, unter die Dusche zu kommen.

* * *

Als ich in mein Zimmer zurückkomme, rubbele ich mir gerade die Haare trocken und habe deshalb die Ellbogen vor dem Gesicht, sodass ich ein paar Sekunden brauche, bis ich merke, dass Grady auf der Lehne meiner Couch sitzt.

Er springt auf, sobald er mich sieht, aber dann bleibt er irgendwie unentschlossen stehen, als wäre er nicht sicher, was er als Nächstes tun soll.

Ich erstarre und nehme seine Anwesenheit in meinem Zimmer voll und ganz in mich auf, seine zerzausten Locken und das zerknitterte *Cutty's Boxing Gym*-T-Shirt, die alten Jeans und dreckigen Hände, und das bedeutet, er ist eigentlich bei der Arbeit.

Auf seinem Gesicht liegt ein Anflug von Bartstoppeln und er sieht erschöpft aus.

»Grady, was machst du denn hier?«

Er fährt sich mit der Hand durchs Haar. »Ich weiß auch nicht. Ich habe eigentlich ein paar Kisten ausgeliefert, aber dann … war ich auf einmal hier. Ich wollte wieder gehen, aber ich bin nicht gegangen.« Er lässt sich auf meinen Schreibtischstuhl fallen und vergräbt das Gesicht in den Händen. »Alba, was ist eigentlich los mit uns?«

Ich pfeffere mein Handtuch auf den Boden und die kribbelige Verzweiflung schickt meine Stimme bis in die Stratosphäre. »Was los ist? Das weiß ich auch nicht, Domenic. Du bist derjenige, der angefangen hat mit diesem ganzen ›War nett, dich kennengelernt zu haben, alles Gute dann und tschüss‹. Und *du* bist auch derjenige, der scharf drauf war, das erstbeste Mädchen aus der Stadt, das sich auch nur ansatzweise für dich interessiert hat –« Ich hole tief und zittrig Luft. »Und da stellst *du* mir diese Frage?«

Grady wird rot. »Alba! Himmel! Es ist doch nicht so, als … Ich weiß doch gar nicht richtig, was ich eigentlich tue! Ich glaube, ich hatte recht damit, dass ich mich erst mal um meinen eigenen Kram kümmern muss, und du hattest auch recht, als du gesagt hast, du müsstest erst ein paar Sachen klären, aber –«

»Aber? Was *aber*, Grady?«

»Aber warum können wir das denn nicht zusammen machen?«, brüllt er los.

Ich lasse mich aufs Bett fallen und drücke mir ein Kissen an die Brust. Draußen dröhnt ein weiterer Song und drinnen hängt die Stille im Zimmer, voller Endgültigkeit. Mir rinnt kaltes Wasser aus dem Haar den Rücken runter. Ein Teil meines Gehirns brüllt mich an, jetzt endlich was zu sagen, aber der andere Teil weiß, dass er noch nicht so weit ist, das zu sagen, was er zu sagen hat.

Gradys müder Blick fällt auf meinen Schreibtisch. Ich habe Daniels Geschenke dort abgestellt und sie dann vergessen; und jetzt liegt sein Buch oben auf einem Stapel Comics wie ein fröhliches, kalorienarmes Siegeszeichen.

»Was ist das denn?«, fragt Grady. Er nimmt das Buch und betrachtet die Rückseite, dann sieht er mich verständnislos an. »Alba, warum liest du ein Diätbuch?«, fragt er ruhig.

»Ähm, das lese ich gar nicht, es ist nicht meins. Also, eigentlich ist es jetzt doch meins, aber nicht so richtig. Daniel hat es mir geschenkt. Er meinte irgendwie, es solle mich inspirieren«, sage ich im vollkommen misslungenen Versuch, unbeschwert und locker zu klingen. »Wenn man sich Indigos Muskeln so ansieht, würde ich sagen, das hier muss so was wie der Ring von *Green Lantern* unter den Diätbüchern sein.« Ich schlucke und meine Hände kribbeln plötzlich. Das hat nichts zu tun mit dem unheilverkündenden Klicken einer alten Standuhr, das jetzt durch die Lautsprecher dröhnt. Es liegt daran, dass Gradys Gesicht einen Ausdruck angenommen hat, den ich erst ein einziges Mal bei ihm gesehen habe, und zwar als Anthony mit Cleos Auto beim Zurücksetzen versehentlich über das Wissenschaftsprojekt gefahren ist, an dem Grady monatelang gearbeitet hatte. Seine Pupillen sind so erweitert, dass man das Braun seiner Augen fast nicht mehr sehen kann.

»*Was* hat Daniel gemacht?«, sagt er. Seine Stimme ist gefährlich ruhig, wie Dr. Manhattan in *Watchmen – Die Wächter*, kurz bevor er Rorschach verdampfen lässt.

»Mensch, Grady, es ist doch bloß ein Buch«, sage ich rasch. »Und wir wollten eigentlich gerade über uns reden –«

»Ja, bloß, dass es kein *uns* mehr gibt, oder, Alba?«

Er stürmt aus meinem Zimmer und schlägt die Verandatür so heftig hinter sich zu, dass das ganze Haus erzittert.

Ich überlege kurz, ob ich ihm hinterherrennen soll, aber meine Füße wollen sich nicht bewegen. Meine Augen verweilen auf Dads Comic und auf dem Bild von Cinnamon Girl auf meinem Bildschirm. Sie steht auf den Stufen vom *Albany's* und starrt die Main Street hinunter, die Augen auf einen unsichtbaren Punkt am Horizont gerichtet. Ich habe die Gebäude und den finsteren Hochradmann in der Ferne nur grob skizziert, und mir wird bewusst, dass sich meine Figur zwar mit jeder neuen Inkarnation verändert, dass ich aber meine Stadt perfekt zeichnen kann, ohne auch nur mein Zimmer verlassen zu müssen.

Ich werfe das Kissen zur Seite und springe vom Bett auf.

✿ ✿ ✿

Unser Haus riecht nach frischer Wäsche und nach Zimt. Ich hole Mums Fotoalben vom Schrank, trage sie ins Wohnzimmer und schiebe unsere Weihnachtsmänner beiseite, sodass ich die Alben auf den Sofatisch legen kann. Ich weiß nicht, wonach ich genau suche, aber ich setze mich auf den Boden und schlage das erste Album auf. Es ist eins von denen, in die Mum altes Zeug eingeklebt hat. Ein paar Seiten lang ist alles kunstvoll arrangiert, bis sie das Interesse verloren und die restlichen Fotos einfach nur noch reingehauen hat, neben Rezepten und den Speisekarten von Takeaways.

Viele Fotos zeigen Angie in ihrem letzten Jahr an der Highschool und in ihrer ersten Zeit an der Uni. Mum strahlt in ihrer Schuluniform und eine Schar Mädchen drängt sich um sie, alle auch mit Pferdeschwanz und strahlendem Lächeln. Die gleichen Gesichter begegnen mir noch auf einem weiteren

Dutzend Fotos, aber ich weiß, dass Mum heute Schwierigkeiten hat, sich an alle Namen zu erinnern. Am liebsten habe ich in diesem Album die zweite Hälfte, die eingestreuten Schnappschüsse von Mum an der Uni. Ihr Haar wird blau, sie hat Piercings in den Lippen, und neben ihr taucht immer häufiger Cleo auf. Daneben sind Konzertkarten eingeklebt und Einladungen zu Kunstausstellungen, und zwischen Mum und Cleo und ihren schrägen Freunden taucht das Gesicht meines Vaters auf, der allmählich in ihre Clique gerät.

Ich greife nach einem in grünes Leder gebundenen Album in der Mitte des Stapels, das ich mir seit Jahren nicht mehr angesehen habe. Die Bilder sind nach keinem erkennbaren System geordnet. Ein paar Bilder von Grady und mir, manchmal als schüchterne Vorpubertierende, manchmal als kleine Kinder mit klaffenden Zahnlücken. Außerdem Fotos von den unterschiedlichsten Veranstaltungen in Eden Valley, zum Beispiel, als die Alberts einen großen Kochwettbewerb im Anzac Park veranstaltet haben, der damit endete, dass der kleine Holzpavillon abgebrannt ist.

Und überall dazwischen, wie im Wimmelbilderbuch *Wo ist Walter?*, mein Dad. Ein Schnappschuss von ihm, wie er mit mir als Baby im Arm in seinem grünen Sessel vor dem Fernseher eingeschlafen ist. Ein Bild, auf dem er den Rasen vor dem Bungalow mäht, in dem wir gewohnt haben, als ich noch klein war. Eines, wo er Mum küsst, vor dem neuen Neonschild, das er über dem Spalier vom *Albany's* aufgehängt hat. Fotos von ihm und Mr Everson, wie sie vor dem Obst- und Gemüseladen die Bank aufstellen, und von ihm, wo er bei Cleos gelbem Haus den Zaun zur Farm repariert. Und eines, wo er, bedeckt mit Ruß und Asche, den Ridleys dabei hilft, den niedergebrannten Ziegenstall wieder aufzubauen. Es gibt Seiten, wo er mit Grady auf den Basketballplätzen von Merindale zu sehen ist, und von Grady und unserer Familie in *Fantastic-Four*-Kostümen, die wir – darauf hat Dad bestanden – in jenem Jahr zu Halloween tragen mussten. Und dann ist da noch das einzige Foto von ihm auf seiner blöden riesigen Kawasaki Vulcan. Das Motorrad glänzt so, dass es einen fast blendet, wahrscheinlich weil es zum tausendsten Mal an diesem Tag poliert worden ist.

Ich blicke vom Album auf. Dads grüner Lieblingssessel, durchgesessen und ausgeblichen, hat noch immer den Ehrenplatz in unserem Wohnzimmer. Seine juristischen Fachbücher stehen noch immer quer durch unser Bücherregal verteilt. Der Druck von Cecily Brown, den er für Mum gekauft hat, hängt noch immer über dem Wasserfleck an der Wand, und sein Gesicht strahlt uns von überall her entgegen, seine Fotos und seine Sachen und seine Anwesenheit sind so gegenwärtig wie immer, als wäre er nie fortgegangen.

Mein Dad, groß und breitschultrig und zuverlässig, genau die gleiche Haarfarbe wie ich, seine dunklen Augen fast genauso geformt wie meine. Immer mit einem Lächeln auf den Lippen, für jeden Spaß zu haben und viel zu laut.

Ich klappe das Album zu und lege es vorsichtig auf den Stapel. Wenn mein Dad mich jetzt sehen könnte, würde er vermutlich über meine Rührseligkeit die Augen verdrehen. Er würde mir mit dem Comic, den er gerade in der Hand hätte, auf den Hintern klatschen. Wenn er wüsste, was in meinem Kopf für ein Durcheinander herrscht, würde er mich wahrscheinlich in eine seiner riesigen, bärenhaften Umarmungen ziehen, in denen er mich immer fast erstickt hat, und mir dann mit einem Augenzwinkern seinen Lieblings-Vater-Rat herunterbeten.

Schmollen ist nur was für Nebenfiguren, Sarah Jane. Was würde Wonder Woman in so einer Situation machen?

Ich wische mir die Tränen weg und greife nach meinem Handy. Das Mobilfunknetz bricht allmählich zusammen, und ich brauche mit meinen ungeschickten, nervösen Fingern drei Versuche, ehe der Anruf endlich zustande kommt. Eine volltönende Stimme meldet sich.

»Hallo, meine Schöne, was gibt's?«

Ich werfe rasch einen Blick zum Wecker auf dem Schreibtisch. »Hallo Eddie, hast du gerade zu tun?«

Gedämpfte Stille, dann das Summen eines Motors – es klingt wie ein Traktor, der abgestellt wird. »Nee, ich versuche nur gerade, ein bisschen Futter umzuschichten. Mein alter Herr ist damit beschäftigt, im Werkzeugschuppen einen Harlem Shake hinzulegen, zusammen mit ungefähr hundert Idioten, die das Ganze für YouTube filmen. Dad sieht aus, als wären seine Eier in die Melkmaschine geraten, und ich glaube, er hat total vergessen, dass wir uns hier eigentlich um eine Farm kümmern müssten. Wie auch immer – was gibt's denn?«

Ich bemühe mich, mich nicht einmal von dem verstörenden Bild von Mr Palmer und seinen Genitalien ablenken zu lassen. »Eddie, ich brauche deine Hilfe. Kann ich vorbeikommen?«

Eine zögerliche Pause, dann antwortet Eddie: »Hm, bist du sicher? Nur du, und sonst keiner?«

»Genau, Ed, nur ich. Ich glaube, du könntest mir bei etwas helfen. Ich glaube, du bist vielleicht … der Einzige, der mir helfen kann.«

Auf der anderen Seite der Leitung herrscht verdächtige Stille, unterbrochen von entferntem, düsterem Muhen. »Alter«, sagt Eddie. »Alba, hat dir schon mal jemand gesagt, dass du eine … wie nennt man das noch – eine scheiß Ader für Drama hast?«

»Eddie – ich glaube, das könnte tatsächlich ein Großteil meines Problems sein. Ich komme jetzt zu dir rüber, in ein paar Minuten bin ich da, okay?«

Ich lege auf, ehe ich es mir anders überlegen kann. Dann ziehe ich mein Kleid aus und eine schwarze Jeans und mein rotes Glücksbringer-Hemd an, binde mein feuchtes Haar zu einem Knoten zusammen und ziehe ein rotes Tuch drüber. Ich betrachte mich im Spiegel und versuche, mein Gedankenkarussell zu stoppen, das mich ganz schwindlig macht. Keine Ahnung, ob ich damit Erfolg habe.

Zittrig gehe ich auf die Tür zu, aber im letzten Augenblick kehre ich wieder um und schnappe mir irgendeine pinkfarbene Post-it-Skizze vom Cinnamon Girl, die oben auf meinen Archivkartons liegt. Ich falte den Zettel in der Mitte und stecke ihn mir in die Gesäßtasche meiner Jeans.

Wenn sie so verdammt kompliziert ist, dann kann sie wenigstens mit mir zusammen leiden.

✿ ✿ ✿

Ich nehme die Straße zu Eddies Haus und hoffe, dass ich die Menschenmassen draußen umgehen kann. Aber das Getümmel ganz zu meiden, scheint nahezu unmöglich, denn sogar auf den kleinen Straßen mit den riesigen Schlaglöchern herrscht Gedränge. Ich gehe an Leuten vorbei, die im Schatten von Eukalyptusbäumen tanzen, und an Leuten, die vor einem kleinen dreirädrigen Wagen Schlange stehen, um gegrillte Maiskolben zu kaufen, die höchstens noch dem Hygienestandard im mittelalterlichen Usbekistan entsprechen – wenn der mittelalterliche usbekische Lebensmittelkontrolleur blind und sturzbesoffen war. Ich schätze mal, die Leute messen dieser ganzen YOLO-Lebensweise nicht unbedingt die gleiche Bedeutung bei.

Ich bahne mir einen Weg durch ein Meer von sonnengebräunten Menschen, vorbei an jeder Menge halb nackter Brüste, durch Schwaden von Sonnencreme-Dunst und Staub. Würde sich die Stimmung in der Atmosphäre für die Augen sichtbar manifestieren, würde man sicher kobaltfarbene Blitze durchzogen von weißglühendem Ektoplasma sehen, wie bei irgendwelchen Comic-Superheldinnen, die mit kosmischer Energie aufgeladen sind und ihren Kräften freien Lauf lassen. Die Luft vibriert geradezu vor Erwartung.

Ich sehe zu, dass ich schnellstmöglich zum Hof direkt vor dem Haus der Palmers komme. Eddie schaut finster drein, als er mir das Tor im Zaun öffnet und mich hastig hereinzieht. Er trägt seine abgenutzte Arbeitsjeans und ein angeschmutztes weißes Unterhemd, seine Arme sind voller Motorenöl und Schweiß. Ich packe seinen glitschigen Unterarm und klammere mich an ihm fest, als ginge es um mein Leben.

»Bist du hintenrum gekommen?«, fragt Eddie und stützt mich ab. »Weißt du, dass ein paar eingeschworene Science-Fiction-Gläubige an der Auffahrt entlang Solarleuchten aufgestellt haben? Einer von denen hat Dad gesagt, sie bauen eine Landebahn für Außerirdische, nur für den Fall der Fälle. Verdammt, ich glaube, er hat das wirklich ernst gemeint. Alba, ich sag dir, wenn der Weltuntergang kommt, dann werden diese scheiß Star-Treck-Träumer verdammt enttäuscht sein.«

Ich mache mich aus seinem Griff los. »Ed – es ist dir vielleicht nicht aufgefallen, aber dort draußen tobt schon seit Tagen eine einzige, fette Party. Arbeitest du wirklich immer noch?«

Eddie knurrt. »Die Kühe warten nicht auf den Herrn. Hier auf der Farm bleibt die Zeit nicht stehen, auch wenn mein Alter meint, dass es die wichtigste Aufgabe im ganzen Universum ist, die Musikanlage zum Laufen zu kriegen.«

Die Sommersonne stellt interessante Dinge mit Eddies Haut an; seine Sommersprossen sind an einigen Stellen so dicht geworden, dass sie sich zu orangestichigen Flecken zusammengeschlossen haben, wie Inseln auf der Landkarte einer blassen, muskulösen Landschaft. Auf seinem rechten Unterarm prangt ein kunstvoller Sommersprossen-Fleck, der, wenn ich die Augen zusammenkneife, ein bisschen aussieht wie das Fledermaus-Symbol von Batman. Ich konzentriere mich darauf, aber ich merke, dass Eddie sehr schnell sehr ungeduldig wird, also hole ich tief Luft.

»Also, pass auf, Eddie, es ist so, ich werde dich jetzt um etwas bitten, und du darfst nicht ausflippen, denn ich bin selbst ganz kurz davor, auszuflippen, und du musst mir unbedingt sagen, dass alles gut gehen wird ...«

»Alba, quatsch nicht drumrum«, knurrt Eddie. »Komm endlich zum Punkt.«

Ich reiße meinen Blick von seinen faszinierenden Armen los und sehe ihm ins Gesicht.

»Ed – ich muss eins von euren Motorrädern ausleihen. Nein, eigentlich ... musst du mich mitnehmen. Auf einem Motorrad. Und du musst es jetzt sofort machen, bevor ich es mir anders überlegen kann.«

Eddie blinzelt mich verwirrt an. Ich starre ihm weiterhin ins Gesicht; mein unbekümmerter Riese von einem Freund, mit seinem runden Gesicht und seiner tiefen Männerstimme und seinem Körper wie eine Scheunenwand. Seine blassgrünen Augen sind unergründlich. Aber unter seinen Sommersprossen ist Eddie blass geworden.

»Alba«, sagt er, »willst du das wirklich mit mir tun? Ich meine, zum Teufel, du weißt schon ... ich würde alles für dich tun. Aber ich glaube nicht, dass ich der Mensch bin, dessen Hand du halten willst, während du die Erleuchtung-des-Letzten-Tages oder so einen Scheiß hast –«

Ich stampfe mit dem Fuß auf. »Jetzt komm schon,

Eddie! Ihr habt doch immer noch eure Gelände-Motorräder, oder?«

»Ja, die haben wir schon … aber … *Scheiße*, Alba, bist du dir wirklich sicher, dass du das tun willst? Ich meine, du weißt doch, dass es einen guten Grund dafür gibt, dass wir versucht haben, die Maschinen möglichst außerhalb deiner Sicht zu halten, oder?«

Ich schlucke gegen einen Kloß in meiner Kehle an, der gut und gern die Größe einer Grapefruit erreicht hat. Ein Teil von mir will sich einfach nur an Eddies breite Brust werfen und heulen. »Ed, das weiß ich. Ich weiß genau, was ihr alle für mich getan habt. Und ihr habt keine Ahnung, wie sehr ich euch für das alles liebe, aber –« Ich hole noch mal tief Luft, halte ein paar Sekunden den Atem an und atme dann ganz langsam wieder aus. »Genau deshalb bitte ich dich um Hilfe. Ich bin mir ganz und gar nicht sicher, aber ich muss das einfach machen. Es ist … einfach notwendig. Hilfst du mir, Ed? Bitte!«

Eddie starrt mich an und wischt sich die Hand an der Jeans ab. »Klar doch«, sagt er ruhig. »Versprich mir nur, dass du keinen Nervenzusammenbruch kriegst oder so. Mein Dad und seine Midlife-Crisis sind schon mehr, als ich im Moment auf die Reihe kriegen kann. Bitte immer nur eine scheiß Psychokiste auf einmal.«

»Ed, ganz ehrlich – ich glaube, ich habe gerade eine monstermäßige Psychokiste am Laufen. Aber …

ich weiß nicht, ob das unbedingt was Schlechtes sein muss. Natürlich könnte ich bald anderer Meinung sein, wenn ich als blutiger Fleck an der Unterseite einer Kuh ende.«

Eddie legt mir den Arm um die Schultern, und ich strenge mich heldenhaft an, unter seinem Gewicht nicht zusammenzubrechen. »Alba, die letzten paar Tage hab ich gedacht, ich hätte jede einzelne gottverdammte bekloppte Sache gesehen, die das Universum zu bieten hat. Aber das hier ... Ich schätze, wenn die Nixen und Wassermänner vom Uranus uns diese Nacht vom Planeten pusten, überrascht mich das kaum noch.«

Er führt mich über den gepflasterten Pfad hinten ums Haus rum. Und ich habe null Lust darauf, weiter rumzujammern, also gehen wir nervös und schweigend nebeneinander auf den Verschlag im Schatten der Melkkammer zu.

✿ ✿ ✿

Eddie knipst die nackte Glühbirne an und meine Augen müssen sich erst noch ans Dunkel gewöhnen. Im Schuppen ist es merkwürdig kühl und auch der Lärm von der nördlichen Weide dringt nur gedämpft herein. Die Wände sind von Spinnennetzen überzogen, und auf den Regalen liegen Werkzeuge und Farbdosen, aber mein Blick richtet sich instinktiv auf die drei abgedeckten Umrisse in der Mitte des Schuppens.

Ed wischt die Spinnweben beiseite und reißt die Abdeckplane von etwas herunter, was mir bekannt vorkommt.

Es ist die rote Honda, die ich seit Jahren nicht mehr gesehen habe. Klein, glänzend und mit weniger Power als irgendwas, was für Dad wirklich von Interesse gewesen wäre, aber trotzdem – da ist sie. Zwei Räder, ein Sitz, ein Schlüsselanhänger mit einer Minidose Heineken, der an der Zündung baumelt, und eine Aura von Selbstgefälligkeit, bei der ich am liebsten sofort in ihre dämlichen Stahl-Kettenräder treten würde.

Eddie rollt das Bike zum Eingang des Schuppens und schwingt sein langes Bein mühelos über den Sitz. »Howie bringt mich um, wenn wir die Bushlander nehmen, also muss es das hier tun.«

Ich verstehe genug von Motorrädern, um zu begreifen, dass der Sitz keineswegs für zwei Leute gemacht ist. Eddie schiebt seinen Hintern so weit zurück, wie es nur geht, die Füße zu beiden Seiten des Motorrads in den Boden gestemmt. Er sieht mich unsicher an.

»Alba, vielleicht willst du es … ich weiß auch nicht … langsam angehen lassen? Dich erst mal draufsetzen und ein Gefühl dafür kriegen –«

»Ed, für so was hab ich keine Zeit!« Ich rücke das Tuch um meine Haare zurecht und zucke zusammen, als ich merke, wie meine Stimme sich anhört. Ich denke an den Rat von Miss Oxenbury, meiner Kindergartenlehrerin, und lasse die Stimme ein paar Oktaven tiefer rutschen. »Das ist wohl, wie wenn man ein Pflaster abreißt, oder? Mit einem schnellen Ruck und so.«

Dann marschiere ich auf das Motorrad zu, schwinge mein Bein darüber und rücke auf dem Sitz in die richtige Position. Ich sitze jetzt vor Eddie, mit geradem Rücken und hoch erhobenem Kopf.

Gleich darauf klettere ich wieder runter und kauere mich auf den Betonboden, den Kopf auf die Knie gelegt, bis mein Atem nicht mehr so klingt wie ein Warzenschwein mit Asthma, das dringend eine Lungentransplantation braucht. Und dann, ganz plötzlich, verschwindet das Zögern aus Eddies Gesicht.

»Alba, hör zu, ich weiß nicht, was du dir von dieser Sache erwartest. Versteh mich nicht falsch, ich bin sehr dafür, nach einem Sturz wieder aufs Pferd zu steigen, aber …«, er klopft auf den Sattel des Motorrads, »aber das hier? Du wirst hiermit nicht die Geheimnisse des Universums entschlüsseln oder so einen Scheiß. Wir fahren einmal um die südliche Weide herum. Vielleicht wirst du das Bewusstsein verlieren, vielleicht auch nicht. Aber wenn du es tun willst – dann zieh es Scheiße noch mal durch! Hör auf, so angestrengt drüber nachzudenken und … mach einfach los, immer deinem Bauchgefühl nach!«

Er wirft hilflos die Arme in die Luft. Und dann streckt er mir die Hand entgegen.

Ich stehe wieder auf und ergreife seine Hand. Als ich diesmal das Bein über den Sattel schwinge, kneife ich die Augen fest zusammen und packe die Griffe, als könnte ich meine Hände dazu zwingen, dort zu bleiben, auch wenn der Rest meines Körpers am liebsten flüchten würde. Ich konzentriere mich auf den Sitz unter mir, auf den massigen Körper von Eddie hinter mir und auf seinen vertrauten Geruch nach Heu und Schweiß und Kernseife.

Ed beugt sich vor und legt seine Hände über meine, seine Schultern umschließen mich, als säße ich in einem Käfig. Als winziger Trost durchzuckt mich der beschämende Gedanke, dass Eddies Körper meinen Sturz etwas dämpfen würde, sollte es so weit kommen.

»Alba, du musst nur ein Wort sagen, dann fahre ich sofort rechts ran. Und wo ich gerade darüber nachdenke: Vielleicht sollten wir ein Signal vereinbaren? Wenn du willst, dass ich anhalte …«

»Du meinst so was wie ein Safeword? Ed, ich hab dich sehr gern, aber so weit möchte ich deine Farmerjungs-Fantasien nun wirklich nicht erkunden.«

Ich muss mich gar nicht erst umdrehen, um zu wissen, dass Eddie knallrot wird, hinauf bis zum Haaransatz seines rasierten Schädels. »Himmel, Alba!«, murmelt er. »Du willst mich doch nicht auf solche Gedanken bringen, bevor wir das hier tun.«

Ich halte meine zitternden und schwitzenden Hände still und kneife wieder die Augen zusammen. »Tut mir leid, Ed. Du weißt, dass ich immer Blödsinn quatsche, wenn ich nervös bin. Ich bin jetzt so weit. Aber ich muss dich warnen, es könnte sein, dass ich kotze.«

Ich spüre, wie er lacht. »Alles klar. Mit Kotze werd ich fertig. Los geht's!«

Eddies Finger schließen sich sanft um meine Hand. Zusammen drücken wir die Kupplung, treten den Starter und mit einem stotternden Husten erwacht das Motorrad zum Leben.

Ich atme tief durch. Und ich lasse zu, dass die Erinnerung heraufbeschworen wird an das letzte Mal, als ich auf einem Motorrad gesessen habe. Der eisige Winterwind brannte mir auf den Wangen und ich spürte die in Leder gekleideten Arme meines Vaters um mich. Und das Verrückteste daran ist, dass ich bei dieser Erinnerung nicht vollkommen die Nerven verliere, wie ich es erwartet hätte. Auch nicht beim Stottern des Motors, das mir die Knochen durchschüttelt, und auch nicht beim Aufheulen der Maschine, bei dem mir ganz flau im Magen wird. Ich denke an den Tag, an dem das Motorrad meines Dads aus der Einfahrt donnerte und nie mehr zurückgedonnert kam.

Mit einem Ruck schießt der Boden davon. Plötzlich tanzen gelbe Lichter hinter meinen Augenlidern, als wir aus dem Dunkel herausfahren. Und dann ist da dieses rauschende, wohlbekannte Gefühl von Übermut und Geschwindigkeit.

Ich glaube, ich habe nach dem Moment gesucht, in dem alles absolut *richtig* sein würde. Ich hatte mir vorgestellt, wie ich aufrecht dastehen würde, groß und beherzt, wie ein stattlicher weiblicher Hulk, nur nicht so grün. Irgendwie hab ich gedacht, ich würde jauchzend in den Sonnenuntergang hineinfahren, während der Wind durch mein Haar peitscht, und einen triumphierenden Schrei ausstoßen, dass die Vögel von den Bäumen flattern. Ehrlich, sollte ich Cinnamon Girl jemals hinten auf einem Motorrad zeichnen, wird ihr scharlachrotes Haar kunstvoll im Wind flattern und in seiner ganzen Pracht hinter ihr herwehen.

Aber jetzt, wo die Vorstellung Realität wird, halte ich die Griffe umklammert, presse den Körper an Eddie, der den Lenker fest und sicher hält, bis wir auf ebeneren Grund kommen. Dann lockert er den Griff ein wenig und gibt mir mehr Kontrolle über das Motorrad. Ich lehne mich in dieselbe Richtung, in die er sich lehnt, so wie ich es gelernt habe, damals, als ich nichts lieber getan hätte, als meine gesamte Freizeit mit meinem Dad auf einem Motorrad zu verbringen. Mein Atem geht stoßweise und keuchend, aber ich werde weder ohnmächtig, noch kotze ich, und ich muss sagen, da bin ich ziemlich stolz drauf.

Irgendwann schaffe ich es, eines meiner Augen zu

überreden, dass es sich einen Spalt weit öffnet. Wir sind irgendwo im hinteren Bereich der Farm der Palmers, da wo dichtes Buschland auf das offene Weideland trifft. Ein paar Kühe starren in unsere Richtung, aber ihre schwarz-weißen Schnauzen wirken reichlich desinteressiert. Jetzt, wo ich ein Auge offen habe, merke ich, dass wir nicht gerade rasen – bei der Geschwindigkeit, die Eddie angeschlagen hat, könnten uns Rosie Addler und Lucy Albington bei einem ihrer Power Walks vermutlich locker überholen.

Ich zwinge auch das andere Auge dazu, sich zu öffnen. Und als Eddie an der Baumreihe entlangfährt, stupse ich ihn leicht mit dem Ellbogen in die Rippen und zerre an seinen Hände. Eddie scheint zu verstehen, was ich will, denn er nimmt seine Hände ganz weg und überlässt mir für die Rückfahrt den Lenker.

Ich beschleunige. Das schwächer werdende Sonnenlicht schimmert auf der Honda. Ich bin geblendet und die warme Brise lässt mir den Schal gegen die Ohren flattern. Aber ich jauchze nicht. Ich schreie nicht in den Sonnenuntergang, ich höre nicht mal Jubelchöre mit frohlockender Musik in meinem Kopf. Das einzige Lied, das ich hören kann, als wir wieder in Richtung Schuppen fahren, ist das von vielen Hundert Kehlen gemeinsam gesungene »Love Shack«, das von der nördlichen Weide zu uns herüberklingt.

Ich halte an und Eddie macht den Motor aus. Ich rutsche seitwärts vom Sitz herunter und drücke meine Stirn auf die Erde. Und dann breche ich in Gelächter aus.

Eddie sinkt hastig neben mir zu Boden. »Alba, geht's dir auch gut? Scheiße, ich wusste, ich hätte vorher noch die Mädels anrufen sollen, dass sie herkommen – verdammt! Willst du vielleicht eine Tasse Tee?«

»Eddie«, bringe ich zwischen Lachen und Weinen hervor, »ich habe mich gerade wahrscheinlich der traumatischsten Erfahrung meines Lebens ausgesetzt. Ich habe dem Tod ins Auge geblickt, Ed! Ich habe sozusagen ohne Rücksicht auf Verluste meine Dämonen ausgetrieben – und alles, was dir jetzt einfällt, ist *Tee*?«

»Verdammt noch mal«, brüllt er, »was weiß denn ich!«

Ich fasse Eddie um die Taille und ziehe mich auf die Knie hoch. Und dann lege ich ihm die Hände auf die Wangen und gebe ihm einen dicken Kuss auf die Stirn. Eddies sommersprossengesprenkeltes Gesicht, das die Farbe von Himbeermarmelade hat, nimmt jetzt die Farbe von Roter Bete an.

»Francis Edwin Palmer. Du bist der Großartigste aller Großartigen. Du bist wirklich der tollste Mensch, den ich kenne. Weißt du das eigentlich?«

Eddie räuspert sich. »Na ja, ich habe doch gar nichts

gemacht. Außer, du weißt schon, dafür gesorgt, dass wir keine Kuh umfahren. Aber … geht's dir auch wirklich gut?«

Ich lasse mich auf den Hintern plumpsen. »Willst du das wirklich wissen? Ed, ich glaube, mir geht's richtig, richtig gut. Ich bin einfach *nur da*. Wer hätte das gedacht!«

Eddie schlurft in den Schatten und ich gehe zu ihm. Er sieht mich an. »Und? Hast du gefunden, was du gesucht hast?«

Ich sehe auf, als weitere Hubschrauber heranfliegen und über uns kreisen. Ich kann mir nur ansatzweise vorstellen, wie wir alle von da oben aussehen müssen. Durch die Soundanlage bellt eine Stimme »Willkommen am Ende des Universums, Eden Valley!«, und vorne vor der Farm bricht Jubelgeschrei aus.

»Ed, ich weiß, das klingt jetzt alles total schwammig, aber ich weiß ehrlich nicht, wonach ich suche. Aber mit einer Sache hast du völlig recht gehabt. Ich glaube nicht, dass ich je einen erleuchteten Augenblick erleben werde. Zumindest nicht, wenn ich mit zwanzig Stundenkilometern auf einer Honda durch die Gegend fahre.«

»Und wozu zum Teufel war dann die ganze Sache gut?«

Ich lehne mich an die kühle Schuppenwand. »Du und ich … wir waren da noch keine Freunde, oder, Ed? Ich meine, damals, als mein Dad …«

»Nein, das waren wir nicht. Aber ich kann mich gut dran erinnern«, sagt er ruhig. »Ich hab dich immer in eurem Garten gesehen, der bestand damals nur aus Unkraut und dem Trampolin …« Er räuspert sich. »Nachdem diese Sache passiert war, habe ich dich und Grady immer da draußen sitzen sehen. Ihr habt nie was anderes gemacht. Nur immer zusammengeklebt, als hätte man euch aneinandergeschweißt, und ihr saht aus, als hätte das Leben euch beide echt in die Eier getreten. Das konnte mir auf keinen Fall entgehen, Alba. Verflucht, die ganze Stadt ist bei der Sache mit deinem Dad durchgedreht. Und G-Man und ich hatten gerade angefangen, ein bisschen was zusammen zu unternehmen … Er war auch ganz schön durch den Wind wegen dieser Sache. Ja, ich erinnere mich genau, was das für eine Scheiße war«, sagt er hilflos.

Ich ziehe die Knie an die Brust. »Ja, das kann man wohl sagen. Und genau darum geht's, Eddie. Ich glaube, trotz allem war es nie der schreckliche Unfall, der mir am meisten Angst gemacht hat. Ich glaube, was mir am allermeisten Angst gemacht hat, war vielleicht dieses Gefühl der … Erwartung. Die Angst, so etwas noch einmal durchleben zu müssen.«

Eddie schweigt lange. »Du willst also damit sagen«, bringt er langsam hervor, »dass du wegen der Vorstellung, du könntest ausflippen, mehr ausgeflippt bist als bei der echten Sache, von der du dachtest, sie würde dich ausflippen lassen? Ach, Scheiße. Das ist ganz schön … *verängstigt*. Sogar für deine Verhältnisse.«

Ich muss lachen. »Ich weiß, dass es keinen Sinn ergibt, aber …«

»Nee«, sagt er und schüttelt den Kopf, »das ergibt sehr wohl Sinn. Ich weiß nicht, ob dir das klar ist, Alba, aber du hast die Gabe, an Sachen festzuhalten und dich an sie zu klammern, als hinge dein Leben davon ab. Du bist beschissen darin, Dinge loszulassen. Negative Dinge … und genauso auch alle anderen.«

Ich hake mich bei ihm ein und lege ihm den Kopf auf die Schulter, die warm ist von der Sonne. »Reicht es denn nicht, wenn ich nur eine Erkenntnis auf einmal habe, Ed? Ich verstehe ja, dass du mich für einen Nostalgie-Hamster hältst. Aber ich liebe diesen Ort nun mal so sehr! Ich liebe *euch*, alle meine Freunde! Dich und Petey und Tia und Caroline und … ich meine, so viel Glück muss man doch erst mal haben! Ich weiß, dass ich nie wieder solche Freunde wie euch finden werde.«

Eddie schnaubt. »Na, ich zumindest bin ganz bestimmt unersetzlich.« Er seufzt und lehnt seinen Kopf an meinen. »Weißt du, ihr alle seid so damit beschäftigt, zu planen und euch Stress zu machen und rumzurennen wie die kopflosen Hühner. Ihr schaut nach hinten und nach vorne und überallhin, bloß nicht auf das, was direkt vor eurer Nase liegt –«

»Hey, auf mich trifft das aber nicht zu! Ich wollte nie irgendwas anderes, als im Hier und Jetzt zu sein –«

»Ja, klar doch! Das sagt das Mädchen, das sein halbes Leben damit verbringt, aus den Fenstern der Bäckerei zu starren, mit dem Kopf in den Wolken! Wenn ich einen halben Dollar bekommen würde für jedes Mal, wo ich den Satz ›Alba, hörst du mir überhaupt zu?‹ gehört hab, dann könnte ich mich jetzt auf Hawaii zur Ruhe setzen, mit dem Covergirl, das letzten Monat auf der *Maxim* war.«

Ich mache meinen Arm wieder von ihm los. »Was willst du damit sagen, Eddie?«

Eddie verschränkt die Arme vor der Brust. »Ich will damit sagen, Alba, du kannst so viel drauf rumreiten, wie du willst, dass du glücklich bist. Ich behaupte ja nicht, dass du es *nicht* bist – nur, dass es auch noch was anderes gibt, das du gerne hättest. Sachen, die dir immer schon im Kopf rumgehen, seit ich dich kenne. Sachen, bei denen du mit einem Fuß hier auf dem Boden stehst und mit dem anderen weiß der Kuckuck wo in deinem Kopf. Also, wovor hast du Angst?« Er seufzt wieder. »Und die andere Frage ist, warum du nicht mit Grady über diese ganze Sache redest.«

»Domenic will nicht mit mir reden«, stoße ich hervor. »Wenn er zu feige dazu ist, dann kann ich auch nichts dagegen tun. Ich habe jedenfalls nichts falsch gemacht.«

Eddie späht zu den kreisenden Hubschraubern hinauf. »Sarah Jane. Du bist ein echt cooles Mädchen. Aber soll ich dir mal was sagen?« Er tippt mir mit einem Wurstfinger sanft auf den Kopf. »Ich glaube, du hast zu viel Angst, um irgendwas anderes auszuprobieren, also machst du einfach die Augen zu und hoffst, dass alles so weiterläuft wie bisher. Aber irgendwo da drinnen in deinem Kopf, das glaube ich wirklich, weißt du genau, dass du nur zu lächeln brauchst, und Grady würde sich vor dich werfen und jede Kugel abfangen …«

»Eddie, das ist verdammt unfair – und außerdem ist Grady überhaupt nicht so gefühlsduselig …«

»Nein, das ist alles andere als unfair. Hast du jemals sein Zimmer angesehen?«

»Ich bin schon tausendmal in Gradys Zimmer gewesen …«

»Ja, klar, aber hast du es dir jemals wirklich *angesehen*? Denk mal nach! Verflucht, Alba …« Er schüttelt den Kopf. »Vertrau mir. Sieh einfach mal genau hin.«

Ich schlucke, aber mein Mund ist trocken wie die Sahara. Ich starre auf den Horizont, als würde die untergehende Sonne die Antworten auf Fragen beleuchten, die nur ganz am Rande meines Bewusstseins liegen.

»Eddie«, flüstere ich. »Ich kenne mich und mein Leben hier in- und auswendig. Ich mag diese Version von mir, ich mag mich so, wie ich gerade bin. Was ist … wenn ich mit allen anderen Versionen von mir nicht so gut klarkomme?«

Eddie steht auf und hilft mir auf die Füße. Und dann umarmt er mich halb, ehe er sich um das Motorrad kümmert. »Tja. Aber andererseits – was ist, wenn du nicht ewig Zeit hast, um das rauszufinden?«

Er dreht mir den Rücken zu, schiebt die Honda in den Schuppen und lässt mich draußen im schwächer werdenden Sonnenlicht stehen. Mir ist plötzlich ganz schwindlig. Das ist total merkwürdig – und sicherlich auch beängstigend ohne Ende –, aber nicht durch und durch unerfreulich. Es fühlt sich an, als würde der Boden unter meinen Füßen – zurechtgerückt.

»Eddie, danke!«, rufe ich. »Für alles. Wenn die Welt zu Ende geht, sollst du wissen, dass es mir jedes einzelne Mal leidtut, das ich dich einen Arsch genannt habe. Ich bin wirklich und echt ehrlich froh, dass du mein Freund gewesen bist.«

Eddie winkt mir kurz mit zwei Fingern zu. »Verzieh dich«, sagt er grinsend und macht die Tür hinter sich zu.

14

Auf dem Rückweg zum *Albany's* nehme ich die Main Street, und während ich nach Hause eile, verblassen die letzten Sonnenstrahlen in Eden Valley. Ich habe keine Ahnung, wie ich aussehe, doch anscheinend verfehlt mein Gesichtsausdruck die beabsichtigte Wirkung nicht, denn die Leute auf der Straße weichen mir hastig aus, wenn ich mit den Stiefeln Bierdosen und leere Plastikbecher von Instant-Nudeln zur Seite kicke.

Zu Hause stürme ich sofort in mein Zimmer. Meine Fingerspitzen brennen, als würde ich damit über die Gasflamme eines Backofens streichen. Ich schnappe mir einen neuen Skizzenblock und eine Handvoll Bleistifte und setze mich im Schneidersitz auf den Boden. Und dann berührt die Bleistiftspitze das Papier und meine Hände setzen sich in Bewegung.

Mit ein paar Strichen skizziere ich eine Zeichnung, die in die Geschichte einführt und fast das ganze Blatt ausfüllt. Meine ursprüngliche Idee einer Lagerhaus-Wohnung, ausgestattet mit entsprechenden Möbeln, lasse ich sausen. Bei genauerem Nachdenken habe ich mich da mit ziemlicher Sicherheit unbewusst von *V wie Vendetta* inspirieren lassen.

Stattdessen zeichne ich einen kahlen, hügeligen Horizont. Die obere Hälfte des Blatts fülle ich mit einem sternenübersäten Himmel, darunter setze ich eine Reihe Roter Eukalyptusbäume, die in der Ferne Wache stehen. Im Vordergrund skizziere ich mein Cinnamon Girl. Sie hat den Blick abgewandt und wirkt in der Weite des Raums ziemlich klein. Ich zeichne sie ganz schlicht – die Arme hängen herab, die Füße stehen leicht auseinander und ihr Kopf ist ein bisschen nach oben gewandt, sodass sich ihre Locken über den Rücken ergießen. Am liebsten würde ich jetzt noch zig Details mit auf das Bild packen, ein verwittertes, weiß gestrichenes Holzhaus und ein gelbes dazu, das wie ein Lebkuchenhäuschen aussieht; eine Sippe von verblassten Gartenzwergen; ein Pub mit zwei verrückten Mums am Fenster; ein Motorrad mit einem freundlich grinsenden, breitschultrigen Fahrer; einen pummeligen Jungen im *Toy-Story*-Pyjama; und schließlich im Hintergrund einen Jungen mit Lockenkopf und einem liebenswürdigen, schüchternen Lächeln.

Ich füge mit ein paar weichen Konturlinien die Felder hinzu und fülle sie mit etwas Schraffur, um das Licht des Mondes, der nicht auf dem Bild zu sehen ist, anzudeuten. Doch dabei belasse ich es dann. Diese klare Komposition hat etwas, das mir sehr gefällt. Und der Nachthimmel ist wie geschaffen für Schrift, wenn ich mir erst einmal überlegt habe, was dort stehen soll.

Stattdessen setze ich erst mal einen schmalen vertikalen Panel mit einer dünnen, durchlässigen Umrahmung rechts aufs Blatt und zeichne Cinnamon Girl im Profil. Ihr lockiges Haar quillt über den Rahmen hinaus, und ihr Gesicht wirkt so ruhig, wie ich es seit Langem nicht mehr gesehen habe; vielleicht ein wenig selbstbewusst – aber hey, ich denke, genauso könnte sie sein. Hier verzichte ich auf einen Hintergrund. Sie könnte in Paris oder New York sein, in einem heruntergekommenen Diner am Ende der Welt sitzen oder auch geradewegs über den Mond laufen. Ich könnte sie überallhin platzieren oder alles offen lassen. Dann verbringe ich einige Zeit damit, ihre athletischen Beine zu zeichnen, mit denen sie resolut durch das ansonsten leere Bild stolziert. Mit dem kleinen Finger verwische ich die Details des riesigen Stiefels an ihrem vorderen Fuß, der ganz aus dem Bild heraustritt.

Ich lehne den Kopf gegen die Couch und die reale Welt kommt langsam wieder zurück. Die Musik von der Farm nebenan klingt fieberhaft und ekstatisch, wie die Klänge einer gigantischen Party, die langsam in Schwung kommt und möglicherweise das Ende aller Partys einläutet.

Ich schließe die Augen. In meinem Körper vibriert es und ich verspüre eine ganz seltsame Mischung aus schwindelerregender Unruhe und ruhiger, klarer Gewissheit. Als ich meinen Mund berühre, merke ich, dass ich lächle.

Ich springe rasch unter die Dusche und schlüpfe in mein kirschrotes Matrosenkleid und die Chucks. Dann schüttle ich meine Mähne aus, streiche den Pony glatt und zwinge meine Füße, mich aus meinem dämmrigen, sicheren Zimmer zu tragen.

✿ ✿ ✿

Mum sitzt an der Küchentheke und blickt stirnrunzelnd auf ihr Handy. Als ich den Kopf hereinstecke, sieht sie auf.

»Hey, Mum, ich gehe aus. Was machst du heute Abend?«

Mum winkt mich zu sich. »Cleo kann noch nicht von der Arbeit weg, aber sobald sie fertig ist, gehe ich zu ihr rüber. Willst du nicht später nachkommen? Ich möchte wirklich nicht, dass du heute Nacht allein draußen unterwegs bist, Alba.«

»Warum nicht? Jetzt mal im Ernst, Mama, sollte der böse Krieger Thanos vorhaben, den Planeten auszulöschen, dann hab ich doch hier einen Platz in der ersten Reihe.«

Mum verdreht die Augen. »Ja, und deine besonderen Fähigkeiten sind in diesem Fall zweifellos praktisch. Aber trotzdem, versprich mir, dass du vor Mitternacht zu uns kommst. Und verlass dich bloß nicht auf dein Handy.« Mum spielt nachdenklich an ihrem Zungenpiercing. »Grady war vorhin kurz da und hat nach dir gesucht«, sagt sie leichthin. »Er hat eine Weile mit einem Gesicht wie drei Tage Regenwetter in der Küche gesessen, bevor er wieder abgezogen ist. Schätzchen … ist alles in Ordnung zwischen euch beiden?«

»Er ist zurückgekommen?« Ich richte mich kerzengerade auf. »Nein. Es ist nicht alles in Ordnung. Nicht im Geringsten. Aber Mum, Domenic hat sich geschnitten, wenn er meint, ich lasse ihn weiter die beleidigte Leberwurst spielen. Ich muss mir ein paar Dinge von der Seele reden, und er wird mir zuhören, selbst wenn ich ihn vorher fesseln muss. Die Welt geht nicht unter, bevor ich ihm nicht das gesagt hab, was ich sagen will.«

Mum lächelt. »Gut, dass ich das weiß.« Sie steht mit vorsichtigem Lächeln auf, und ihre Augen werden feucht, als ihr Blick wehmütig auf mir ruht.

»*Oh-oh*. Was ist denn, Angie? Sieht ganz so aus, als hättest du einen deiner sentimentalen Momente.«

Mum schüttelt den Kopf. »Schon gut. Es ist nur … manchmal sehe ich dich an, und du siehst ihm so ähnlich … und wenn du so laut und pampig wirst, dann klingst du ganz genauso wie er …«

»Vielen Dank, Mum. Gut zu wissen, dass man mich

für einen Zwei-Meter-Mann mit der Statur eines Grizzlybären halten könnte.« Ich lächle sie an. »Und überhaupt. Du weißt schon, Dad würde wahrscheinlich behaupten, er sähe in einem Kleid viel besser aus als ich.«

Mum lacht. »Ja, er fand seine Beine immer ganz besonders toll.«

Ich gehe zu ihr hinüber und schlinge meine Arme ganz fest um sie. In den letzten paar Jahren haben sich unsere Gespräche über Dad meist auf die Augenblicke beschränkt, in denen wir uns mal so richtig ausheulen mussten. Aber seltsamerweise bin ich im Moment gar nicht so nah am Wasser gebaut. Im Gegenteil – ich spüre wieder diese vibrierende Unruhe in mir, eine Art Bestimmung, die mich antreibt.

Mum macht einen Schritt zurück und grinst mich an. »Du gehst jetzt wohl besser. Du weißt ja, dass dein Freund so stur sein kann wie ein Esel. Aber er ist nie lange sauer. Und er weiß gar nicht, wie er es anstellen soll, auf dich wütend zu sein, Sarah.«

Ich hole tief Luft. »Das hoffe ich sehr, Mum.«

Mein Blick wandert suchend durch die Küche, denn ich nehme erst jetzt einen unvertrauten süßen Duft wahr. Ein paar Abkühlgitter mit gedeckten Törtchen stehen auf der Arbeitsfläche am anderen Ende der Küche.

Ich löse mich aus Mums Umarmung. »Probierst du was Neues aus? Was hast du da gebacken?«

Mum blickt über die Schulter. »Die Eversons bekommen immer noch Erdbeeren geliefert, so viel können sie bei dieser Hitze gar nicht lagern. Und mehr als ständig Marmelade einkochen kann Donna Ridley auch nicht. Mr Bridgeman hat mich gebeten, eine neue Nachspeise für ihn zu kreieren, und ich dachte, Apfel-Erdbeer-Törtchen sind zwar nichts Ausgefallenes, aber sie gehen schnell und passen gut zu Cider. Ich hätte nie gedacht, dass ich das mal sagen würde, aber ich bin es tatsächlich leid, ständig Apfelstrudel zu backen …«

Mum sieht mich an und hält inne, vermutlich weil sich auf meinem Gesicht der Schreck zu schierem Entsetzen steigert. Fassungslos starre ich zur Arbeitsfläche hinüber. Ich kann es nicht mit Gewissheit sagen, aber die Reihen von Teilchen auf dem Abkühlgitter sehen nicht ganz so geschlossen aus, wie sie sein sollten.

»Angela, du hast ihn doch hoffentlich nicht allein hier dringelassen?«

Mum wird schlagartig kreidebleich. »Ich hab gar nicht daran gedacht … Ich war so beschäftigt … Aber er hätte doch gefragt, wenn er gedacht hätte …«

»Mum! Wann hat Grady denn jemals *gefragt?* Du weißt doch, dass er sich augenblicklich in Pac-Man verwandelt, sobald er was zu futtern vor sich sieht! Er vertraut blind darauf, dass wir dieses Zeugs von ihm fernhalten! Er vertraut darauf …«

Mum stürzt zur Theke und greift nach dem Telefon.

Aber ich bin schon draußen und rase mit einer Geschwindigkeit, die selbst Captain Marvel stolz gemacht hätte, den Gartenweg hinunter, während der unpassende Disco-Hit vom Feld nebenan in meinem Kopf dröhnt wie ein schauerliches Klagelied.

✿ ✿ ✿

Ich reiße die Eingangstür des gelben Hauses auf und stürze hinein. Dabei schlage ich mir selbst fast den Schädel ein, denn ich stolpere über Clouseau, der im Flur liegt.

»Grady! Cleo! Anthony? Ist jemand da?«

Ich starre auf mein nutzloses Handy und ringe keuchend nach Luft. Überall im Haus brennt Licht. Grady schaltet immer hinter seiner Mum die Lampen aus; niemals wäre er so aus dem Haus gegangen. Ich haste durch den Flur, vorbei an Anthonys Zimmer, in dem es aussieht, als hätte eine Bombe eingeschlagen, und vorbei an dem Dielenschrank mit der kaputten Tür, die Grady zurzeit repariert.

Schließlich reiße ich seine Zimmertür auf. Mein Blick fährt wie ein Scanner über sein ungemachtes Bett, Clouseaus zerbissenen Hundekorb und das blaue Bücherregal, in dem dicht an dicht Romane und Basketball-Pokale stehen. Eine Wand ist ganz bedeckt von dem New-York-Poster, das er letztes

Jahr bei einem unserer Besuche in der Stadt gekauft und auf Holz aufgezogen hat. Über dem Schreibtisch hängt eine riesige Pinnwand, gespickt mit einem Sammelsurium an Erinnerungsstücken und Notizen. Die Pinnwand hängt schon so lange dort, dass ich sie mir nie genauer angesehen habe. Doch plötzlich klingt mir Eddies raue Stimme wieder in den Ohren und ich stolpere auf das Zettel-Chaos zu und lasse den Blick darüber wandern.

Gradys Arrangement liegt keinerlei Prinzip zugrunde, sondern er pinnt einfach eins übers andere. Da hängen lustige Hundefotos, die er aus dem Internet ausgedruckt hat, die Schulbroschüre unserer Abschlussklasse – verziert vom halbkreisförmigen Abdruck einer Kaffeetasse, dazu ein paar Fotos von Clouseau und ein Schwarz-Weiß-Foto von Anthony aus dem Lokalblatt von Merindale, von damals, als er den Hauptpreis der Fleisch-Tombola gewonnen hatte. Es gibt Artikel zu Themen, die Grady für interessant genug hält, um sie aufzuheben, und einige Prospekte von Jura-Fakultäten, die er das ganze Jahr über bei der Studienberatung gesammelt hat.

Ganz rechts an der Pinnwand steckt ein weißer Button, den wir Anfang des Jahres beim Tag der offenen Tür an der Uni in Melbourne mitgenommen haben; darauf steht »Ich ♥ Mathe«, weiß der Himmel, warum Grady den so lustig fand. Darunter lugt unter einer Threadless-Quittung ein kleines Stück grünes Seidenband hervor, das zu einer Schleife gebunden und mit einer Anstecknadel versehen ist.

Ich betrachte das Gebilde genauer. Es kommt mir irgendwie bekannt vor, aber ich weiß partout nicht, woher. Ich nehme die Schleife von der Pinnwand, und als ich sie zwischen den Fingern habe, fällt es mir wieder ein.

Sie stammt von dem Kleid, das ich bei Lucy und George Albingtons Hochzeit getragen habe, als ich in der sechsten Klasse war. Ich erinnere mich daran, weil Grady und ich uns von der Feier in der Schulaula wegschlichen, um das neue Klettergerüst auf dem Spielplatz auszuprobieren. Und ich erinnere mich auch daran, dass ich mit dem Kleid an der Rutsche hängen blieb und mich Grady kichernd mit einem Steakmesser losschneiden musste.

Fassungslos blicke ich auf den Stoffrest in meiner Hand. Die fernen Bässe der Musik vibrieren durch meine Füße, aber ich stehe da wie erstarrt und halte den Atem an.

Ich erkunde weiter Gradys Pinnwand. Sie kommt mir vor wie ein »Magisches Auge«-Bild, wo man nach einigem Daraufstarren plötzlich ein dreidimensionales Motiv vor Augen hat. An der Pinnwand hängt zum Beispiel eine verblasste Postkarte von der Kunstausstellung unserer neunten Klasse in Merindale, bei der ich zum allerersten Mal, und noch ganz unsicher, eine meiner Zeichnungen ausgestellt habe.

Dann ist da meine alte Busfahrkarte am Umhängeband, sorgfältig mit einem silbernen Reißnagel an der Pinnwand befestigt. Ich sehe zwei nicht abgeknipste Kinokarten, und zwar für die Komödie, die wir uns an unserem unseligen, missglückten Valentinstag-Rendezvous tatsächlich nicht angesehen haben. Und zwischen Gradys Erinnerungsschrott hängen immer wieder Zeichnungen von mir; einige auf Papierservietten aus dem *Albany's* oder auf Zettel gekritzelt, die aus einem Schulheft gerissen sind. Da sehe ich eine halbe Glückwunschkarte zu seinem siebten Geburtstag mit meiner ungelenken Zeichnung eines Labradorwelpen, einen sorgfältig glatt gestrichenen Entwurf von Pete als Superheld sowie ein Hütchen mit Entenschnabel, das wir vor Ewigkeiten im *Junction* aus Bierdeckeln gebastelt haben.

Ich drehe mich um. Auf seinem Nachttisch sitzt der Paddingtonbär ohne Nase, mein Geburtstagsgeschenk, als wir fünf waren, und unter seiner Leselampe steht die kitschige Schneekugel der Big Banana, die ich ihm auf dem Ausflug mit unseren Mums gekauft habe, als wir elf waren. Vorsichtig auf einen Basketball-Pokal gestellt, sehe ich ein winziges Plastikbambi, das ich vor Jahren mal gewonnen habe; ich hatte ihn damals damit beworfen und erwartet, er würde es wegschmeißen, denn kein Mensch braucht so ein dämliches Plastikbambi.

Und an seiner Schreibtischlampe hängt ein riesiges

pinkfarbenes Post-it: eine Bleistiftskizze von Grady und darunter meine Comic-Schrift in Großbuchstaben: HÄNDE WEG, D. G.! ERDBEEREN! LEBENSGEFAHR!

Als ich merke, dass mein Schluchzen gleich in einen hysterischen Weinkrampf ausarten wird, reiße ich mich mit aller Selbstbeherrschung zusammen und renne nach draußen.

Auf der Main Street herrscht Chaos. Ich schiebe mich durch die Menge, vorbei am Taco-Truck und Mrs Garabaldis selbst gezimmerter Barrikade, die ihren Eisenwarenladen schützen soll und mittlerweile mit Penis-Malereien jeder Art und Größe bedeckt ist. Doch dann muss ich abrupt anhalten, und mein Herz schlägt so heftig, dass ich es fast hinter den Augen spüren kann.

Mein Erzfeind, der Hochradmann, verstellt mir den Weg. »Weg da mit deinem beschissenen Angeber-Rad, du Arsch«, schreie ich ihn an. Der Hochradmann mustert mich mit ausdrucksloser Miene.

»Reg dich ab, kleine Lady«, erwidert er. »Du sendest keine guten Vibes aus.«

»Verpiss dich!«, fluche ich und versetze seinem blöden, übergroßen Gefährt einen Tritt, um meinen Worten mehr Nachdruck zu verleihen. Zugleich schwinge ich mich über die Absperrgitter und renne an ihm vorbei. Mir folgen einige beunruhigte Blicke, doch ich verschwende keinen Gedanken daran.

Ich kann an nichts anderes denken als an Grady.

Grady, der, nachdem sein Vater fortging, wochenlang in meinem Bett geschlafen hat, eng an mich geschmiegt wie ein Welpe und mit tränenfeuchtem Gesicht. Grady, der nachdem mein Vater starb, monatelang in meinem Zimmer kampierte, verlegen und von Schlaflosigkeit geplagt, aber immer neben mir, wenn ich aus einem Albtraum hochschreckte. Grady, der aus dem Haus, in dem er geboren wurde, auszog, als ich und Mum einzogen, aber der erst dann glücklich war, als ich mir den Raum als mein Zimmer ausgesucht hatte, der vorher sein Zimmer gewesen war. Grady, der mich in der elften Klasse zum Geburtstag ins *South Pacific* einlud, obwohl er die meiste Zeit aussah, als würde er gerade mit Waterboards gefoltert. Grady, der mit mir in jeden einzelnen Comicladen überall in der Stadt schlappte, obwohl er Comics selber nie besonders toll fand. Grady, dessen Augen glänzen, wenn er meine Zeichnungen ansieht, und der stundenlang ohne zu maulen oder sich zu langweilen wartet, wenn ich zeichne. Grady, der alles tun würde, nur um mich nicht weinen zu sehen.

Dr. Lucas' Praxis taucht vor mir auf. Auf der gegenüberliegenden Straßenseite spuckt das *Corner Arms* einen Pulk verschwitzter Gäste in Glitzerperücken und Badeanzügen aus. Mir schießt ein Bild von ihnen durch den Kopf, wie sie, gestrandet als versprengte, hilflose Menschenhorde in einer postapokalyptischen

Wüste, nichts weiter als ihre Cidergläser und Party-Tröten in der Hand halten.

Ich flitze in die Praxis. Obwohl die Sprechstunde schon lange vorbei ist, ist das winzige Wartezimmer brechend voll mit sonnenverbrannten Leuten. Ein Sanitäter hält einem stöhnenden Mann mit einem Frosch-Schwimmring um die Taille einen Eisbeutel an den Kopf. Ich werde den Teufel tun und fragen, was …

Cleo sitzt an der Rezeption und steht hastig auf, als ich auf sie zustürze und eine Frau im Kaftan beiseiteschiebe.

»Wo ist er? Wo ist Grady?«, keuche ich. Ich komme gar nicht zum Luftholen.

Cleo sieht mich mit großen Augen an. »Er ist fort«, sagt sie ruhig.

Ich schließe die Augen. Im Geiste schwebe ich in einer Hüpfburg. Vielleicht erlebe ich gerade eine dissoziative Episode oder was auch immer, aber mir ist unerklärlich, warum mein Unterbewusstsein von allen Orten dieser Welt ausgerechnet eine Hüpfburg auswählt. Doch auf einmal wird mir klar, wo ich bin. Es ist Jahrmarkt in Merindale und ich bin sechs Jahre alt. Es wird bereits dunkel und die Buden machen langsam dicht. Ich habe keine Ahnung, wo meine Eltern sind, aber irgendwie macht mir das nichts aus. Ich höre, dass Grady nach mir ruft; er ist irgendwo außerhalb der Hüpfburg, und seine Stimme wird immer panischer, aber ich habe viel zu viel Spaß daran, hier drin herumzuspringen. Und überhaupt weiß ich, er wird so lange warten, wie es nötig ist. Ich kann mir alle Zeit der Welt lassen, denn auch wenn er wütend ist, würde er ohne mich einfach nie irgendwo anders hingehen.

Die Erde bewegt sich unter mir und der Boden gibt nach. Daher brauche ich eine Weile, bis ich begreife, dass Cleo nicht allzu beunruhigt über die Reise ihres jüngsten Sohnes ins Jenseits ist. Cleo hat bis gerade eben anscheinend in aller Seelenruhe die *Handarbeitswoche* durchgeblättert und eine Lakritzschlange verdrückt.

Ich schwebe hinüber zur Rezeption. »Cleo? Bitte antworte mir, wo ist Grady hin?«

Sie schüttelt den Kopf. »Keine Ahnung. Er ist vor etwa einer Stunde los, als wäre der Teufel hinter ihm her. Ich schätze, er ist nach Hause, aber wenn man die Stimmung bedenkt, in der er war, als er hier los ist – wer weiß?«

»Du meinst also, es war alles in Ordnung mit ihm?«

Cleo lacht spöttisch auf. »Nun, er wetteifert gerade mit Mrs Garabaldi um den Titel ›größter Miesepeter von Eden Valley‹. Aber abgesehen von einem angeschlagenen Ego und einem Brummschädel geht's ihm gut.«

»Mein Gott, Cleo! Geht das nicht etwas genauer?«, brülle ich sie an. Und dann breche ich in Tränen aus.

Cleo eilt um den Schreibtisch herum zu mir. »Alba, Schatz, was um Himmels willen ist denn los mit euch beiden? Domenic bläst seit Tagen Trübsal, als wäre die Welt schon untergegangen, und heute Abend schleift mein ältester Sohn meinen Kleinen hier herein, nachdem er ihn offenbar aus einer Schlägerei gezerrt hat. Sein ganzes Leben lang hat Domenic kaum je die Stimme erhoben. Und auf einmal bin ich hier die Mutter einer Figur aus *Sons of Anarchy*. Kannst du mir das vielleicht erklären?«

Sie reibt mir über den Rücken, bis meine stoßweisen Schluchzer verebben. Ich schnappe mir eine Handvoll Taschentücher von der Theke und schnäuze mich. Als meine Augen wieder so klar sind, dass ich Cleo ansehen kann, betrachtet sie mich mit diesem mütterlichen Blick wissenden Mitgefühls, und ich bin mir ziemlich sicher, dass sie auch ohne meine Antwort weiß, was Sache ist.

»Cleo, ich muss gehen«, sage ich schniefend. »Wenn du meine Mum siehst …«

»Dann sage ich ihr, dass du unter die Räuber gefallen bist. Dass du unaufschiebbare Dinge anlässlich des Weltuntergangs zu erledigen hast«, erwidert sie grinsend. »Angie wird das schon verstehen. Hey, wenn wir den morgigen Tag nicht mehr erleben, kommst du sowieso um die Standpauke herum.«

Ich umarme sie. »Danke, Zweite Mama. Tut mir leid, dass ich so hysterisch war. Meiner bescheidenen

Meinung nach wirst du selbst in einer schrecklichen Zukunft wunderbar zurechtkommen. Wie Sarah Connor oder Tank Girl.«

»Meinst du wirklich? Ich hab mich selbst eher als Tina Turner in *Mad Max* gesehen«, sagt Cleo und schiebt mich sanft zur Tür hinaus. »Wegen des Outfits«, ruft sie mir hinterher, als ich schon in die von Leuchtstäben erhellte Menge eintauche. »Ich würde in diesem Kettenkleid bestimmt rattenscharf aussehen!«

✿ ✿ ✿

Ich sehe noch mal bei Grady zu Hause nach, wo immer noch alle Lichter brennen, und dann wieder im *Albany's*, wo Mum im Badezimmer fröhlich einen Song der Smashing Pumpkins schmettert. Ich stecke den Kopf ins *Junction*, wo ein strahlender Mr Grey in einem T-Shirt mit *Charlie Don't Surf* drauf alle geschäftstüchtig willkommen heißt. Überall herrscht aufgekratzte Stimmung, als seien alle entschlossen zu beweisen, dass sie sich tatsächlich, ganz ehrlich, *wirklich* großartig amüsieren. Doch hin und wieder komme ich an einigen Leuten vorbei – an einem Pärchen oder einer Clique von Freunden oder einem Daddy mit seiner Kinderschar –, die in ihrem eigenen kleinen Universum eng zusammengerückt sind, eingesponnen und abgeschirmt gegen das Chaos und den Wahnsinn, die um sie herum herrschen. Und manchmal sehe ich auch jemanden, der verstohlen zum Himmel hinaufblickt.

Vermutlich treiben sich meine Freunde mittlerweile alle irgendwo auf der Farm der Palmers herum. Eine Stimme in meinem Kopf flüstert, dass ich bei ihnen sein sollte, dass ich ohne Tia und Caroline und Petey und Ed ganz einsam und verlassen bin.

Ich nehme die Straße an der Autowerkstatt vorbei und lege einen Zahn zu.

Dann drehe ich mich um und werfe einen kurzen Blick auf Eden Valley. Von oben auf dem Hügel ist die Aussicht grandios; so viel Licht und Farben, ein wogender Ozean menschlicher Energie. Eine Laser-Uhr wirft Zahlen auf die Leinwand hinter der Bühne – ein Countdown von dreizehn Minuten und einunddreißig Sekunden, den man selbst von ganz hier oben auf dem Hügel erkennen kann. Die Uhr verschwimmt zu einem Schwarm Laser-Fische, die in die Dunkelheit entschweben, bevor sie in einer ruckartigen Kehrtwende auf die Leinwand zurückhuschen. Etwas Ähnliches hab ich, glaube ich, bei der letzten Grammy-Verleihung gesehen. Irgendwann wird Mr Palmer so einiges erklären müssen.

Ich gehe immer weiter. Hier oben ist es bedeutend ruhiger. Ein paar Leute, Einheimische und Fremde, chillen auf Picknickdecken und genießen die Aussicht. Kinder rennen ausgelassen mit Wunderkerzen herum, ungeachtet der gespannten Erwartung, die überall um sie herum herrscht. Als ich vorbeieile, lasse ich den Blick über die Leute schweifen – aber eigentlich weiß ich genau, wo ich hinmuss. Das Gesicht, das ich suche, könnte genauso gut durch eine blitzende Neonleuchte mit Fledermaussymbol markiert sein. Ich würde es im Dunkeln überall finden.

Er sitzt in seiner grauen Jeans, dem Flughörnchen-T-Shirt und den ausgelatschten Vans, die dringend mal ersetzt werden müssten, unter einem Baum. Sein Blick schweift ziellos über das Valley und er stochert mit einem Stock geistesabwesend in der Erde herum. Seine Locken erscheinen mir noch störrischer als sonst und auf seiner rechten Wange sticht mir der verräterische blaue Fleck einer Dumme-Jungen-Prügelei ins Auge.

Er sieht mich, als ich aus dem Schatten heraustrete, und steht rasch auf. Aber er schaut mich dabei nicht an.

»Hier bist du also.« Ich räuspere mich. »Ich mache mir ganz schön Sorgen, während du dich mit deinen nichtsnutzigen Kumpels in der Stadt rumtreibst und Unfug anstellst …« Ich hole tief Luft. »Willst du mir nicht erzählen, was passiert ist?«

Er sieht an meinem Gesicht vorbei irgendwohin ins Leere. »Nichts ist passiert«, erwidert er mürrisch. »Ich bin Daniel suchen gegangen. Und offensichtlich lassen meine Reflexe zu wünschen übrig.«

»*Daniel* hat dir diesen Haken verpasst?«, hake ich ungläubig nach.

Grady zuckt zusammen, als er die Stelle an seinem Wangenknochen berührt. »Nee. Das war sein Manager.«

»Sein Manager! Mein Gott …«

»Ja. Er sagte, und ich zitiere: ›Kommt nicht infrage, dass irgend so ein Dreckskerl aus der Provinz mir meinen Goldesel fertigmacht.‹ Ich glaube, selbst Gordon schien überrascht über das blöde Klischee. Nicht so überrascht wie ich und mein Gesicht, aber …«

»Grady, bist du jetzt völlig übergeschnappt? Was zum Teufel hast du dir dabei gedacht?«

Endlich sieht er mich an. »Was ich mir dabei gedacht hab? Ich hab mir gedacht, Alba, dass Daniel Gordon ein absoluter Arsch ist, der es verdient, dass er mal einen Tritt in den Hintern kriegt. Ich hab mir gedacht, wenn ich ihm nicht endlich mal eine reinhaue, dann platzt mir ein Blutgefäß. Er hatte kein Recht, auch nur daran zu denken, dir dieses Buch zu geben …«

Ich stampfe mit dem Fuß auf. Das ist kindisch, ich weiß, aber ich bin einfach stinksauer. »Domenic«, knurre ich. »Mir geht es *gut*. Glaubst du wirklich, ich würde deswegen ausflippen und – was weiß ich? – eine Essstörung entwickeln oder so? Kennst du mich denn so schlecht?«

Er reibt sich heftig den Nacken. »Du bist klüger

als er, obwohl das noch nicht viel heißt. Aber, Alba, du musst wissen, dass du etwas ganz Besonderes bist, und wenn Daniel Gordon das nicht erkennt, dann ist seine Sehkraft noch schlechter als sein absolut unterirdisches Schauspieltalent. Du bist perfekt, so wie du bist, und du bist schön und …«

»Du findest mich schön?«, sage ich. Das ist möglicherweise nicht das Wichtigste, worauf ich mich jetzt konzentrieren müsste, aber in meinem Bauch regt sich ein ganzer Schwarm Schmetterlinge, und mein Hirn konzentriert sich ganz auf diese eine Sache, weil es nicht weiß, was es anderes sagen könnte.

Gradys Wangen laufen rot an. »Das weißt du nicht?«

»Na ja, schon, aber ich hab nicht gedacht … dass du mich so siehst. Du hast noch nie gesagt, dass du mich schön findest.«

Er sieht mich lange an, und ein Kerl mit einem Piratenhut ruft uns etwas Unverständliches zu, bevor er in die Büsche kippt.

»Doch, so sehe ich dich«, sagt Grady ruhig. »Schon sehr oft. Damals, als wir zehn waren, bei diesem blöden Tanz in der Schulturnhalle … du hattest ein rotes Kleid und dein erstes Paar Schuhe mit hohen Absätzen an … und als wir vierzehn waren, und du dich zu Anthonys Halloween-Party als Kürbis verkleidet hattest und sauer wurdest, weil all die anderen Mädchen als sexy Miezen kamen und so, aber ich hab dir damals gesagt, dass du als Kürbis wunderschön bist … und letztes Jahr, als wir auf die Comic Con gegangen sind und du dieses Teil mit Spitzenbesatz anhattest … aber du warst mehr daran interessiert, die Frau zu finden, die *Batgirl* schreibt …«

»Daran erinnere ich mich gar nicht«, flüstere ich.

Grady macht dieses für ihn typische Geräusch, das ungefähr so klingt wie *Gahrhaah!*

»Erinnerst du dich *überhaupt* an irgendwas?«, japst er. »Erinnerst du dich an unser Schul-Campinglager in der fünften Klasse? Du hattest Windpocken und ich bin im Krankenhaus gelandet, weil ich jede Menge Erdbeeren gegessen hatte, nur damit ich auch daheimbleiben konnte. Erinnerst du dich an die Sommerferien, als wir in der neunten Klasse waren? Dad wollte, dass ich sie bei ihm verbringe, aber ich hab so getan, als hätte ich eine Blinddarmentzündung, damit ich nicht hinfahren musste. Und erinnerst du dich an das Jahr, als ich mich an einem Tag *sechs verdammte Stunden* in den Zug gesetzt hab, obwohl ich doch eigentlich nur eine Nacht bei meinem Vater in der Stadt bleiben sollte …«

»Grady, ich versteh nicht …«

»Ich weiß, dass du das nicht verstehst«, erwidert er hilflos. »Du hast es nie verstanden. Du verstehst nicht, warum ich seit Wochen nicht mehr schlafen kann – das geht so, seit du mir gesagt hast, dass du darüber nachdenkst, hierzubleiben. Du hast noch nie verstanden … dass ich nirgendwo hingehen kann, wo du nicht auch bist, Alba. Du hast nie verstanden, dass ich es nicht ertrage, von dir getrennt zu sein, nicht mal für ein Wochenende. Nicht mal für einen Tag.« Er kneift die Augen zusammen. »Du kriegst einfach nicht mit, dass ich so hoffnungslos in dich verliebt bin, dass sich der bloße Gedanke, von hier wegzuziehen und dich nicht mehr jeden Tag zu sehen, so anfühlt, als würde mir jemand den Arm ausreißen … Nein, warte, ich versuch's mal so zu formulieren, dass du's begreifst, Sarah … Es fühlt sich so an, als wäre ich diese Tussi in *X-Men,* du weißt schon, diese Abgehalfterte mit den komischen Haaren, und der Typ nimmt ihr ihre ganzen übernatürlichen Kräfte …«

»Du hast mich mit Vornamen angeredet«, flüstere ich. »Warum hast du das *gerade jetzt* gemacht?«

Er schlägt die Hände vors Gesicht. Und dann blickt er zu mir auf und sieht so traurig aus, dass mir schon wieder die blöden Tränen kommen.

»Alba … ich liebe dich seit *siebzehn Jahren.* Wenn es genauso lange dauert, um über dich wegzukommen – weißt du, wie alt ich dann bin? Ich werde mir tausend Hunde zulegen und anfangen, Löffel zu sammeln oder was immer solche Loser tun … denn ich hab immer wieder versucht, jemand anderen zu lieben, aber du bist die einzige Person auf der ganzen Welt, von der ich *weiß,* dass ich zu ihr gehöre. Und ich weiß jetzt, dass dir das alles schnurzegal ist, denn du hast nichts Besseres zu tun, als diesen Idioten Daniel Gordon zu küssen ...«

»Moment mal, Grady, du glaubst, ich hätte Daniel geküsst?«

Er zuckt mit den Schultern und sieht mich wieder nicht an. »Das hat er zumindest so gesagt. Er hat immer wieder gestichelt und Andeutungen gemacht über ... Sachen mit dir, seit er und sein blöder Waschbrettbauch wieder in der Stadt sind. Und ich weiß, ihr beiden wart die allerdicksten Freunde, als wir noch klein waren ... Schließlich bin ich ja nicht bescheuert ...« Er tritt nach einer vorbeiwehenden Papierschlange. »Warum solltest du ihn nicht küssen?«

»*Warum* nicht? Weil du, *Domenic,* ganz genau weißt, dass ich nicht einfach drauflosküsse, trotz jeder Menge Angebote, die ich über die Jahre so hatte, und nicht nur von diesem Schwachkopf Daniel Gordon, verdammt noch mal.« Grady sieht erschrocken hoch, denn ich fluche eigentlich nur selten – aber was soll's. Ich bin jetzt richtig in Fahrt, meine Hände zittern vor Empörung, und ich stehe voll unter Strom.

»Ich habe dir gesagt, dass ich mich nicht mehr mit x-Beliebigen einlasse – der Einzige, den ich küssen will, ist derjenige, in den ich richtig verliebt bin. Tut mir leid, wenn das jetzt vielleicht sentimental klingt, aber daran halte ich fest. Auch wenn der Weltuntergang kurz bevorsteht. Und auch wenn Daniel Gordon der letzte Überlebende sein sollte. Und selbst wenn sein Waschbrettbauch wahnsinnig sexy ist.«

Grady blickt immer noch finster drein. »Ich hab jetzt allmählich genug gehört über diesen bescheuerten Waschbrettbauch. Meine Fresse, dieser Typ ist ein totaler Idiot und ein Widerling. Jeder deiner Gartenzwerge hat mehr Persönlichkeit als ...«

»Mein Gott, warum bist du so besessen von Daniel! Klingt fast so, als wolltest *du* ihn küssen! Und warum sollte *ich* ihn wohl küssen, wenn er so ein Trottel ist?«

»Warum solltest du das nicht!«, schreit er zurück.

»Was für einen Grund sollte ich haben, Daniel zu küssen, wenn die Person, die ich mehr liebe als jeden anderen auf der Welt, direkt vor mir steht?«

Ich mache einen Schritt zurück. Er schaut immer noch finster auf seine Füße hinunter, denn mein Süßer ist intelligent und in vielen anderen Dingen wirklich großartig, aber er hat manchmal wirklich eine lange Leitung. Ich kann praktisch an seiner Miene ablesen, wann meine Worte in seinen dummen, wunderschönen Lockenkopf einsickern.

Er sieht langsam zu mir auf und unsere Blicke treffen sich.

Ich hole tief Luft, denn auf einmal bin ich so nervös wie noch nie. Aber ich schenke ihm mein betörendstes Lächeln, denn trotz allem weiß ich, dass das besser wirkt als alle Worte.

»Du, Grady?«

»Ja, Alba?«, flüstert er.

»Wenn du mich jetzt nicht küsst, dann ändere ich vielleicht meine Meinung und knutsche doch mit Daniel. Wenn du mich noch länger hier stehen lässt, dann erscheint mir selbst Eddie als eine brauchbare Alternative ...«

Mit einem großen Satz überwindet er die Entfernung zwischen uns und umfasst mein Gesicht mit den Händen. Er sieht mir forschend in die Augen – und erstarrt wieder. Das Seltsame ist, dass ich genau weiß, warum. Ich weiß, dass wir beide jetzt völliges Neuland betreten, ein Paralleluniversum, unsere ganz eigene *Infinite Crisis.* Wir beenden eine Geschichte und beginnen eine andere, deren Regeln keiner von uns beiden kennt.

Aber trotzdem. Muss ich denn hier alles selber machen?

Ich stelle mich also auf die Zehenspitzen und küsse ihn.

Würde das Universum so funktionieren, wie es sollte, dann hätte in diesem Moment überall auf den Feldern ringsum ein Feuerwerk losgehen müssen. Das Allermindeste wäre gewesen, dass von der Bühne unten eine andere Musik erklingt, zumindest etwas Romantischeres als »The Final Countdown«, ein total beschissener Song, den ich nur kenne, weil er auf Cleos Zumba-Playlist ist.

Aber nichts von all dem geschieht. Stattdessen scheint die Musik im Tal langsam leiser zu werden. Die Musik, die Stimmen und das Kotzen des Mannes mit dem Piratenhut im Gebüsch sind auf einmal völlig nebensächlich.

Gradys Hände ruhen unbeweglich auf mir und seine Lippen reagieren ein paar Sekunden lang nicht. Dann scheint sich sein gesamter Körper mit hauchzarten Seufzern an meinen Lippen einfach *aufzulösen*. Seine Arme schlingen sich um mich, meine Hände legen sich um seinen Körper, unsere Lippen suchen schüchtern ihren Weg, und sein Kuss ist sanft und fremd und perfekt. Eine unentdeckte, farbige Ausgabe der Person, die ich schon mein ganzes Leben lang geliebt habe.

Schließlich reiße ich irgendwie meine Lippen von seinen los. Seine weit geöffneten Augen glänzen in der Dunkelheit, und er sieht mich mit verschleiertem Blick an, einem ganz neuen Ausdruck in seinem Gesicht, bei dem ich innerlich dahinschmelze.

Ich kann ein Kichern nicht unterdrücken. »Das ist schon komisch.«

Grady streicht mir mit einem Idiotenlächeln das Haar hinter die Ohren und widerspricht mir. »Keineswegs«, murmelt er, und seine sanften Lippen gleiten seitlich über meinen Hals.

»Nein, das ist es wirklich nicht«, bringe ich heraus. Mein Gehirn ist mit seinen Lippen beschäftigt – und mit meinen Händen, die sich unter seinem T-Shirt zu seinem Bauch vorgetastet haben. Ich kann nichts anderes denken als: *Oh, Jungs-Bauch!* und dass die Muskeln dort ein weiterer Teil von ihm sind, den ich noch nicht kenne, aber dass sie sich wirklich gut anfühlen. »Du hast ja auch Bauchmuskeln. Das hab ich gar nicht gewusst«, murmle ich gedankenverloren.

»Sarah … hast du eine Ahnung, wie sich das anfühlt?«, flüstert er.

Ich ziehe meine Hände von seinem Bauch und schlinge sie um seinen Rücken. »Nenn mich nicht so, Grady. So heiße ich nicht. Ich meine, ich heiße so, aber das bin nicht *ich*. Du weißt doch, warum mich alle Alba nennen, nicht?«

Er grinst. »Das war meine Schuld, oder?«

»Ja, es war deine Schuld, Doofkopf! Frei nach dem Motto: Komm, zweijähriger Domenic, sag mal *Albany,* das ist doch wirklich nicht so schwer …«

Er beugt sich wieder zu mir vor. Doch obwohl wir in unserem Kokon eingesponnen sind, nehme ich wahr, dass die Musik aufgehört hat. Die Leute um uns herum sind auf den Beinen. Der Nachthimmel ist auf einmal ganz still.

Ich vermute, wir haben etwas Bedeutsames verpasst.

Das Zählen. Es gab einen Countdown.

Als ich über meine Schulter blicke, sind die leuchtenden Fisch-Zahlen auf der Bühne verschwunden.

Ich richte den Blick wieder auf Grady. Er sieht mich an und bekommt große Augen.

Das Universum kommt zum Stillstand, und es fühlt sich an, als stünde die Zeit still, während die Menschen in Eden Valley den Atem anhalten. Ich könnte schwören, dass ich gespürt habe, wie der Wind auffrischt; als seltsame, mitternächtliche Sommerbrise, bei der sich mir die Nackenhaare aufstellen.

Ich klammere mich an sein T-Shirt. Er zieht mich an sich, sein Körper ist warm und muskulös und voller Energie, und seine Arme halten mich fest umschlungen. Wir beide scheinen uns einen Atem zu teilen und ihn gemeinsam anzuhalten. Die Stille hängt schwer, fast greifbar über uns.

Ich habe keine Ahnung, wie dieses ganze Plötzlich-steht-dir-dein-ganzes-Leben-vor-Augen ablaufen soll. Bei mir wäre es wahrscheinlich wie ein Daumenkino mit sensationell bunten Bildern, so wie der Abspann irgendeines Marvel-Films. Aber im Moment ziehen keine Visionen aller vergangenen Lebensstationen an meinem inneren Auge vorüber. Ich blicke hinaus auf die Menschenmenge, auf diese kleine Welt meines Tals und auf die endlose Dunkelheit dahinter. Ich spüre Gradys Arme um mich und bekomme eine Ahnung von all den vielen Möglichkeiten, die wir haben. Und ich kann nur noch denken: *noch nicht noch nicht noch nicht …*

Ich bin mir ziemlich sicher, dass ich einen leisen kollektiven Seufzer der Enttäuschung vernehme.

Und dann bricht im Tal ekstatischer, euphorischer Jubel aus. Ein Orchester aus Autohupen tutet einstimmig, und über allem klingt ein schleppend und falsch gesungenes »Auld Lang Syne« zu uns herauf, als würden tausend Leute in unterschiedlichen Dimensionen in ein Kazoo blasen.

Grady lockert seinen Griff. Seine Hände gleiten meine Wirbelsäule entlang, die Wölbung meiner Hüften, dann berührt er mit zittrigen Fingern meine Wange. »Alba … kann ich dich jetzt bitte wieder küssen? Weißt du, irgendwie hab ich mein ganzes Leben darauf gewartet.«

Ich schwimme zurück durch den traumartigen Nebel und speichere ein Bild von Grady und mir – wir sind für alle Ewigkeit umschlungen wie eines von diesen Liebespaaren in Pompeji, die von der Vulkanasche verschüttet wurden.

Ich lege ihm die Finger auf die Lippen. »Warte. Erst noch eine Frage.«

»Welche?«, fragt er mit verschleiertem Blick.

»Wenn ich mich dafür entscheide, hierzubleiben, würdest du trotzdem weggehen?«

Er verkrampft sich. »Alba, das ist nicht fair. Besonders jetzt nicht.«

»Domenic Miles Grady. Beantworte meine Frage. Triff deine Entscheidung unabhängig von mir …«

Er lacht. »Nicht möglich. Ich hatte nie eine Wahl. Nicht, seit Cleo mich zum ersten Mal in deinen Laufstall gesetzt hat.«

»Komm, jetzt versink nicht in rührseligen Erinnerungen! Beantworte meine Frage.«

Er schließt die Augen und legt seine großen Hände um mein Gesicht. »Ich will es nicht. Ich weiß nicht, ob ich es schaffe. Aber … ich glaube, ich muss es tun«, flüstert er. »Es muss ja nichts bedeuten, Alba«, fügt er rasch hinzu. »Wir werden schon eine Lösung finden, wenn es das ist, was du wirklich willst. Irgendeine Lösung, mit der das alles funktioniert …«

Ich fahre ihm mit den Händen durch die Locken, bis er die Augen wieder aufmacht. »Domenic … das war die richtige Antwort.« Dann ziehe ich ihn an mich und ignoriere seinen verwirrten Gesichtsausdruck, denn es sind schon dreißig Sekunden vergangen, ohne dass ich ihn geküsst habe, und das ist viel zu lang. Er erwidert meinen Kuss ausgiebig, dann vergräbt er das Gesicht an meinem Hals und murmelt: »Ich liebe dich. Ich liebe dich wirklich sehr. Aber nenn mich bitte nicht beim Vornamen, Alba.«

»Ist gebongt«, murmle ich zurück. »Keine Vornamen. Und falls ich es noch nicht erwähnt hatte, Grady, ich liebe dich auch.«

Grady macht einen winzigen Schritt zurück, und

seine Hände gleiten an meinen Armen hinunter, bis er seine Finger mit meinen verschränken kann. Sein Gesicht glüht, und er sieht glücklicher und schöner aus als je zuvor. Und dann blickt er mir über die Schulter und sagt: »Ach du Scheiße.«

Ich drehe mich um und sehe Eddie, Tia und Pete, die aus dem Schatten der Bäume zu uns herüberstarren.

Eddie schnaubt. »Das war ja ganz schön eklig.«

Pete zwinkert uns zu. »Ja. Als ob man seiner Cousine und seinem Cousin bei was zusieht.«

Tia zieht ein Gesicht wie damals, als sie ein Paar kirschrote Louboutins auf eBay gesehen hat. Sie hebt die Hände in die Luft und brüllt mit einem gigantischen Freudenschrei: »Caroline! Komm schnell! Sie haben es getan! Du schuldest mir Geld!«

Caroline kommt von irgendwoher hinter ihnen den Weg heraufgeschlappt. Sie sieht uns mit amüsiertem Funkeln in den Augen an, dann trinkt sie einen großen Schluck aus dem Plastikbecher in ihrer Hand. »Ach, ich dachte, es wäre irgendwas Wichtiges.«

Grady schlingt von hinten die Arme um mich und legt sein Kinn auf meine Schulter. »Das *ist* wichtig, Caroline. Das ist von atemberaubender und weltbewegender Bedeutung.«

Ich spüre, wie wieder ein hysterischer Kicheranfall in mir aufsteigt. »Das ist, jetzt mal ehrlich, das wichtigste Ereignis in der Geschichte des Universums.«

Caroline verdreht die Augen. »Ist es definitiv nicht. Ich dachte allen Ernstes, dass ich diese Wette locker gewinne. Aber wie durch ein Wunder habt ihr beiden ja doch noch aufgehört, euch zu benehmen wie die letzten Schwachköpfe.«

Eddie boxt sie in den Arm, sodass sie taumelt und ihr halbes Bier verschüttet. »Ich hab mein Geld immer auf G-Man gesetzt. Ich wusste, er würde beweisen, dass er nicht zu feige ist.« Er hebt die Hand zu einem High-Five. »Alter. Das war gar nicht schlecht.«

Ich kann Gradys Gesicht hinter mir nicht sehen. Doch Eddie lässt die Hand abrupt wieder sinken.

Tia starrt uns immer noch fassungslos an. Sie kommt den Hang hinaufgeschossen und schlingt stürmisch die Arme um mich und Grady. »Ich kann's noch gar nicht fassen! Also, das ist einfach wahnsinnig toll! Jetzt mal im Ernst, wir hatten uns schon überlegt, ob wir euch beide in Eds Schuppen einschließen und dort schmoren lassen sollten, bis ihr zu Verstand kommt, aber Pete hatte Schiss, dass man uns dafür verhaften würde …«

»Stimmt«, sagt Eddie. »Und jetzt müssen wir euch vermutlich dabei zugucken, wie ihr euch alle dreißig Sekunden im Gesicht rumnuckelt. Caroline, dann sind wir beide die Nächsten, die sich zusammentun?«

Caroline trinkt ihr Bier mit einem großen Schluck aus. »Eddie, wenn dir deine Eier lieb sind, dann wirst du diesen Satz nie wieder von dir geben.«

»Schon gut«, sagt Eddie. »Aber scheiße, Leute – hättet ihr das Ganze nicht ein klein bisschen früher hinkriegen können? Wir haben gerade das größte Ereignis verpasst, das wir je erleben werden, weil wir euch Knalltüten hier überall suchen mussten. Und ich hab nicht mitbekommen, wie mein Alter versucht hat, von der Bühne zu diven. Anscheinend liegt er jetzt zu Hause mit einem Eisbeutel auf den Eiern. Und, bin ich etwa zu Hause und lache mir einen Ast? Keineswegs.«

»Ed, du wirst noch jede Menge Gelegenheit haben, deinem Dad beim Eier-Aufschlagen zuzusehen«, sagt Pete grinsend. »Ich hab ihn auf YouTube gesehen. Was war das noch mal, was er da anhatte? Einen Mankini?«

Caroline wirft Pete ihren Becher an den Kopf. »Mensch, das ist nicht fair! Du solltest niemals über die peinlichen Geschichten der Väter deiner Freunde spotten.«

Ich verschränke meine Finger mit Gradys und ziehe seine Arme fester um mich. Er vergräbt sein Gesicht in meinem Haar und es schüttelt ihn vor unterdrücktem Gelächter.

»Jetzt ist es aber genug!«, rufe ich. »Ich liebe euch alle, Leute, also nehmt es bitte nicht persönlich, aber wisst ihr was – ihr müsst euch jetzt alle verdrücken, los.«

Caroline verdreht die Augen. Eddie boxt Pete in den Arm. Aber alle grinsen wie die Idioten.

Caroline hängt sich bei Tia ein und packt Pete hinten am T-Shirt. »Wir sind dann mal im *Junction*, und wenn ihr fertig seid, dann kommt doch einfach nach. Frohes neues Jahr, Leute«, fügt sie mit einem Augenzwinkern hinzu und zieht die immer noch grinsende Tia mit sich.

Eddie blickt uns noch ein bisschen länger an, dann winkt er zum Abschied wie üblich mit zwei Fingern. »Der Weltuntergang hat übrigens nicht stattgefunden, falls ihr euch das fragt«, ruft er uns über die Schulter hinweg zu. Aber ich hab mich schon umgedreht, und Gradys und meine Lippen treffen sich, und der Rest des Universums schwindet aus meinem Bewusstsein.

Ich habe keine Ahnung, in welcher Zeitzone sich die Apokalypse zuerst bemerkbar machen sollte. Es ist also durchaus möglich, dass irgendwo auf der Welt eine Gruppe Amazonas-Indianer oder französische Ziegenhirten zum kochenden Himmel aufblicken und sich ziemlich blöd vorkommen, dass sie noch ihre Wäsche gewaschen haben oder was auch immer. Aber ich bezweifle das. Irgendwie glaube ich, dass trotz des wahren Weltuntergangsrauschs der vergangenen beiden Wochen jeder insgeheim vermutet hat, wir würden alle unbeschadet davonkommen.

Als wir heimkommen, sehen wir, dass alle unsere Plastikflamingos verschwunden sind, und irgendein Idiot liegt auf meinem Liegestuhl, eingewickelt wie ein Rollbraten in unsere Lichterkette mit Papierlampions, und er ist völlig hinüber. Sein Gesicht ist voller pornografischer Zeichnungen, aufgemalt mit Edding.

Ehrlich gesagt bin ich in meinem Alter so langsam über Amateur-Graffiti-Pornos hinaus.

Als Knäuel aus Armen und Beinen und Küssen und Geschichten und Kicheranfällen, die uns immer wieder überkommen, fallen Grady und ich auf meine grüne Couch. Irgendwann, als unsere Lippen wieder mal aufeinanderkleben, mache ich die Augen auf und merke, dass er mich verwundert ansieht, als wäre er nicht ganz sicher, dass ich tatsächlich hier neben ihm liege. Und einmal, mitten in einem wunderwunderschönen Kuss, zwickt er mich leicht in den Arm und schüttelt ungläubig den Kopf. »Ich hab nur getestet, ob du aus Fleisch und Blut bist«, grinst er.

Mit einer Sache hatte Grady recht. Es ist schon echt seltsam, oder zumindest ziemlich erstaunlich, dass sozusagen eine Platte mit dem köstlichsten Apfelstrudel direkt vor unserer Nase gestanden hat und wir stattdessen immer das trockene Quinoa-Gebäck oder so was gefuttert haben. Grady schüttet sich aus vor Lachen bei diesem Vergleich, dabei dachte ich, ich hätte eine ziemlich gelungene Metapher gefunden. Vermutlich ist es wie bei ganz vielen Dingen: Die Angst davor, etwas zu tun, ist viel schrecklicher als der eigentliche Sprung ins kalte Wasser.

Die Sonne geht auf. Die Vögel singen, wie sie sollen. Cleo und Angie kommen verkatert in die Küche, wo auch Grady und ich uns zum Frühstück hingeschleppt haben. Ich sitze auf der Küchentheke und Grady steht vor mir. Wir schmusen neben einer Pfanne mit anbrennenden Pfannkuchen, daher dauert es mehrere

Sekunden, bis wir merken, dass unsere Mums in der Tür stehen. Die meisten normalen Eltern hätten vermutlich so viel Anstand, verlegen zu sein, aber *neiiin* – unsere Mütter kreischen vor Begeisterung, als hätten sie gerade den Geist von Kurt Cobain entdeckt, der sich im Keller der Garabaldis versteckt hat. Mum bekommt ganz feuchte Augen, und Cleo umarmt Grady und gratuliert ihm mit Schulterklopfen, was Grady so furchtbar peinlich ist, dass sein verlegenes Gesicht rot wird wie ein Erdbeertörtchen.

Abgesehen davon erweist sich der Neujahrstag als ziemlich ereignislos.

Als die Sonne schon hoch am Himmel steht und auf die übernächtigten Menschenmassen herabscheint, beschließt Grady, heimzugehen und sich frische Klamotten anzuziehen. Auch ich nehme mir vor, kein Markenzeichen daraus zu machen, nachts in den Kleidern vom Tag zu schlafen.

Etwa eine Stunde später warte ich auf der Veranda des *Albany's* auf seine Rückkehr. Ich habe eine Platte mit Törtchen vom Vortag bereitgestellt, aber der Appetit ist mir vergangen. Ich hatte Daniel eine Nachricht geschrieben, denn ich weiß, dass seine Familie heute abreisen will. Doch ganz gleich, wie trotzköpfig meine Jungs auch sein mögen, ich lasse Daniel nicht hier weg, ohne dass ich zumindest versucht habe, den Riss zwischen uns zu kitten.

Ich sitze noch ganz verschlafen auf der Holztreppe

und bemale meine schwarzen Chucks, da sehe ich auf der anderen Straßenseite an der Tankstelle der Wasileskis einen glänzenden Glatzkopf und darunter einen Fu-Manchu-Schnurrbart.

»Hallo!«, rufe ich laut und renne über die zugemüllte Straße. »Echter Ned – Alvin Smith!«

Er dreht sich um und macht gleich ein abweisendes Gesicht. »Kein Kommentar«, verkündet er hastig.

»Sie hatten ernsthaft vor, sich klammheimlich aus dem Staub zu machen?«, frage ich atemlos. »Das ist hier nicht wie ein Furz im Aufzug, Ned! Sie können sich nicht einfach vom Acker machen und so tun, als wären Sie es nicht gewesen!«

Er blickt hektisch zur Straße, aber die paar Menschen, die dort vorbeischlendern, scheinen so verkatert zu sein, dass sie nichts mitbekommen. »Was willst du denn von mir?«, jammert er.

Von Nahem ist der Echte Ned ein gutes Stück kleiner als ich. Ich stemme die Hände in die Hüften und sehe ihn wütend an. »Wie wär's zum Beispiel mit einer Erklärung? Menschenskind, Mann! Was sollte das alles?«

Er zieht ein altmodisches Stofftaschentuch aus der Hosentasche und schnäuzt sich. Dann richtet er seinen Blick – am *Albany's* und dem ganzen Camper-Zirkus auf der Weide vorbei – in die Ferne. Schließlich seufzt er tief.

»Meine Sendung sollte abgesetzt werden«, sagt er

leise. »Ich dachte, ich könnte durch diese Aktion ein paar Fans mehr bekommen ... So was wie *das hier* hab ich ja im Leben nicht erwartet.«

»Ned, jetzt mal ehrlich, dieses ganze Spektakel war ... nichts weiter als Ihr Masterplan, um mehr Klicks zu bekommen?«

Er zuckt mit den Schultern. »So was in der Art, ja.«

»Ich fass es nicht! Ihre Sendung läuft zwischen der Gebetsstunde zur Mitternacht und Homevideos von libanesischen Hochzeiten. Ist Ihnen denn nie der Gedanke gekommen – keine Ahnung –, sich lieber mal eine *anständige* Arbeit zu suchen?«

Er lächelt mich blöd an. »Aber es hat doch funktioniert, oder? Vielleicht einen Hauch besser als erwartet, aber ... ich war es einfach leid, immer nur kleine Brötchen zu backen. Verstehst du das? Ich hätte ehrlich nie gedacht, dass das mehr als ein paar Leute beachten würden. Diese ganze Geschichte mit Twitter hab ich sowieso noch nie verstanden.«

Ned sieht mich unsicher an. Ich kämpfe mit widerstreitenden Gefühlen – soll ich eher mitleidig seinen glänzenden Glatzkopf tätscheln oder Fu Manchu eine gepfefferte Ohrfeige in sein Selbstbräuner-Gesicht verpassen?

»War's das? Kann ich jetzt gehen?«, fragt er müde.

Ich verschränke die Arme vor der Brust. »Nein. Eine letzte Frage, Alvin. Warum gerade *hier*? Haben Sie sich einfach ein paarmal um sich selbst gedreht und dann mit geschlossenen Augen auf die Landkarte getippt?«

»Hm. Nicht ganz …« Dann richtet er sich auf, als wäre die Last der Welt von seinen Schultern genommen. »Ich hab mal ein Haus in Merindale Creek verkauft, damals, als ich noch Immobilienmakler war. Scheißjob, verdammt langweilig, aber ich erinnere mich noch, wie ich das erste Mal durch diese kleine Stadt hier kam. Sie war … nett. Freundlich und friedlich.« Er nickt mit dem Kopf zum *Albany's*. »Keine Ahnung, ob du dort schon mal gegessen hast, aber die machen wirklich einen fantastischen Apfelstrudel. Und da wollte ich immer mal wieder hierher zurückkommen und einen essen.«

Ich starre ihn entgeistert an. »Wegen einem verdammten Stück Apfelstrudel?« Und dann beginne ich lauthals zu lachen.

Der Echte Ned streicht sich seinen Schnäuzer glatt. »Na ja. Tut mir leid, das Ganze. Ich wusste nicht mal, dass meine Sendung auf YouTube steht. Einer der Praktikanten muss sie hochgeladen haben. Aber ich überlege, ob ich nicht als Nächstes eine Serie fürs Internet machen soll. Wer hätte gedacht, dass sich mittlerweile alles dort abspielt!«

Ich lache immer noch, als er zu seinem Wohnwagen geht und dann in Schlangenlinien die Main Street runtertuckert, Luftschlangen und eine Konfettiwolke wirbeln fröhlich hinter ihm her.

✿ ✿ ✿

Es ist seltsam mild an diesem Morgen. Ein leichter Wind flüstert in den Bäumen, und zum ersten Mal seit Wochen fühlt sich meine Haut nicht so an, als schmelze sie. Von der Veranda des *Albany's* aus wirken die vorbeischlendernden Leute ziemlich entspannt. Ich glaube, jetzt begreife ich endlich diese ganz besondere Stimmung hier; das Gefühl, gemeinsam eine gewaltige Katastrophe überlebt zu haben. Auch wenn diese ominöse Prophezeiung nichts weiter war als eine riesengroße irre Lüge.

Nichts davon erklärt jedoch die Nervosität, die sich in mir ausbreitet, als der Wagen von Daniels Manager vor dem *Albany's* hält.

Daniel kommt lässig auf die Bäckerei zu und späht durchs Verandagitter. »Sarah Jane. Alles Gute zum neuen Jahr!« Er kommt die Treppe hoch und lehnt sich an einen Tisch. »Ich würde dir ja einen Kuss geben, aber ich bin mir nicht sicher, ob mein Ego es verkraftet, noch mal k.o. geschlagen zu werden.« Er sieht mich unter seinen langen Wimpern hervor an, die Daumen eingehakt in seine Jeanstaschen. Ich kann seinen Gesichtsausdruck partout nicht deuten. »Also, ich denke, jetzt heißt es Abschied nehmen. Wieder mal«, sagt er.

Ich springe von meinem Tisch herunter. »Ihr fahrt jetzt gleich los?«

Er wirft einen kurzen Blick auf die Platte mit Gebäck. »Ja. Morgen hab ich einen Termin für ein Fotoshooting. Irgendein Bericht für eine Website zum Thema ›Ist es nicht großartig, dass wir nicht alle bei einer Asteroidenexplosion gestorben sind?‹. Langweilig. Aber Publicity, nicht?«

»Klar«, erwidere ich. »Für seine Fans tut man schließlich alles.«

Er wippt auf den Füßen vor und zurück. »Alba, ich muss dir unbedingt noch was sagen, auch wenn du es wahrscheinlich nicht hören willst. Aber ich glaube, es ist wichtig, dass du …«

Grady kommt die Treppe hochgestürmt, zwei Stufen auf einmal, und steht mit einem Sprung neben mir. Sein vertrauter Geruch nach Seife und Shampoo und sein flüchtiges, vielsagendes Lächeln machen mich einen Moment ganz benommen und unkonzentriert. »Hey«, nuschelt er an Daniel gewandt.

»Hey«, erwidert Daniel. »Dann bist du also für den Abschiedskuss hergekommen, Grady? Ich bin geschmeichelt …«

»Ich bin nicht wegen dir hier«, sagt Grady gleichmütig. »Der einzige Grund, warum ich gekommen bin, ist, weil Alba mich drum gebeten hat. Ich glaube, ich habe die Tatsache akzeptiert, dass du und ich das hinter uns gelassen haben, was uns als Zehnjährige miteinander verbunden hat, Daniel.«

Daniel seufzt und reibt sich müde die Augen. »Also

wirklich, willst du mich jetzt wieder zur Schnecke machen? Domenic, ich weiß, dass wir ein paar Jahre miteinander verpasst haben, aber ich hab dich lange Zeit gekannt und hab dich noch nie so aufgebracht gesehen. Hast du dir wenigstens mal die Mühe gemacht, drüber nachzudenken?« Er schüttelt den Kopf. »Abgesehen davon musst du deine Beinarbeit verbessern. Mein Manager hatte ein halbes Bier intus, und obwohl er schielt, hat er es immer noch geschafft, dir eine reinzuhauen, während du dastandest wie eine hypnotisierte Ziege ...«

»Daniel, lass gut sein! Meinst du vielleicht, du bist hier beim Vorsprechen für die Rolle des bösen Häschers von *Generic Henchman*? Früher warst du mal ein echt guter Typ!« Ich lege meine Hand unwillkürlich auf Gradys Unterarm. Er legt seine beiden Hände auf meine und zieht meinen Arm zu sich. »Was ist bloß aus diesem Jungen von damals geworden!«

Daniel sieht uns mit großen Augen an. Sein Blick springt zwischen Grady und mir hin und her. Und auf seinem Gesicht breitet sich ein wissendes Lächeln aus. Aber es ist nicht sein herablassendes Lächeln und auch nicht sein arrogantes Lächeln. Daniel Gordon schaut Grady und mich an, und sein Lächeln wirkt nicht gespielt ... es ist herzlich. Und – unerklärlicherweise – erleichtert.

»Mein Gott! Ihr beiden habt aber lange gebraucht. Ich dachte schon, ich müsste mich als Nächstes an

Grady ranmachen. Und fast hätte ich darauf zurückgegriffen, wie zufällig mein Hemd auszuziehen – das funktioniert bei Indigo offenbar immer.«

Ich sehe Daniel mit offenem Mund an. Er hebt eine Augenbraue. Spätestens jetzt wird das, was mich schon seit jenem Abend im *Junction* beschäftigt hat, auf einmal klar.

»Im Ernst?«, kreische ich. »Du hast die ganze Zeit …?«

Daniel gluckst in sich hinein, ein uraltes, irres Geräusch von ihm, an das ich mich noch viel zu gut erinnern kann. »Stimmt, ich stehe eher auf Brünette. Und zugegeben, einfach mal zu probieren, ob ich dich küssen könnte, war vielleicht ein unüberlegter Schritt, aber mir gingen allmählich wirklich die Ideen aus.«

»Dir gingen … *die Ideen aus?* Daniel – du fieser Strippenzieher«, schreie ich. »Was hättest du gemacht, wenn ich deinen Kuss erwidert hätte? Warum zum Teufel warst du dir so sicher, dass ich das nicht tun würde? *Hallo?* Du bist schließlich ein attraktiver Kerl!«

Grady neben mir schnaubt verächtlich.

Daniel läuft rot an. »Tja, so weit hatte ich eigentlich gar nicht gedacht. Aber wenn du meinen Kuss erwidert hättest, dann hätte ich wahrscheinlich nicht Nein gesagt. Ich hab das ganz ehrlich gemeint, als ich sagte, du hast tolle Lippen, und du weißt ja, ich bin kein Kostverächter.« Er lächelt uns verlegen an. »Alba, du und ich waren vielleicht vor langer Zeit mal sehr eng miteinander – aber es sollte immer auf dich und Grady hinauslaufen. Jeder wusste das. Mir war auch klar, dass ihr es beide wusstet – irgendwo in euren mit Blindheit geschlagenen Sturköpfen. Ich bin nur froh, dass ihr es jetzt endlich geschnallt habt.«

»Ich fass es einfach nicht, dass du dachtest, du könntest so mit uns spielen!«, sage ich, obwohl ich auch ein bisschen lachen muss.

Daniel verbeugt sich und grinst wieder so bescheuert. »Bitte erinnert euch an diese schauspielerische Meisterleistung, wenn ich meinen ersten Oscar bekomme«, sagt er augenzwinkernd. »Und dabei meinen immer alle, ich wäre kein guter Schauspieler. Jetzt mal ehrlich, was erwarten die Leute eigentlich? Wisst ihr, dass der Kerl, der in der Serie meinen Dad spielt, die halbe Zeit bekifft ist? Jetzt versucht ihr mal, so zu tun, als hättet ihr ihm gegenüber Gefühle.«

Grady macht den Mund auf und zu wie ein Fisch. »Dein Manager hat mir ins Gesicht geschlagen«, brüllt er dann.

Daniel verzieht das Gesicht. »Ja. Tut mir leid. Aber fairerweise muss man sagen, dass du vorhattest, *mir* das Gesicht zu Brei zu schlagen. Und, klar, er ist ein Arsch, aber er ist tatsächlich ein ziemlich fähiger

Manager. Was will man machen? Es ist eben eine verrückte Branche.«

»Aber Daniel … *warum das alles?«*, frage ich.

Daniel lächelt, aber sehr distanziert und ein bisschen traurig. »Ich hab euch beide wirklich wie verrückt vermisst, als wir hier weg sind. Ihr könnt euch gar nicht vorstellen, wie sehr. Aus dem einzigen Ort, der je euer Zuhause war, herausgerissen und in eine Großstadtschule mit tausend Schülern geworfen zu werden. Noch dazu, wenn man so aussah wie ich damals …« Seine Ohrenspitzen färben sich rosa. »Ich hab jetzt einige großartige Kumpels. Aber ich hab nie mehr solche Freunde gefunden, wie ich sie als kleiner Junge gehabt hatte. Ich glaube … es hat mich immer glücklich gemacht, mir vorzustellen, dass ihr beide immer noch zusammen seid.« Er lacht leise. »Und eure Freunde hatten eure Kommen-sie-nun-endlich-zusammen-oder-nicht-Nummer allmählich satt. Nicht mal eine Soap kann einen solchen Spannungsbogen über siebzehn Jahre hinweg aufrechterhalten. Ihr hättet mal den verbalen Tsunami hören sollen, der mich an meinem ersten Tag im Supermarkt überspült hat. Warum, meint ihr wohl, hab ich mich freiwillig gemeldet, um euch beiden einen Schubs zu geben? Ich muss allerdings sagen, es war die lustigste Rolle, die ich seit Langem gespielt hab.«

»*Was* haben unsere Freunde getan?!« Ich bin fassungslos.

Er macht eine wegwerfende Handbewegung. »Entspann dich. Die haben das gemacht, weil sie euch beide lieben. Und sie haben sich gedacht, ein Wink von außen könnte funktionieren, nachdem ihre zarten Andeutungen so kläglich versagt hatten.« Er lächelt uns verschmitzt an. »Erinnert eure Freundin Caroline daran, dass sie mir noch zwanzig Kröten schuldet. Und überhaupt – betrachtet es als verspätetes Dankeschön von mir. Aber ich muss schon sagen, dieses Red-Bull-Trinkspiel – da bin ich schwer gekränkt, Alba. Mein Waschbrettbauch müsste doch mindestens zwei Shots auf ex wert sein.«

Daniel lacht über mein knallrotes Gesicht und nimmt mich in seine muskulösen Arme. »Wir bleiben in Kontakt, ja? Besucht mich mal, wenn ihr es je in meine Gegend schafft. Ich führe euch gerne rum. Es gibt einige Comic-Läden, die du sicher toll finden würdest.«

»Daniel, du bist ein Arsch«, sage ich, als ich seine Umarmung erwidere. »Freunde dich auf Facebook mit mir an. Und tauch ja nicht wieder ab, hörst du?«

Er küsst mich auf den Scheitel und zupft dann sanft an meinen Haaren. »Versprochen. Du musst wissen, du bist wirklich wunderbar, Alba. Mach weiter, dann wirst du noch wunderbarer.«

Daniel streckt Grady die Hand hin und er schüttelt sie, immer noch leicht verwirrt. »Wir sehen uns?«, murmelt er.

»Du bist mir immer willkommen, Alter«, sagt Daniel und boxt Grady mit dröhnendem Lachen in den Arm.

Dann neigt er nachdenklich den Kopf und betrachtet die Platte mit köstlichem Gebäck. Und dann nimmt er sich ein paar Salted-Caramel-Schnitten und geht mit einem Winken davon.

Grady starrt Daniel hinterher, bis ich ihn umarme. Er schüttelt den Kopf, legt mir den Arm um die Schulter und drückt mich.

»Wer hätte das gedacht?«, sage ich. »Es scheint, als hätte sich das ganze Universum gegen uns verschworen. Oder auch zu unseren Gunsten. Wie würdest du das nennen, Grady? Eine Verschwörung des Schicksals?«

»Eingriff der Schicksals-Allianz?«, schlägt er grinsend vor. »Ich weiß nicht. Ich glaube, es hat sich einfach für mich ausgezahlt, dass du einen guten Geschmack hast. Ich glaube immer noch, Dan hätte die Gelegenheit beim Schopf gepackt, wenn du ihn auch nur andeutungsweise ermutigt hättest.«

Ich kneife ihn in die Seite. »Schön zu wissen, dass ich Alternativen habe. Ich könnte mir sehr gut vorstellen, deine Frau und gleichzeitig Daniels Geliebte zu sein.«

Grady verdreht die Augen und wirbelt mich herum, sodass wir ganz dicht zusammenstehen. »Alba, du als Ehefrau und Geliebte gleichzeitig – da gewinne ich eher einen Wettbewerb als Superman-Doppelgänger.«

»Ach, sei nicht so streng mit dir, du hast ja ein paar Muskeln. Jetzt noch ein Spandex-Ganzkörperanzug, und du würdest mindestens auf Platz zwei landen. Vielleicht beim Nachwuchs-Superman. Ich könnte dich mal in so einem Outfit zeichnen.«

»Frau, im Ernst? Manchmal kannst du wirklich ganz schön fies sein«, sagt er, beugt den Kopf zu mir hinunter und küsst mich.

Wir beobachten, wie Daniel zu dem wartenden Wagen schlendert. Sein Manager schickt uns einen Blick-der-töten-könnte herüber. Daniel bleibt, die Hand an der Wagentür, noch einmal kurz stehen und sieht mit versonnenem Lächeln zum *Albany's* herüber. Er schiebt sich eine Schnitte in den Mund und steigt ein. Und dann fährt er davon, einfach so.

Tja. Ich hab's euch ja ganz zu Anfang schon gesagt: Es kommt alles anders, als ihr denkt.

Epilog

Das Leben geht weiter. Kurz nach Neujahr reisen die Menschenmassen ab. Dabei nehmen sie die meisten unserer Straßenschilder mit, außerdem die Bank vor Eversons Obst- und Gemüseladen und die mit Penissen bemalten Barrikadenbretter von der Eisenwarenhandlung. Der einzige Hinweis darauf, dass der Hochradmann je hier war, ist eine verrostete Fahrradklingel auf dem Verandageländer des *Albany's*. Ich lege die Klingel zwischen die Erinnerungsstücke auf meinem Bücherregal; es ist schön, dass er etwas Greifbares von sich zurückgelassen hat, sonst wäre er einfach nur irgendeine Nebenfigur in meinen Comics.

Die Aufräumarbeiten im Ort dauern eine ganze Weile. Leider finden wir Frida, meine Lieblingszwergin, nicht wieder, doch irgendwann im Januar trifft ein Brief im *Albany's* ein. Er trägt einen Poststempel von Marokko und enthält ein einzelnes, auf Kopierpapier ausgedrucktes Foto. Darauf posiert Frida stolz mit schief sitzendem Fez auf dem Kopf vor einem unscharfen, farbenprächtigen Bazar. Ich freue mich für sie. Jeder verdient es, mindestens ein Mal im Leben die Welt zu sehen.

Tia und Petey tasten sich in ihrer sympathisch unbeholfenen Art weiter durch ihr kleines Universum – bis zu dem Tag, an dem Tia eine schriftliche Zusage vom *Wane Institute of Design* in Sydney bekommt. Sie blättert mit großen Augen die mitgeschickte Mappe mit Infobroschüren durch und ich erkenne in ihrem Gesicht die Liebe auf den ersten Blick. Dagegen hat der arme Petey nicht den Hauch einer Chance. Nach einigen unbehaglichen Wochen und vielen tränenreichen Abschiedszeremonien im Fish-and-Chips-Laden und viel zu vielen Gedichten einigen sich die beiden, zukünftig nur noch Freunde zu sein.

Pete hat immer noch keine Ahnung, was er mit seinem Leben so anfangen will. Aber er überrascht alle damit, dass er sich für einen Studiengang zum Bachelor of Arts in Newcastle einschreibt. Er ist hochbegeistert von der Vorstellung, Philosophie zu studieren und Surfen zu lernen, und schmiedet schon eifrig Pläne, Tia in ihren ersten Semesterferien in Sydney zu besuchen, worauf Tia sich aufrichtig freut. Wer weiß, wie es von dort aus weitergeht?

Eddie beschließt, die zwölfte Klasse zu wiederholen, mit dem festen Vorsatz, das Jahr zu absolvieren, ohne dass irgendein Lehrer seinetwegen einen Nervenzusammenbruch erleidet. Es dauert genau einen

Monat, bis zu der Schulstunde, in der Eddie fröhlich verkündet, Macbeth sei ein Weichei – da explodiert Mr Baxter. Eddie zieht das endgültige Fazit, das Klassenzimmer sei wohl doch nicht das Richtige für ihn. Doch danach arbeitet er nicht wieder auf der Farm, sondern beginnt stattdessen eine Ausbildung bei Anthony und dessen Kumpeln in der Autowerkstatt. Ed schickt mir ein Selfie von seinem ersten Tag dort. Er sieht toll und richtig *erwachsen* aus in seinem Overall. Selbst Caroline muss zugeben, dass Francis Edwin Palmer, was Lebensentscheidungen anbelangt, viel schlimmere hätte treffen können.

Caroline folgt der Straße ohne Wiederkehr, ohne sich beirren zu lassen. Bei ihr ist erst mal die Luft raus, als die Besucher die Stadt verlassen. Doch dann ergattert sie einen Aushilfsjob in Sydney und bearbeitet ihre Eltern so lange, bis sie ihr das restliche Geld für ihr Auto vorstrecken. Sie will partout nicht, dass ich eine Abschiedsparty für sie schmeiße, und verschwindet einfach in einer Nacht-und-Nebel-Aktion. Im Valley, wo ihre ruppige Art und ihre violetthaarige Erscheinung dringend gebraucht würde, hinterlässt sie eine riesige Lücke. Doch sie schreibt fast jeden Tag eine Nachricht und schickt uns über Facebook Fotos von süßen Jungs aus dem Hostel, in dem sie jobbt. Ich schicke ihr per Express ein Paket mit Köstlichkeiten aus dem *Albany's*. Mir gefällt die Vorstellung, dass die Smileys in ihren Nachrichten noch ein bisschen fröhlicher lächeln, wenn sie das Paket bekommt.

Wie Daniel vorhergesagt hatte, wird *Das Haus am Eukalyptusbaum* ein paar Wochen nach Neujahr abgesetzt – ohne viel Trara und ohne dass sich Proteststürme regen. Aber Daniel hält tatsächlich Kontakt zu uns; zuletzt war er unterwegs nach Korea, um dort einen Werbespot für Seetang-Eiscreme zu drehen. Vielleicht spinne ich ja, aber mein Bauchgefühl sagt mir, dass Daniel Gordon das Potenzial hat, in Korea ganz groß rauszukommen.

Der Echte Ned Zebidiah fliegt bei Community Television raus, vermutlich weil er dem guten Ruf des Senders, auf dem auch *Tischtennis nackt* läuft, abträglich ist. Als er das nächste Mal seinen Glatzkopf rausstreckt, hat er wieder seinen gottgegebenen Namen Alvin Smith angenommen und moderiert auf YouTube eine Show, die *Kartentricks und Kochtipps* heißt. Alvin führt die Kartentricks vor und Frank kocht Suppe. Erstaunlicherweise ist das echt unterhaltsam.

Grady und ich verbringen den Sommer – genau wie jeden anderen, seit wir auf der Welt sind – zusammen. Wir sind immer noch ganz die Alten, außer dass wir uns ständig küssen, und wenn Grady bei mir übernachtet, sind wir – hüstel – etwas *experimentierfreudiger* als früher. Grady entdeckt ein vorübergehendes Heilmittel für seine Schlaflosigkeit.

Er kuschelt sich in Löffelchenstellung an meinen Rücken und macht ein Nickerchen. Währenddessen lese ich auf seinem iPad Comics, die ich mir aus dem Internet runtergeladen hab. Keine Ahnung, wie ich es bisher ohne das alles aushalten konnte, es hat mein Leben völlig revolutioniert. Und schließlich geschehen noch andere Dinge zwischen uns beiden, die seltsam und wundervoll sind und über die ich mich hier definitiv *nicht* weiter auslassen werde.

Grady wird mit seinem exzellenten Abschlusszeugnis sofort an der Juristischen Fakultät angenommen. Niemand hatte je etwas anderes erwartet. Dennoch bleibt er auf dem Teppich, als er die Nachricht erhält; er führt keinen Freudentanz auf, wie ich gedacht hätte, aber er umarmt mich ganz fest und lässt mich eine Ewigkeit lang nicht los. Ich weiß, er ist aufgeregt und neugierig, zugleich aber auch wehmütig. Das lese ich in seinem Gesicht, wenn wir mit unseren Freunden im Anzac Park herumhängen, wenn wir uns donnerstags zum Thai-Spezial an unseren Stammtisch im *Junction* quetschen und wenn wir Hand in Hand durch die Straßen gehen, die schon immer unsere Heimat gewesen sind. Ich wette, er nimmt jedes Detail in sich auf, als sähe er Eden Valley zum allerersten Mal.

Das nahende Ende des Sommers führt auch bei mir bisweilen zu Tränen. Das Bewusstsein, dass mir etwas unaufhaltsam durch die Finger gleitet, bricht mir fast das Herz. Denn ich weiß, dass dieser Teil meines Lebens, den ich so geliebt habe, zu Ende geht.

Aber soll ich ehrlich sein? Ich bin auch vollkommen aus dem Häuschen darüber, dass ich an der Kunstakademie angenommen wurde. Und vielleicht werde ich mich nebenher in Animationstechniken einarbeiten, wer weiß? Ich muss wohl ganz darauf vertrauen, dass mir mein Bauchgefühl schon den richtigen Weg zeigt. Jetzt im Moment bin ich einfach nur wahnsinnig aufgeregt, dass ich mich in die große, weite Welt aufmachen werde.

Wie sich herausstellt, kann ich alle Skizzen aus meiner Cinnamon-Girl-Sammelbox irgendwie verwerten. Ich stelle daraus eine ziemlich tolle Mappe zur zeichnerischen Entwicklungsgeschichte ihrer Figur zusammen, die nun wirklich meine ›Beschäftigung mit dem Zeichnen‹ dokumentiert, wie es für mein Einführungsseminar im ersten Semester verlangt wird. Mein neuer Comic mit ihr wird anders, als ich erwartet hatte. Zurzeit besteht er aus Dutzenden von Schwarz-Weiß-Panels, und die einzige Kolorierung besteht aus ein paar Spritzern roter und blauer Aquarellfarbe in ihrem Haar. Ich habe keine Ahnung, womit ich sie vergleichen kann. Sie ist weder eine Superheldin noch ein ganz gewöhnliches Mädchen. Aber ich glaube, sie wird mal ganz groß rauskommen, ganz gleich, welche Richtung ihre Geschichte nimmt.

Grady muss vor dem ersten Semester eine Menge

Einführungstexte durcharbeiten, und schließlich willigt er ein, einige Zeit bei seinem Dad zu verbringen. Aber ich will noch hierbleiben, bis Paulettes Cousine, unsere neue Kellnerin, im Café beginnt. Also fährt er schon mal ohne mich voraus. Am Morgen seiner Abreise herrscht Gewitterstimmung, und der bewölkte Himmel hängt wie eine Decke über Eden Valley, lässt aber die umliegende Landschaft noch strahlender hervortreten. Grady fährt mit einem uralten Holden EK Special vor dem *Albany's* vor, den Anthony heimlich für ihn hergerichtet hat. Die Rücksitze sind vollgepackt mit Kisten, meinem Computer und meinem Wacom, beides gut verpackt in Luftpolsterfolie.

Ich weiß, dass Angie und Cleo bis dahin mit stoischer Fröhlichkeit die Tage rückwärts gezählt haben. Aber am Morgen, als Grady abfährt, bricht die Fassade bei den beiden völlig zusammen. Unsere Mütter sind nur noch verweinte Wracks, als Anthony sie sanft ins Haus zieht, damit Grady sich richtig von mir verabschieden und Clouseau mit ausgiebigem Knuddeln Auf Wiedersehen sagen kann.

Wir waren bisher nie länger als zwei Wochen voneinander getrennt, aber es geht ja keiner von uns aus der Welt. Und es ist auch mal schön, Eden Valley eine kleine Weile ganz für mich und meine Mums zu haben.

Nach endlosen Debatten über die Wohnungsangebote im Internet haben wir zum Schluss einfach eine Münze geworfen und uns damit für eine Wohngemeinschaft in Northcote entschieden. Das alte Haus, an dem die blaue Farbe abblättert, hat einen dschungelartigen, überwucherten Garten. Grady sagt, dass die Fotos im Internet dem Haus nicht gerecht werden, denn drinnen sei es riesig, mit hohen Decken und tollem Licht in dem Zimmer, das jetzt unseres wird. Die ausgefallenen Möbelstücke unserer Mitbewohner verleihen dem Haus eine Secondhand-Laden-trifft-Musikladen-Atmosphäre, aber zumindest über Skype sieht alles ganz toll aus, finde ich. Unsere Mitbewohner sind zwei Erstsemester, die auch gerade erst eingezogen sind – eine junge Musikerin und ihr Freund, ein Filmstudent. Sie haben Grady anscheinend wie einen ausgesetzten Welpen aufgenommen, und ich habe fast den Eindruck, er ist in die beiden verliebt, so wie er von ihnen schwärmt. Ich bin ein bisschen nervös; es klingt, als wären die beiden viel cooler, als ich es bin. Aber Grady ist sich absolut sicher, dass ich sie mag. Es kann nichts schaden, das mal zu testen.

✲ ✲ ✲

Ich habe keine Ahnung, wann meine Geschichte begonnen hat. Vielleicht, als sich Dad das erste Mal mit einem Stapel *Wonder-Woman*-Comics neben mich setzte, ehrfürchtig und still, während ich wie gebannt darin herumblätterte. Oder sie begann in dem Moment, als Cleo meine Mum von einer Party an der Uni wegzerrte und Angie ihren Rausch in Cleos Wagen ausschlafen durfte – eine Geschichte, die ich, wie Mum sagt, niemals hätte erfahren dürfen. Vielleicht war es auch das erste Mal, als ich einen Bleistift in die Hand nahm. Vielleicht hat meine Geschichte aber auch begonnen, als Cleo den schreienden Grady in meinen Laufstall setzte und er an mich gekuschelt einschlief. Vielleicht aber auch ein halbes Leben später, als ich ihn zum ersten Mal küsste?

Möglicherweise wird meine Geschichte auch erst dann beginnen, wenn ich von hier weggehe. Es ist durchaus möglich, dass sie noch gar nicht richtig begonnen hat. Aber ganz ehrlich, ich halte es für am wahrscheinlichsten, dass sie schon ganze Zeitalter gedauert hat, bevor ich überhaupt zur Welt kam.

Ich glaube, ich habe irgendwann mal behauptet, dass Geschichten viele falsche Anfänge haben können. Aber jetzt, wo ich darüber nachdenke, bezweifle ich, dass es so was wie einen falschen Anfang überhaupt gibt. Es ist eher so wie in den besten Comics – einzelne Bilder platzen in andere hinein, die Kolorierung geht über die Umrisslinien hinaus, und das ganze Universum einer Geschichte lässt sich nur vollständig erfassen, wenn man ihre Vorläufer, Überschneidungen, Verbindungen, Verästelungen und dergleichen versteht. Der Mythos vom Superhelden lässt sich so in tausend verschiedenen Versionen erzählen, ohne Anfang oder Ende. Möglicherweise ist das eine blöde Metapher. Was ich damit sagen will, ist, dass die meisten Geschichten erst dann beginnen können, wenn man selbst einen Platz darin hat.

Und ich glaube, ich bin jetzt endlich so weit, dass ich mich in meine eigene Geschichte hineinzeichne.

Danksagung

Wie immer danke ich dem unglaublichen Team bei Hardie Grant Egmont – Karri Hedge, Niki Horin, Kate O'Donnell, Marisa Pintado und Hilary Rodgers – für ihren unermüdlichen Einsatz, ihr Feedback, ihre Begeisterung, ihre Ermutigung, für Kaffee, Wein und Skype-Sitzungen. Ihr seid Superheldinnen, alle miteinander!

Und wie immer geht ein riesiges Dankeschön an meine Testleserin Sophie Splatt, für deine aufschlussreichen Ratschläge, deine unterhaltsamen Faultier-E-Mails und dafür, dass ich dir jede Menge Fragen über Kleinigkeiten zum Leben auf dem Lande stellen durfte und dadurch viel gelernt habe. Ein Extra-Dank geht auch an Sandra und Graeme Splatt, dass ich auf ihrer Farm herumhängen durfte und sie mir jede Menge Fragen über Motorräder und Raps beantwortet haben.

Danke an meine stets herausragende Schreibgruppe: Jo Horsburgh, Benjamin Laird, Neen McKenzie, Simon Mitchell, Ilka Tampke und Jacinda Woodhead. Ich könnte mir keine besseren Kumpels vorstellen, mit denen ich schreiben und gelegentlich ein Bier trinken gehen könnte.

Danke und eine dicke Umarmung meiner Familie und meinen Freunden, für eure Unterstützung im vergangenen Jahr; an meine wunderbaren Cousins und Cousinen, dass sie mir zugehört haben, als ich endlos über Comics gequatscht habe, und an Lucy und Ben, die mich durchgefüttert haben, wenn ich mal wieder mein gesamtes Geld für *Spider-Man* ausgegeben hatte.

Danke an Alex Clark für das wunderschöne Titelbild – dein herrliches, couragiertes Cinnamon Girl sieht aus, als wäre es geradewegs meinem Hirn entsprungen.

Ein besonderer Dank an die großartigen Mitarbeiter bei All Star Comics, Comics ›R‹ Us, Evil Empire Comics und Minotaur – alles Gute und vielen Dank für die Gespräche, die hilfreiche Unterstützung und die Vorschläge.

Und zuletzt ein ganz besonderes Dankeschön an die netten, erstaunlichen, leidenschaftlichen und rundherum wunderbaren jungen Leser, die ich auf meinen Reisen kennenlernen durfte. Eure Begeisterung, eure E-Mails und Briefe und dass ihr generell so großartig seid, hat mich auch in den schwierigsten Zeiten des Schreibens noch ermutigt.